Dunkle Wälder, ferne Sehnsucht

Das Dorf und die Kolonie Waidbach sowie sämtliche Bewohner sind frei erfunden. Ähnlichkeiten mit den Menschen, die tatsächlich im 18. Jahrhundert in den deutschen Kolonien an der Wolga lebten, wären rein zufällig.

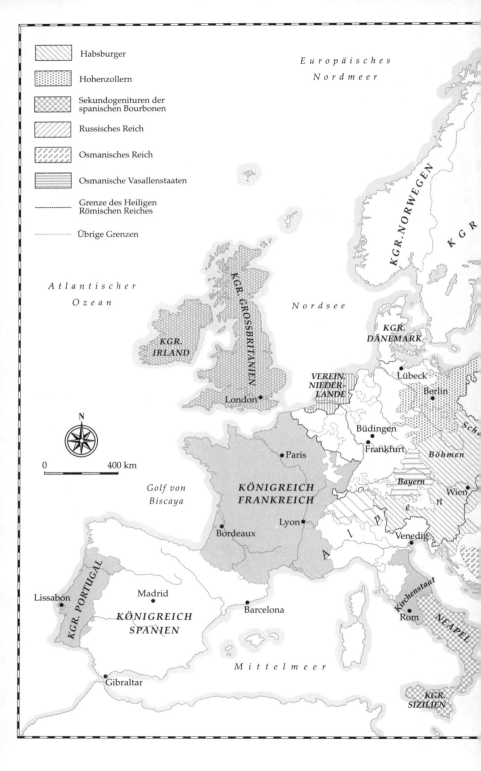

Die Kolonisten in Waidbach im Jahr 1780

Klara Mai, 22, als Einzige der drei 1766 nach Russland einge-
wanderten Weberschwestern in der Kolonie Waidbach
geblieben

Sebastian Mai, 22, Klaras Mann, der seine verkrüppelte Hand
mit besonderer Tüchtigkeit in der Landwirtschaft wettzumachen versucht

Amelia, 4, ihre älteste Tochter

Henny, 1, ihre zweite Tochter

Franz Lorenz, 37, schrulliger Viehhüter, der neuen Lebensmut
schöpft

Anastasia, 21, Franz' russische Geliebte

Claudius Schmied, ein jugendlicher Waffennarr, der darauf
vertraut, dass das Glück auf seiner Seite ist

Walter Schmied, 17, Claudius' Cousin, Kolonist, der nicht gut
auf die Russen zu sprechen ist

Joseph Müllau, 42, neuer Kolonist in Waidbach mit dunklem
Geheimnis

Ella Müllau, 32, Josephs verhuschte Frau

Mathilda, 12, ihre Tochter, die hofft, in der Kolonie Geborgenheit zu finden

Frannek, 10, sein Sohn, der unter der Tyrannei des Vaters leidet

Veronica von Kersen, 36, Hebamme und Gründerin der
Kinderstube in Waidbach

Anton von Kersen, 44, Schulmeister

Anja Röhrich, 36, Apothekerin

Bernhard Röhrich, 34, Dorfschulze

Helmine Schmied, geborene Röhrich, 27, alleinstehend,
Pächterin der Maulbeerplantage, Seidenherstellerin und
Klatschtante

Trude Platen, 65, zuständig für den Dorftratsch

Dr. Cornelius Frangen, 39, Arzt in der Kolonie Waidbach

Pfarrer Laurentius Ruppelin, 59

Der Provinzialbeamte Wladimir Ivanowitsch Kozlow, und
sein Hund

Auswanderer in Saratow
Eleonora Lorenz, 35, die ihre Tochter Sophia vermisst
Matthias Lorenz, 35, Kompagnon in der Firma des Deutschen
  Oscar Hartung
Stephan, 7, ihr ältester Sohn
Justus, 6, ihr zweiter Sohn
Oscar Hartung, 60, aus Leipzig stammender Inhaber einer
  Seidenmanufaktur in Saratow

Freunde und Verwandte in St. Petersburg
Sophia Lorenz, 17, Eleonoras Tochter, Studentin an der
  Akademie der Künste
Jiri Jegorowitsch Orlowski, 19, Kunststudent und Sophias
  bester Freund
Olga, 19, Jiris Verlobte
Daniel Meister, 39, deutscher Abenteurer in Russland
Christina Haber, 34, hessische Weberin, die in St. Petersburg
  zur bekanntesten Modehändlerin aufgestiegen ist
André Haber, 49, ihr ungeliebter Gatte
Alexandra Lorenz, 13, Christinas uneheliche Tochter, die ihre
  Mutter zu erpressen versucht
Felicitas Haber, 42, Andrés Schwester und Christinas schärfste
  Konkurrentin
Maria Petrowna, 39, Dozentin an der Akademie der Künste,
  Sophias Mentorin, Mascha genannt
Ljudmila, 42, Maschas Mitbewohnerin, ebenfalls Dozentin

… und natürlich: **Katharina II.** (1729–1796), genannt Katharina die Große, Zarin von Russland seit 1762

ERSTES BUCH

Wandel
1780–1781

1

Kolonie Waidbach, bei Saratow, Ende April 1780

Das alles haben wir mit unseren Händen geschaffen, dachte Klara, während ihr Blick die von Holzhäusern gesäumte Dorfstraße entlang bis zum Kirchplatz ging. Dort bildete das weiß getünchte Gotteshaus das Herz der Kolonie Waidbach.

In den Bauerngärten sprossen Frühblüher, Tulipane und Narzissen, das Grün an den Zweigen vereinzelter Apfel- und Pflaumenbäume leuchtete in der Mittagssonne.

Klara legte eine Hand voll Frühlingslauch in den Weidenkorb, der über ihrem Arm baumelte, und stemmte die Hand in den Rücken. Sie ächzte und lächelte zugleich.

Was war schon ein drückendes Kreuz gegen das Leid der letzten vierzehn Jahre, in denen sie sich hier auf der Bergseite der Wolga eine neue Heimat aufgebaut hatten?

Aus der Hütte hinter ihr drangen Klappern, Kinderrufen und das Weinen der Kleinen. Die vertrauten Geräusche mischten sich mit dem Rauschen des Aprilwindes durch das Steppengras, das die Kolonie umgab.

Ein Scheppern erklang. Klara lauschte für einen Moment. Hatte Amelia die Holzschüssel, mit denen sie den Tisch für das Mittagsmahl decken wollte, fallen gelassen? Die knapp einjährige Henny quäkte. Amelia begann zu singen, laut und klar, ein Lied aus der alten Heimat, das Klara ihrer Ältesten selbst gern vorsang, wenn sie abends nicht einschlafen konnte. *Es waren zwei Königskinder ...*

Wie gut sich die Tochter Melodie und Text gemerkt hatte, wie rein ihre Stimme tönte und die jüngere Schwester beruhigte.

Ihre beiden Mädchen ...

Wann immer Klara die Kinder lachen oder singen hörte, den

Sommerwiesenduft ihrer Haare einsog, ging ihr das Herz über vor Glück. Dass ein Mensch so viel Liebe empfinden konnte, hätte Klara nicht für möglich gehalten, bevor sie mit Sebastian vor den Traualtar getreten war.

Sie streichelte über ihren wachsenden Bauch, bevor sie erneut in die Hocke ging, um weitere Lauchstangen abzuschneiden und das Unkraut zu jäten.

Amelia trat aus der Haustür, mit nackten Füßen und einer geflickten Schürze über dem Trägerrock. Klara stellte den Korb ab, bückte sich und öffnete die Arme. Das Mädchen schmiegte sich an sie.

»Essen wir jetzt, Mutter? Ich hab Hunger wie ein Wolf.« Ein bittender Ausdruck trat in ihre schlehenblauen Augen.

Klara küsste sie auf den Scheitel. Ihre Haare, mit all den Farben des Herbstlaubs wie ihr eigenes, waren an den Seiten geflochten und zu taudicken Schnecken gedreht. »Fangt schon ohne mich an.«

Amelia nickte und lief zurück ins Haus.

»Nimm deine Schwester auf den Schoß, wenn du sie fütterst!«, rief Klara ihr noch nach und fragte sich einmal mehr, ob sie der Vierjährigen nicht zu viel zumutete.

Die anderen Mädchen und Jungen in diesem Alter verbrachten die Tage in der Kinderstube. Diese grenzte an die Dorfschule, die Anton von Kersen mit Rute und Zeigestock führte. Alle Waidbacher brachten die Kinder in diese dörflichen Einrichtungen, damit die Erwachsenen ihrem Tagwerk auf den Äckern, an den Schutzwällen, im Backhaus oder in der Mühle nachgehen konnten.

Dass Amelia nicht die Kinderstube besuchte, lag daran, dass Klara sich kaum von ihr trennen mochte. Und warum denn auch? Klara wuselte nur in der Nähe des Hauses herum, fegte, putzte, kochte, kümmerte sich um den Garten – da störte das Kind nicht, konnte ihr gar bei der Pflege des Geschwisterkindes zur Hand gehen.

Ihr Haus erschien ihr nicht nur wie ein Platz zum Wohnen,

Essen, Schlafen, sondern wie der sicherste Ort der Welt. Ein Ort, der ihr Recht, Schutz und Frieden bot. Am behaglichsten fühlte sich Klara, wenn sich all ihre Lieben um sie scharten.

Das Dorf lag still, nur das Hämmern aus der Schmiede erklang gedämpft, ein Schwarm Krähen rief sein Kra-kra über die Dächer. Ab und zu drang aus den geöffneten Fenstern der Dorfschule ein Kinderlachen, ein Weinen oder ein gemeinsam gesungenes Lied mit dünnen Stimmen und dem Bass des Lehrers.

Sie beschattete die Augen mit einer Hand, als eine Gruppe zerlumpter Männer und Frauen aus der Kirche schlurfte. Ihnen voran schritt erhobenen Hauptes Pastor Laurentius Ruppelin, die Hände vor der Brust gefaltet, den massigen Körper leicht gebeugt. Sonnenstrahlen schimmerten auf seinen grauen Haarbüscheln. Er hatte schon einige Jahre auf dem Buckel, wirkte aber lebendig wie ein knorriger, trutziger Baum.

Klara richtete sich auf und trat an den Lattenzaun, der ihren Garten umgab. Sie reckte den Hals, kniff die Augen zusammen.

Was waren das für Leute? Sie zählte ein knappes Dutzend, Erwachsene und Kinder: abgerissene Gestalten in durchlöcherter, vor Schmutz starrender Kleidung, Lumpen um die Füße gewickelt.

Die Worte des Pfarrers wehten zu ihr herüber, ohne dass sie sie verstand. Die Fremden trotteten schweigend, als wären sie zu ermattet oder zu krank, um zu sprechen.

Weitere Einwanderer?

Klaras Magen verkrampfte sich, sie drückte die Handflächen auf ihren Leib, als müsste sie das Ungeborene vor Gefahr bewahren. Ihr Blick flackerte zum Haus. Durch die geöffnete Tür sah sie, dass die Kinder sich über eine Schüssel beugten.

Unvermittelte Angst schnürte ihr die Kehle zu. Sie war ihr vertraut, und meistens kam sie grundlos. Sebastian schimpfte sie lachend ein Hühnchen, sobald er mitbekam, dass sie sich in ihre Furcht hineinsteigerte und sich aufplusterte wie ein Federvieh über dem Gelege.

Immer wieder mal trafen weitere Kolonisten aus den deut-

schen Gebieten ein, setzten sich hier in Waidbach ins gemachte
Nest. Tief in ihrem Inneren wusste Klara, dass sie die Landsleute
zu Unrecht verurteilte und dass die Neuen ein Anrecht auf ein
Willkommen und eine Unterkunft hatten. Wenigstens das, wenn
sie schon nicht das erhoffte Paradies vorfanden.

Auch diese Leute mühten sich, genau wie die erste Generation, zu Tode erschöpft, verlaust und entwurzelt, Tausende von
Meilen von der deutschen Heimat entfernt ein neues Leben aus
dem Nichts aufzubauen. Die meisten hatten, genau wie die Koloniegründer, den Großteil des ursprünglich verschnürten Gepäcks auf dem Weg gelassen, weil die Last zu schwer wurde.
Auch ihre Träume.

Als die Gruppe näher kam, verstand Klara Satzfetzen. Pastor
Ruppelin wies mal nach rechts, mal nach links, erklärte den Leuten, was sie wo fanden. Das Arzthaus, in dem der Medicus Cornelius Frangen die Verletzten und Siechen heilte; die angrenzende Apotheke von Anja Röhrich; die Dorfschenke, in der an
den Festtagen die Dielen im Polkatakt knarzten; den Krämerladen, in dem es nach Seife und Fallobst, nach Most und Bienenwachs roch; die Schmiede, aus der das Klirren von Metall auf
Metall drang und hin wieder ein Zischen.

Dem Dorfschulzen Bernhard oblag die Pflicht, die Neuen einzuweisen, aber der ackerte wohl mit den anderen auf den Feldern. Den Pfarrer freute es, sich wichtig tun zu dürfen.

Klara verengte die Lider zu Schlitzen, um die Gesichter erkennen zu können. Doch die Ankömmlinge schleppten sich gebeugt
und hielten die Köpfe gesenkt, als fehlte ihnen die Kraft, aufrecht zu gehen.

Klara zählte drei Männer, drei Frauen und eine Traube von
Kindern. Wo würden die unterkommen? Hoffentlich würde der
Pastor ihnen ein Baugrundstück am äußersten Ortsrand abstecken. Während der Übergangstage durften sie allerdings das
Gästehaus nutzen, das zum Pfarrhaus gehörte.

Die Waidbacher galten als hilfsbereit, der Bau der neuen Hütten würde nicht mehr als einen Monat dauern. Dann konnten die Neuen einziehen und damit beginnen, sich ihren Platz in der Gemeinschaft zu suchen.

Was für eine Bequemlichkeit, ging es Klara durch den Sinn. Mit Schaudern dachte sie an ihre eigene Ankunft hier auf der Bergseite der Wolga. Wie sie sich mit ihren Schwestern und Mitreisenden fassungslos umgesehen hatte, weil es nicht das geringste Anzeichen gab, dass hier jemals schon Menschen gelebt hatten. Eine Wildnis – und diese Erdhöhlen, in denen sie den ersten Winter über schliefen, kochten und auf das Licht des Frühjahrs warteten, ohne Hoffnung, ohne Kraft, ohne Zuversicht.

Dennoch hatten sie es nach der Schneeschmelze geschafft, in dieser Ödnis Häuser zu zimmern und in den Jahren danach eine Dorfgemeinschaft zu entwickeln, in der ein jeder seine Verantwortung trug und keiner hungern musste.

Klara erinnerte sich an ihre Weigerung, die deutsche Heimat zu verlassen, an das Gefühl von Fremdheit, als sie sich zum ersten Mal in diesem entlegenen Landstrich umgesehen hatte.

Ohne Sebastian wäre sie verloren gewesen.

Ihre beiden Schwestern, die mit ihr reisten, erwiesen sich als wenig verlässliche Stützen. Die älteste, Christina, ertrug den Dorfalltag nicht und floh nach St. Petersburg. Die zweite, Eleonora, fand ihr Glück an der Seite des Knechts Matthias im nahegelegenen Saratow.

So war Klara als einzige der drei hessischen Webertöchter, die im Februar 1766 dem Ruf der russischen Kaiserin Katharina gefolgt waren, in der Kolonie Waidbach verblieben.

Das Leben hatte Klara gelehrt, wie leicht man verlieren konnte, was man liebte, und wie weh der Verlust tat. Ihre Mutter, die Schwestern, vermeintliche Freunde und einmal sogar fast sich selbst ... Die Angst in ihr lauerte hellwach.

Aber gegen die Furcht stand ihr kriegerischer Wille, diejenigen zu schützen, die jetzt zu ihr gehörten: ihre Töchter und ihren Mann. Eine heile Welt in einer schmucken Hütte inmitten der Kolonie Waidbach, die sie mit Klauen und Zähnen gegen jede Bedrohung verteidigen würde. Sie und Sebastian, ihre beiden

Mädchen und alle Kinder, die noch kommen sollten – das war Klaras Welt. Alle, die nicht zu ihrer Familie gehörten, alles Fremde, bedeutete Gefahr, von Klara auf Abstand gehalten und argwöhnisch beobachtet.

Sebastian machte sich oft genug lustig darüber, um Klaras Furcht die Schwere zu nehmen. Was sollte ihnen schon passieren? Nicht alle Fremden wollten ihnen Böses oder sie auseinanderreißen.

Aber Klara wusste es besser.

Sie hoffte, dass der Pfarrer den Neuen einen Platz weit von ihrem eigenen Zuhause entfernt anbieten würde. Je weiter, desto besser. Mehr Worte als »Guten Tag« und »Guten Weg« würde sie mit denen nicht wechseln.

Jetzt hatte der Geistliche sie am Zaun entdeckt, hob grüßend die Hand und lenkte die Schritte auf sie zu. Zu spät für Klara, noch ins Haus zu huschen und die Fremden vom Fenster aus zu beobachten.

Sie blies sich eine Strähne aus der Stirn, die sich unter der Haube gelöst hatte, und verschränkte die Arme vor der Brust.

»Gott zum Gruße, Klara Mai!«, rief der Pfarrer übertrieben leutselig. Wenn es weniger Menschen mitbekamen, gab er sich gerne schroff. Seine aufgesetzte Munterkeit, mit der er die Neuen für sich und den Gottesdienst einzunehmen versuchte, entlarvten aber nur die alten Bekannten als peinlich. »Ist es nicht wunderbar, dass weitere Deutsche zu uns kommen? Sie stammen aus dem Hessischen wie wir. Gewiss werden sie, wenn sie sich ausgeruht haben, uns allerlei Neuigkeiten aus der alten Heimat berichten. Wir wollen uns heute Abend in der Schenke treffen.«

Klara deutete einen Knicks an. »Sehr wohl, Herr Pastor, aber Sebastian wird zu erschöpft sein nach der Feldarbeit.« Das sollte der Geistliche doch wissen, dass ihr Mann für drei schuftete, um seine verkrüppelte Hand wettzumachen, mit der er auf die Welt gekommen war.

Ruppelin winkte ab. »Ach, Unfug. Schick ihn mal nach dem Abendbrot. Und komm gerne mit, Klara!«

Klaras Blick ging zu den Einwanderern. Die Kinder standen wie Vogelscheuchen zusammengedrängt. Kaum konnte sie erkennen, ob es Mädchen oder Jungen waren. Alle drückten sie sich mager und zitterig aneinander, manche hielten sich an den Händen, andere zwängten sich an die Beine der Eltern. Die Gesichter der Erwachsenen lagen im Schatten, da sie die Köpfe gesenkt hielten, als schämten sie sich für den Schmutz und den Gestank, den sie verströmten.

Da richtete eine Frau die Schultern, langsam, als lasteten Bleigewichte in ihrem Nacken. Klara starrte in halb geschlossene graublaue Augen. Das faltige Antlitz hatte die Farbe von Asche und wirkte wie das einer Greisin, obwohl sie vermutlich nicht mehr als zehn Jahre älter als Klara war. Die gelb-grauen Haare hingen ungekämmt um ihre Schläfen. Klara schluckte und verhärtete ihre Miene, hob das Kinn. *Seht zu, wie ihr zurechtkommt. Wir haben es auch allein geschafft!*

Ihr Blick wanderte zu dem Mann an der Seite der Frau, der die bulligen Oberarme vorgeschoben hatte und sein Eheweib um drei Handbreit überragte. Das durchlöcherte Jackett spannte an den Armen und im Kreuz. Klara sah den stoppeligen Bartschatten, den verfilzten Haarschopf, die von roten Adern durchzogene Nase, die wie ein Geschwür in seinem Gesicht hing.

Da hob er den Kopf, und der Blick aus stechenden, blutunterlaufenen Augen, schwarz wie Kohle, traf Klara.

Oh, Herr im Himmel, steh mir bei.

Sie taumelte einen Schritt rückwärts, suchte mit den Händen einen Halt, den sie nicht fand. Mühsam rang sie ums Gleichgewicht, ohne sich lösen zu können.

Was war das? Ein Trugbild, aus ihren Ängsten erwachsen?

Wie konnte das sein?

In ihrem Schädel begann es zu hämmern. Die Knie gaben nach wie Grütze, Schüttelfrost überfiel sie, ihre Hände zitterten, als wäre der Teufel in sie gefahren. Ihre Mundhöhle trocknete aus, die Zunge klebte am Gaumen, als sie die Lippen öffnete, ohne dass ein Wort herauskam.

Wie kam dieser Mann hierher?

Dieses Ungeheuer, das sie seit ihrer Kindheit in ihren Träumen verfolgte? Im Lauf all der vergangenen Jahren waren ihre Erinnerungen an das Erlebnis von damals verblasst, als gehörten sie zu einem anderen Leben. Nur die Angst brannte unbezwingbar in ihr, stets bereit, erneut aufzuflammen.

Noch während sie taumelte, sich mit dem Blusenärmel den Schweiß von der Stirn wischte und nach Luft rang, schritt der Pfarrer an der Spitze der Prozession weiter. Die Menschen folgten ihm mit schlurfenden Schritten.

Klara ließ sich auf die Beetsteine nieder, verhakte die Finger ineinander, bevor sie über ihre Schläfen strich, feucht vom kalten Schweiß.

Sie starrte der Gruppe hinterher, ihre Unterlippe bebte und sie biss darauf, bis sie Blut schmeckte.

Er hat mich nicht erkannt. Er hat mich nicht erkannt.

Aber sie – sie würde dieses Gesicht nie vergessen.

Nicht, solange sie lebte.

Das Grauen ihrer deutschen Heimat hatte sie eingeholt.

2

Am selben Vormittag im Steppenland um die Kolonie Waidbach

Franz Lorenz ließ sich auf dem Findling nieder, der ihm als Rastplatz diente, und griff in das Leinensäckel, das an einer quer über die Brust reichenden Kordel baumelte. Ein Kanten Brot, ein paar Streifen Trockenfleisch, Dörrobst ... eine Stärkung konnte er jetzt gebrauchen. Derweil weideten und wiederkäuten die zwei Dutzend Schafe und Rinder, die er an diesem Frühlingsmorgen wie an jedem schneefreien Tag aus dem dorfeigenen Stall getrieben hatte.

Trotz der gemeinschaftlichen Nutztiere, deren Wolle die Frauen verspannen und aus deren Milch sie Butter, Käse und Molke gewannen, hielten die meisten Waidbacher auch eigenes Kleinvieh, mit dem sie unter einem Dach hausten.

Franz mochte die Aufgabe, die Herde zu hüten. Keiner erteilte ihm Befehle, keiner plapperte ihn plump von der Seite an. Und er mochte es, wie die Kinder jubelten, wenn er nach den letzten Eisnächten im März zum allerersten Mal die Tiere hinaustrieb. »Jetzt kommt der Sommer! Jetzt kommt der Sommer!«, riefen sie dann lachend und tanzten im Reigen um ihn herum, während er die Bengel versteckt grienend mit seinem knotigen Birkenstock zu vertreiben versuchte.

An diesem Flecken – weit vom Dorf entfernt, sodass er nur die geduckten Dächer und den Kräuselrauch aus den Feuerabzügen am Horizont erkennen konnte – stand das Gras im Sommer am fettesten. Jetzt, Ende April, reichte es ihm bis zu den Knöcheln. Seinen zwei Meter langen Stock, der ihm als Krücke, Treibwerkzeug und Waffe diente, legte er griffbereit neben sich.

Als Franz ein Stück Fleisch mit den schadhaften Zähnen abriss, ging sein Blick in alter Gewohnheit nach rechts und links und hinter sich.

Er war hier ganz allein.

Über die kriegerischen Nomadenvölker redeten sich die Männer in der Kolonie die Köpfe heiß und überboten sich in sinnlosen, nicht durchführbaren Vorschlägen, wie sie die Überfälle ein für allemal abwenden konnten. Die Frauen dagegen zogen die Schultern hoch und raunten, ob Knoblauch, Knuten neben der Schlafstatt oder Kreuze über der Tür den besten Schutz boten.

Zweimal waren sie schon über sie hergefallen, jedes Mal hatten sie das Dorf in Schutt und Asche gelegt. Sie zertrümmerten Häuser, raubten Tiere und verwundeten Menschen. Eine starb, die alte Marliese, als sie die Tochter aus den Fängen eines kahlköpfigen Wilden befreite. Aber gut, was kratzte es den Franz?

Er hatte bislang Glück gehabt. Wann hatte man je davon gehört, dass die Wilden am helllichten Tag zum Angriff über die Steppe preschten? Nachts stoben sie feige heran, die Fackeln gereckt, die Speere gezückt, johlend auf trampelnden Ponys mit Zottelmähnen und irr verdrehten Augen.

Trotzdem blieb er wachsam.

Noch im Winter war ihm sein Dasein nicht das Schwarze unterm Fingernagel wert gewesen. Da hatte er in seiner morschen Hütte am äußersten Rand des Dorfes gelegen wie in einem Sarg. Verbarrikadiert hatte er sich, die Tür verriegelt, die Fensterläden verrammelt, ein Bollwerk gegen jegliche Versuche der Waidbacher, ihn aus seiner Einsiedelei herauszulocken. Zum Teufel sollten sie sich alle scheren, der Franz war sie alle quitt.

Seine Verbitterung hing mit Anja Eyring zusammen, bei deren Hochzeit mit dem Dorfschulzen alle Waidbacher Reigen tanzten und die Goldene Suppe aus Gänseblut löffelten. Alle, außer ihm. Die Dorfgören hatten, wie es der Brauch verlangte, damals den Brautschuh gestohlen und diesen ausgerechnet an seiner Hütte versteckt, wo ihn der Bräutigam fand. Franz würdigte die Hochzeitsgesellschaft keines Blickes.

Er hatte selbst eine Schwäche für die Apothekerin. Auf der langen beschwerlichen Reise hierher hatte er erkannt, welch schöne Seele in ihrem eher ungefälligen Äußeren wohnte, und sich in sie verliebt.

Dass er trotz hartnäckiger Versuche nicht auf Gegenliebe, nur auf Spott und Verachtung stieß, bestärkte Franz darin, dass die Auswanderung nach Russland unter einem besonders schlechten Stern stand. Mit Schaudern erinnerte er sich an die Visionen, die seine abergläubische Mutter in Hessen am heimischen Feuerplatz mit glühenden Pupillen und zitteriger Stimme heraufbeschworen hatte.

Lange Zeit hatte Franz angenommen, dass sie tatsächlich die Wahrheit vorausgesehen hatte, die missgünstige Alte, und lange Zeit schien es ein gangbarer Weg, der Welt den Rücken zu kehren und sich in aller Seelenruhe zu Tode zu saufen.

Dann aber hatte er vor vier Wochen, an dem Tag, an dem die Kinder ihre Freude auf den Sommer herauskreischten, Anastasia getroffen.

Franz reckte den Hals, richtete sich für einen Moment auf.

Wo blieb sie nur?

Zwitschernd begrüßten die Vögel den ersten richtig warmen Tag des Jahres, die Hummeln und Bienen summten und sirrten, und drüben auf der Anhöhe stieß ein Murmeltier seinen warnenden Pfiff aus.

Da! Im Gleißen der Sonne schien sie über dem Steppengras zu schweben, wie sie leichtfüßig auf ihn zulief. Die nussbraunen Zöpfe unter dem im Nacken geknoteten Kopftuch flogen ihm Wind. Über dem Trägerkleid, dessen bestickter Saum um ihre Bastschuhe flatterte, trug sie heute zum ersten Mal nicht die Steppjacke, die er ihr so gern von den Schultern streifte, um die Nase in ihre Halsbeuge zu stecken und ihren Duft nach Heu und Rosen einzuatmen.

Wie frisch sie aussah mit ihrer blütenweißen Bluse, deren Ärmel ihr um die Handgelenke schwangen!

Franz schluckte die Brocken, die er im Mund eingeweicht

hatte, hinunter und räusperte sich, weil seine Kehle zu eng geworden schien.

Die Schafe hoben die Köpfe, glotzten und fraßen weiter. Der Wind, der durch Franz' Kringellocken fuhr, trug den Geruch nach trockener Erde und Rinderdung mit sich.

Prüfend, mit vorgeschobenem Unterkiefer, fuhr sich Franz mit dem Mittelfinger übers Kinn. Doch, es fühlte sich glatt an. Er würde ihre kostbare Haut nicht zerkratzen, wenn er sie mit Küssen bedeckte.

Einmal in der Woche schaffte sie es, sich zu einem Stelldichein zu stehlen. Das war der Tag, an dem Franz sich wusch und rasierte. Noch im Winter und all die Sommer zuvor hatte er auf solche lästigen Dinge verzichtet, sein Bart hing ihm damals bis auf die Brust. Die Waidbacher Mütter hatten ihre Kinder zurückgerufen, wenn sie ihn foppten.

Alles vergangen, alles vergessen, dachte Franz. Das Leben hatte ihn wieder, heiß und hungrig wie eh und je flossen die Säfte in ihm. Das hatte er diesem Engel zu verdanken, der da auf ihn zuflog.

Er breitete die Arme aus, als sie nahe genug heran war. Sie schmiegte sich an ihn, ihr Brustkorb hob und senkte sich beim Atmen, wobei sich ihr himmlischer Busen gegen seinen Leib drückte.

Er streifte ihr Tuch ab, streichelte über ihren Scheitel, drückte einen Kuss darauf und seufzte vor Glück, als er sie fest an sich zog.

Doch heute wollte sich Anastasia gar nicht beruhigen. Statt ihm die Lippen zum Kuss zu reichen, rang sie immer noch um Atem. Die Worte stieß sie tonlos hervor. »Familie weiß!«

In den stillen Stunden, wenn sie nach ihrem Liebesspiel im Gras dösten und zu den vorüberziehenden Wolken hinaufsahen, hatte Anastasia ein paar deutschen Brocken von ihm aufgeschnappt, obwohl sie kaum Worte brauchten für das, wonach ihre Leiber hungerten. Sie liebkosten sich und versanken in ihren Blicken. Zu erzählen gab es im Allgemeinen wenig.

Franz verstand sofort. Er rückte ein Stück von ihr ab, ohne sie loszulassen, um ihr in die Augen schauen zu können. »Was weiß deine Familie? Weiß sie von uns?« Er deutete zwischen ihr und ihm hin und her.

Anastasia nickte und zuckte die Schultern. Ihre Miene drückte Bedauern aus, ihre Haltung Gelassenheit.

Franz hob ihr Kinn und küsste sie, weil er dennoch glaubte, sie trösten zu müssen. »Von mir aus kann es die ganze Welt wissen!«, sagte er dicht an ihrem Mund, obwohl er wusste, dass sie das nicht verstand. Aber der Klang seiner Stimme mochte sie vielleicht beruhigen. »Um uns zu trennen, reichen alle Krieger der Welt nicht aus, meine Geliebte. Wir gehören zusammen bis ans Ende aller Tage!« Franz lauschte den eigenen pathetischen Worten hinterher und spürte das Echo in seiner Brust, die anschwoll vor Stolz. Dass solch große Wahrheiten noch einmal aus seinem Mund kommen würden, hätte er selbst nicht für möglich gehalten.

Da fühlte er Anastasias fleißige Hände an seiner Manneszierde und stieß im nächsten Moment ein Stöhnen aus, als sie ihm in den Hosenbund griff.

Franz blickte auf eine erquickliche Vergangenheit als Weiberheld und Witwenbeglücker zurück, eine Lebensart, die ihm die haarfeine Narbe beschert hatte, die sich von seiner Wange bis zur Schläfe zog. Einmal war er nicht schnell genug ausgewichen, als ihm ein gehörnter Gatte mit dem Degen nachsetzte.

In Hessen war sein zweifelhafter Ruf bis weit über Büdingens Grenzen hinaus bekannt gewesen. Damals hatte er alles mitgenommen, was einen Rock trug und sich ihm anbot, aber so etwas wie mit Anastasia hatte er noch nicht erlebt. Die Weibsbilder in Hessen spreizten die Beine und ließen es über sich ergehen, hin und wieder ein gepresstes Seufzen, wenn er es gar zu toll trieb.

Anders bei der jungen Russin.

Gerade gab sie ihm einen Schubs, sodass er taumelte und im Fallen ein erregtes Lachen ausstieß. Er ließ sich auf den Rücken sinken, spürte das stachelige Salzkraut kaum in seinem Rücken, weil all seine Sinne auf Anastasia gerichtet waren. Seine Hose hing ihm bereits an den Schenkeln, seine Manneszierde stand wie eine Fahnenstange gereckt.

Anastasias Gesichtsausdruck glich dem einer Wildkatze, die sich über ihre erlegte Beute hermachte, als sie ihn mit dem Mund und den Händen zu bearbeiten begann. Ein paar Schafe in der Nähe drehten wiederkäuend die Köpfe.

Da hatte sie schon mit gekreuzten Armen ihr Trachtenkleid ausgezogen und die Schnüre der beim näheren Hinsehen doch fleckigen Bluse geöffnet, sodass ihre melonengroßen Brüste frei schwangen.

Franz glaubte, wie jedes Mal, fast zu platzen vor Beherrschung, als sie sich nun rittlings auf ihn setzte, als wäre er ein Spielzeug, an dem sie sich erfreute.

Sie stieß russische Worte aus, während sie sie gemeinsam zum Höhepunkt trieb. Franz unter ihr glaubte zu vergehen vor Wonne.

So war es jedes Mal. Einem so gierigen Weib hatte Franz noch nie beigelegen. War es da ein Wunder, dass er bereit war, die Sterne über den Wolgawiesen für sie zu holen, wenn sie nur bei ihm blieb?

Wie dumm war er gewesen, der verknöcherten Anja Eyring nachzutrauern, und das auch noch über viele Jahre! Mit ihr hätte er ein solches Liebesglück niemals erlebt, ging es ihm durch den Sinn, als sie nun, ermattet und noch halb nackt, eng umschlungen im Gras lagen.

Dass ihm in der zweiten Lebenshälfte, jetzt, mit neununddreißig Jahren, noch einmal ein solches Glück widerfuhr – wer hätte das je vermutet? Und dann mit einem viel jüngerem Weib. An den Händen hatte sie ihm abgezählt, dass sie einundzwanzig Jahre alt war. Warum sie nicht verheiratet, warum sie nicht mehr unbefleckt war, als sie zum ersten Mal beisammen lagen, ach, wen juckte das Altweibergewäsch? Was zählte, war das Jetzt und Hier und wie sie ihr gemeinsames Leben gestalten würden.

Dass Anastasia in manchen Momenten ein flatterhaftes Ge-

müt zeigte, wenn sie mit seinen letzten Brotbrocken die Wildgänse fütterte, obwohl ihm der Magen knurrte, oder wenn sie
ihm sein Hemd beim Liebesspiel zerriss, obwohl es sein letztes
war – nun, vielleicht war das ein Vorrecht ihrer Jugend. Gerade
die Leichtigkeit, mit der sie das Leben nahm, zog ihn fast noch
stärker an als ihr verschwenderisch gefülltes Mieder.

Die Russen waren ohnehin ein merkwürdiges Volk mit allerlei
haarsträubenden Sitten und Gebräuchen; wer wusste schon, was
sie unter Beständigkeit, Ehre und Anstand verstanden? Es war
der Mühe nicht wert, dahinterzusteigen, fand Franz. Sein Vertrauen in Anastasia und ihre Liebe zu ihm war unerschütterlich.

Er kaute auf einem Grasstängel, Anastasia neben ihm summte
wie ein ins Spiel versunkenes Mädchen, während sie seine Brust-
haare kraulte.

Ja, so konnte es bleiben, so wollte er sterben. Sie beide allein
auf der Welt in diesem weiten Land unter dem unendlichen
Himmel.

Franz versuchte, die quälenden Gedanken, die sich ihm nach
Anastasias hervorgestoßenen Worten aufgedrängt hatten, zu ver-
jagen, um den Moment zu genießen. Aber sie drängten mit
Macht in sein Bewusstsein.

Von Anfang an beäugten die Russen die deutschen Kolonisten
mit Misstrauen. Anders als die marodierenden Horden der Step-
penvölker beanspruchten sie allerdings nicht das Land, auf dem
sich die Deutschen niedergelassen hatten. Franz glaubte Neid zu
spüren, Missgunst und Fremdenhass.

Elendes Pack! Arm und unwissend, faul und unredlich war er,
der russische Bauer, der *Mushik.* Verflucht seien sie alle miteinander. Außer Anastasia.

War es ein Wunder, dass die Deutschen ihre eigene Sprache
und Bräuche bewahrten? In bierseliger Stimmung hatte Franz
sich in den langen Wintermonaten ein ums andere Mal mit den
Russen angelegt. Lustig machten die sich darüber, mit welch
hamstergleichem Eifer die Deutschen ihre Häuser sauber hielten, als gäbe es nichts Vergnüglicheres zu tun.

Sie waren sich fremd und würden es immer bleiben, die Russen und die maulfaulen Deutschen. Franz hatte noch nie davon gehört, dass eheliche Verbindungen untereinander eingegangen worden wären.

Obwohl sich Franz mit jeder Faser der deutschen Heimat verbunden fühlte und das russische Volk mit aller Inbrunst verachtete, hatte er sich nun in eine von den Einheimischen verliebt. Anastasia war viel mehr für ihn als eine Sommerliebelei. Diese Frau bereicherte sein Dasein auf jede nur erdenkliche Weise. Er würde bis aufs Blut um sie kämpfen, und wenn es das Letzte sein sollte, das er tat.

Dummerweise schien es genau darauf hinauszulaufen.

Familie weiß.

Seit sie sich im Frühjahr, als das erste Grün aus dem Erdreich sich der Sonne entgegenreckte, kennengelernt hatten, trafen sie sich einmal die Woche hier am Hüteplatz. Franz wusste nicht genau, warum Anastasia an jenem Tag durch die Steppe gewandert war. Ihre Worte und Gesten verhießen, dass sie irgendetwas in Waidbach zu erledigen hatte. Möglicherweise benötigte sie Medizin aus der Apotheke oder versuchte, mit russischen Waren zu handeln. Sie hatten sich angesehen, und um ihn war es geschehen gewesen. Er hatte einen Kuss auf ihre Fingerspitzen gehaucht, nachdem er ihr den Weg nach Waidbach mit Gesten und Worten wie für eine Taubstumme erklärt hatte. Am nächsten Tag war sie wieder erschienen, hatte sich neben ihn gesetzt, nach seiner Hand gegriffen, und um ihn war es geschehen. Ohne Worte, ohne Erklärungen, als wäre es von Gott gewollt und gefügt.

Seit diesem Tag fühlte sich Franz dem Himmel nah.

Er hatte inzwischen begriffen, dass sich Anastasias Dorf einen dreistündigen Fußmarsch entfernt befand. Sechs Stunden, hin und zurück, setzte sie Fuß um Fuß durch das Kraut, nur um bei ihm sein zu können. Einmal in der Woche. Wenn das nicht ein Zeichen bedingungsloser Liebe war!

Wenn Matthias davon wüsste …

Als Franz an seinen Bruder dachte, stieß er ein verächtliches Lachen aus. Anastasia neben ihm richtete sich auf, sah ihn fragend an. Zur Antwort nahm er ihr Gesicht in beide Hände und küsste sie.

Als wäre es gestern gewesen, erinnerte er sich an den Abend vor sechs Jahren, als Matthias an seinem letzten Tag in Waidbach zu seiner Hütte geschlichen war und an die Tür klopfend nach ihm gerufen hatte.

Ha, was hatte er sich vorgestellt? Hätte er, Franz, dem Jüngeren folgen sollen wie ein gehorsamer Leibeigener, um in der Saratower Manufaktur Handlangerdienste zu übernehmen?

Franz hatte Matthias hinter dem Fenster verborgen nachgeschaut, wie er mit geradem Rücken gegangen war, dieser Glückspilz, sein kraftstrotzender, hoffnungsfroher Bruder. In den Jahren darauf wuchs sein Groll auf Matthias – der erkämpfte sich tatsächlich das, wovon sie als Jungmänner in Hessen geträumt hatten, mit nichts als Flausen und Wolken im Kopf.

Aber nun, da er in Anastasias Armen neuen Lebensmut schöpfte, schwand der Unmut gegen den Bruder. Irgendwann einmal würde er ihn vielleicht besuchen, würde sehen, was aus der schönen Eleonora geworden war, wie sich die Neffen Justus und Stephan entwickelt hatten. In Franz' berauschender Vision begleitete ihn bei diesem Gang Anastasia als seine Gattin, in einer perlenbestickten Tracht, das schönste Eheweib der Welt.

Er richtete sich auf und zog den restlichen Proviant aus dem Säckel, um ihn mit der Geliebten zu teilen. Anastasia nahm den Brotkanten in beide Hände, als sie abbiss. Franz ging das Herz über, als er sie dabei beobachtete.

»Familie sagt nix mehr kommen zu Franz.« Anastasia kaute mit vollen Backen und sah ihn nun mit geweiteten Pupillen an.

Franz schluckte.

»Das können sie uns nicht verbieten. Wir werden eine Lösung finden«, behauptete er. Sie verstand ihn nicht, und Franz verstand es selbst nicht. Er hatte nicht die geringste Ahnung, wie er Anastasias Vater und Brüder überzeugen sollte, dass er der Richtige für sie war. Würde Anastasia es ertragen, sich von der Familie loszusagen, um mit ihm in der deutschen Kolonie zu leben? Sein Verstand war leer, aber sein Herz war voll. Ihre Liebe würde – musste – alle Hindernisse überwinden. Irgendwann würde er die windschiefe Viehhüterhütte vergrößern, würde eine Stube anbauen, die Feuerstelle erneuern, Ehebetten zimmern, und …

Sie wandten gleichzeitig die Köpfe, als vom Dorf her Hufgetrappel erklang. Eine Gruppe von vielleicht einem halben Dutzend jungen Kerlen preschte auf sie zu. Sie johlten und trieben die kurzbeinigen, kräftigen Ponys an.

Franz richtete seine Hose, Anastasia schnürte die Bluse zu und schlüpfte in die Tracht. Als die Reiter vor ihnen hielten, saßen sie wie Bruder und Schwester auf dem Findling.

Anastasia lächelte, Franz nickte ihnen mit verbissenem Mund zu. Was wollten die Heißsporne? Die sollten zusehen, dass sie weiterritten. Drückten die sich vor der Feldarbeit an den Eggen?

Durch sein Einsiedlertum kannte Franz inzwischen nur noch die wenigsten Gesichter der Kolonisten. Die Kinder wuchsen, die Jugendlichen reiften heran, heirateten. Die neuen Deutschen, in den späteren Jahren dazugestoßen, blieben Franz fremd.

Aber den, der voranritt, die strähnigen Haare zu einem Zopf zusammengefasst, die Wangen unrasiert, die Augen blitzend vor Mutwillen, den hatte er schon mal gesehen. Walter hieß er und gehörte zu der aufrührerischen Schmied-Sippe. Von denen kam nichts Gutes. Schmieds Gregor hatte sich damals, in den Jahren des Pugatschoff-Aufstands, den Rebellen angeschlossen und war mit gereckter Faust in den Bauernkrieg gegen die Zarin gezogen. Seine Frau Helmine hatte der Hundsfott zurückgelassen.

»Na, Franz, hat dir die Gesellschaft der Schafe nicht mehr gereicht? Glaubst du, dass du mit der Russenhure einen guten Tausch gemacht hast?« Die höhnischen Worte des Kerls wehten über die Steppenlandschaft und drangen wie Giftpfeile in Franz' Ohren. In seinen Eingeweiden rumorte es.

In früheren Jahren hätte er, ohne nachzudenken, den Kampf gegen die sechs Grünschnäbel aufgenommen. Wie ein Berserker hätte er mit dem Hütestab auf sie eingedroschen. Aber er war gealtert, seine Bewegungen langsam, die Knochen morsch, die Muskeln erschlafft.

»Verdrückt euch, ihr verpestet die Luft!«, zischte Franz ihnen zu.

Die Kerle lachten höhnisch. »Gestank bist du doch gewöhnt mit deinen Viechern und der läufigen Hündin an deiner Seite, Lumpensack!«, rief einer, der sich links neben Walter hielt und sich umschaute, um den Triumph zu genießen, als die Kumpane vor Belustigung grölten.

Franz packte seinen Stab und sprang auf.

Sofort richtete einer der Heißsporne eine rostige Muskete auf ihn. Franz bebte vor Zorn, hörte die Zähne aufeinander knirschen. In seinem Schädel brodelte es, während Anastasia sich dicht hinter ihm hielt. Er spürte ihr Zittern und wie sie sich an seinen Arm klammerte.

»Schert euch davon oder ich mache dem Dorfschulzen Meldung. Wenn der sich mit dem Provinzbeamten berät, sind die Tage gezählt, bis ihr nach Sibirien geschickt werdet!« Franz spuckte aus.

Die Ponys tänzelten, als die Kerle sie an den Zügeln zurückrissen. Das Lachen aus ihren Kehlen klang schon weniger siegessicher.

Walter wies mit ausgestrecktem Zeigefinger auf Anastasia. »Wage es nicht, mit der Schlampe in der Kolonie aufzutauchen. Hör auf meine Worte, Viehhüter Franz Lorenz. Kurzen Prozess machen wir mit jedem *Mushik,* der es wagt, unseren Dorffrieden zu stören. Ob mit oder ohne den Schulzen!«, fügte er hinzu, bevor er ausspuckte und mit einer weit ausholenden Armbewegung seine Kumpane anwies, ihm zu folgen. Kiesel spritzen auf, als die Horde in einer Staubwolke davonstob.

Franz legte den Arm um Anastasia, die zu weinen begonnen hatte. Auch ohne die deutschen Worte zu verstehen, die die Pestbeulen ausgestoßen hatte, hörte sie die Beleidigung. Die angewiderten Mienen sprachen eine Sprache, die jeder verstand.

Die Russen verhöhnten die Deutschen, die Deutschen bekämpften jeden Russen, der es wagte, das ihnen von der Kaiserin zugeteilte Stück Land zu betreten.

Und mittendrin er, Franz, und Anastasia.

Sie würden alle Widerstände überwinden.

Er würde kämpfen mit allem, was ihm noch geblieben war.

Für sie.

Und für sein Leben.

3

Wie eingesperrt tigerte Klara durch die Stube, als suchte sie nach einem Fluchtweg. Dabei rang sie die Hände, bis sich die Fingerknochen wachsweich anfühlten.

Von der Bettstatt unter dem Dach vernahm sie leises Schnarchen und Schmatzen, die Kinder schliefen fest und träumten. *Herr im Himmel, die Kinder!*

Klara fiel von einer Panik in die nächste, während sie sich ausmalte, was es bedeutete, dass dieser ruchlose Verbrecher nun zu ihrer Dorfgemeinschaft gehören sollte.

Es gab keinen Zweifel: Am Nachmittag hatte sie in das Gesicht des Mannes geblickt, der sie vor vierzehn Jahren vergewaltigt hatte.

An der Seite des Gottesdieners ließ seine Miene keinen Rückschluss auf seinen verderbten Charakter zu – er war nur ein zu Tode erschöpfter weiterer deutscher Auswanderer. Ein gottgefälliger Mann, der seine Familie monatelang durchs Land geführt hatte, mit der Hoffnung auf ein bisschen Glück im Gepäck.

Sie war ein Kind gewesen, gerade mal acht Jahre, und er hatte sich an ihr vergangen, als sie durch eine Flucht vor ihren Schwestern zu verhindern suchte, dass sie nach Russland zogen. Ihre Verlorenheit, als sie weinend am Wegesrand stand und nicht wusste, ob sie sich nach rechts oder links wenden sollte, hatte der Kerl ausgenutzt.

Aber selbst wenn sie bei Kräften gewesen wäre, hätte sie ihm nichts entgegensetzen können, als er ihr mit seiner nach Unrat stinkenden Hand den Mund zudrückte, bis sie zu ersticken glaubte, sie ins Unterholz presste, ihr die Röcke hochriss und ihr das Vertrauen in die Menschen raubte.

Klara hatte nicht gewusst, was Männer zu tun imstande waren. Sie hatte nicht damit gerechnet zu überleben.

Damals fanden sie die Knechte Matthias und Franz Lorenz, brachten sie heim zu den Schwestern. Die körperlichen Wunden heilten, die Verletzungen an der Seele blieben.

Mit einem Brennen in der Brust erinnerte sie sich daran, wie sie sich mit fünfzehn Jahren aus freien Stücken einem Mann hingab, und war in der Tiefe ihrer Seele davon überzeugt, dass es kein anderer als Sebastian geschafft hätte, ihr die Todesängste zu nehmen. Doch seine Zartheit, seine Fürsorge, seine mit warmem Atem geflüsterten Liebesworte an ihrem Ohr hatten sie schmelzen lassen, obwohl ein Teil ihres Verstandes bis heute bei der Liebe wachsam und ängstlich blieb.

Damals hatte es sich für das Kind Klara wie die Hölle angefühlt, heute, mit ihren zweiundzwanzig Jahren, konnte sie die verruchte Tat mit dem Verstand einer Erwachsenen verurteilen. Schlimm genug, was Männer Frauen antun konnten, aber einem Kind? Wie viel Schlechtigkeit gehörte dazu?

Immer wenn Klara bei ihrem gehetzten Gang durch die Stube ans Fenster zur Dorfstraße kam, warf sie einen Blick nach draußen. Wo blieb Sebastian nur?

Sebastian war keiner der Männer, die der Bierbrauer des Dorfes in den frühen Morgenstunden zum Heimweg drängeln musste, weil sie vor dem halbleeren Humpen kein Ende fanden.

Die Stiege knarrte, als Klara einen Fuß darauf setzte, um nach den schlafenden Kindern zu sehen. Der Anblick der entspannten Mädchengesichter verfehlte seine beruhigende Wirkung nie. Vielleicht half es heute, wo sie die Minuten zählte, bis Sebastian aus der Dorfschenke heimkehrte. Sie hatte behauptet, sie fühle sich nicht gut, als Sebastian sie drängte, ihn zu begleiten. Beim Abschied hatte er sie länger als üblich an sich gedrückt.

Im späten Winter würde, wenn alles gut ging, ihr drittes Kind zur Welt kommen, vielleicht im Dezember, vielleicht im Januar. Die Schwangerschaft stand noch am Anfang.

Klara betete, dass es diesmal ein Junge würde. Ihr wären auch noch sieben weitere Mädchen lieb, aber Sebastian sehnte sich nach einem Stammhalter, einem Burschen, dem er all das beibringen konnte, was er selbst über Ackerbau und Schmiedekunst, Zimmern und Jagen wusste. Nach einem Jungen, der den Namen Mai in die nächste Generation trug, die das Erbe der Gründer fortführen sollte.

Weil Klara seit ihrer Hochzeit ständig entweder schwanger war oder eines ihrer Kinder stillte, war sie von der Arbeit auf den Feldern, bei den Mühlen und den Backöfen befreit. Die Dorfgemeinschaft hatte festgelegt, dass sie auf schwangere und stillende Mütter verzichten konnte. Sie sollten sich der Pflege des Nachwuchses widmen, denn genauso wichtig wie die Kornkammern für den Winter war das Wachsen und Gedeihen der Kolonie. Wofür schufteten sie, wenn Waidbach aufgrund mangelnder Nachkommen auszusterben drohte? Nein, die Frauen, die Kinder zur Welt brachten, genossen Rücksichtnahme und Wertschätzung.

Ein Schaudern durchlief Klara, während sie vorsichtig die nächsten Sprossen der Stiege erklomm, als sie an die beiden Fehlgeburten zwischen Amelia und Henny dachte, die sie viel Kraft gekostet hatten.

Ihre zweite Schwangerschaft hatte nach einem Sturz von der Dachbodenleiter ein jähes Ende gefunden. Sie hatte laut geschrien, bis die Nachbarn, mit Äxten und Musketen gegen mögliche Räuber bewaffnet, mitten in der Nacht herbeigeeilt waren. Sie hatten mit ansehen müssen, wie Sebastian das Bündel aus Blut und Knochen, das aus Klara herausgedrungen war, in altes Leinen wickelte, um es in den Wald zu tragen.

Auch bei der dritten Schwangerschaft war das Kind schon gut entwickelt, als Klara es unter heftigen, viel zu frühen Wehen verlor. Tagelang hatte sie sich verkrochen und geweint. Nur die Sorge und die Verantwortung für ihre Tochter Amelia, die sich manchmal tröstend zu ihr ins Bett kuschelte, hatte sie schließlich getrieben, wieder am Leben teilzunehmen.

Als sie mit Henny schwanger ging, war ihr ständiger Begleiter die Furcht, dass das Kind ihr erneut weggeholt werden könnte. Umso größer die Freude, als nach neun Monaten ihr zweites

Mädchen zur Welt kam, mit blauen Murmelaugen und zahnlosem Mündchen die Mutterbrust suchend.

Auf der fünften Sprosse hörte sie das Knarren der Tür. Sebastian! Sie wandte sich um und sprang herunter, federte ihr Gewicht ab und lief auf ihn zu.

Sebastian lachte und küsste sie links und rechts auf die runden Wangen. »Ich war nur ein paar Schritte entfernt, Klärchen, und das nur für knapp zwei Stunden. Schon vergehst du vor Sehnsucht? Ich nehme es als Kompliment.« Er senkte den Mund auf ihre Lippen, wollte sie küssen.

Doch Klara wandte sich ab. »Mir ist nicht zum Scherzen zumute, Sebastian. Ich bin nur froh, dass du da bist. Erzähl! Wie war es? Was berichten die neuen Kolonisten? Haben sie sich vorgestellt? Welches Handwerk haben sie gelernt?« Beim Sprechen fühlte sich ihre Brust an, als läge ein Pflasterstein darauf.

»Wollen wir uns nach draußen auf die Bank setzen? Dann berichte ich dir alles.«

Klara schüttelte den Kopf so heftig, dass sie ihre Haube richten musste. »Nein, lieber hier am Tisch.« Sie wollte heute niemandem mehr begegnen.

Sebastian erzählte, dass die Not in den deutschen Gebieten nicht geringer war als damals, als das Russlandfieber grassiert hatte. An den Fürstenhöfen lebten sie in Protz und Prunk wie eh und je, und in den Bauernstuben verreckten die Kinder und Alten vor Hunger. Nichts hatte sich verändert, obwohl es hieß, aus Paris drängen aufrührerische Parolen von Freiheit und Gleichheit für alle. »Wohin das wohl führen soll? Und ob sich die Preußen in einen weiteren Krieg verwickeln lassen? Der bringt am Ende nichts als neue Not. Stell dir vor, Klärchen, die Heere der Preußen standen den Österreichern in Bayern auf dem Schlachtfeld gegenüber, ohne dass es zu einem Gefecht kam, weil alle sich nur darum sorgten, wie sie Lebensmittel beschlagnahmen konnten. Ein Kartoffelkrieg!« Sebastian lachte auf. Klara bemühte sich, einzustimmen. »Die Zarin persönlich hat den Frieden in diesem denkwürdigen Kampf herbeigeführt.« Ein Hauch von

Stolz schwang in Sebastians Stimme mit, dass sie Untertanen im Reich der mächtigsten Frau der Welt sein durften. Er drückte Klara einen Kuss auf die Wange und zog sie an sich.

»Wir können froh sein, dass wir weit weg sind von den Schlachtfeldern und den verwaisten Äckern«, sagte er, aber es klang halbherzig. Viel besser als den Deutschen in ihren zersplitterten Teilstaaten unter Friedrich dem Großen erging es den Kolonisten nicht, obwohl Zarin Katharina überall in der europäischen Politik ihre Finger im Spiel hatte und obwohl sich die Kolonisten, von der Wehrpflicht befreit, aus allen Gefechten heraushalten konnten, die die Regentin im Zuge ihrer Expansionspolitik führte.

»Was sind das für Leute?«, fragte Klara.

»Hm?« Sebastian sah auf.

»Die neuen Waidbacher! Nun erzähl schon! Was interessieren mich die Schlachten, die uns nicht betreffen? Ich will wissen, wen wir künftig in unserer Nachbarschaft erdulden müssen!«

»Ach, Klärchen, nun grummele nicht. Die machen alle einen ordentlichen Eindruck. Wart nur ab, bis sie gewaschen und rasiert sind und sich von den Strapazen erholt haben.«

Es handelte sich um zwei Familien mit Kindern sowie ein frisch vermähltes Ehepaar, fuhr Sebastian fort. Das junge Ehepaar und die eine Familie stammten aus Kassel, die zweite Familie kam direkt aus Büdingen.

Klara stockte der Atem. Das musste er sein.

Das Ehepaar waren ein Knecht und eine Magd, die sich bis zuletzt auf einem hochherrschaftlichen Gut verdingt hatten. Für sie fand man in Waidbach gewiss mannigfaltige Aufgaben. Der Familienvater aus Kassel war Schmied und wollte gleich am Morgen in der dörflichen Werkstatt vorsprechen.

Was die Familie aus Büdingen betraf …

Klara schluckte und rückte näher an ihren Mann heran. Sie verkrampfte die Finger ineinander, um das Zittern zu verbergen.

Sebastian schmunzelte und wiegte den Kopf. »Nun, der Joseph Müllau scheint ein lustiger Geselle zu sein. Er ließ die Becher

36

ohne Unterlass klingen, verständlich nach den Entbehrungen der letzten Wochen. Er wusste allerlei kurzweilige Geschichten vom alten Fritz zu erzählen. Und er scheint viel herumgekommen zu sein und hatte sein Ohr überall. Womit er sein Brot verdient, habe ich nicht begriffen. Aber angeblich verdingt er sich im Handel, als Bote und Mittelsmann. Wir werden sehen, wie er dem Dorf nützlich sein kann.«

Ein lustiger Geselle! Eine kalte Hand schien nach ihrer Kehle zu greifen. »Manchmal täuscht der erste Eindruck. Vielleicht hat er nur den Scherzbold und Weitgereisten gespielt, um euch zu beeindrucken?«

Sebastian zog die Brauen hoch. »Warum denn nur so misstrauisch, Klärchen?«

»Nicht misstrauisch.« Klara wischte über den Tisch, als wollte sie Krümel wegfegen. »Gesunder Menschenverstand. Du kannst dir noch kein Urteil über ihn erlauben nach dem ersten Abend.«

»Aber du, obwohl du ihn noch gar nicht kennst?«, gab Sebastian mit liebevollem Spott zurück.

Klara spürte Hitze in ihren Wangen. War jetzt nicht der rechte Zeitpunkt, ihrem Mann zu erzählen, warum und woher sie Joseph Müllau kannte?

Würde es sie nicht entlasten, wenn sie ihre Befürchtungen, die Erinnerungen und das Wissen mit dem Gatten teilte?

Warum sie es nicht tat, warum sich ihr Hals anfühlte, als passte keine Silbe mehr hindurch, wusste sie selbst nicht zu sagen. Vielleicht war es Scham darüber, dass Sebastian nun den Mann kannte, der mit ihr das getan hatte, was nur der Liebste tun sollte. Vielleicht war es die Befürchtung, dass Sebastian – obwohl er keineswegs zu unbedachten Handlungen neigte – zum Rächer werden und sich selbst und sie mit den Kindern in Gefahr bringen würde.

Vielleicht würde er ihre Erkenntnis als Trugschluss abtun, als Streich, den ihr der Verstand spielte. Einen solchen Zufall gäbe es nicht, dass es den Vergewaltiger aus ihrer Kindheit ausgerechnet in das Dorf im russischen Steppenland zog.

Vielleicht war es von allem ein bisschen, was Klara nun aufstehen ließ, bevor sie ihrem verdutzten Mann einen Kuss auf die Wange drückte und ohne ein weiteres Wort, mit hängenden Schultern und bleischwerer Sorgenlast, zu Bett schlich.

Aus weiter Ferne drang mit dem Nachtwind das Heulen von Wölfen durch die Fensterritzen, ein Geräusch, an das sich Klara nie gewöhnen würde. Sie fröstelte und rieb sich die Arme.

Der liebe Gott hatte ihr eine weitere Bürde aufgelastet. Sie würde sie allein tragen. Ihre Familie – das Liebste, was sie auf der Welt besaß – sollte unbeschwert in die Zukunft gehen.

Gelitten hatten sie allesamt lange genug.

Sie würde die zermürbenden Gedanken und die schlaflosen Nächte aushalten.

Und wachsam sein.

4

Saratow, August 1780

Seit den frühen Morgenstunden hatte Eleonora Lorenz die Stadtwohnung geputzt, das Silber poliert und den Teig für den Man-
delkuchen geknetet, der jetzt seinen butterigen Duft verströmte.
Anna, die runzelige Russin mit dem Kartoffelgesicht und den
Knopfaugen, die ihr unter der Woche bei den Hausarbeiten und
der Beaufsichtigung der Söhne half und die die Kinder *Babuschka* nennen durften, hatte an diesem Samstag frei.
Eleonora ließ es sich nicht nehmen, ihren liebsten Gast persönlich zu bewirten. Lange genug hatte sie als bettelarme Weberin in Hessen, später als Kolonistin in der russischen Steppe alle
hausfraulichen Herausforderungen tadellos gemeistert. Das Kochen und Backen hatte stets zu ihren angenehmsten Pflichten
gehört – zumal, wenn sich die Regale in der Vorratskammer unter Mehlkisten und Eierkörben, Butterfässern und Milchkrügen
bogen, was dieser Tage nicht allerorten selbstverständlich war.
Hoffentlich hielt Daniel Wort und kam tatsächlich heute! Sie
sehnte sich danach, zu erfahren, wie es ihrer Tochter Sophia nach
drei Monaten in der russischen Hauptstadt erging und was ihre
Nichte Alexandra erlebt hatte.
War Sophia bei der Kunstdozentin Mascha gut untergeschlüpft?
Gab es eine große Versöhnung zwischen Alexandra und ihrer
Mutter Christina?
Vor zwei Wochen hatte Daniel Meister seinen Besuch auf hal-
bem Weg in einer Nachricht aus Moskau angekündigt.
Daniel war seit vierzehn Jahren ein guter Freund der Familie,
seit sie sich bei der Einwanderung nach Russland im Hafen von
Lübeck kennengelernt hatte. Wie kein zweiter kannte der ehe-

malige Handwerksgeselle aus Berlin sich in den Weiten des Zarenreichs aus, mochte nirgendwo sesshaft werden und bildete sich unermüdlich fort auf seinen Reisen zwischen Saratow, Moskau und St. Petersburg.

Seit der Postkutscher die Nachricht von seiner Rückkehr gebracht hatte, arbeitete es hinter Eleonoras Stirn wie in einem Räderwerk, und sie vermochte keine Minute still zu sitzen.

Ohnehin verging kaum ein Tag, an dem sie nicht an Sophia dachte. Manchmal spürte sie ihr Gewissen, weil sie durch die Sorgen um ihre einzige Tochter die beiden Söhne zu vernachlässigen drohte. Aber, ach … Die beiden waren stark, jeder auf seine Art, sie waren Jungen in einer Männerwelt, geborgen in ihrem Elternhaus. Sophia dagegen war als zerbrechliche junge Frau im Juni allein hinausgegangen in die brodelnde Hauptstadt des Zarenreichs.

Wenn Daniel heute anreiste, passte es vortrefflich, dass sich Matthias wie an jedem Samstag mit seinem Kompagnon Oscar Hartung im Badehaus verwöhnen ließ und erst später dazukommen würde. Matthias interessierte das Wohlergehen der beiden Mädchen zwar genau wie sie, aber ihre detailreichen Fragen stellte sie Daniel zunächst lieber ohne die belustigten Kommentare ihres Mannes, der ihr ständig nur halb im Spaß vorwarf, sie benähme sich wie eine Glucke und sollte Sophia endlich eigenständig ihr Glück suchen lassen.

Wie stellte er sich das vor? Sie musste doch wissen, ob ihre Tochter keine Not litt! Aber gut, sie hatte Zeit für solche Grübeleien, weniger Ablenkung als er. Der Haushalt, die Jungen, der Literaturkreis, den sie gegründet hatte … Es blieben genug Stunden, in denen ihre Bedenken Kapriolen schlagen konnten.

Was, wenn Sophia von Heimweh geplagt war? Wenn sie fürchtete, sich mit den anderen Studenten nicht messen zu können? Wenn sie keine Freundinnen fand? Wenn sie erkrankte und niemand da war, der ihr die Stirn fühlte, die Decke um sie feststeckte, ihr Kräutertee und Hühnersuppe einflößte, sie mit Weckchen fütterte? Ach, ach, ach.

Matthias dagegen beschäftigte sich von den frühen Morgenstunden bis zur Nachtruhe mit Rechnungen und Aufträgen, Buchhaltung und Materialprüfung in der Seidenmanufaktur des Deutschen Oscar Hartung und sorgte für ihren Lebensunterhalt – da blieb für solche Bedenken keine Zeit.

In Saratow florierten die drei von Einwanderern angelegten Fabriken. In einer entstanden Hüte, in der anderen baumwollene Tücher und Schärpen. Hartung hatte sich auf Seidenwaren spezialisiert. Wie seine verstorbene Gattin stammte er aus Leipzig und hatte, ehe er nach Saratow übersiedelte, bereits eine Fabrik in Polen zum Blühen gebracht – ein tüchtiger Unternehmer, von dessen Fachwissen die Region fernab der russischen Hauptstadt nur profitieren konnte.

Die Regierung hatte ihn wie alle Fabrikanten mit einem üppigen Vorschuss und einem Wohnhaus mitten im Zentrum der Stadt ausgestattet.

Die ersten Monate hatte Matthias neben drei weiteren Deutschen und zwei Tartaren als Angestellter in der Produktion gearbeitet, aber obwohl er sich am Webstuhl und bei der Verfertigung geschickt anstellte, zeigte sich bald, dass sein wahres Geschick auf anderen Gebieten lag.

Bei der Anleitung der Mitangestellten bewies er so viel Diplomatie, Sachverstand und Fingerspitzengefühl, dass er Oscar Hartungs Aufmerksamkeit erregte. Im Handel und im Umgang mit den Kunden wäre ein solcher Mann Gold wert, mochte der Unternehmer frohlockt haben. Oscar Hartung, der mit seinen sechzig Jahren wohl die Müdigkeit in den Knochen spürte und dessen Kräfte die aufreibende Arbeit zunehmend überstieg, zögerte nicht lange, den Landsmann zu seinem Assistenten zu ernennen.

Zumal Oscar die russische Sprache nicht beherrschte, was sich bei der Gewinnung neuer Kunden als hinderlich erwies. Matthias hingegen hatte auf die Erlernung des Russischen genau wie Eleonora einige Mühe verwendet. Die Kenntnisse halfen ihm bei allen täglichen Geschäften.

Immer öfter geschah es in den letzten Wochen, dass Oscar gar nicht erst in seinem Kontor erschien und Matthias auf sich allein gestellt ließ. Es bereitete Matthias wenig Mühe, wie er erzählte, obwohl ihm an manchen Abenden die Augen zufielen, noch bevor er seine Beine unter die Bettdecke gezogen hatte.

Oscar Hartung wusste seinen Einsatz zu schätzen und entlohnte ihn großzügig. Doch während der Unternehmer selbst seine Einkünfte gern zu den Weibern trug, mit denen er sich vergnügte, brachte Matthias jeden einzelnen Rubel nach Hause, wo er vertrauensvoll Eleonora über ihre Einnahmen und Ausgaben wachen ließ.

Der teuerste Posten in ihrem Alltag war die Miete für die Stadtwohnung. Sie war groß genug gewesen, als Sophia und Alexandra noch hier gelebt hatten, bevor sie im Juni nach St. Petersburg gereist waren. Und jetzt, da die beiden fehlten, wirkte sie an manchen Tagen gar zu weitläufig.

Die beiden Jungen, Stephan und Justus, bewohnten jeweils ein Zimmer für sich allein. Sophias ehemaliges Mädchenzimmer hatte sich Eleonora zu einer Bibliothek eingerichtet, in der sie all die Werke sammelte und ausstellte, die sie selbst gelesen und ihren deutschen Freundinnen in Saratow empfohlen hatte.

Ihr Lesezirkel für deutsche Einwanderinnen gehörte zu den angesehenen Vereinigungen in der russischen Handelsstadt; jede Dame, die auf sich hielt, ersuchte um die Mitgliedschaft, selbst wenn sie des Lesens kaum mächtig war. Es gab immer genügend Clubmitglieder, die es genossen, den anderen vorzulesen, und so kamen auch die Ungebildeten, die vorgaben, mehr zu sein als sie tatsächlich waren, in den Genuss der Literatur. Dass manche in ihren Sesseln einschliefen, während der Schöngeist der romantischen Dichter im Raum schwebte, nahm Eleonora mit Contenance. Es erfüllte sie mit Stolz, dass sich der von ihr gegründete Verein etablierte und dass sich ihre eigene Leidenschaft für die Literatur mit ihrem Engagement für die Stadt verbinden ließ.

Wäre sie in der Kolonie geblieben, hätte sie wahrscheinlich mit der Idee eines Literaturzirkels nur Hohngelächter geerntet. Die Menschen dort waren der Bauernwirtschaft verschrieben, selbstverständlich. Das hielten sie für ehrliche Arbeit, alles andere für Tand und eitlen Putz.

Eleonora war lange genug Teil dieser Gemeinschaft gewesen, um sich an die Abläufe im Jahresrhythmus, die zahlreichen Bräuche nach alter Sitte erinnern zu können. Kaum ein Tag verging, an dem sie nicht daran dachte, welche Arbeit wohl gerade in Waidbach getan werden musste: ob sie die Äcker furchten, die Saat ausbrachten, die Felder wässerten oder die Ernte einholten, ob sie den Winterschmutz aus den Stuben fegten, den Hanf versponnen oder die Wege nach der Schneeschmelze befestigten.

Nach den schweren Anfangsjahren hatten sich die meisten Kolonisten angepasst. Der russischen Regierung jedoch blieb, wie Eleonora wusste, nicht verborgen, dass ein Teil der Einwanderer zur Landwirtschaft nicht taugte. In manchen Kolonien, auch in Waidbach, nahmen sie einigen Faulpelzen die Höfe wieder ab und gestatteten ihnen, sich ein Handwerk zu suchen. Nur wenige fassten dabei Fuß. Die meisten blieben lieber als Tagelöhner bei ihren Freunden und Familien.

Vor wenigen Jahren war die Rückzahlung der Kredite fällig gewesen, aber die Zarin stundete ihnen die Kronschuld, räumte gar weitere Darlehen ein, damit die Bauern Verluste an Saatgut, Vieh und Geräten ersetzen konnten.

Die Großzügigkeit der Regentin und ihre ausgefeilte Besiedelungspolitik beeindruckten Eleonora nach wie vor, aber sie dachte ohne Wehmut an ihre Jahre als Kolonistin zurück. Sie hatte die richtige Entscheidung getroffen. Hier in Saratow, hier konnten sie ihre Träume leben. Hier fehlte es ihnen an nichts, und die Lebensmittel für den täglichen Bedarf gab es zu einem Bruchteil der Kosten, die sie in Hessen dafür hätten berappen müssen. Das Pfund Fleisch erstand man für eine Kopeke, das Paar Birkhühner, von denen es hier reichlich gab, für sechs Kopeken, zehn Weißfische aus der Wolga, ob frisch oder luftgetrocknet, für zwei Kopeken.

Brennholz holten die Buben im Sommer aus dem nahen Wald, im Winter, wenn die Wolga stand, von verschiedenen mit schönem Holz bewachsenen Inseln. Justus und Stephan liebten diese Ausflüge, fühlten sich dabei wie die Abenteurer, die sie aus Mutters Büchern kannten. Sie überboten sich beim Bepacken der Weidenkörbe, die sie zu ihrem Haus schleppten. Manchmal erzählten sie, dass sie der Baba Jaga begegnet wären und welche Haken sie geschlagen hätten, um der alten Hexe zu entfliehen. In solchen Momenten fragte sich Eleonora, ob ihre Söhne, wenn sie zu Männern herangereift wären, Russland oder das Hessische als Heimat nennen würden.

Das Einzige, was Eleonora in Saratow vermisste, waren Früchte, wie sie sie aus ihrer Heimat kannte. Die rotwangigen sauren Äpfel, die sie im Herbst zu Kuchen verbacken hatte, die prallen Pflaumen, deren Saft beim Hineinbeißen spritzte, die Birnen, die sie als Kinder vom Baum pflückten, um gleich davon zu kosten, Himbeeren und Brombeeren, die die Mutter zu Säften einkochte. Außer sauren Kirschen gab es hier das Obst nur getrocknet, in Kisten eingeführt, bei Weitem nicht so schmackhaft und nahrhaft wie frisch geerntet. Eleonora wusste, dass die Bäuerinnen in der Kolonie Waidbach in ihren Hausgärten Ehrgeiz darein legten, die Obstbäume anzupflanzen. Wann immer sie zu Besuch in Waidbach war, nahm sie gern etwas von den Früchten mit, die ihr Klara mit versteckter Genugtuung mit auf den Weg gab. *Mit unseren Händen geschaffen.*

Getreide gab es reichlich in Saratow, vor allem Buchweizen und Hirse, aus denen Eleonora Grütze köchelte und die sie in der Fastenzeit, mit Buchöl geschmelzt, als Mus aßen.

Doch, an Nahrungsmitteln, wenn auch gewöhnungsbedürftigen, herrschte ein Überfluss, der Hunger, wie ihn Eleonora aus ihrer Kindheit und Jugend in Hessen kannte, war nur noch eine Erinnerung aus dunklen Jahren. Mit Einfallsreichtum und Geschick zauberte sie, genau wie die anderen Deutschen in Saratow, neue, den Russen nicht bekannte Gerichte.

Es mochte einige wenige Menschen geben, die sich in all diesen Belangen den Russen anpassten und von ihnen lernten, aber Eleonora versuchte, im Einvernehmen mit ihrem Mann, auf ihre

Art genau wie die Kolonisten in Waidbach, die Gebräuche und Sitten ihrer Heimat hier in Saratow fortzuführen: ein deutsches Leben unter Russen zu führen.

»Der russische Bauer betrachtet die Deutschen als ein merkwürdig schlaues und erfinderisches Volk«, hatte Daniel einmal philosophiert. »Er glaubt, dass sie von der Vorsehung mit besonderen Eigenschaften ausgestattet sind, welche die orthodoxe Menschheit nicht besitzt.« Er lachte. »Niemals fiele es ihnen mit ihrer andersartigen Denkweise ein, den ach so peniblen Deutschen nachzueifern.«

Was Eleonora an manchen Tagen einen Stich versetzte, war das Wissen darum, nicht mehr im Schutz einer Gemeinschaft zu leben. Wenn sie bei der Hausarbeit das Lied vom *wilden Wassermann* oder *Schätzchen ade* sang, sang sie alleine – in Waidbach waren sie bei der Feldarbeit und den Hochzeitsgelagen ein vielstimmiger Chor gewesen. Bei den alten Liedern spürte sie stets am deutlichsten die Verbundenheit zu den Menschen, die sie zurückgelassen hatte.

Trotz fester Vorsätze schaffte sie es nicht, mehr als drei- oder viermal im Jahr in die Kolonie zu reisen. Dann war sie Gast im Hause ihrer Schwester, von den alten Weggefährten widerwillig bewundert, von den anderen Dörflern missgünstig beäugt. Eine Fremde, eine Städterin, nicht mehr die Eleonora Weber, die vor vierzehn Jahren die beschwerliche Reise hierher bewältigt, mit der Dorfgemeinschaft gelitten und gekämpft hatte.

Es schmerzte, nicht mehr dazuzugehören, und der deutsche Zirkel in der Stadt war kein Ersatz. Auch wenn es um Eleonoras Lieblingsthema, die Literatur, ging, blieben die Zusammenkünfte oberflächlich und unverbindlich. Gemeinsam ums Überleben gekämpft zu haben, war ein stärkeres Band als kulturelle Neigungen.

An den allermeisten Tagen genoss Eleonora ihr privilegiertes Leben, die glückliche Ehe mit Matthias, das Gedeihen ihrer Söhne. Wenn sie nur endlich Nachricht von Sophia erhielte, wie es ihr in St. Petersburg erging, wenn sie nur erführe, warum

Alexandra Daniel nicht zurückbegleitete, dann wollte sie über gar nichts mehr klagen.

Eleonora deckte den mit einer gestickten weißen Decke belegten Tisch im Wohnzimmer mit Silberbesteck und Porzellantellern, bevor sie Kaffeebohnen in die hölzerne Handmühle rieseln ließ und sie zu feinem Pulver mahlte. Sicher würde ihr alter Freund einen kräftigen Bohnenkaffee zu schätzen wissen. Und hoffentlich hatte er reichlich Muße! Er musste ihr alles, alles erzählen. Alles über Sophia und wie sie sich mit Mascha verstand, wie Sophia wohnen sollte, wann ihr Studium begänne ... Und er musste ihr erzählen, warum er allein nach Saratow zurückkehrte. Das war neben seinem Ankunftstag die einzige Auskunft in den wenigen Zeilen gewesen, die er vorausgeschickt hatte.

Warum brachte er Alexandra nicht mit zurück? Hatten Christina und Alexandra, Mutter und Tochter, tatsächlich noch in Liebe zueinandergefunden?

Schwer vorstellbar. Ihre jüngere Schwester Christina hatte sich im Lauf der Jahre zu einer kühl kalkulierenden Geschäftsfrau entwickelt. Mütterliche Liebe und Fürsorge hielt Christina von jeher für hinderliche Gefühle.

Als von der Straße her Hufgeklapper und Rufen zu ihr drang, erhob sich Eleonora, glättete ihren Seidenrock und eilte zum Balkon. Daniel! Sie öffnete die Flügeltür, beugte sich hinunter und rief zu ihm herunter:»Da bist du endlich! Ich freue mich so!« Sie winkte und hastete die Stufen hinab, in fiebriger Erwartung, dem Freund endlich all die Fragen zu stellen, die ihr auf der Seele brannten.

Wäre es Sophia schlecht ergangen, hätte er sie nicht mit den wenigen Zeilen abgespeist. Er hätte sie mit ausschweifenden Trostworten vorbereitet, damit sie nicht aus allen Wolken fiele. So gut kannte sie ihn nach all den Jahren. Seine wortkarge Nachricht musste ... konnte nur bedeuten, dass sich in St. Petersburg alles wundervoll gefügt hatte.

Oder?

Zu den wenigen Ritualen, die Matthias genau wie Eleonora von den Russen übernommen hatte, gehörte der Besuch des Badehauses einmal pro Woche. Während Eleonora sich mit ihren deutschen Damen verabredete, traf sich Matthias jeden Samstagnachmittag mit Oscar Hartung in der öffentlichen Badstube. Zwar gehörte zu ihren Wohnungen ein Bad, aber der Komfort im öffentlichen Haus galt als Hochgenuss. Oscar Hartung hatte Matthias' anfängliche Zweifel und Schamgefühle zerstreut. »Wenn dir deine Gesundheit lieb ist, kommst du mit, mein Guter«, hatte er gesagt. »So gründlich du dich im eigenen Bade wäschst, das Schwitzen im Badehaus hilft gegen alles, seien es Lungenerkrankungen oder schwache Herzen, Pickel auf der Nase oder Geschwüre am Arsch!« Ein Lachen rollte in seiner Brust. »Außerdem ist es ein Vergnügen.«

Inzwischen stimmte Matthias ihm zu. Zwar hatte er noch an keinem Körperteil unter Pickel oder Geschwüren gelitten, aber seit er das Badehaus besuchte, fühlte er sich kräftig und kerngesund.

Das steinerne Gebäude ragte dicht am Ufer der Wolga auf. An diesem Samstag hatten sich Matthias und Hartung in der runden, mit hölzernen Bänken ausgestatteten Vorhalle bereits ihrer Kleider entledigt. Matthias griff nach einem der bereitliegenden Näpfe, einem Schöpflöffel und dem Bündel aus Birkenreisern, an denen sich noch das Laub befand.

Er folgte seinem Kompagnon, der sich ein Tuch um die Hüften geschlungen hatte und ansonsten nackt war wie alle anderen. Mit Minze versetzte heiße Luft schlug ihnen entgegen, als sie das Innere des Gebäudes mit dem riesigen Ofen erreichten. Matthias sog scharf die Luft ein und spürte fast im selben Moment, wie ihm der Schweiß aus den Poren trat, als die feuchte Hitze in seinen Brustkorb drang.

In der Öffnung des Ofens glühten Steine, die ein Mädchen in einem ärmellosen Leinenkleid in diesem Augenblick mit Wasser besprenkelte. Dampf stieg auf und befeuchtete die Luft.

Die Bänke um den Ofen waren treppenartig angelegt. Oscar

als erfahrener Badehausbesucher wählte eine der oberen Sitzplätze, wo die Hitze am stärksten war, Matthias blieb eine Stufe unter ihm.

Als die Haut feucht genug war, begannen sie, sich gegenseitig mit den Reisigzweigen zu scheuern und zu kratzen.

Matthias empfand das als Wohltat, zumal Oscar, der sonst ohne Unterlass schwatzte, sich an diesem Samstagnachmittag ungewöhnlich schweigsam verhielt. Die Ruhe und das schweißtreibende Klima wirkten entspannend nach der Arbeitswoche, in der Matthias zwei neue Kunden nach zäher Überzeugungsarbeit dazugewonnen hatte. Dies hier hatte er sich redlich verdient, und wenn er später heimkehrte zu Eleonora, würde er die Beine lang machen und darauf vertrauen, dass Daniel Meister ihn mit seinen Geschichten aus dem weiten Land kurzweilig zu unterhalten wusste. Dass seine Stieftochter Sophia paradiesischen Zeiten in der russischen Hauptstadt entgegensah, daran hegte Matthias im Gegensatz zu Eleonora nicht den geringsten Zweifel.

Als er nun den Reisig über den behaarten, roten Rücken des Kompagnons zog, bemerkte er, dass sich Oscars Schultern im schnellen Rhythmus hoben und senkten. Der Schweiß floss in Strömen über die Haut – merkwürdig, da er diese Prozedur seit vielen Jahren gewöhnt war.

Matthias legte ihm die Hand auf den Schultern. »Alles in Ordnung, Oscar? Du atmest so schwer?«

Er schrak zusammen, als sich Oscar umdrehte. Sein Gesicht leuchtete krebsrot, die Augäpfel schienen hervorzuquellen, um seine trockenen Lippen stand ein heller Hof.

»Ist dir nicht gut?« Matthias legte den Reisig auf die Holzbank.

»Wahrscheinlich ... nur die starke Hitze heute. Ist ... es nicht heißer als sonst?« Oscars Stimme war nur ein Keuchen.

»Du musst hier raus!« Matthias fasste ihn an den Ellbogen, half ihm, sich aufzurichten, und spürte, wie der Mann schwankte, als würde er gleich zusammenbrechen. Matthias legte den Arm des anderen um seinen Nacken, um ihm in den Hof hinaus zu helfen, wo Weiber und Mädchen Getränke feilboten, Bier und Kwass.

Normalerweise kippten die Männer den Trunk rasch hinunter, um sich danach im Fluss ausgiebig abzukühlen. Aber als sie das Schwitzhaus verließen, stürzte Matthias fast mit Oscar, als der auf einmal wie ein Sack an ihm hing und japsend nach Luft rang. Behutsam bettete Matthias ihn auf den Wiesenboden und schrie die nur mit Tüchern bekleideten Menschen an, die im Nu einen dampfenden Pulk um sie herum bildeten und sich um den röchelnden Mann drängelten. Oscars Zunge hing nun dick heraus, als er sich mit der einen Hand an die Kehle fasste, die andere auf die linke Brustseite presste.

»Ist hier kein Arzt? Lauft, holt einen Doktor!«, brüllte Matthias eines der Mädchen an, die für den Ausschank zuständig waren. Gemurmel entstand, Matthias vernahm nur russische Brocken, die er in der Aufregung nicht verstand.

Er griff nach dem kühlen Lappen, den ihm jemand reichte, legte ihn auf Oscars Stirn, aber der riss sich den Lumpen von der Haut, sein Keuchen wurde lauter, drängender.

Matthias beugte sich über ihn, umfasste seine Schultern, als würde er ihm sonst entgleiten, während er sich nach dem Mädchen umschaute, das er geschickt hatte, einen Arzt zu holen.

Wo blieb der Medicus nur, verdammt! Oscar Hartung rang hier mit dem Tod …

Oscar war der wichtigste Mensch für ihn in Saratow – ohne ihn wäre es Matthias nie geglückt, Fuß zu fassen. Keiner wusste mehr über die Verarbeitung von Seide als Oscar Hartung. Matthias hatte sich stets voll auf sein Urteil, seine Vorgabe, seine Linie verlassen. Was sollte mit der Manufaktur geschehen, wenn Oscar dies hier nicht überlebte? Verwitwet war er, und Kinder hatte er nicht.

Lieber Gott, lass ihn überleben.

Matthias hatte das letzte Mal auf dem Weg nach Russland gebetet – er glaubte nicht, dass der Herrgott allzu viel Zeit hatte, um sich um die Russlanddeutschen zu kümmern. Aber in die-

49

sem Augenblick, da Oscars Haut blau anlief und sein Atmen in ein Husten und Würgen überging, fühlte er sich hilflos wie selten zuvor im Leben.

Wie konnte er ihm bloß das Luftholen erleichtern? Das Wasser, das ihm eine Hand in einem tönernen Becher nun an den Mund setzte, lief an seinen Mundwinkeln herab und mischte sich mit dem ausfließenden Speichel.

Und dann war auf einmal alles vorbei. Der Körper entkrampfte sich, die Augen erstarrten, und in seltsam verrenkter Haltung, nackt wie Gott ihn schuf, verstarb der Unternehmer Oscar Hartung vor Matthias und der gaffenden Menge.

Schweigen senkte sich über alle, jemand stieß einen unterdrückten Schluchzer auf, einige bekreuzigten sich und murmelten Gebete. Da näherten sich von der Pforte des Innenhofs eilige Schritte. »Was ist passiert?«

Mit müdem Blick sah Matthias zu dem Mann mit dem wehenden Krähenumhang und der Arzttasche auf. »Ihr kommt zu spät. Ihm kann niemand mehr helfen.«

Der Arzt kniete sich neben den Körper, legte das Hörrohr auf den behaarten Brustkorb, fühlte den Puls am Hals, hob die Lider und schloss sie mit der flachen Hand, bevor er seine Geräte in der Tasche verstaute.

»Da hat wohl das Herz nicht mehr mitgemacht. War er das Schwitzen nicht gewohnt? Wie unvernünftig von ihm. Wahrscheinlich hat er es übertrieben. Ich werde dem Leichenbestatter Bescheid geben.«

Ein trockenes Schluchzen stieg in Matthias' Kehle auf. An die Begegnung mit dem Tod würde er sich nie gewöhnen. Es fühlte sich an, als wäre die Luft um ihn herum kühler geworden, als hätte der Wind aufgehört, als stünden die Wolken unbewegt am Himmel. Als hielte die Welt den Atem an.

Die Gaffer traten einen Schritt zurück, dann zerstreute sich die Menge allmählich.

Matthias blieb bei dem Leichnam sitzen und wartete, bis die Leichenbestatter ihn holten. Eine Frau reichte ihm einen Becher

Kwass, kühl und schäumend, mit dem Matthias seine Kehle befeuchtete. Ob er ihm schmeckte oder nicht, wusste er nicht zu sagen.

Oscars Tod riss eine gewaltige Lücke in sein Leben. Und er hatte nicht die geringste Ahnung, wie er diese schließen sollte.

Eine Leere breitete sich in ihm aus, in der ein Hoffnungsfunken erglühte, als ihm plötzlich einfiel: Wir könnten zurück in die Kolonie Waidbach ziehen. Wäre es nicht wunderbar, mit all den Freunden und Weggefährten wieder vereint zu sein? Sein sechsjähriger Sohn Justus würde maulen und kreischen. Er konnte dem Landleben wenig abgewinnen. Aber Stephan, der ältere, würde jubeln. Die schulfreien Wochen verbrachte der Junge mit den kastanienbraunen Haaren und den brombeerschwarzen Augen ohnehin am liebsten draußen in der Kolonie, um auf den Äckern und bei der Ernte zu helfen.

Und Eleonora?

Matthias verbarg das Gesicht in den Händen. Manchmal meinte er zu spüren, dass sich Eleonora nach wie vor zu den Leuten, die mit ihnen gemeinsam ausgewandert waren, die die gleichen Wurzeln, das gleiche Leid ertragen hatten, mehr hingezogen fühlte als zu den Saratowern, mit denen sie gesellschaftliche Kontakte pflegte.

Oder täuschte das?

Hatte sie sich nicht genau wie er an die luxuriöse Bequemlichkeit in ihrer Stadtwohnung gewöhnt?

Würde sie all den Komfort aufgeben?

Und die bedeutende Frage: Blieb ihnen überhaupt eine Wahl, nun, da der Manufaktur, von der sie lebten, der Untergang drohte?

»Liebster, da bist du endlich. Wir haben mit der Kaffeetafel auf dich gewartet.« Eleonora küsste ihn zur Begrüßung auf die Wange.

Der Duft des frisch gebackenen Kuchens zog Matthias in die Nase, aber obwohl ihm sonst dabei das Wasser im Mund zusammenlief, spürte er nur Übelkeit. Gewiss würde er keinen Bissen herunterbekommen.

Über Eleonoras Miene flog ein Schatten, als sie Matthias musterte. »Was ist passiert, Matthias? Du bist fahl. Wart ihr nicht im Badehaus?«

Matthias schluckte, während er seinen Umhang abstreifte und ihn an einen Holzbügel an die Garderobe hängte.

»Vater!« Stephan, sein älterer Sohn, sprang aus der Wohnstube auf ihn zu und direkt in seine Arme. Der Siebenjährige kam in Statur und Aussehen auf den Vater.

Als Matthias die Wohnstube betrat, strich er im Vorbeigehen dem jüngeren Sohn Justus, der ohne aufzusehen am Tisch über ein Buch gebeugt saß, über den nachtschwarzen Schopf, bevor er sich ein Lächeln abrang und mit ausgebreiteten Armen auf Daniel Meister zuging. »Alter Freund, wie tröstlich, dich zu sehen.«

Daniel erhob sich in einer fließenden Bewegung aus dem Ohrensessel. Die beiden Männer tauschten einen festen Händedruck und einen Bruderkuss. Derweil schickte Eleonora mit geflüsterten Anordnungen und einem Händeklatschen die beiden Jungen auf ihre Zimmer. Matthias warf ihr einen dankbaren Blick zu. Wie fein ihre Sinne waren. Sie musste ihm angesehen haben, dass es Angelegenheiten zu besprechen gab, die für Kinderohren zu gewichtig waren.

Auch Daniel blieb nicht verborgen, dass Matthias um seine Fassung rang. Er drückte seine Schulter und schaute mit hochgezogenen Brauen zu Eleonora.

»Ich hole dir eine Tasse Kaffee, Matthias. Setz dich und erzähl.«

Stockend berichtete Matthias kurz darauf, was sich im Badehaus ereignet hatte, und schloss: »Ich habe nicht die leiseste Ahnung, wie es jetzt weitergehen soll.«

Im Laufe seines Berichts hatte Eleonoras Gesicht alle Farbe verloren. Nun blühten an ihrem Hals rote Flecken. Daniel dagegen hatte mit unbewegter Miene zugehört, den Zeigefinger an die Lippen gelegt.

»Oh, Herr im Himmel, wie entsetzlich ist das alles«, entfuhr es nun Eleonora, und Tränen traten in ihre Augen. »Oscar hatte doch kein Alter zum Sterben. Er hatte viele Pläne ... Und du, Matthias! Wie grausam muss es für dich gewesen sein, ihn mit dem Tod ringen zu sehen und ihm nicht helfen zu können!« Tränen rollten über Eleonoras Schläfen, als sie nun vor ihrem Mann, der kraftlos in dem Sessel hing, in die Knie ging und ihre Arme um ihn legte.

Matthias küsste sie auf den Scheitel. »Danke, Liebes. Ja, es hat mich fast zerrissen, dass ich nichts für Oscar tun konnte.«

Daniel räusperte sich. »Mein Beileid, Matthias, zum Tod deines Kompagnons. Eine schwere Stunde, wenn ein solches Unglück geschieht. Wart ihr Freunde?«

Matthias wiegte den Kopf. »Freundschaft ist ein großes Wort.« Er sah Daniel in die Augen. »Das wissen wir beide, nicht wahr? Ich habe ihn respektiert. Er war eine unschätzbare Hilfe für mich und meine Familie beim Aufbau unseres Lebens hier in Saratow.«

»Nun, Matthias, du weißt, dass ich nicht an Zufälle glaube. Eine höhere Macht führt uns. Nenn es Schicksal, nenn es Gottesfügung ... So traurig der Tod des Kompagnons ist, aber bedeutet es nicht für dich, für euch, einen weiteren Schritt nach vorn auf eurem Weg? Du hast erzählt, dass Hartung keine Erben hat. Was glaubst du, hat er in seinem Testament verfügt?«

Matthias und Eleonora wandten sich ihm zu. Eleonoras Mund klappte auf, Matthias starrte ihn an. »Du meinst, er könnte die juristischen Angelegenheiten nach seinem Tod bereits geregelt haben? Es gab keinen Anlass zu glauben, dass er vorzeitig diese Welt verlässt.«

Daniel hob die Schultern. »Ich weiß es nicht, aber ich könnte mir vorstellen, dass ein Unternehmer wie er nach seinem Ableben die Dinge angeordnet sehen will. Und ich vermute, dass er in dir, Matthias, einen würdigen Nachfolger für seine Geschäfte gesehen hat. Du warst seine rechte Hand – wer, wenn nicht du, sollte das Unternehmen fortführen?«

Matthias schwieg ein paar Sekunden, bevor er ein ungläubiges

53

Lachen ausstieß. »Daniel, ich bin ein Ackerknecht aus Hessen, der durch glückliche Umstände sein Auskommen im Seidenhandel gefunden hat.« Er weiteres Lachen ohne Freude. »Manchmal fürchte ich den Tag, an dem mir jemand eine Maske herunterzureißen versucht, um mich als Hochstapler zu entlarven. Ich bin doch kein Unternehmer.«

»Bist du sicher, dass Hartung das so gesehen hat? Ich rate dir, sobald wie möglich seinen Nachlass gemeinsam mit dem Notarius zu inspizieren.«

Hinter Matthias' Stirn schwirrte es. Gewiss, die Arbeit machte ihm Freude, er spürte, dass er in dieser Aufgabe mehr aufging als es ihm jemals in der Landwirtschaft geglückt wäre. Aber er hatte doch keine Verantwortung in diesem Stil übernehmen wollen! Konnte es wirklich sein, dass Hartung ihn als seinen Nachfolger bestimmt hatte?

Er musste sich Gewissheit verschaffen. Bald. Und dann musste er gemeinsam mit Eleonora entscheiden, was zu tun war.

Matthias sog die Luft ein. »Ich danke dir, mein Freund. Deine Worte helfen mir sehr. Ich werde umgehend klären, was zu tun ist. Am Ende bleibt immer noch die Möglichkeit, nach Waidbach zurückzukehren.« Sein Blick ging zögerlich zu Eleonora, die die Schultern hochzog. Er spürte ihre Bedrückung fast körperlich und wünschte, er könnte ihr die Sorgen nehmen. »Aber nun«, er versuchte ein Lächeln, »erzähl du! Wie war die Reise nach St. Petersburg? Wie hast du Sophia zurückgelassen? Geht es ihr gut bei Mascha? Und«, er reckte den Kopf in den Flur, von dem die Zimmer abgingen, »wo ist Alexandra? Warum stolziert sie nicht in einer der elegantesten Roben aus der Hauptstadt vor uns hin und her?«

Er schmunzelte, doch seine Erheiterung fand kein Echo bei Daniel und Eleonora. Matthias hob fragend die Arme. »Ja, ich höre?«

»Alexandra ist …« Eleonora und Daniel hatten gleichzeitig angesetzt, lachten nun verlegen und Daniel bedeutete ihr mit einer Geste, fortzufahren.

Eleonora fuhr sich mit der Zunge über die Lippen, als seien sie spröde geworden. »Du glaubst es nicht, Liebster …« Matthias hörte genau, dass sie sich um Munterkeit bemühte, und legte den Kopf schief, das Ohr in Eleonoras Richtung, um kein Wort zu verpassen. »Stell dir vor, sie ist bei Christina geblieben! Ist das nicht wundervoll? Mutter und Tochter sind wieder zusammen. Daniel hatte das bereits in seiner Nachricht angedeutet, aber es klang ungewiss, und ich wollte erst das Gespräch mit ihm abwarten, bevor ich mit dir darüber rede, um dich nicht zusätzlich zu beunruhigen.«

»Willst du mich an der Nase herumführen? Ist das ein Scherz?« Matthias runzelte die Stirn. Dass Alexandra und Christina nach all den Jahren ihren unerquicklichen Disput beilegten, klang unwahrscheinlich. Kaum einer kannte Christina besser als Matthias, schließlich war er zu Beginn ihrer Auswanderung eine Zweckheirat mit ihr eingegangen und hatte danach über mehrere Jahre ihre Launen und Lieblosigkeit ertragen, bevor er sich endlich zu Christinas Schwester Eleonora bekannt hatte, der Liebe seines Lebens.

Christina hatte nicht verraten, wer Alexandras Vater war, und sie hatte nicht einmal den Versuch unternommen, eine mütterliche Beziehung zu ihrer Tochter aufzubauen. Schon als Kind hatte sie Alexandra zurückgewiesen, wenn sie die speckigen Ärmchen nach ihr ausstreckte. Es hatte sich zugespitzt, als das Mädchen heranwuchs und ihrerseits die Boshaftigkeiten der Mutter mit kleinen und größeren Gemeinheiten quittierte.

Der Höhepunkt ihres vergifteten Verhältnisses bildete Christinas Weggang nach St. Petersburg vor acht Jahren. Im besten Vertrauen darauf, dass Eleonora die damals fünfjährige Alexandra aufnehmen würde, ließ sie die Tochter zurück wie ein Spielzeug, an dem sie nie Gefallen gefunden hatte.

In Eleonora hatte Christina sich nicht getäuscht. Sie kümmerte sich um Alexandra, als wäre sie ihr eigenes Kind. Aber Alexandra hatten sie offenbar alle falsch eingeschätzt. Hatte sie möglicherweise von frühester Kindheit an davon geträumt, ihrer

Mutter nach St. Petersburg zu folgen, und mit ihren dreizehn Jahren diesen Lebenswunsch in die Tat umgesetzt? Matthias erinnerte sich daran, wie beharrlich sie sich Daniel und Sophia angeschlossen hatte, als sie erfuhr, dass die beiden in die russische Hauptstadt reisen würden.

»Ich verstehe das nicht«, sagte Matthias aus seinen Gedanken heraus. »Wie konnte es dazu kommen? Hat Christina verschüttete Muttergefühle entdeckt?«

Daniel hob die Schultern.

»Ich kann es euch nicht erklären, ich war selbst mehr als verwundert, aber ich sah keinen Grund, Alexandra zu überreden, an die Wolga zurückzukehren. Wo wenn nicht bei ihrer leiblichen Mutter sollte es ihr gutgehen?«

Eleonora legte die Finger auf seinen Unterarm. »Wir machen dir gewiss keine Vorwürfe, Daniel. Du hast recht gehandelt. Ich wundere mich nur genau wie Matthias, dass Christina da mitgespielt hat. Ich kann mir wirklich nicht vorstellen, dass sie sich all die Jahre nach dem Zusammensein mit ihrem Kind gesehnt hat. Wenn, dann müsste sie schon eine gehörige Wandlung durchgemacht haben.«

Daniel stieß ein Lachen aus. »Seid gewiss, dass eure Erinnerung euch nicht trügt, abgesehen davon, dass sie einen Geschäftssinn entwickelt hat, der seinesgleichen in St. Petersburg sucht. Sie führt das Modehaus ihres Mannes praktisch allein, wenn ich es richtig beurteile, und dies nicht zum Schaden des Traditionsunternehmens. Alexandra will ihr künftig behilflich sein – so haben es mir die beiden erklärt, und ich hielt das für ein gelungenes Arrangement. Alexandra wirkte glücklich wie selten zuvor, und Christina … nun, ihr wisst ja, dass sie ihre Gefühle gut verbergen kann. Mit mir hat sie jedenfalls nicht darüber gesprochen, woher ihr Sinneswandel rührt. Solche Angelegenheiten besprechen wir nicht miteinander.« Daniel räusperte sich in die Faust, und Matthias wechselte einen Blick mit Eleonora. Es war ein offenes Geheimnis zwischen ihnen, dass Daniel mit Christina ein Liebesverhältnis unterhielt. Verständlich, dass sie, wann immer es ihnen gelang, ein Treffen zu vereinbaren, anderes taten, als komplizierte Verwandtschaftsverhältnisse zu erörtern.

Schweigen legte sich über die drei Menschen am Kaffeetisch, das Klappern des Geschirrs, als Eleonora Kuchen für alle auflegte, klang überlaut in der Wohnstube. Aus den Kinderstuben drangen die Stimmen der Knaben, die sich offenbar um ein Holzschwert stritten.

»Gewiss werden uns Sophia und Alexandra bald eine Nachricht schicken«, sprach Eleonora betont munter in die drückende Stille hinein. »Dann werden wir mehr erfahren. Das Wichtigste ist, dass es den beiden Mädchen in St. Petersburg gut ergeht. Alexandra bei ihrer Mutter und unsere liebe, liebe Sophia«, sie senkte den Kopf, »bei ihrer Mentorin. Es geht ihr gut, sagt Daniel. Sie fühlt sich wohl bei Mascha, hat das Studium bereits aufgenommen und wohl auch schon Freunde gefunden. Und im Übrigen hat sie ja ihre Tante Christina und ihre Cousine in der Nähe.« Eleonora biss sich auf die Unterlippe. Ihre Schwester Christina *in der Nähe* zu wissen verhieß nicht notwendigerweise Gutes.

Matthias streichelte ihre Wange. »Sei gewiss, Liebste, dass es der richtige Weg für Sophia ist. Du hast selbst immer in den höchsten Tönen von Mascha geschwärmt. An der Akademie der Künste zu studieren, war Sophias Traum, seit sie denken konnte. Was gibt es Schöneres für ein junges Mädchen, als wenn sich Träume erfüllen?«

Eleonora sog mit einem unterdrückten Schluchzen die Luft ein. »Ich weiß das alles, und trotzdem. Ich vermisse mein Mädchen. Wir waren zuvor keinen Tag ohne einander. Nun bekomme ich, wenn ich Glück habe, zweimal im Jahr eine Nachricht von ihr.«

»Ich verspreche dir, dass wir nach St. Petersburg reisen, sobald ich es einrichten kann, ja? Aber es gibt Dringlicheres zu erledigen. Das verstehst du, oder?«

Eleonora versuchte ein Lächeln unter Tränen. »Selbstverständlich, Matthias, ich wollte dich nicht belasten mit meinem dummen Herzschmerz. Regele erst einmal die Angelegenheiten in der Manufaktur. Dann sehen wir weiter.«

Matthias beugte sich vor und küsste sie auf den Mund.

»Wenn du meine Hilfe brauchst«, sagte Daniel, »ich stehe zur Verfügung.«

Matthias nickte ihm zu. »Gut zu wissen, dass ich auf dich zählen kann, mein Freund. Aber ich glaube, ich muss es alleine angehen. Und wenn alles verloren ist, bleibt uns immer noch die Kolonie, in die wir zurückkehren könnten.« Er musterte Eleonora von der Seite, um keine Regung in ihrer Miene zu verpassen. Konnte sie sich mit dem Gedanken anfreunden, nach Waidbach zurückzukehren, wenn ihnen hier alle Felle davonschwammen? Wovon sollten sie leben, außer von der Landwirtschaft, wenn er in Saratow seine Arbeit verlor?

Sie senkte den Kopf und schwieg.

5

St. Petersburg, August 1780

Christina schnalzte, als sie dem Mädchen Galina vor dem Frisierspiegel auf die Finger schaute, wie sie Alexandra die Haare legte. Schon bei ihrer Einstellung war Galina ein zappeliges Nervenbündel gewesen. Damals hegte Christina noch die Hoffnung, ihre Aufregung würde sich legen, wenn sie sich aneinander gewöhnt hätten. Aber das Gegenteil trat ein – an manchen Tagen wollte Christina ob ihrer Ungeschicklichkeit schier aus der Haut fahren. Andererseits entpuppte sie sich als redlich und ehrlich – Christina überprüfte so etwas mit beiläufig fallen gelassenen Kopeken. Ein Mädchen, das sie nicht bestahl, war in diesen Tagen Gold wert, auch wenn es über die eigenen Füße stolperte und ungezählte Gläser und Flakons zu Bruch gingen.

Der Orangen- und Rosenduft aus Dutzenden Sprühfläschchen und Döschen mit Pomaden, Parfums und Riechsalz erfüllte den Raum. Puderquasten und Schönheitspflaster, Kämme, Perlenspangen und Kohlestifte lagen bereit. Hinter den Damen türmten sich auf Sesseln und Stühlen verstreut die neuesten Seidenkreationen nach Pariser Mode mit Brüsseler Spitze, Straußenfedern und Bändern.

Alexandra nahm mit spitzen Fingern ein weiteres Stück von dem Honigkonfekt, das Galina inmitten des Durcheinanders aus Kosmetika auf eine Etagère zum Naschen arrangiert hatte.

Christina verdrehte die Augen. »Kannst du nicht den Mund schließen, wenn du isst? Es erregt Ekel, dir zuzuschauen.«

»Du brauchst mir nicht zuzuschauen, wenn es dich ekelt, *Tantchen*. Mir schmeckt es.« Alexandra zeigte beim Lächeln vom Konfekt verklebte Zähne.

Christina stieß die Luft mit geblähten Wangen aus und wandte sich ab. »Galina, beeil dich, die Kutsche wartet. Und dreh die Zöpfe nicht zu fest, sonst sieht man ihre Kopfhaut!«

»Sehr wohl, Madame«, Galina knickste und errötete, bückte sich nach dem Kamm, der ihr aus der Hand fiel, doch als sie mit bebenden Fingerkuppen die Flechtfrisur aufdröseln wollte, erhob sich Alexandra.

»Lass es gut sein, Galina. So ist es genau, wie ich es mag.«

»Du musst mehr auf dich achten«, sagte Christina über die Schulter, ohne sich umzuschauen, als Alexandra ihr zur Tür der Stadtwohnung am Newski-Prospekt folgte. »Du wirst fett wie eine Kröte, wenn du die Finger nicht von den Süßigkeiten lässt.«

»Na und? Dann lassen wir neue Kleider schneidern. Oder bin ich dir die Bahn Seidenstoff nicht wert?«

Christina fuhr zu ihr herum wie ein Kreisel. Sie deutete mit dem Zeigefinger auf Alexandra, als wollte sie sie aufspießen. »Zügele deine Zunge, Mademoiselle, sonst ...«

Alexandra lachte. »Sonst was? Willst du mich züchtigen? Tu das, wenn es dich glücklich macht. Danach beglücke ich deinen leichtgläubigen Gatten.«

Christina rauschte das Blut in den Ohren, ihre Finger zitterten vor Wut. Dieses Miststück!

Ohne zu zögern würde Christina den Moment, als Alexandra ihr gegenübergesessen und ihr die Briefe vorgehalten hatte, die sie an ihre Schwester Eleonora geschrieben hatte, als den Tiefpunkt ihres bisherigen Lebens bezeichnen. Die Dreizehnjährige hatte die Briefe in ihren Besitz gebracht, nachdem sie sie bei Eleonora in den Schubladen entdeckt hatte, und sofort ihre Chance ergriffen. Christina hielt ihre Tochter nicht für herausragend begabt, aber sie war durchtrieben und bauernschlau und erkannte gleich beim ersten Lesen, als ihr die Briefe in Eleonoras Saratower Wohnung in die Hände gefallen waren, dass diese Zeilen ihre Eintrittskarte in die prunkvolle Welt der leiblichen Mutter waren: einer Mutter, die sie verstoßen hatte.

Im festen Vertrauen darauf, dass nie jemand anderes als Eleonora diese Briefe lesen würde, hatte sich Christina seitenlang über die Dummheit ihres Mannes André ausgelassen, den sie geheiratet hatte, um in sein florierendes Geschäft in St. Petersburg einzusteigen. Selbst ihre Absicht, Andrés Schwester Felicitas aus dem Unternehmen zu drängen, um keine Nebenbuhlerin an ihrer Seite zu haben, hatte sie in spöttische Worte gefasst, die Eleonora erheitern und sie davon überzeugen sollten, dass sie, Christina, sich in der russischen Hauptstadt all ihre Träume von Luxus und Ruhm erfüllte.

Nun, Eleonora war in ihren Antwortbriefen eher wortkarg darauf eingegangen – wahrscheinlich vermochte sie sich das neue Leben der Schwester nicht einmal vorzustellen. Alexandra dagegen hatte erkannt, dass sie mit diesen Briefen das ideale Mittel in den Händen hielt, ihre Mutter zu erpressen. Christina war ein Schock in die Glieder gefahren, als Alexandra auf einmal vor ihr stand, und sie wäre fast in Ohnmacht gefallen, als Alexandra die Briefe auf den Tisch warf und forderte, sie bei sich aufzunehmen. Andernfalls würde sie die kompromittierenden Schriften an ihren Gatten André weiterleiten. Mit dem allergrößten Vergnügen. *Nur wer den Mut hat zu träumen, hat auch die Kraft zu kämpfen,* hatte Alexandra ihr damals höhnisch entgegengehalten. Aber Alexandra kämpfte nicht, sie träumte noch nicht einmal. Alles, was sie tat, war, sie zu erpressen, zu schmarotzen und die feine Dame zu spielen.

Es schnürte Christina die Kehle zu, dass dieses Mädchen glaubte, sie wie eine Marionette zappeln lassen zu können. Nie hatte sie nur einen Funken von Zuneigung für sie gespürt. Wie denn auch! Alexandra war in einer Scheune in ihrem hessischen Dorf gezeugt worden, der Vater war der alte Röhrich, der geile Bock, den Christina in den Hungerjahren um den Finger gewickelt und der sie für eine Kanne Milch und ein paar Schillinge wie von Sinnen besprungen hatte. Sie hatte nicht einmal Achtung ihm gegenüber empfunden, geschweige denn so etwas wie Liebe.

Und die Frucht dieses Verhältnisses saß nun mit breitem Hintern in der Kutsche neben ihr.

An diesem Nachmittag würden Christinas altgediente Mitarbeiterinnen die Kundinnen bei »Seidenmoden Haber« bedienen. Keine Damen von Welt, keine Diplomatengattinnen, keine Vertraute der Zarin, nur ein paar prahlerische neureiche Russinnen, und die begnügten sich mit den Stellvertreterinnen der Geschäftsführerin, solange sie die Qualität vorfanden, die sie erwarteten. Sich in die Roben aus ihrem Modehaus zu kleiden, galt als Statussymbol in der russischen Hauptstadt.

Sie hatte diese Einladung von Mascha Petrowna schon viel zu lange verschieben müssen; heute endlich würde sie ihr nachkommen. Sie hätte die Kunstdozentin, die ihr bei ihren ersten Gehversuchen auf dem russischen Gesellschaftsparkett vortrefflich geholfen hatte, gerne allein getroffen, zwischen zwei Schlucken Tee in Erinnerungen geschwelgt, bei einem Gläschen Likör über gemeinsame Bekannte gelästert. Aber welche Ausrede hätte ihr für Alexandra einfallen sollen?

Wie ein Lauffeuer hatte es sich in der Petersburger Gesellschaft herumgesprochen, dass Madame Christina Haber auf unbestimmte Zeit Besuch von ihrer Nichte Alexandra genoss – in diesem Sinne hatte Christina es diskret verlauten lassen. Selbst André ging davon aus, dass es sich bei Alexandra um ihre Nichte handelte.

Die Einzige, die außer Mutter und Tochter die Wahrheit kannte, war Sophia. Aber die interessierte sich weder für das Geschäft mit der Mode noch für den Klatsch und Tratsch am Zarenhof. Christina hatte ihr in einem vertraulichen Gespräch erläutert, dass es aus verschiedenen Gründen ratsamer schien, die Wahrheit zu verschweigen; es wäre ja nicht weiter wichtig.

Die Kutsche ratterte den Newski-Prospekt hinauf, der Mann auf dem Kutschbock ließ die Peitsche in der Luft knallen. Die repräsentative Stadtwohnung befand sich am Ende der Prachtstraße, in der Nähe der kaiserlichen Bibliothek. Soweit Christina wusste, unterhielt Mascha – und wohl auch Sophia – außerdem noch Appartements in der Nähe der Kunstakademie, um dort zu nächtigen, wenn sie über ihre Studien und Lehrtätigkeiten die

Zeit vergaßen. Die Kunstakademie befand sich auf der anderen Seite der Newa, gleich hinter der Nikolaj-Brücke.

Als Studentin hatte Maria Petrowna mit ihrem Bruder Nikolaj in der Nähe des Winterpalastes zusammengewohnt, doch nach seiner Heirat mit der Prinzessin Irina hatte sie sich dieses eigene Domizil angeschafft. Dort wohnte Mascha mit einer anderen Dozentin zusammen – Christina erinnerte sich kaum an ihren Namen, nur dass sich ihr die Nackenhaare sträubten, wann immer sie sie zu Gesicht bekam.

Mascha war für eine Russin in St. Petersburg schon ungewöhnlich bescheiden und wenig an Mode und Frisuren interessiert, aber diese Person war diesbezüglich eine Katastrophe. Sie watschelte in den schlichtesten Kleidern ohne jede Spitze und Raffinesse herum, und die farblosen Haare steckte sie sich zu einer Art Knoten im Nacken zusammen.

Zugegebenermaßen waren beide, Mascha und ihre Mitbewohnerin, auf eine natürliche Art hübsch mit ihrer glatten Haut und den wachen Augen, aber, Herr im Himmel … Eine Frau, die was auf sich hielt, richtete sich doch nach der Mode! Kein Wunder, dass beide noch keinen Mann gefunden hatten. Wer wollte schon eine, die den Kopf voller Lehrpläne hatte, statt sich die Haare in Locken zu legen? Selbstverständlich wusste Christina ihren Verstand zu gebrauchen, aber war das ein Grund, sich zu vernachlässigen und auf Verführung zu verzichten? Welch eine Verschwendung!

Christina hoffte, dass Mascha diesbezüglich weniger Einfluss auf Sophia nahm.

Sie warf einen Seitenblick auf Alexandra, die die Stirn an der Scheibe der Kutsche im Takt der Räder gegen das Fenster pochen ließ. »Jetzt lass dich nicht so gehen, Alexandra! Die Leute auf den Straßen starren uns schon hinterher, weil sie dich für eine Närrin halten. Setz dich gerade hin, richte deine Frisur. Wir sind gleich da.«

Alexandra fuhr mit dem Pochen fort, als wäre sie taub. Zum Teufel mit diesem Mädchen, ging es Christina einmal mehr durch den Sinn, als sie die Hände zu Fäusten ballte. Ihr musste irgendeine Lösung einfallen, die Tochter wieder loszuwerden. Das angebotene Geld lehnte Alexandra kategorisch ab. Nein, sie wollte bei ihr bleiben, von ihr lernen und mit in das Geschäft einsteigen, um es später einmal zu übernehmen, wenn sie selbst alt und gebrechlich war. Und ob es nicht wunderbar wäre, eine tatkräftige Erbin zu haben? Um Christina hatte sich vor hilfloser Wut alles gedreht, aber sie hatte zähneknirschend einsehen müssen, dass sie so nicht weiterkam.

Oder hing es von der Summe ab? Hieß es nicht, dass jeder Mensch seinen Preis hatte?

Die Kutsche hielt am Seitenrand, und Christina strich ihr taubenblaues Seidenkleid glatt, unter dessen Saum Spitze in derselben Farbe hervorlugte und zu dem sie elegante Schnürschuhe aus weichem Leder trug. Unter der Brust war das Kleid geschnürt, die kurzen Ärmel leicht gebauscht.

Sie ließ sich vom Kutscher hinaushelfen, und da tänzelte ihr schon Sophia entgegen. »Tante Christina! Ich freue mich, dass ihr es endlich einrichten konntet!«

»Nicht so stürmisch, meine Liebe.« Geschmeichelt hielt Christina ihr die Wange zum Kuss hin.

»Ist Onkel André nicht mitgekommen? Ich würde ihn gern besser kennenlernen. Beim letzten Treffen war er nur kurz dabei.«

Christina winkte lächelnd ab. »Männer! André ist seit einer Woche auf unserem Landsitz mit seiner Jagdgesellschaft. Kannst du dir etwas Langweiligeres vorstellen?« Sie lachte gekünstelt. »Aber man muss sie lassen, damit sie nicht mürrisch werden. Merk dir das für deine eigene Ehe, meine Liebe.« Sie zwickte Sophia in die Wange.

Sophia lächelte, und für einen Moment blitzte in Christina die Erinnerung an die Schwester auf. Sophia war Eleonora wie aus dem Gesicht geschnitten mit ihren ebenholzschwarzen Haaren, den Augen wie Saphire. Nur strahlte sie mehr Kraft und Entschlussfreude aus als Eleonora.

Zu ihrer eigenen Überraschung spürte Christina einen Stich in der Brust. Ja, sie vermisste ihre Schwester. Und Klara. Sie hatte die beiden viel zu lange nicht gesehen. Wie schön, dass wenigstens Sophia in ihre Nähe gezogen war. Ein dünnes Band zu ihrer deutschen Familie.

Sophia trat einen Schritt zurück. Auf einmal verlor ihre Miene alles Fröhliche. »Guten Tag, Alexandra«, begrüßte sie ihre Base, die nun hinter Christina hervordrängte und mit arroganter Miene das Kinn reckte.

»Gott zum Gruße, Sophia. Trägt man die Haare jetzt nachlässig geknotet? Das wäre mir neu.« Sie zupfte ordnend an den Schläfen, wo sich die Löckchen um den Flechtkranz kringelten.

»Und dabei könnte man mit Sophias wunderschönen Haaren eine wirklich Aufsehen erregende Frisur zaubern«, fügte Christina mit feinem Lächeln hinzu.

Sowohl Alexandra als auch Sophia bekamen rote Wangen. Alexandra zweifellos aus Wut, worüber sich Christina diebisch freute – zu oft war sie in ihren Wortgefechten die Unterlegene, da gönnte sie sich die Freude über den kleinen Triumph.

Sophia dagegen machte offensichtlich der feindliche Ton zwischen den beiden verlegen. Ihr Blick flackerte, und ein Strahlen ging über ihr Gesicht, als nun Mascha, *diese Person* und ein junger Mann, den Christina nie zuvor gesehen hatten, aus dem Haus traten.

Die Begrüßung zwischen Mascha und Christina fiel überaus innig aus. »Du kennst Ljudmila, oder? Sie hat für uns einen köstlichen Ungarwein besorgt, den wir zur Feier des Tages genießen können.«

Ljudmila. So hieß sie also, die Vogelscheuche. Christina zwang sich ein Lächeln ab und streckte der Dozentin von oben herab den Arm entgegen, als erwartete sie, dass sie einen Kuss auf den Ring hauchte.

Ljudmila schüttelte die Hand so beherzt, dass sich Christina mit einem Ruck befreien musste, wenn sie nicht riskieren wollte, dass ihr sorgfältig angelegter Goldschmuck und ihre mit Käm-

men und Perlen verzierte, hochgesteckte Frisur in Unordnung
geriet. Sie trat einen Schritt zurück, um ein deutliches Zeichen
zu setzen, dass sie unter keinen Umständen geküsst zu werden
wünschte.

Vor vielen Jahren, in einem anderen Leben, als sie noch als
Weberin in Hessen sich und ihre Schwestern vor dem Verhun-
gern bewahren musste, wäre ihr das bauerngleiche Auftreten dieser Person keinen Gedanken wert gewesen. Aber die Zeiten hatten sich geändert, nun, da sie zur besten St. Petersburger
Gesellschaft gehörte. Eine Dozentin der Kunstakademie konnte
ihr nicht das Wasser reichen – und sollte kein zweites Mal versuchen, ihr die Hand zu schütteln, als wäre sie ihresgleichen!

Im Gegensatz zu Mascha sprach Ljudmila kaum ein Wort
Deutsch, und das Französische, das Ljudmila wie ihre Muttersprache beherrschte, um mit ihren Studenten reden zu können,
lag Christina nicht. Aber sie hatten sich ohnehin nichts zu sagen,
befand Christina, da machte es also keinen Unterschied.

Mit hochgezogenen Brauen wandte sie sich nun an den jungen Mann, der über einem weißen Spitzenhemd einen ehemals
eleganten, ordentlich geflickten Rock trug.

»Wir hatten noch nicht das Vergnügen, wenn ich mich recht
erinnere?« Christina schürzte die Lippen zu einem Rosenmund.
Der Junge war gut fünfzehn Jahre jünger als sie, aber nach all den
Jahren lag es ihr noch in Fleisch und Blut, in Gesellschaft von
Männern zu kokettieren. Man wusste nie, zu was es nützlich sein
konnte.

Auch ihm reichte sie die Hand. Er hauchte tatsächlich einen
Kuss darüber und verbeugte sich. »Sehr erfreut, Madame Haber,
es ehrt mich zutiefst, Eure Bekanntschaft zu machen. Mein
Name ist Jiri Jegorowitsch Orlowski, ich studiere an der Akademie, genau wie Eure Nichte Sophia.« Er warf Sophia einen Blick
zu.

Hinter Christinas Stirn flogen die Gedanken wie aufgeschreckte Vögel. Was für ein Bild von einem Mann! Nur dass er
ein Gelehrter werden wollte statt Geschäfte zu betreiben, sah sie

als Makel. Konnte es sein, dass die ehrgeizige Sophia sich gleich in ihren ersten Wochen in St. Petersburg in eine Liebesgeschichte verstrickt hatte?

Mascha machte eine einladende Geste ins Haus und bat die Gäste, ihr zu folgen. Die Röcke raschelten, die Schuhe klapperten auf dem Pflaster, und während die anderen die Stadtwohnung betraten, um bei Wein und französischem Käse im Salon die Neuigkeiten auszutauschen, ließ sich Mascha zurückfallen und fasste Christina am Arm.

Christina zog eine fein gepinselte Braue hoch.

»Zieh keine falschen Schlüsse, meine Liebe«, sagte Mascha und zwinkerte ihr zu. »Jiri und Sophia sind kein Paar und werden es niemals sein. Jiri ist seit vergangenem Jahr verlobt und kümmert sich aufopfernd um seine zukünftige Frau. Sie ist zur Zeit bettlägerig; keiner weiß genau, was ihr fehlt. Jiri studiert im gleichen Semester wie Sophia, die beiden tauschen sich gern nach den Vorlesungen aus. Ich bin froh, dass Sophia einen Freund gefunden hat, der ihr über die Anfangsschwierigkeiten an der Akademie hinweghelfen kann. Immer mit uns alten Weibern zusammen zu sein ist kein Vergnügen für ein lebhaftes junges Täubchen.«

Christina erwiderte ihr Lächeln, aber es erreichte ihre Augen nicht. Alte Weiber? Ljudmila vielleicht, aber Mascha oder sie?

»Oh, das tut mir leid, also beides. Dass die Verlobte erkrankt ist und auch, dass Jiri und Sophia keine gemeinsame Zukunft planen. Ich hätte es ihr gewünscht.«

Mascha winkte ab. »Das hat Zeit. Liebe vernebelt den Verstand, und den braucht Sophia, wenn sie das Studium erfolgreich betreiben will. Sie ist begabt, weißt du.«

Das interessierte Christina weniger, und sie griff dankbar nach einem der Kristallgläser mit dem dunkelroten schweren Wein, die ein Diener auf einem silbernen Tablett servierte, als sie nun den Salon betraten.

Sie prosteten sich zu, Mascha betonte ein weiteres Mal, wie sehr sie sich freute, dass sie endlich Gelegenheit zum Plauschen hatten. Christina beobachtete, wie Alexandra mit Jiri lachte und scherzte und dass ihre Wangen sich dabei rosa überhauchten. Dummes Ding, ging es ihr durch den Sinn. Als hätte ein solcher Mann Interesse an einem zur Fülle und Fleckigkeit neigenden Kind. Aber nicht mehr lange, ging es ihr da durch den Sinn, und dabei verschluckte sie sich fast an dem Wein. Sie überspielte es, indem sie sich räusperte.

War das nicht die Antwort auf alle ungeklärten Fragen? Musste sie nicht einfach geduldig die Zeit ertragen, bis Alexandra zur jungen Frau herangereift war? Wie lange mochte das noch dauern? Eine Ahnung von Dekolleté zeichnete sich an dem runden, mit Spitzen besetzten Ausschnitt des perlmuttfarbenen Kleides bereits ab, und wie sie versuchte, die Aufmerksamkeit des hübschen Studenten zu erregen ... Vielleicht wurde Alexandra schneller erwachsen, als es den Anschein hatte, und dann brauchte es nur eins, um sie loszuwerden: einen geeigneten Mann. Den zu finden dürfte eine von Christinas leichtesten Übungen sein. Die heiratswilligen Kavaliere würden sich darum duellieren, der Nichte von Christina Haber den Hof machen zu dürfen, erst recht, wenn sie sie mit einer satten Mitgift ausstattete! Als Hochzeitsgeschenk erschien ihr ein herrschaftliches Anwesen außerhalb der Tore von St. Petersburg ideal. Da würde sich bestimmt etwas finden, abgelegen genug, dass man sich nicht mehr täglich begegnen musste und wo das junge Glück unbeschwert gedeihen konnte.

Christina frohlockte. Auf einmal erschien ihr die Welt in der russischen Hauptstadt wieder schillernd und bunt wie ein Regenbogen.

6

Ein halbes Jahr später, Waidbach, März 1781

»Du gehst viel zu selten ins Dorf, Klara! Fällt dir nicht die Decke auf den Kopf?« Sebastian schlüpfte in die Schnürstiefel, die ihm bis zu den Knien reichten. Mehrfach geflickt und mit dünnen Sohlen, waren sie dennoch das geeignete Schuhwerk, um über die Äcker und die Schneereste zu stapfen und die Ponys anzutreiben, die die Furchen für die Weizensaat zogen. Nach dem schneereichen Winter war die Erde weich und schlammig, an manchen Stellen versanken die Bauern bis weit über die Waden. Klara mühte sich abends, wenn Sebastian nach getaner Arbeit heimkehrte, mit der Drahtbürste an den festsitzenden Dreckklumpen ab.

»Sorg dich nicht um mich, Sebastian.« Sie klopfte dem drei Monate alten Martin auf den Rücken, der über ihrer Schulter hing, und drückte ihn Amelia in die Arme, damit sie ihn in seiner Wiege festband. Ihre Tochter beschwerte sich immer altklug, weil sie die Bänder unnötig fand, aber Klara ermahnte sie, dass er sonst aus der Wiege fallen könne.

Groß war die Freude gewesen, als im Januar nach den beiden Mädchen endlich ein Stammhalter das Licht der Welt erblickt hatte. Sebastian küsste dem Kleinen die Wange, bevor er seine geflickte Jacke überwarf und Klara ebenfalls einen Kuss gab.

»Die anderen wundern sich, weil sie dich selten zu sehen bekommen. Nicht, dass du mir hier versauerst.« Sebastian zwinkerte ihr zu, bevor er die Tür öffnete und den Kragen gegen den kalten Märzwind hochschlug.

»Ach, auf den Klatsch und Tratsch kann ich verzichten. Wenn hin und wieder die Anja Röhrich zu Besuch kommt oder meine Schwester aus Saratow, habe ich Kurzweil genug. Außerdem stimmt es nicht, dass ich nie das Haus verlasse. Heute zum Beispiel muss ich zu Helmine.« Sie wies auf den Korb, in dem sich Ballen von Rohseidengarn befanden, die sie gesponnen hatte. Wie einige andere Dörflerinnen beteiligte sich Klara an der Seidenspinnerei von zu Hause aus. Helmine sorgte dafür, dass die Garne nach Saratow transportiert wurden.

Ein letztes Mal grinste Sebastian über die Schulter, dann war Klara allein mit den Kindern. Sie trieb Amelia, die seit einigen Tagen Veronicas Kinderstube besuchte, zur Eile. Nach der Ernte im September sollte sie die Schulbank drücken, rechnen und schreiben lernen.

Klara seufzte, wann immer sie daran dachte. Anton von Kersens Strenge war sprichwörtlich im Dorf. »Lass das nicht den Schulmeister wissen«, hieß es bei jedem Bubenstück. Die Männer lobten ihn für seine Durchsetzungskraft gegenüber den Schülern, die Frauen schwiegen und hofften, dass er die eigenen Kinder nicht zu roh züchtigte.

Sobald die Kinder kräftig genug waren, um die Eltern zu unterstützen, zog man sie zu den Gemeinschaftsarbeiten heran. Dann allerdings setzte sich nicht selten Lehrer Anton von Kersen persönlich dafür ein, dass die Kinder wenigstens lange genug blieben, bis sie lesen, schreiben und rechnen konnten. Ob aus Sorge um die Bildung der Kinder oder aus der Befürchtung heraus, dass seine Dienste überflüssig werden konnten – darüber ließ sich in Waidbach trefflich streiten.

Klara wusste nicht, was sie tun sollte, wenn er irgendwann mit dem Stock auf Amelias Kinderhände schlagen sollte und das Mädchen ihr mit Tränen in den Schlehenaugen davon berichtete.

Sie selbst war nie in eine Schule gegangen, das bisschen Lesen und Schreiben hatte ihr Eleonora beigebracht. Aber als sie sich mit acht Jahren im Steppenland an der Wolga wiederfand, war alles wichtiger erschienen als Bildung. Wer dem Hungertod davonlaufen wollte, der brauchte keine Bücher, sondern Brot.

Sie nahm Amelia zum Abschied in die Arme. Den kurzen Weg

in die Dorfmitte schaffte ihre Tochter schon alleine. Das hatte sie eindringlich bestimmt und dabei mit dem Fuß aufgestampft, sodass die Mutter schließlich nachgeben musste. Zumal Sebastian Amelia beipflichtete und Klara davor warnte, den Kindern alles abzunehmen. Sonst würden sie nicht selbstständig werden. Klara folgte ihr nach draußen, die zweijährige Henny tapste hinterher. Am Zaun blieb sie stehen, nahm Henny auf die Hüfte und schaute Amelia hinterher, die die schnurgerade Dorfstraße entlangspurtete.

Wie stets spürte Klara ihren Herzschlag und die Erleichterung, als sie Veronica entdeckte, wie sie ihre Tochter in Empfang nahm. Ein kurzer Weg nur, doch jeden Morgen stieg in Klara das Bild aus ihren Kindheitstagen auf, wie sie selbst allein gelaufen war. Sie war nur wenig älter als Amelia gewesen.

Seit Joseph Müllau in der Kolonie lebte, hatte sich ihr Alltag verändert, und selbstverständlich war dies Sebastian nicht verborgen geblieben, obwohl er keine Erklärung fand. Die Angst vor Müllau verbarg Klara an einem sicheren Ort in ihrem Innersten. Sie hatte sonst keine Geheimnisse vor Sebastian, aber ihn hineinzuziehen in diesen Albtraum – nein, das brachte sie nicht fertig.

Wann immer sie es einrichten konnte, blieb Klara daheim, als böte der Zaun um ihr Koloniegrundstück Schutz vor dem Bösen.

Einige wenige Male war sie Joseph Müllau, selten seiner Frau, seinen Kindern begegnet, wenn es sich nicht vermeiden ließ – in der Kirche oder im Krämerladen. Stets grüßte er sie mit verschlossener Miene. Die Augen waren kaum zu erkennen unter den raupendicken Brauen.

Klara war inzwischen sicher, dass er sie nicht erkannt hatte und niemals erkennen würde. Gewiss, die Veränderung vom Kind zur Erwachsenen war zu gravierend, als dass es da noch viele Ähnlichkeiten geben konnte. Aber möglicherweise war sie auch nicht die Einzige gewesen, die er sich geschnappt hatte. Wer wusste, wie lang die Liste seiner Opfer war.

Sobald sie das Haus verlassen musste, fühlte sich Klara ängstlich und wachsam wie ein Reh auf einer Lichtung, immer auf der Hut. Gespannt lauschte sie Sebastians Erzählungen am Abend. Welche Frau schwanger ging, wer sich zu vermählen gedachte, bei wem der Haussegen schief hing. Aber nie war sie aufmerksamer als in den Minuten, wenn er von den Müllaus berichtete.

Niemand im Dorf wusste zu sagen, wovon die Familie lebte. Joseph Müllau hatte offenbar Handelsbeziehungen zu Saratow aufgenommen, aber womit er Geschäfte betrieb – darüber gab es nur Spekulationen. Vielleicht Salz, vielleicht Kaffee – vielleicht fungierte er als Mittelsmann zwischen Händlern und Kunden?

Sebastian berichtete, dass sich der Dorfschulze ernsthafte Gedanken über dieses Treiben machte. Immerhin schuldete der Oberste der Kolonie dem Provinzialbeamten Wladimir Ivanowitsch Kozlow Rechenschaft.

Von Müllaus Frau und Kindern wusste man kaum etwas. Die zwölfjährige Mathilda und der zehnjährige Frannek besuchten zwar die Schule, aber Spielkameraden fanden sie keine in den langen Abendstunden des Sommers und an den Sonntagen.

Davon abgesehen, schien es Familienzuwachs bei den Müllaus zu geben. Manche wollten einen Säugling schreien gehört haben, als sie am Haus vorbeispazierten, aber vielleicht hatten sie sich verhört. Schließlich wussten weder Veronica, die auch als Hebamme im Dorf arbeitete, noch der Pfarrer, der die Kinder taufte, von einer Geburt.

Klara hatte geschluckt, wann immer Sebastian erwähnte, dass die Kinder zurückgezogen lebten und einen verängstigten Eindruck machten. Sie rang die Bilder nieder, die sich in ihren Verstand schoben, weil sie ihr die Luft zum Atmen nahmen.

Was kratzten sie diese Leute? Was ging sie die Familie dieses Teufels an? Sie wappnete sich gegen unnützes Mitgefühl. Sich um Fremde zu scheren, brachte nur Ungemach mit sich. Sie blieb einfach hier in ihrem Haus, sorgte sich um ihre Lieben und ließ die Leute leben, wie sie es wollten, solange sie sie nur nicht belästigten.

Seit die Müllaus zur Dorfgemeinschaft gehörten, hatte es keinen Vorfall gegeben, der die anderen in Aufregung versetzt hätte. Warum also diese unerklärliche Angst, die nicht nachlassen wollte? Wie unwahrscheinlich war es, dass der Vergewaltiger ausgerechnet sie ein zweites Mal packte, eine vermutlich reizlose Mutter von drei kleinen Kindern?

Dennoch behagte es ihr nicht, dass sie heute hinausmusste. Das letzte Mal war sie vor zwei Wochen bei der Apothekerin gewesen, um eine Heilsalbe für Martins wunden Po zu holen. Amelia hatte in der Kinderstube gespielt, Sebastian auf dem Feld gearbeitet, und der Kleine hatte sich fast weggeschrien vor Schmerz. Was war ihr anderes übriggeblieben?

Und heute nun musste sie das Seidengarn zu Helmine bringen. Eigentlich war verabredet, dass Helmine den Korb abholte, aber sie hatte ihr über Sebastian ausrichten lassen, dass sie auf der Maulbeerplantage beschäftigt war, und alle Spinnerinnen sollten ihre Rollen abliefern.

Mit geübten Händen wickelte Klara den kleinen Martin fest in die Leinentücher, nachdem sie die Wiegenbänder gelöst hatte, und band ihn sich auf den Rücken. Der Kleine schlief derweil in aller Seelenruhe weiter. Dann half sie Henny beim Anziehen und machte sich wenig später, den bis oben hin vollgepackten Weidenkorb am Arm, auf den Weg.

Die Dorfstraße lag um dieser Stunde wie ausgestorben. Alle waren auf den Feldern oder an der Wassermühle oder hämmerten, sägten und putzten in ihren Häusern vor sich hin.

Klara raffte ihren schweren Rock, als sie einen Schritt über eine der zahlreichen Pfützen machte. Das Tauwetter hatte Schlammlöcher auf den Wegen hinterlassen, es war kaum möglich, trockenen Fußes seine Strecke zu gehen. Henny lief hinter ihr, hielt sich immer mal an ihrem Rockzipfel fest, stets darauf bedacht, dass ihr die Mutter nicht verlorenging. Klara wusste, dass ihre eigenen kindlichen Ängste besonders auf Henny übergingen, wohingegen Amelia an manchen Tagen vernünftiger wirkte als sie selbst.

Die Häuser der Kolonisten lagen in einer ordentlichen Reihe entlang der Straße. Jeder Dorfbewohner hatte seinen eigenen Vorgarten mit Obstbäumen und einer Wiese. Bei den meisten stand eine roh gezimmerte Bank neben der Haustür, von wo aus man in den milden Abendstunden des Sommers das Geschehen auf der Dorfstraße beobachten konnte. Manch einer freute sich über einen Schwatz oder ein kurzes »Gott zum Gruße«, aber an diesem Vormittag standen die Bänke leer.

Henny tippelte schweigend hinter ihr, rief nur manchmal »Hu!«, wenn sie über eine Pfütze hüpfte, oder »Oh!«, als sie an den schnatternden Gänsen vorbeikamen, die einer der Kolonisten auf seinem Grundstück hielt. Amelia hatte mit zwei Jahren schon einen ordentlichen Wortschatz gehabt, aber was half es, die Kinder zu vergleichen. Die eine so, die andere so. Hauptsache, sie brachten sie durch, bis sie sich selbst versorgen konnten. Das Schlimmste war immer noch, wenn die Kinder wegstarben, wenn eine Trauergemeinde hinter einem kleinen Sarg schritt, der in die Erde hinabgelassen wurde, und zurück blieb nicht mehr als ein hölzernes Kreuz, ein Strauß welker Blumen und der Schmerz, der sich in die Seele fraß.

Hinter der Kirche musste Klara den Seitenweg in Richtung der Plantage nehmen. Helmines Haus stand direkt neben dem Maulbeerenfeld. Sie richtete ihren täglichen Rhythmus nach dem Wachsen und Gedeihen der Pflanzen und nach dem Wirken der Raupen aus, die sich an den Blättern gütlich taten und beim Verpuppen die begehrte Rohseide herstellten. Ein halbes Dutzend Frauen half ihr, aus den Bäuschen das Garn zu spinnen.

Der Weg wurde schmaler, das Steppengras zu beiden Seiten wuchs grau und stachelig. Schließlich führte nur noch ein Trampelpfad zu Helmines Haus.

Da zupfte Henny an ihrem Rock, hielt ein Stück des Stoffs fest. Klara drehte sich um, unwillig. »Was ist denn, Henny, jetzt spute dich. Wir haben nicht ewig Zeit.« Martin auf ihrem Rücken fing an, sich zu regen. Klara hörte ihn an ihrem Ohr schmatzen und spürte, wie er sich zwischen ihren Schulterblättern in der engen Schnürung wand. Sie mochte nicht mit einem schreienden Kind zurückhetzen und drängte die Tochter zur Eile.

Henny krallte sich fester in den Stoff und blieb stehen wie ein kleines Maultier. Klara fuhr herum, beugte sich zu ihr, wollte sie schelten. Da sah sie, wie Henny den Arm hob und in das dichte Gras deutete.

Klara richtete sich auf, kniff die Augen zusammen. Keinen Steinwurf entfernt ragten zwei Füße in zerschlissenem Schuhwerk halb in die Luft. Nanu? Schlief da jemand am frühen Vormittag schon seinen Rausch aus? Aus der Entfernung sah Klara, dass es kein Mann sein konnte. Der Rocksaum hing halb über die bestrumpften Waden.

Nun, was ging es sie an, wenn sich eine am frühen Morgen schon mit Wodka oder dem Dorfbier besoff? Mit Frost war dieser Tage nicht mehr zu rechnen, sodass sie nicht zu erfrieren drohte. Wenn sie ihren Rausch ausgeschlafen hatte, würde sie schon in die warme Stube zurückkehren.

Klara fuhr sich über den Mund, ihre Lippen klebten aneinander, als hätte sie zwei Tage kein Wasser getrunken.

Nein, sie würde dieser Person nicht auf die Beine helfen und sich verwickeln lassen in eine Not, die nicht die ihre war. Tagsüber kamen niemals Wölfe dicht ans Dorf – die Gefahr war gering, dass sich eines der Tiere aus dem Rudel löste und der Schlafenden die Kehle durchbiss, bevor sie einen Mucks von sich geben konnte.

Sie griff nach Hennys Hand, um sie beim Weitergehen hinter sich her zu ziehen. In diesem Moment riss sich die Kleine von ihr los und sprang durch das Salzkraut auf die Füße zu.

»Henny! Jesus und Maria, komm zurück! Auf der Stelle!«, schrie Klara. Martins leises Wimmern auf ihrem Rücken steigerte sich zu einem Kreischen, das ihr in den Ohren schmerzte.

Henny lief, bis sie bei der Gestalt anlangte, wo sie in die Hocke ging.

Klara fluchte laut, bevor sie sich umsah – keine Menschenseele in der Nähe, die sie zur Hilfe rufen konnte. Es blieb ihr nichts anderes übrig – sie musste die Tochter da wegholen. Aber dann setzte es eine Tracht Prügel! Das stand fest.

Sie stapfte, die Röcke gerafft, durch das Kraut, fluchte vor sich hin, doch sobald sie bei Henny anlangte, vergaß sie den Vorsatz, der Tochter wegen ihres Ungehorsams einen kräftigen Klaps auf den Po zu geben.

Verkrustetes Blut klebte auf den Strümpfen der Verletzten und am fadenscheinigen Rock. Das Gesicht totenbleich, die geschlossenen Lider dunkel umschattet. Die Hände hielt sie über dem Leib verkrampft, die Beine angewinkelt, als hätten Krämpfe sie niedergestreckt.

Klara ging mit knackenden Knochen in die Knie, strich die verfilzten erdbraunen Haare aus dem herzförmigen Gesicht – und schrak zurück. Kein Zweifel, das war Mathilda, die Tochter der Müllaus.

Wie alt mochte sie sein? Vielleicht dreizehn? Arme und Beine waren zu lang für den Körper, die Wangen wirkten noch kindlich pausbäckig, aber um das Kinn herum hatte sich ein energischer Zug eingegraben, der besser zu einer sehr viel älteren Frau gepasst hätte.

Klaras erster klarer Gedanke war: *Weg hier! Lauf und lass sie liegen, misch dich nicht ein, was auch immer geschehen sein mag.*

Sie legte zwei Finger auf die Ader am Hals. Es pochte zart unter ihren Fingerkuppen. Das Mädchen lebte, aber es würde sterben, wenn es hier niemand entdeckte.

Was mochte Mathilda zugestoßen sein? Eine äußere Verletzung konnte Klara nicht erkennen – den Angriff eines Wolfes oder eines Bären schloss sie aus. Auch nach einem Überfall sah es nicht aus. Die Kleidung war zwar löchrig, aber nirgendwo gewaltsam zerrissen.

Martin auf ihrem Rücken begann nun zu schreien wie am Spieß. Henny legte sich in das Salzkraut, schmiegte sich an die Ohnmächtige und legte einen Arm halb über ihren Leib, als wollte sie ihr Kraft und Wärme spenden. Sie begann zu summen, mit einigen falschen Tönen, aber voller Mitgefühl und selbstvergessen, ohne sich von dem Säuglingsgebrüll stören zu lassen. *Es waren zwei Königskinder …*

Klara nahm Henny an die Hand, der Summton erstarb. Sie zerrte sie auf die Beine, versuchte, trotz des Säuglingsgeschreis einen klaren Gedanken zu fassen.

Wenn sie jetzt wegliefe und Mathilda würde sterben – könnte sie jemals wieder in den Spiegel schauen, ohne Selbstekel zu empfinden? Nein, sie musste ihr helfen, obwohl es ihr widerstrebte. Sie brauchte nicht viel zu tun. Nur dafür zu sorgen, dass sich irgendwer um sie kümmerte, bevor hier von allen verlassen ihr Lebenslicht auslosch oder bevor die Tiere über sie herfielen.

Sie holte Luft und stieß sie mit einem Stöhnen aus. Schließlich beugte sie sich zu Henny, sah ihr eindringlich in die grauen Kinderaugen. »Lauf vor zu Tante Helmine, Henny. Schau, einfach nur den Pfad entlang, dann erreichst du das Haus. Ich komme nach mit dem Mädchen hier. Sie hat sich sehr wehgetan, weißt du.«

Henny biss sich auf die Zeigefingerkuppe, starrte der Mutter auf den Mund, ohne sich zu regen.

»Jetzt lauf los!«, rief Klara. Henny wirbelte herum und wetzte davon.

Auch wenn Henny Helmine nichts ausrichten konnte, wäre die Freundin aus Kindertagen in Alarmbereitschaft versetzt, wenn sie die Verletzte in Empfang nahm, und Klara brauchte nicht lange nach ihr zu suchen.

Sie federte ein paar Mal sacht in den Knien, um den Säugling zu beruhigen, aber der schrie mit unveränderter Lautstärke. Die Ruhe, den Kleinen jetzt zu stillen, hatte sie nicht.

Mathilda war zum Glück leicht wie ein Küken. Als sie sie in eine sitzende Position aufrichtete, flackerten ihre Augen. »He, kannst du mich hören?«, rief Klara dicht an ihrem Ohr und tätschelte sie.

Der Kopf schwang hin und her, das Mädchen stöhnte und hob die Lider halb. »Wo …«

»Du liegst hier mitten in der Steppe. Was ist mit dir?«

»Ich … ich weiß nicht.« Die Farbe kehrte in ihre Wangen zurück, als sie sich drehte, um die Umgebung wahrzunehmen. »Wie bin ich hierhergekommen?«

»Das wüsste ich auch gern«, gab Klara zurück. »Jetzt komm, ich helfe dir. Hast du Schmerzen?«

»Ja … nein! Nein, ich habe keine Schmerzen. Wo bringst du mich hin?«

»Zu Helmine Röhrich, deren Haus an der Maulbeerplantage liegt am nächsten. Dann werden wir sehen.«

»Helmine Röhrich … Ja, da wollte ich hin und fragen, ob sie Arbeit für Mutter und mich hat.«

»Na, mit dem Arbeiten wird das wohl nichts in den nächsten Wochen. Was stimmt mit dir nicht? Warum ist alles voller Blut und warum bist du hier zusammengebrochen? Hat dich jemand überfallen?«

»Nein … ja, ich weiß nicht.«

Was stotterte das Mädchen so? Hatte es vielleicht eine Kopfverletzung? Klara untersuchte ihren filzigen Haarschopf, aber da war nichts.

»Du gehörst zu den Müllaus, oder?«

Sie nickte. »Ja, ich bin Mathilda.«

»Ich bringe dich jetzt zu Helmine, da kannst du dich ausruhen. Auf dem Rückweg sage ich dem Arzt Bescheid. Der wird sich um dich kümmern.«

»Nein! Bitte nicht den Arzt!« Mit überraschender Kraft schrie das Mädchen auf, krallte die Fingernägel in Klaras Oberarm, dass es wie Dornen stach.

Mit einem Ruck befreite sich Klara und hob im Aufstehen das Mädchen mit an. Sie umfasste die Taille des Mädchens, um sie zu stützen, und so stapften sie los, Schritt um Schritt. Martin hatte sich heiser geschrien und war erschöpft eingeschlafen. Aber nicht für lange, wusste Klara.

War es nicht ein Segen, dass sie inzwischen in Waidbach einen Arzt hatten? Lange genug hatten sie sich mit den wöchentlichen

Besuchen eines Doktors aus der Kolonie Sarepta begnügen müssen, und oft genug war der zu spät gekommen, wenn es pressierte. Verflucht, warum musste sie genau heute das Haus verlassen? Kaum war sie ein paar Schritte gegangen, schon war sie in die Schwierigkeiten fremder Leute verwickelt. Und dann auch noch in die der Müllaus!

Mathilda machte wirklich keinen guten Eindruck. Bei jeder Bewegung unterdrückte sie ein Stöhnen, sie ging nur gekrümmt und fasste sich immer wieder an den Leib. Das Mädchen war blutjung, doch allem Anschein nach litt sie an einer Frauensache, die sie mit sich herumschleppte. Der Doktor würde wissen, was zu tun war. Keine Sekunde gedachte Klara, Mathildas Bitte nachzukommen, niemandem etwas zu sagen.

Wie Klara vermutet hatte, lief Helmine vor ihrem Holzhaus herum wie eine aufgescheuchte Pute, nach allen Seiten Ausschau haltend, die Hände ringend. Sie eilte ihr entgegen, half ihr, Mathilda ins Haus zu schleppen und sie auf das Bett zu legen, das in der Stube nahe beim rückseitigen Fenster stand.

Die Schweißperlen auf Mathildas Stirn sammelten sich zu Bächen und liefen ihr die Schläfen hinab.

Mit wenigen Worten unterrichtete Klara Helmine darüber, wie sie sie vorgefunden hatte, während Martin erneut anfing zu quengeln, und schloss: »Ich lasse sie jetzt bei dir und schicke den Arzt. Für mich hat's sich erledigt.«

Helmine schob den Unterkiefer vor. »Nichts da. Du setzt dich jetzt hier hin, bewachst das Mädchen und stillst den Schreihals. Das ist ja nicht zum Aushalten! Willst du das ganze Dorf mit seinem Gejaule aufscheuchen?« Sie wies auf Henny, die vor der offenen Haustür mit einem Blechnapf und einem Häuflein trockener Erde spielte. »Dein Mädchen wird dich in Ruhe lassen.«

»Aber ...«

Noch bevor Klara aufbegehren konnte, hatte sich Helmine das Kopftuch nach Art der Russinnen im Nacken gebunden und ein Schultertuch übergeworfen. »Ich beeile mich.«

Schon stürmte sie aus der Tür durch den Vorgarten und auf den Pfad.

Klara stöhnte auf. Dann band sie sich das Kind vom Rücken, drückte einen Kuss auf die Kinderwange, öffnete ihr Mieder und ließ sich zum Stillen auf die Bettkante neben Mathilda nieder, die den Kopf in ihrer Benommenheit hin und her warf. Unverständliche Worte drangen über ihre Lippen.

Hoffentlich wendete sich alles zum Guten, sobald der Arzt hier eintraf. Hoffentlich! Beim Anblick von Mathildas schneeweißer Stirn, ihren wie Schmetterlingsflügel zitternden Lidern brach Klara der Schweiß in Schüben aus.

Eine Ahnung stieg in ihr auf, dass das Leid dieses fremden Mädchens auf eine unfassbare Art bedrohlich war. Lebensbedrohlich. Und dass sie von nun an untrennbar mit ihr verbunden war.

Henny baute immer noch Türme aus Erde und verzierte sie mit Steinen, Mathilda schlief mit offenem Mund, Martin rülpste zufrieden und satt an Klaras Schulter, während sie ihm den Rücken streichelte, als Helmine mit Dr. Frangen im Schlepp zurückkehrte.

Der Arzt schaute von oben herab mit halb geschlossenen Augen zu, wie die beiden Frauen Mathilda entkleideten und sie mit einem Laken bedeckten. Dann verscheuchte er sie, um die Untersuchung zu beginnen. Sie hielten sich hinter seinem Rücken und lugten über seine Schultern.

Ein paar tastende Griffe, den Blick dabei an die Decke gerichtet, als fände er dort die Lösung, das Hörrohr an mehrere Stellen ihres Leibes gepresst, da steckte er seine Utensilien schon wieder in seine lederne Tasche mit dem Bügelverschluss.

Helmine und Klara wechselten einen Blick, zogen die Mundwinkel herab, die Brauen nach oben.

»Allem Anschein nach ist dieses Weib vor Kurzem von einem Kind entbunden worden. Da müssen allerdings Pfuscher am Werk gewesen zu sein – die Hebamme sorgt nach meinen Anweisungen immer recht penibel dafür, dass die Nachgeburt komplett ausgetrieben wird.«

Helmine riss die Augen auf.

»Dieses Weib?«, wiederholte Klara nicht weniger ungläubig. Sie wies auf die nach wie vor ohnmächtige Mathilda. »Sie ist ein Kind. Kaum dreizehn Jahre.«

Frangen zuckte die Achseln, die Lider halb gesenkt, der Mund zu einer Schnute gezogen. Er schätzte es nicht, wenn seine Aussagen in Frage gestellt wurden. Vor acht Jahren war er in das Dorf gekommen, als junger, unerfahrener Schulmediziner, der mit Hochmut und Besserwisserei seinen Stand vor allem gegen die kräuterkundige Apothekerin zu untermauern suchte. Obwohl er kaum noch über mangelnde Ehrerbietung der Kolonisten klagen konnte, hielt er an seiner Überheblichkeit fest. »Aber offenbar alt genug, mit irgendeinem Dummbeutel das Lager zu teilen.«

»Dann sollte sie aber doch sechs Wochen lang nicht das Haus verlassen!«, rief Helmine, die Hand vor den Mund gepresst, die Augen groß wie Hühnereier. »Ob ihre Mutter vielleicht vergessen hat, ihr ein Gesangbuch unter das Kopfkissen zu legen, um die bösen Geister fernzuhalten? Gewiss hat sie das vergessen!«

Vor Klara drehte sich alles. Sie griff nach der hölzernen Säule des Betthimmels, um nicht umzufallen.

Nein, keine bösen Geister, keine Kobolde bedrohten die Wöchnerin.

Auf einmal wusste sie so klar, als hätte es ihr die Stimme Gottes ins Ohr geflüstert, was geschehen war.

7

»Das darfst du nicht zulassen!«

Klara legte den Zeigefinger an die Lippen, machte beschwichtigende Gesten und krümmte den Nacken. »Heilige Mutter Gottes, nun schrei nicht so, Eleonora! Wenn jemand vorbeigeht und etwas mitbekommt ...«

»Ich verstehe dich nicht.«

Sicherheitshalber stand Klara aber auf, schloss die Fenster und zog die Vorhänge davor. Die Vormittagssonne stand schräg und erhellte die Stube durch die Ritzen.

»Wie kannst du untätig bleiben, wenn diesem Mädchen solches Unrecht geschieht?«

»Weiß ich, ob es Unrecht ist? Vielleicht hat sie es nicht besser verdient?«, gab Klara trotzig zurück. Die Worte kamen ihr nicht leicht über die Lippen, aber sie waren wie ein Bollwerk, das sie gegen die Angriffe der Schwester errichtete.

Drei Wochen war es nun her, seit sie Mathilda in diesem beklagenswerten Zustand gefunden hatte.

Drei Wochen, in denen sich Klara zwang, an etwas anderes zu denken als an das Leid des Mädchens.

Sebastians Fragen in den Morgenstunden und beim Abendbrot hatte sie nur ausweichend beantwortet, als sei die Sache nicht von Belang. Und Sebastian war keiner, der drängte und nachbohrte. Er brauchte seinen Verstand für die notwendigen Arbeiten nach dem Winter und hatte keine Muße, auf die Grübeleien seiner Frau einzugehen.

Aber nun war Eleonora da.

Eleonora, ihre Schwester, die jeden Käfer, den sie in der Stube fand, auf einem Stück Holz an die Luft setzte, statt ihn mit den Pantinen zu zerquetschen. Eleonora, die die eigenen Bedürfnisse stets hintanstellte, wenn es darum ging, anderen beizustehen.

Klara hatte geahnt, wie sie reagieren würde, sobald sie ihr von dem Vorfall und ihren Befürchtungen erzählt hatte. Andererseits war es unmöglich, der Schwester über die sieben Tage, die sie zu bleiben gedachte, etwas vorzuspielen, um einem Disput aus dem Weg zu gehen. Niemand kannte sie besser als Eleonora, sie sah ihr an der Nasenspitze, an den flatternden Lidern, an dem verkniffenen Mund an, wenn sie ihr etwas verschwieg oder die Wahrheit verdrehte.

Und die Schwester auszuladen? Diesen Gedanken hatte Klara gleich beiseitegeschoben. Sie sahen sich selten genug. Es tat gut, die geliebte Schwester zu umarmen, sie lachen und scherzen zu hören, mit ihr gemeinsame Erinnerungen auszutauschen, von denen sich manche merkwürdigerweise in schöne Bilder aus der *guten alten Zeit* verwandelt hatten.

»Ich erkenne dich nicht wieder, Klara. Früher war dein Herz butterweich, jetzt richtest du gnadenlos.«

»Ich richte nicht. Ich halte mir die Kümmernisse fremder Leute vom Hals.«

»Dieses Mädchen ist in Not. Es muss vor seinem Vater beschützt werden.«

Klara winkte ab. »Dafür ist es zu spät. Der kleine Bastard ist auf der Welt und schreit sich die Seele aus dem Leib. Kein Wunder, wo er in ein solches Unglück hineingeboren ist.«

Eleonora stand auf, ging vor Klara in die Hocke und nahm ihre beiden Hände in ihre. Klara wandte sich ab.

»Liebe Schwester, ich weiß, dass dich das alles an den Überfall von damals erinnert. Ich verstehe, dass du mit dem Vergewaltiger nichts mehr zu tun haben wolltest. Aber du bist kein kleines Mädchen mehr. Du hast selbst drei kleine Kinder, du bist eine verantwortungsbewusste Frau, du darfst es nicht geschehen lassen, dass eine aus eurer Dorfmitte zugrunde gerichtet wird, und alle schauen zu und keiner schreitet ein. Du bist die Einzige, die außer der Familie weiß, was geschehen ist. Du musst das publik machen, damit dem Kerl Einhalt geboten wird.«

Klara biss sich auf die Lippen. »Die Dörfler sind nicht gut auf die Müllaus zu sprechen. Schau dir die Hauswand an. *Dorfhure* hat da jemand mit roter Farbe hingeschmiert. Keiner will mit denen mehr etwas zu tun haben. Warum sollte ich mich da zur heldenhaften Retterin aufschwingen?«

»Weil Mathilda niemand anderen hat als dich. Offenbar wird sie von der Mutter im Stich gelassen – sonst hättest du sie nicht elendig in der Steppe gefunden.«

»Aber ich habe keine Gewissheit!«, gab Klara zurück. Es klang fast verzweifelt, als fischte sich nach letzten Gründen, sich aus der Sache herauszuhalten. »Vielleicht ist Joseph Müllau inzwischen ein grundanständiger Mann, hat mit der Sache gar nichts zu tun, und seine Tochter hat sich tatsächlich mit irgendeinem Tölpel eingelassen, der ihr ein Kind gemacht hat.« Klara merkte selbst, dass ihren Worten die Kraft fehlte.

»Du machst dich schuldig, wenn du untätig bleibst«, sagte Eleonora und verschränkte die Arme vor der Brust, als sie wieder Klara gegenüber Platz genommen hatte. »Du weißt, was passiert ist. Du musst eingreifen.«

»Wie sollte ich das tun?«

In Eleonoras Miene schimmerte Hoffnung. Sie beugte sich vor. »Als Allererstes müsstest du den Dorfschulzen informieren. Bernhard war stets ein besonnener Mann, der kluge Entscheidungen getroffen hat. Nicht ohne Grund ist er seit Jahren der Oberste in der Kolonie.«

Klara schätzte den alten Weggefährten über alle Maßen. Die Waidbacher wählten ihn immer wieder als ihren Dorfschulzen, und die russischen Behörden bestätigten seine Wahl. Sie hätten das Recht gehabt, ihn abzuwählen, aber sein diplomatisches Geschick an allen Fronten galt als vorbildlich. Zu Bernhards Rechten gehörte es, die Unordentlichen, Faulen und Frechen zu ermahnen, mit Geldbußen zu belegen, zu Gemeindearbeiten heranzuziehen und sogar bei Wasser und Brot einzusperren oder auszupeitschen. Unablässig sollte er darauf achten, dass sich die Kolonisten in der Landwirtschaft übten, mit ihrer Wirtschaft beschäftigten und ein nüchternes, arbeitsames Leben führten.

84

Bernhard trug diese Verantwortung, wie Klara wusste, mit der größtmöglichen Achtsamkeit. Unter seiner Führung hatte es noch nicht ein einziges Mal Kerkerhaft und Peitschenhiebe gegeben. Aber einen wie Müllau hatten sie auch noch nie in ihren Reihen gehabt.

»Ach, ich weiß nicht.« Klara legte die Hände vors Gesicht und stützte die Ellbogen auf die Tischkante. »Ich habe Angst, Eleonora.«

»Das brauchst du nicht, liebe Klara. Du bist nicht allein. Du hast Freunde an deiner Seite. Und mich.«

Klara barg ihr Gesicht an Eleonoras Halsbeuge und schluchzte trocken auf. In ihren Gedanken blitzten Fetzen der bösen Erinnerungen auf. Wie Müllau sie damals gepackt hatte, sein nach Verwesung stinkender Atem, die schwieligen, verhornten Hände, die ihre Handgelenke wie in einer Zwinge hielten, die harten Tritte.

Erlebte Mathilda all dies, anders als sie, nicht nur einmal, sondern immer und immer wieder, Tag für Tag? War es nicht wirklich ihre Menschenpflicht, diesem scheußlichen Treiben ein Ende zu bereiten und dem Mädchen beizustehen?

»Du bist die Erste, mit der ich über meinen Verdacht rede«, sagte sie schließlich, als sie ein Stück von Eleonora abrückte. Sie schnäuzte sich in die Schürze. »Wenn wir zu Bernhard gehen, sollte Sebastian dabei sein.«

Eleonora schlug die Hand vor den Mund. »Sebastian weiß noch gar nicht, dass ein Verbrecher hier im Dorf wohnt? Warum in Gottes Namen hast du ihm das nicht erzählt?«

»Ist das so schwer zu verstehen? Ich wollte ihn nicht beunruhigen. Reicht es nicht, wenn *ich* keine Nacht mehr ruhig schlafen kann? Und was, wenn Sebastian wütend geworden wäre und sich gleich auf Müllau gestürzt hätte? Kozlow macht kurzen Prozess mit Unruhestiftern. Wenn Bernhard ihm eine Prügelei auf Leben und Tod meldet, sind alle Beteiligten, ganz gleich, wer im Recht und wer im Unrecht war, innerhalb weniger Tage auf dem Weg nach Sibirien.«

Die Tyrannei des Provinzialbeamten Wladimir Ivanowitsch Kozlow, der seine bizarre Zuneigung zu dem ständig auf seinem Arm hockenden oder aus der Satteltasche herauslugenden Schoßhündchen nicht zu verbergen für nötig hielt, fürchteten die Waidbacher, obwohl sie wussten, dass Dorfschulze Bernhard Röhrich sein Bestes gab, um sich gegen ihn durchzusetzen. Die St. Petersburger Regierung sicherte den Kolonisten zwar Selbstverwaltung zu, aber die Distriktkommissare hielten sich nicht daran. Kozlow war, wie andere Beamte auch, ein altgedienter Offizier, der die Kolonisten im schneidenden Kommandoton einzuschüchtern suchte und militärischen Gehorsam forderte, während der Hund auf seinem Arm winselnd den Kopf zwischen die Pfoten zog.

EinzigBernhard Röhrich konnte sich ihm gegenüber behaupten und dann und wann einen Sieg davontragen. Die Waidbacher würden den ehemaligen Flickschuster vermutlich bis zu seinem Tod alle drei Jahre erneut zum Dorfschulzen wählen.

»Na, na, na ...« Eleonora streichelte über ihren Arm. »So schnell geht das nicht, Klara. Warten wir auf Sebastians Heimkehr und nehmen ihn gleich mit zu Bernhard. Vielleicht geben wir noch dem Doktor Bescheid – der wird gegenüber dem Dorfschulzen bestätigen, dass Mathilda vergewaltigt und geschwängert worden ist. Und der Pfarrer wird sicher auch mitwirken. Einverstanden?«

Klara starrte zum Fenster, obwohl sie durch den Vorhang nichts sehen konnte. Es war, als könnte sie durch den Stoff hindurchblicken und sich vom Himmel über den Wolgawiesen die Antwort darauf erwarten, was richtig und was falsch war und was sie bloß tun sollte.

Einerseits liebte Eleonora ihre seltenen Besuche in der Kolonie Waidbach, andererseits schmerzte es, wenn sie jedes Mal ein wenig stärker spürte, dass sie nicht mehr dazugehörte. Sie sprach anders, bemühte sich um eine Annäherung ans Hochdeutsche, genau wie die anderen deutschen Frauen in Saratow.

Alle Deutschen in Russland brachten Dialekte aus der Heimat mit, aber in den Unterhaltungen bei gesellschaftlichen Veranstaltungen näherte man sich einander an. Man erweiterte seinen Wortschatz, übernahm Wendungen aus anderen deutschen Regionen. Die Deutschen in Saratow und mit ihnen Eleonora und ihre Familie entwickelten ihre eigene gemeinsame Umgangssprache, genau wie die Kolonisten in ihren Dörfern. In der Kolonie Waidbach, deren Gründer zum größten Teil aus der Nähe von Büdingen stammten, war das Hessische vorherrschend geblieben, durchsetzt von russischen Brocken.

Noch deutlicher zeigte sich die auseinandergehende Entwicklung zwischen den Dorfdeutschen und den Stadtdeutschen in der Kleidung. Nach vierzehn Jahren der Besiedelung waren die allermeisten Kleidungsstücke, die die Kolonisten mitgebracht hatten, zerschlissen und unbrauchbar, die noch verwertbaren Stoffe als Lumpen und Vorhänge, Flick- und Füllstoff genutzt. Die meisten Waidbacher kümmerten sich selbst um ihre Kleidung, versponnen den Flachs, den die Frauen anbauten und ernteten, strickten und nähten sich die praktische, derbe Kleidung nach den alten Vorbildern aus deutschen Landen. Hier und da blitzte bei den Festtrachten der russische Einfluss auf. Die geschicktesten Handarbeiterinnen unter den Waidbachern versuchten sich an den Stickereien und dem Perlenschmuck an den Ärmeln, wie er bei den Russinnen beliebt war.

In Saratow dagegen überboten sich die deutschen Damen in Eleganz, orientierten sich in Kleidungsfragen an der Mode aus St. Petersburg, die wiederum inzwischen weniger von den detailverliebten Franzosen als von der Nüchternheit und Kühle der Engländer beeinflusst war.

Wann immer Eleonora die Kolonie besuchte, achtete sie darauf, ihre schlichteste Garderobe einzupacken. Den Anschein zu erwecken, sie hielte sich für etwas Besseres, wäre ihr peinlich, aber vermeiden ließen sich neidische Blicke und bösartige Kommentare nicht, vor allen von denen, die später zu der Kolonie gestoßen waren. Ihre Weggefährten von 1766 kannten sie als die bescheidene, liebenswerte Frau, die sie war, und würden ihr weder Eitelkeit noch Protzsucht unterstellen.

Auch die beiden Söhne, die sie bei ihren Besuchen begleiteten, kleidete sie bei diesen Gelegenheiten nach Art der Landkinder in baumwollene Kniebundhosen und weite Leinenhemden mit bestickten Schlitzen an den Seitennähten und am Ausschnitt.

Stephan, der Ältere, liebte diese Kleidung – es war fast so, als fühlte er sich in der feineren Schulgarderobe, die sich an die Erwachsenenmode hielt, verkleidet und sei erst in Waidbach auf den Feldern wieder er selbst.

Justus dagegen behauptete stets, die Beinlinge säßen zu locker und rutschten und die Hemden kratzten unter den Armen und am Rücken. Ein Flehen trat in seine Augen, und Eleonora unterdrückte ein Schmunzeln, weil sie stets in einen Spiegel zu blicken meinte, wenn sie ihn ansah. Doch sie ließ ihn maulen und blieb hart.

Justus drängelte bei jedem Mal, sie möge ihn zu Hause lassen, beim Vater und bei der *Babuschka* – er hasste die Ausflüge aufs Land. Stephan hingegen fieberte dem Ausflug stets Tage vorher entgegen.

Vielleicht hing Stephans Schwärmerei für Waidbach mit seiner Freundschaft zu der gleichaltrigen Charlotte zusammen, mit der er über die Felder und Wiesen streifte. Wo immer Stephan auf den Äckern eingesetzt wurde – ob als Pferdelenker am Pflug oder bei der Heuernte – Charlotte sprang ihm stets zur Seite.

Eleonora lächelte, wenn sie die beiden beobachtete. Sie mochte das flachsblonde Mädchen mit den Häschenzähnen und freute sich, dass ihr Ältester eine treue Freundin gefunden hatte. Auch wenn der Jüngere, Justus, mit seinem feingliedrigen, schlaksigen Körper das Nachsehen gegen seinen kräftigen Bruder hatte und hinter den beiden her stolpern musste, da er selbst keinen Anschluss bei den Landkindern fand.

Wie jedes Mal bezogen die Buben bei Anja und Bernhard Röhrich Quartier. Bernhard mochte vor allem Stephan, lobte seinen Eifer und sein landwirtschaftliches Wissen. Justus dagegen interessierte sich für Anjas Apothekengeschäft, was ihr sichtlich schmeichelte. Beide Jungen hatten Anjas Hund Lambert geliebt wie einen guten Freund und Tränen vergossen, als sie ihn bei ihrem letzten Besuch hinter dem Haus begraben mussten. Gleich nach ihrer Ankunft am Mittag waren die Jungen zu den Röhrichs gelaufen. Derweil hatten Eleonoras Schritte sie schnurstracks zu dem Häuschen ihrer Schwester geführt.

Als Eleonora nun mit Klara und Sebastian an der Tür des Schulzenhauses klopfte, sah sie wenige Meter entfernt Justus allein im Schulgarten hocken. Aus der Ferne drang das Lachen und Schreien der übrigen Kinder zu ihr.

Sollte sie ihren Jüngsten bei der nächsten Fahrt nach Waidbach mit Matthias heimfahren lassen, wenn er sich denn gar nicht hier einzugliedern vermochte? Matthias hatte sie hierher begleitet und würde sie eine Woche später abholen. Die lange Hin- und Rückfahrt würde der Siebenjährige sicher lieber ertragen als die für ihn quälend langweiligen Tage in der Kolonie.

Matthias grämte sich, dass ihm keine sieben freien Tage beschieden waren, um selbst in der Kolonie mit den alten Freunden zu plaudern und die Becher zu heben. Aber das war der Preis, den er zu zahlen bereit war, solange es der Manufaktur, die ihm Oscar Hartung tatsächlich testamentarisch überschrieben hatte, an nichts mangelte. Seit einem halben Jahr führte Matthias die Geschäfte nun allein und eigenverantwortlich, und sofern es Eleonora beurteilen konnte, machte er seine Sache tadellos, ihr kluger Mann. Er war unermüdlich ehrgeizig, getrieben von dem Willen, der Kaiserin zu beweisen, dass ihr Geld in seinem Unternehmen bestens angelegt war, und …

»Wollt ihr mir nicht endlich sagen, was los ist?«, murrte Sebastian, als Eleonora nun, da niemand sie einließ, die unverriegelte Tür vorsichtig öffnete und ein lautes »Gott zum Gruße« in die Stube rief.

Sie sah, dass Klara Sebastians Hand nahm und sie drückte.

Alle drei wandten die Köpfe, als in dieser Sekunde Anja aus

dem angrenzenden Apothekenladen trat, gefolgt von ihrem Mann Bernhard.

Eleonora und Anja liefen juchzend aufeinander zu, umarmten und drückten sich. Früher hatte Anja das nach einem Brandunfall in ihrer Kindheit vernarbte Gesicht stets unter Kapuzen und Tüchern versteckt, heute trug sie es offen: eine Frau, die erfahren hatte, dass ein makelloses Äußeres nicht die einzige Art von Schönheit ist, die einen Mann anzieht. Eleonora küsste sie auf die heile Gesichtshälfte.

Auch Bernhard, dessen mit einem Lederband gehaltener Haarzopf inzwischen schlohweiß war, obwohl er noch keine vierzig war, nahm die ehemalige Weggefährtin in die Arme, küsste sie auf die Wangen und hielt sie dann an den ausgestreckten Armen von sich, ihre Schultern umfassend. »Machst du Geschäfte mit dem lieben Gott, Eleonora? Wie kann es sein, dass du immer schöner wirst? Du siehst aus wie das blühende Leben. Die Stadtluft bekommt dir wunderbar.«

Eleonora spürte, wie ihre Wangen heiß wurden. »Ach, mach mich nicht verlegen, Bernhard. Ich freue mich, dass es euch hier gut ergeht.«

Bernhard wiegte den Kopf. »Man soll das Jahr nicht vor dem Sommer loben. Wir rechnen Woche um Woche mit dem Schlimmsten. Du kennst das ja. Ein Hagelsturm kann die gesamte Ernte vernichten, die Viehseuche hatten wir in den vergangenen Jahren mehrere Male, und ob die Nomaden nicht doch einmal mehr über uns herfallen, weiß der Himmel. Aber wir geben nicht auf. Wir sind ein zähes Völkchen, wir Hessen, nicht?«

Eleonora reckte sich auf die Zehenspitzen und drückte ihm einen Kuss auf die Wange. »Das sind wir, Bernhard, das sind wir.«

Anja war den anderen vorangegangen und hatte bereits begonnen, in der Stube den Tisch mit Bechern und Geschirr zu decken. Brot und Käse aus der dorfeigenen Herstellung, geräucherte Wurst aus dem Feuerabzug, Bier, Kwass und Wodka stellte sie dazu, und der köstliche Duft des Abendessens breitete sich in der sorgsam geputzten Stube aus.

Während sie noch die Neuigkeiten munter durcheinander plappernd austauschten und Sebastian immer stiller wurde, da er nach wie vor nicht wusste, was es Wichtiges zu besprechen gab, dass Klara sogar alle drei Kinder in Veronicas Obhut gegeben hatte, traf Dr. Frangen im Stechschritt ein und setzte sich nach einem kurzen Nicken an den reich gedeckten Tisch. »Pastor Ruppelin lässt sich entschuldigen. Er muss eine Nottaufe vornehmen.«

Allmählich verebbte das Plaudern und Flüstern. Eleonora nickte Klara auffordernd zu.

Aber zunächst ergriff Bernhard das Wort. Als Dorfschulze war er es gewohnt, Reden zu halten – zumal in seinem Haus, das ihm auch als Amtsstube diente, wenn Wladimir Kozlow seinen Besuch ankündigte. Klara dagegen rang offenbar noch um Worte.

Bernhard hob einen der Becher, die Anja mit dem scharfen Schnaps gefüllt hatte, und prostete den anderen zu. »Meine Lieben, jeder Anlass ist uns recht zu feiern, wie ihr wisst. Diese schöne Sitte der Russen haben wir mit Freude übernommen.« Verhaltenes Gelächter erklang von den Gästen. »Lasst uns anstoßen auf ein paar gemeinsame Stunden. So jung kommen wir nicht mehr zusammen, und Eleonora in unserer Mitte zu begrüßen, ist stets Anlass zu besonderer Freude. Auf dich, Eleonora.«

Noch bevor Eleonora abwehren konnte, tranken die anderen. Also nippte sie an dem Wodka wie ein Spatz. Sie mochte das scharfe Getränk nicht besonders, aber beim Feiern abzulehnen verstieß gegen die guten Sitten.

Obwohl es nichts zu feiern gab. Nur dass die anderen davon noch nichts wussten.

»Ich …« begann Klara. Gleich versagte ihr die Stimme, sie musste sich räuspern, um ein zweites Mal anzusetzen. Eleonora streichelte unter dem Tisch ihr Bein. *Ich bin bei dir. Ich helfe dir, wenn du ins Stocken gerätst.*

Klara nickte ihr zu und begann zu erzählen, erst stockend, dann immer flüssiger, als erkannte sie auf einmal selbst, wie wichtig es war, die anderen teilhaben zu lassen an dem, was sie umtrieb. Sie allein war machtlos, die Dorfgemeinschaft aber besaß Kraft.

Klara erzählte, wie schwer es ihr vor vielen Jahren gefallen war, Waidbach zu verlassen, wie sie mit ihren acht Jahren den Plan gefasst hatte, vor den Schwestern zu fliehen, damit die ohne sie die Heimat verließen. Wie auf der Straße nach Büdingen auf einmal dieser Mann aufgetaucht war, in seinem abgerissenen Rock, mit den verfilzten Haaren und den riesigen Pranken, die sie packten. An dieser Stelle holte sie tief Atem, schwieg ein paar Sekunden, in denen sie um Fassung rang. In der Stille der Stube hörte man nur das Knacken des Holzes. In einer dunklen Ecke trippelte eine Maus.

Keiner sagte ein Wort, bis Klara bereit war, fortzufahren. »Dieser Vorfall hat dazu beigetragen, dass ich es schaffte, unserer Heimat den Rücken zu kehren. Ich glaubte, wenn ich nur weit genug fortzöge, würden die Albträume und der Schrecken nachlassen. Es war tatsächlich so, ich fand hier nicht nur meinen Frieden, sondern auch die Liebe meines Lebens.« Sie wechselte einen innigen Blick mit Sebastian. »Aber nun …« Sie sog die Luft ein, richtete sich auf und sah dem Dorfschulzen ins Gesicht. »Nun ist mir dieser Verbrecher wieder begegnet. Er lebt mitten uns.«

Gemurmel setzte ein, alle redeten durcheinander, die Stimmen hoben sich, bis Bernhard um Ruhe bat. »Was willst du damit sagen, Klara? Wer ist dieser Mann?«

»Es ist Joseph Müllau.«

Erneut wurde sie in ihrem Bericht unterbrochen, als Anja aufschrie, Sebastian aufsprang und Bernhard, Dr. Frangen und Eleonora laut durcheinanderredeten.

»Warum ich euch das alles erzähle …«, fuhr Klara endlich fort. Ihre Unsicherheit war nun vollständig der Überzeugung gewichen, dass es richtig war, was sie hier tat. »Ich glaube, dass dieser verfluchte Kerl eine verachtenswerte Schwäche für sehr junge Mädchen hat und dass ich nicht die Einzige bin, die er vergewaltigt hat.«

Dr. Frangen hob den Kopf, als sie eine kurze Pause machte.

»Ich ahne, worauf du hinauswillst, Klara, und wären mir die Umstände bekannt gewesen, hätte ich selbstverständlich sofort diesen Schluss gezogen«, sagte er. »Du glaubst, dass er die eigene Tochter geschwängert hat?«

»Ich bin davon überzeugt.«

»Wie gespenstisch das alles ist!« Anja hielt sich die Hände an den von Narben verunstalteten Wangen. »Was für eine Schande für die Familie.«

»Die Schande der Familie ist der Hausherr«, warf Eleonora ein. »Es ist nicht recht, dass Mathilda nun als Hure gescholten wird und in Schimpf und Ächtung leben muss. Wenn es ihr tatsächlich so ergangen ist wie Klara und wenn sie dies wieder und wieder erlitten haben sollte, dann braucht sie unseren Schutz.«

Bernhard sprang auf und schlug mit der Faust auf den Tisch, dass die Schalen klapperten. »Alle Spekulationen bringen uns nicht weiter«, erklärte er. »Ich halte es für das Beste, der Familie einen offiziellen Besuch abzustatten und sie aufzufordern, die Lage zu klären. Wir müssen Müllau wissen lassen, dass wir seine schändliche Vorliebe in unserer Mitte nicht schweigend dulden, und wir müssen Mathilda zu verstehen geben, dass wir sie nicht im Stich lassen. Das ist unsere Pflicht.«

»Was geschieht mit ihm, wenn er die Taten zugibt? Obwohl ich nicht annehme, dass er seine Schuld eingestehen wird«, sagte Eleonora.

»In dem Fall mache ich Kozlow Meldung. Er wird entscheiden, welche Strafe angemessen ist. Die Familie braucht in dieser Zeit die dörfliche Unterstützung. Sie wäre nicht die erste, die auf das Familienoberhaupt verzichten muss.«

»Nie und nimmer wird er klein beigeben«, flüsterte Klara.

»Aber Mathilda wird bezeugen, was der Vater ihr angetan hat«, gab Anja zu bedenken. »Und wenn ihre Mutter es bestätigt, gibt es keinen Zweifel mehr an Müllaus Schuld.«

Eleonora war auf ihrem Stuhl ein wenig zusammengesunken, während die anderen nun das weitere Vorgehen besprachen. Stellten sie sich die Klärung der Angelegenheit nicht zu simpel vor? Würde sich die Tochter tatsächlich gegen den Vater stellen, selbst wenn der sie vergewaltigte? Und würde die Frau ihren Mann verraten, in der Gewissheit, dass sie die Kinder danach alleine durchbringen müsste?

Eleonora zweifelte daran, dass sich das Unrecht mir nichts, dir nichts aus der Welt schaffen ließ, wie es sich Bernhard in seiner praktischen Art vorstellte.

»Wir können nicht alle gleichzeitig bei den Müllaus auftauchen. Das gäbe ein heilloses Durcheinander, in dem sich Müllau viel zu leicht aus allem herauswinden würde. Ich schlage vor, dass ich allein der Familie einen Besuch abstatte und Rechenschaft fordere, lediglich unterstützt von Klara, die sozusagen als Anklägerin auftritt«, sagte Bernhard.

Klara schrie auf. »Nein, nein, niemals! Ich bin doch nicht die Anklägerin! Ich habe nur gesagt, was ich weiß, und …«

Bernhard legte eine Hand auf ihren Arm. »Sorg dich nicht, Klara, ich werde das Reden übernehmen. Du kannst dich in meinem Schatten halten. Aber ich brauche jemanden dabei, der das Gespräch bezeugen kann, damit ich Kozlow Meldung mache. Keine ist da besser geeignet als du, da du selbst sein Opfer warst.«

»Du musst das tun, Liebste«, murmelte Sebastian an ihrer anderen Seite und legte den Arm um ihre Schulter. »Du schaffst das. Es ist wichtig. Oder willst du, dass Mathilda weiter gequält wird?«

»Ich würde bei Gelegenheit einen Blick auf den Säugling werfen wollen«, meldete sich Dr. Frangen mit erhobenem Zeigefinger zu Wort. »Kinder der Blutschande kommen nicht selten mit Missbildungen und schwachsinnig zur Welt.«

Bernhard nickte und erhob sich. »Ich schlage vor, wir vergeuden keine Minute mehr. Ich möchte noch heute Abend wissen, was im Hause Müllau vor sich geht. Klara, bereit?«

Klara biss sich auf die Unterlippe. Endlich erhob sie sich. Bereit, den Dorfschulzen zum Haus des Vergewaltigers zu begleiten.

* * *

»Scher dich zum Teufel, Röhrich! Ich hab mir nichts zuschulden kommen lassen!«

Bernhard schob die Stiefelspitze an den Rahmen, als Müllau die Tür zuschlagen wollte. »Das werden wir herausfinden, Joseph. Aber dazu wirst du mit mir sprechen müssen.« Klara hielt sich an Bernhards Rücken. Ihr Puls raste, während die Stimme des Mannes nach draußen schallte. Von dem leutseligen Zugereisten mit den unterhaltsamen Geschichten im Gepäck, wie ihn Sebastian nach seiner ersten Begegnung beschrieben hatte, war nichts mehr geblieben. Dies hier, das war seine wahre Fratze.

Die Härchen in ihrem Nacken stellten sich auf. Welcher Teufel hatte sie geritten, sich darauf einzulassen? Sie würde wahrscheinlich in Ohnmacht fallen, wenn Müllau nur das Wort an sie richtete. Sie war noch nie besonders mutig gewesen, aber in dieser Stunde mit der schmerzvollsten Erfahrung aus ihrer Kindheit konfrontiert zu werden, war wirklich mehr, als sie verkraften konnte.

Sie schalt sich selbst eine Närrin, weil sie sich von Eleonora und den anderen hatte überreden lassen, als Anklägerin und Zeugin aufzutreten. Nichts als neue Ängste und Ärger brachte ihr diese Heldentat. War es nicht genug der Nächstenliebe, dass sie Mathilda aufgelesen hatte?

Sie betrachtete die Vorderwand des Häuschens, auf die jemand mit Schweineblut »Hier wohnt die Dorfhure!« geschrieben hatte. Müllau befand es offenbar nicht einmal für notwendig, die Schmähworte zu entfernen. Oder war es ihm gar nicht unrecht, dass alle Mathilda für die Schuldige hielten? Nicht leicht, sich in die Gedankengänge eines so verderbten Mannes einzufühlen.

»Wenn du mich nicht einlässt, schicke ich den Provinzialbeamten. Mit seinen bewaffneten Wachen wird er sich ohne Federlesens Zutritt verschaffen. Die werden keinen Atem mit einem Gespräch verschwenden, wenn ich sie erst ins Bild setze.«

Das wütende Grollen des Mannes erstarb. Klara hörte nun

den Säugling wimmern und die dünne Stimme seiner Frau Ella.
»Lass sie ein, Joseph, ich bitte dich! Sicher ist das alles nur ein
Missverständnis, und danach haben wir wieder unsere Ruhe.«
»Halt's Maul!«, rief Müllau, linste aber dennoch durch den
Türritz. »Was macht das Weib bei dir, Röhrich? Wenn du mit
mir sprechen willst, dann allein.« »Das bestimmst du nicht, Müllau. Klara tritt als wichtige Zeu-
gin auf. Sie wird dabei sein.«
»Bitte, Joseph!« Die Stimme der Frau steigerte sich zu einem
schrillen Kreischen. »Du stürzt uns alle ins Unglück, wenn du dich
stur stellst!« Der Säugling brüllte, und Klara hörte, wie jemand
beruhigende Geräusche machte. Endlich lockerte sich Müllaus
Griff um den Türriegel. Bernhard trat ein, Klara folgte ihm.

Der Gestank nach Hühnermist und Pferdeäpfeln, gemischt
mit dem von nassen Windeln und gekochtem Schweinefleisch,
schlug ihnen entgegen, als sie die Stube betraten. Die Hütte gehörte zu den kleinsten Behausungen in Waidbach, doch wie viele
andere Kolonisten wohnten die Müllaus mit ihrem Kleinvieh
und dem Kalmückenpony unter einem Dach. In der hintersten
Ecke stand das Kastenbett der Eltern, die Kinder hatten ein mit
Lumpen bedecktes Lager aus fauligem Stroh auf dem Boden, der
Säugling lag in einer mit einem vor Schmutz starrenden Leinentuch ausgeschlagenen Kommodenschublade. Klara sah nur zwei
fuchtelnde Ärmchen, aber das Gebrüll war nicht zu überhören.

Mit mehlweißen Grimassen hockten die Geschwister Mathilda und Frannek auf dem Stroh, die Arme um die angewinkelten Knie geschlungen, die Augen dunkle Höhlen, die Mimik
maskenhaft. Sie verspannten die Schultern, als schützten sie sich
instinktiv vor Schlägen.

Wenigstens hatte es Mathilda zwischenzeitlich geschafft, ihre
blutverkrusteten Strümpfe und den Rock auszuwaschen. Dennoch sah man ihr die erlittenen Qualen an. Ihr Gesicht wirkte
nicht wie das einer Dreizehnjährigen, sondern wie das einer da-
hinsiechenden Greisin. Als Klara zu ihr schaute, traf sie Mathildas Blick. Rasch wandte sie den Kopf ab.

»Halt keine Maulaffen feil«, schnauzte die Mutter sie an und gab ihr einen Tritt mit der Schuhspitze. »Du siehst, dass wir Gäste haben, räum den Tisch ab und bring von dem Bier.«

Bernhard hob eine Hand. »Wir sind nicht zum Biertrinken hier«, sagte er und ließ sich auf einen der wackeligen Hocker nieder. Klara tat es ihm gleich und setzte sich dicht neben ihn. Auf dem Tisch entdeckte sie festgeklebte Breispritzer; schmutziges Holzgeschirr mit angetrockneten Speiseresten stapelte sich am Rand. Klara schluckte, um das Würgen zu unterdrücken, das in ihr hochstieg.

»Jetzt nehmt endlich den Säugling auf, verflucht noch mal«, entfuhr es Bernhard, sichtlich nervös ob des anhaltenden Geschreis. Klara sah, dass Mathilda sofort aufsprang, als hätte er sie angesprochen, und dass die Mutter ihr einen warnenden Blick zuschoss, um dann selbst zu dem Kleinen zu gehen. Lieblos hob sie ihn auf, drückte ihn in ihre Armbeuge und wippte ihn auf und ab. Tatsächlich verstummte das Geschrei.

»Um genau dieses Kind geht es«, setzte Bernhard an, stützte die Ellbogen auf den Tisch und legte die Fingerspitzen aneinander. Er stierte Joseph Müllau an. »Es gibt Gerüchte darüber, wer der Kindsvater sein soll.«

Müllau kniff die Augen zusammen, als er sich Bernhard gegenübersetzte. »So? Die wüsste ich aber gern. Das Luder«, er wies mit dem Kinn auf Mathilda, »rückt selbst nicht mit dem Namen des Bastards heraus, der sie geschwängert hat. Aber ich werde es schon noch aus ihr herausprügeln, und dann gnade diesem geilen Bock Gott!«

»Nun, man munkelt, dieser geile Bock sei niemand anderer als du selbst, Joseph.«

Klara hielt die Luft an, zwischen den Männern hin und her blickend. Der gute, liebe, gerechte Bernhard und dieses Schwein, dessen Fratze ihr vermutlich bis zum letzten Atemzug Todesangst einflößen würde.

»Das ist nicht wahr!«, schrie Ella Müllau auf. Ihre Stimme brach. »Das ist eine gemeine Lüge! Man will uns verunglimpfen in diesem Dorf! Von Anfang an habe ich gespürt, dass wir hier nicht willkommen sind. Ihr seid eine eingeschworene Gemeinschaft und grenzt alles Fremde aus!«

»So ist es nicht«, widersprach Bernhard, »und es steht auch nicht der Gemeinschaftssinn in Waidbach zur Debatte, sondern die Blutschande in eurem Haus.«

Klara sah, dass Müllau die Hände zu Fäusten ballte, bis die Knöchel weiß hervortraten. Ella Müllau hielt sich die freie Hand vor den Mund, die Augen weit aufgerissen. Der zehnjährige Frannek hatte die Nase zwischen die Knie gesteckt und die Arme über seinem Hinterkopf verschränkt. Mathilda starrte die Erwachsenen an, ihre Unterlippe zitterte. Klara erwartete, dass Müllau jeden Moment auf Bernhard losgehen würde, machte sich darauf gefasst, aus diesem Haus zu fliehen und niemals mehr zurückzukehren.

Bernhard und Müllau starrten sich an wie zwei Stiere, die im nächsten Moment mit den Hörnern aufeinander losgehen würden. Keiner wich zurück, keiner gab nach, doch auf einmal vollzog sich eine Wandlung in Müllaus Fratze. Die Wut wich einem Anflug von Heimtücke, als er einen Mundwinkel hob. Er lehnte sich in seinem Stuhl zurück, verschränkte die Arme vor der Brust. »Diese Anschuldigung wiegt schwer, Röhrich, und sie ist völlig aus der Luft gegriffen. Ihr beruft euch lediglich aufs Hörensagen und wollt mich auf dieser Grundlage verurteilen? Ich habe einen besseren Vorschlag.« Er beugte sich vor, sein fauliger Atem wehte über den Tisch, als er grinste. »Warum fragt ihr nicht Mathilda selbst, ob ich tatsächlich derjenige war, der ihr den Bastard angedreht hat? Fragt sie, ob ich, der Vater, ihr jemals Gewalt angetan und Unzucht getrieben habe!«

Der Triumph in seiner Miene erregte Übelkeit bei Klara. Nun stierte er zu Mathilda, die die Hände zu ringen begann. Alle schauten auf das Mädchen. In ihrer Blässe bildeten sich rosa Flecken auf ihren Wangen und am Hals, während sie den Mund öffnete und schloss.

»Nun sag es schon!«, zischte die Mutter ihr zu. »Worauf wartest du noch? Willst du deinen unschuldigen Vater am Galgen hängen oder nach Sibirien verschickt sehen für deine Liederlichkeit?«

Es sah aus, als steckten Mathilda die Worte im Hals fest. Gegen ihren Willen empfand Klara erneut Mitleid mit dem Mädchen.

Bernhard erhob sich, ging um den Tisch herum und kauerte sich vor die Dreizehnjährige. Er nahm ihre beiden Hände in seine und fixierte sie. »Du weißt, dass du nicht lügen darfst, Mathilda, nicht wahr? Was auch immer vorgefallen ist — du musst die Wahrheit sagen, damit Gerechtigkeit walten kann. Wie viel Schuld du trägst und wie viel der Kindsvater, das wird vom Gericht entschieden werden. Aber wenn du schweigst, trägst du die Last allein.«

»Es … es war nicht der Vater«, brachte Mathilda schließlich hervor. »Es war gewiss nicht der Vater.« Sie hob das Kinn, als sie allmählich ihre Fassung wiedergewann. »Niemals hat der Vater mir beigelegen, es war nicht der Vater.«

»Aber wer war es dann?«, rief Klara vom Tisch aus.

Mathilda hieb die Stirn gegen die Knie, zweimal, dreimal. »Es war *nicht* der Vater.«

Kein Gericht der Welt würde Müllau für sein Vergehen bestrafen, wenn Mathilda ihn schützte. Offensichtlich hatte sie sich entschieden, lieber als Dorfhure gebrandmarkt zu werden. Ahnte sie, dass sie sich damit jede Chance auf ein Lebensglück in der Kolonie Waidbach verbaute?

Zwar hätte sie auch keinen leichten Stand gehabt, wenn sie zugegeben hätte, dass der Vater sie geschwängert hatte — eine Teilschuld sahen die Leute stets bei der Kindsmutter —, aber zumindest hätte sie es nicht allein auf ihren schmalen Schultern tragen müssen.

Klara biss sich auf die Lippen. Derweil erhob sich Bernhard und streifte die Beinlinge glatt. »Ist das dein letztes Wort, Mathilda?«

Das Mädchen nickte kaum merklich, ohne das Kinn zu heben. Bernhard blickte Klara an und zuckte die Schultern. »Dann gibt es für uns nichts mehr zu tun.«

Die Erleichterung aller übrigen Familienmitglieder war förmlich greifbar. Ella Müllau vermochte ihr Seufzen nicht zu unterdrücken, und das Grinsen in Joseph Müllaus Gesicht verstärkte sich. »Macht, dass ihr rauskommt. Schert euch zum Teufel!«, zischte er und wies mit dem Kinn zur Tür. »Leute, die mich zu Unrecht an den Pranger stellen wollen, bewirte ich nicht an meinem Tisch.«

Klara war mit einem Satz an der Tür. Nichts wie weg hier – auch wenn ihre Mission kläglich gescheitert war.

Sie hatte ihre Pflicht getan, befand sie. Nun sollte Ruhe einkehren in ihrem Leben, und was Müllau in seinem Hause trieb, wollte sie nicht länger wissen. Mathilda war selbst schuld, wenn sie die angebotene Hilfe ablehnte! Nun musste sie zusehen, wie sie zurechtkam.

»Glaubst du ihr?«, fragte Bernhard, als sie kurz darauf auf der Dorfstraße standen, wo sich ihre Wege trennten.

Klara freute sich darauf, in ihr Haus zurückzukehren, wo ihre Kinder warteten, die Eleonora und Sebastian aus der Kinderstube abgeholt hatten.

Sie freute sich darauf, dass ihr Mann sie im Arm hielt, und sie freute sich auf einen langen Abend bei Kerzenschein und heißem Apfelsaft mit ihrer Schwester, wenn sie über die Geschichten von früher lachen würden.

Sie wollte alles vergessen, was sie an diesem Abend erlebt hatte. Endlich wieder sie selbst sein, in ihrem Zuhause mit den Menschen, die sie liebte.

Sie sah zu Bernhard auf. »Haben wir Grund, an ihren Worten zu zweifeln?«

Bernhard hob eine Schulter. »Allerdings. Ich glaube, sie ist zu verängstigt, um gegen den eigenen Vater auszusagen. Aber solange sie bei dieser Aussage bleibt, haben wir keine Handhabe gegen Müllau.«

Klara nickte. »Wir sollten die Sache auf sich beruhen lassen.«

Bernhard hob eine Braue. »So frostig, Klara? Tut sie dir nicht leid?«

Klara wandte sich zum Gehen. »Wer sich nicht helfen lassen will, dem *ist* nicht zu helfen.« Rasch hob sie den Arm zum Abschied und machte sich mit eiligen Schritten auf den Heimweg.

Die Dämmerung war bereits hereingebrochen, ein blasser Mond stand voll am steingrauen Himmel. Klara raffte ihren Rock, um schneller voranzukommen. In der Ferne sah sie ihr Häuschen, aus den Fenstern drang der Schein der Feuerstelle. Plötzlich vernahm sie Schritte hinter sich, tapsend, eilig. Sie wandte sich um und sah eine gebeugte dünne Gestalt auf sie zu rennen. Über Kopf und Schultern hatte sie ein dreieckiges Tuch gebunden, sodass sie das Gesicht nicht erkennen konnte. Bei jedem Schritt knickte die Gestalt wie unter Schmerzen ein wenig ein. Als sie nahe genug heran war, erkannte Klara Mathilda.

Klara drehte sich abrupt weg, wollte ihren Weg fortsetzen, aber Mathilda packte sie am Arm, grub ihre Finger durch den Blusenstoff in ihre Haut. »Bitte, Mutter Klara, warte«, sagte sie außer Atem.

Klara schüttelte die Hand ab. »Was willst du noch? Ist nicht alles gesagt?«

»Nein, es ist nicht alles gesagt.«

»Jetzt ist es zu spät«, gab Klara zurück. »Ich will nichts mehr hören, wenn der Dorfschulze nicht zugegen ist. Mich geht das nichts an.«

»Du musst mir zuhören, Mutter Klara, ich vertraue dir.«

»Dazu hast du keinen Grund«, zischte Klara. »Ich bin nicht deine Vertraute. Ich wollte dir helfen. Aber offenbar ist das nicht nötig.«

»Es … es ist so, wie ihr vermutet, du und der Dorfschulze.« Mathilda senkte den Kopf, knackte mit den Fingerknochen. Als sie aufschaute, schwammen ihre Augen in Tränen.

Klara spürte Übelkeit in sich aufsteigen, und alles in ihr

drängte danach, sich die Ohren zuzuhalten und zu fliehen. Nur weg von hier und sich nicht verwickeln lassen. Aber es war zu spät.

Mathilda fuhr fort: »Seit mehr als fünf Jahren bin ich dem Vater ... zu Diensten. Er kommt zu mir, wann immer es ihn überkommt, und nimmt sich mit Gewalt, wonach es ihn verlangt.« Ihre Stimme brach, sie schluckte und räusperte sich. »Auch als ich schwanger war, kam er bis zuletzt zu mir. Manchmal meinte ich, innerlich zerrissen zu werden.«

Klara verspürte Ekel und Verachtung, gleichzeitig Mitgefühl mit diesem Mädchen – und Wut. »Warum sagst du mir das jetzt? Warum hast du es nicht gesagt, als der Dorfschulze dich gefragt hat?«

»Ich sage es nur dir, und ich werde es bis in mein Grab abstreiten, falls mich noch einmal jemand danach fragen sollte.«

»Aber warum, verflucht noch mal? Wie willst du Hilfe erwarten, wenn du alles leugnest?«

»Wenn ich es nicht leugne, schlägt der Vater mich tot. Und Mutter und Frannek und das Kind wahrscheinlich gleich mit.«

»Dazu wird es nicht kommen, wenn er eingesperrt oder verschickt wird.«

»Und was wird aus uns?«, schrie Mathilda. »Wie soll meine Mutter uns hier durchbringen ohne den Vater?«

»Ich werde dem Dorfschulzen erzählen, was du mir anvertraut hast.«

Mathilda umklammerte ihre Arme. »Wenn du das tust, werde ich behaupten, dass ich nie ein Wort mit dir gewechselt habe und dass du dir das alles nur ausgedacht hast!«

Klara schnalzte und befreite sich aus ihrem Griff. »Ich verstehe nicht, was in dir vorgeht, Mathilda. Du hättest Hilfe haben können, aber so kann ich nichts für dich tun. Leb wohl.«

Sie drehte sich ab. In ihrem Rücken spürte sie die brennenden Blicke des Mädchens.

Als sie auf ihr Haus zulief, fühlte es sich wie eine Flucht an.

8

Wie ein Engel mit ausgebreiteten Haaren lag Anastasia auf dem Lager, von Franz für sie mit frischem Stroh ausgeschlagen und mit nach Seife duftenden Tüchern bedeckt. Er hatte seine Stube geschrubbt und gelüftet und sogar eine Kohlsuppe auf der Feuerstelle vorbereitet, falls die Geliebte Appetit bekommen sollte. Anastasia hatte sich zunächst gesträubt, ihn in der Viehhüterhütte in der Kolonie zu besuchen, aber im Frühjahr fröstelte es noch leicht, wie sie in ihren nach dem Winter sehnlich erwarteten Liebesstunden mitten in der Steppe zu spüren bekamen. Franz lockte sie mit der Aussicht auf ein warmes Plätzchen am Feuer, gemütlich unter dem Dach geborgen und unbehelligt von zufällig vorbeireitenden Russen oder Deutschen. Wochen der Einsamkeit und der Entbehrung lagen hinter Franz, in denen er seine Liebste nur in den Träumen im Arm gehalten hatte. Würde sie ihn vergessen? Würde sie sich von ihrer Familie zurückhalten lassen? War sie vielleicht inzwischen einem anderen versprochen? Franz hatte sich gequält und gelitten wie ein Hund, aber nun, da die Witterung es zuließ, war sie wieder bei ihm. Schöner, begehrenswerter und leidenschaftlicher als zuvor.

Wie sie sich hier unter seinem Dach auf dem Lager rekelte, fühlte es sich an, als wäre sie bereits sein Weib.

Franz rezitierte in Gedanken die zurechtgelegten Worte, mit denen er sie überreden wollte, für immer die Seine zu werden.

Ist heute der rechte Tag dafür?, ging es ihm durch den Sinn, als er ihr im Schlaf entspanntes Gesicht betrachtete und das Kinn auf die Faust stützte. Mit der Zeigefingerkuppe zeichnete er die Konturen ihres Antlitzes nach.

Seidenweich die Haut, ebenmäßig ihre Züge. Und wie niedlich ihre Unterlippe beim Ausatmen zitterte. Er konnte sich gar nicht sattsehen an ihr und malte sich aus, wie sie als Braut aussehen würde. Vielleicht konnte er sie überzeugen, die Brauttracht der Hessen anzulegen statt der russischen. Dann wäre vielleicht Pastor Ruppelin eher gewillt, die Trauung vorzunehmen, obwohl sie im russisch-orthodoxen Glauben lebte und anders als er …

Franz schrak auf, als von draußen Stimmen zu ihm hereindrangen. Das vordere Fenster stand offen. Er vernahm russische Satzfetzen, aufgebracht, entschlossen, wütend.

Was war da los?

Mit einem Satz sprang Franz auf die Füße, streifte sich das Schnürhemd und die Beinlinge über und drückte sich an die Wand, um aus dem Fenster zu linsen.

Jetzt hörte er Deutsche wüten: »Was treibt ihr Pack euch hier herum! Kundschaftet ihr aus, wo es was zu holen gibt, oder wie?«

Franz erkannte die Stimme sofort – Walter Schmied, der ihn im vergangenen Jahr bereits zur Weißglut getrieben hatte. Seine Kumpane hinter ihm stimmten brüllend zu und stießen Flüche aus.

Franz spürte eine Ader an seiner Schläfe pochen, als er auf die Szene starrte, die sich ihm bot.

Sechs oder sieben Russen mit in die Stirn gezogenen Wolfsfellmützen standen dicht beim Haus und zogen die Dolche, als die berittenen Deutschen sie anpöbelten.

Walter schwang sich von seinem Pony, seine Mitläufer folgten ihm nach. Sie zückten Messer und hoben Äxte, während sie auf die Gruppe der Russen zu stapften.

Franz überlegte fieberhaft. Was wollten die Russen hier? Sie kamen doch nicht etwa, um Anastasia …

»Was passiert, mein Herz?«, murmelte die junge Russin schläfrig.

Mit hassverzerrten Fratzen standen sich draußen vor der Tür die Russen und Deutschen gegenüber. Die Kolonisten in der Unterzahl schienen das Recht auf ihrer Seite zu sehen und schickten sich an, die Russen mit Waffengewalt aus dem Dorf zu vertreiben. Hatten die denn alle den Verstand verloren, verdammt? Wohin sollte das führen?

Plötzlich kam Leben in Franz. »Schnell, schnell, Liebste, spute dich! Du musst hier weg! *Dawai, dawai!*« Er warf ihr ihre Kleidungsstücke zu. Anastasia schüttelte schlaftrunken den Kopf. Franz sprang zu ihr, ging in die Hocke und stülpte ihr die Bluse über. »Bitte, beeil dich! Du musst durch die Hintertür. Nimm das Pony und …«

Ein ohrenbetäubendes Krachen hinter ihm ließ ihn herumfahren. Ein Russe, massig und hoch aufragend wie ein Bär, die Haare eine weiße Mähne unter der Mütze, schnaufte im Türrahmen und überschaute breitbeinig den Raum. Die mit dem Stiefel eingetretene Tür lag zerborsten zu seinen Füßen. An Anastasia, die immer noch nur halb bekleidet auf dem Lager kauerte, blieb sein Blick haften. Wut blitzte in seinen Pupillen wie kleine Flammen auf.

Dann machte er einen Satz nach vorn, vorbei an dem völlig überrumpelten Franz, umschlang Anastasias Taille und klemmte sie sich unter den Arm wie einen Sack. Anastasia kreischte, Franz preschte mit erhobenen Fäusten auf den Eindringling los, aber der verpasste ihm eine solche Maulschelle, dass es den Viehhirten zu Boden schmetterte, wobei er mit der Schulter gegen die gemauerte Feuerstelle prallte. Knochen krachten, Schmerzensschreie mischten sich mit Anastasias Hilferufen und dem Klirren und Klacken der Schwerter und Knüppel im Kampfgetümmel. Ein Schuss peitschte durch die Steppe.

Fast ohnmächtig vor Schmerz, versuchte Franz, sich aufzurichten, umklammerte seine Schulter, brüllte den Namen der Geliebten, die der Bär mit ausholenden Schritten aus seinem Sichtfeld trug. Er sah, wie die Deutschen sich zurückzogen – offenbar hatten sie eingesehen, dass sie gegen die Übermacht der Russen nichts auszurichten vermochten.

»Ja, nehmt eure Hure mit zurück in eure Rattenlöcher und sorgt dafür, dass sie sich niemals mehr hier blicken lässt! Sonst sind beim nächsten Mal wir es, die kurzen Prozess mit ihr machen, ihr Russenschweine!«

Die Stimme von Walter Schmied verhallte, als sie davonritten.

Franz robbte zur Tür, klammerte sich am Rahmen fest, versuchte sich aufzurichten, aber er konnte nur tatenlos mit ansehen, wie die Russen Anastasia auf eines der Ponys banden und selbst aufsaßen, um dahin zurückzukehren, wo sie hergekommen waren. Vermutlich aus dem benachbarten russischen Dorf, ging es Franz in plötzlicher Klarsicht durch den Sinn. Das mussten Anastasias Verwandte sein, die die Dorftochter heimholten.

Franz hob eine Hand, als würde es noch irgendetwas nützen, aber der Bär – offenbar der Dorfälteste – spuckte nur verächtlich aus, fluchte ein letztes Mal in dieser völlig unverständlichen Sprache und drückte dem Pony die Sporen in die Flanken. Seine Begleiter folgten ihm in einer Wolke aus Staub und Dreckklumpen.

Eine tödliche Ruhe senkte sich über die Hütte, als Franz mit der Stirn auf die Knie sank und lautlose Schluchzer seinen Körper schüttelten.

Er hatte gewusst, dass es schwierig werden würde. Er hatte gewusst, dass sie an allen Fronten kämpfen mussten. Aber er hatte geglaubt, dass ihre Liebe alle Hindernisse überwinden würde, dass ihre Liebe am Ende triumphieren würde über alle Unterschiede hinweg.

Was war verkehrt daran, wenn sich zwei Menschen liebten? Warum durften sie nicht unbehelligt und friedlich zusammen sein? Franz spürte, wie seine Schultern zuckten. Von innen heraus breitete sich eine frostige Kälte in ihm aus.

Da spürte er eine Berührung an seinem Arm. »Franz ...«

Aus seiner verschwommenen Sicht schälte sich das Gesicht des Dorfschulzen heraus. Mit gerunzelter Stirn musterte ihn der alte Weggefährte, die Muskete hielt er geschultert.

»Sie haben sie geholt.«

»Wer hat wen geholt? Die alte Trude hat mir gemeldet, dass es hier eine Rauferei geben soll.«

»Sie haben sie einfach mitgenommen«, fuhr Franz unbeirrt fort, ohne auf die Worte des Dorfschulzen einzugehen. Er starrte Bernhard in die Augen, als läge darin die Antwort auf seine Fragen. »Glaubst du, sie wird wiederkommen, Bernhard? Glaubst du, sie wird zu mir halten?«

Bernhard erhob sich und half Franz beim Aufstehen. »Jetzt leg dich hin, Franz. Was ist mit deiner Schulter? Soll ich dem Doktor Bescheid geben?«

»Unsere Liebe ist etwas Besonderes, weißt du, Bernhard. Gewiss wird sie wiederkommen, meinst du nicht?«

Bernhard führte ihn zu seinem Lager, das noch nach Anastasia roch und wo ihr Brusttuch lag. Franz ließ sich darauf nieder, nahm das Tuch und presste es sich an Nase und Mund. Schließlich rollte er sich auf die Seite und winkelte die Beine an, das Tuch fest in den Fingern haltend.

Bernhard stand über ihm. Seine Worte drangen nur wie durch dichten Nebel zu Franz. »Ich schau später noch nach dir. Jetzt ruh dich erst einmal aus.«

Nachdem Bernhard gegangen war, lag Franz mit weit offenen Augen da und lauschte seinem Herzschlag. Den Schmerz in der Schulter spürte er kaum noch.

Such sie, sprach eine Stimme in ihm. Stunde um Stunde. Immer wieder. *Such sie. Geh ihr nach. Hol sie zu dir zurück.*

Gehorsam machte er sich auf den Weg.

9

St. Petersburg, Mai 1781

Vor wenigen Monaten war Gräfin Irina von ihrem ersten Kind
entbunden worden, doch beim Frühlingsball war die Taille der
Gastgeberin wieder biegsam wie der Stamm einer jungen Weide.
Das puderrosa Kleid betonte mit den seitlichen Hüftpolstern
ihre Kontur, der Ausschnitt die Schultern und ihre schlanken
Arme. Eine Rose an der Seite des stattlichen Nikolaj Petrowitsch,
mit dem sie sich im vergangenen Jahr vermählt hatte.

Manche Gäste allerdings schienen hinter die makellose Fassade zu blicken und lasen in ihrem verhangenen Blick einen
Hauch von Verbitterung. Sophia entnahm den Indiskretionen
hinter vorgehaltenen Fächern um sie herum, dass Nikolaj Petrowitsch – Maschas Bruder – seinen ehelichen Treueschwur offenbar nicht als Hindernis verstand, um sich wie in Junggesellenta-
gen in wechselnden Frauengemächern des Zarenhofs zu
amüsieren.

So manch ein Geheimnis machte bei diesen Bällen in den ver-
schwiegenen Ecken und auf dem Parkett die Runde. Derweil
frönten Herren in den Hinterzimmern dem Kartenspiel, und die
Debütantinnen pflegten mit erhitzten Wangen ihre Tanzkarten.

Sophia nahm von einem der Tabletts der vorbeischreitenden
Bediensteten ein Kristallglas mit süßem Weißwein und nippte
daran wie ein Vögelchen an der Tränke. Mit einem Ohr lauschte
sie Ljudmila, die sich in ein hochgeschlossenes Kleid gezwängt
hatte, das schmucklos ihren massigen Körper bedeckte. Es war
noch nach der alten Mode geschnitten, bei der lediglich ein Pols-
ter in der hinteren Mitte statt zwei an den Seiten die Figur ins
beste Licht rückte. Jeder sah, dass dies seit Jahrzehnten das einzige Kleid der Dozentin war, das als Festtagsgarderobe im Ansatz

taugte. Sie wirkte verkleidet und zuckte ständig mit dem Hals, als kratzten und kniffen sie Stoff und Schnitt an Brust und Armen.

Sophia musste ihr Schmunzeln verbergen, wann immer sie zu ihr schaute, und ein Lachkrampf wallte in ihr auf, sobald sie Augenkontakt zu Mascha aufnahm, die mit ausgefeilter Mimik – mal hob sie eine Braue, mal schürzte sie die Lippen – gutmütig über ihre liebe Freundin spottete.

Mascha – schlicht, aber hinreißend in einem moosgrünen Kleid mit cremefarbenen Perlen an Dekolleté und Ohren – durfte sich über die Dozentin lustig machen. Sophia wusste, wie sehr Mascha Ljudmila zugetan war. So sehr, dass Sophia sich manches Mal fragte, ob Ljudmila der Grund war, warum sie sich nie für einen Mann interessierte.

»Schönste, ist auf Eurer Tanzkarte noch ein Platz für Euren ergebenen Diener frei?«

Sophia fuhr herum, als sie die vertraute Stimme vernahm.

»Jiri! Warum schleichst du dich an?« Sophia lächelte.

»Mir scheint, du nimmst zu selten an den Feierlichkeiten teil, meine Liebe.« Jiri schmunzelte. »Es gehört zu den üblichen Gepflogenheiten, Konversation zu betreiben.«

»Das nennst du Konversation, wenn du mich fast zu Tode erschreckst?«

Ein Schatten flog über Sophias Gesicht, als Jiris Miene für einen winzigen Moment erstarrte, bevor er zu seiner entspannten Haltung zurückfand.

Sie hätte sich ohrfeigen können für ihre Unbedachtheit! Warum war sie nur so ein Plappermaul! Wie konnte sie Späße mit dem Tod treiben, wenn Jiris Verlobte daheim in ihrem Elternhaus um ihr Leben kämpfte?

»Verzeih, Jiri, ich …« Sie wollte eine Hand auf seine Schulter legen, aber er nahm ihre Finger, hauchte einen Kuss darauf.

»Pssst«, machte er. »Alles ist gut, Sophia, alles ist gut. Der Tod ist allgegenwärtig, ob uns das gefällt oder nicht.«

»Aber ich …«

»Darf ich dich um diesen Tanz bitten, bevor mir jemand zuvorkommt?«

Sophia nickte lächelnd, verbeugte sich vor den älteren Damen, die in der Zwischenzeit weitergeplappert und vorgegeben hatten, von dem Wortwechsel zwischen Sophia und Jiri nichts mitzubekommen.

Dabei spitzten sie alle die Ohren wie die Luchse, wusste Sophia. Sie legte die Finger auf Jiris Unterarm und ließ sich von ihm auf das Parkett führen, wo sich die Paare bereits im Tripeltakt des Menuetts umeinander drehten, knicksten und die Positionen wechselten.

Die männlichen Tänzer trugen ihre weißen, mit Gold verzierten Gardeuniformen, wenn sie zum Militär gehörten, die übrigen Herren eng anliegende Culottes, mit Satinschleifen verziert, in seidene Strümpfe übergehend, und samtene Justaucorps.

Die Frauen präsentierten ihre Festroben in allen Pastelltönen, mit Goldstickereien und floralen Motiven verziert, mit Polstern in den Hüften.

Die Frisuren hatten in den letzten Jahren an Höhe verloren. Nur wenige ältere Damen bevorzugten noch die aufgetürmten Perücken, aber auf Federschmuck und Perlen verzichtete kaum eine, um die Haarpracht in Vollendung zur Schau zu tragen.

Es glitzerte und funkelte, knisterte und raschelte, klackerte und quietschte auf dem Tanzparkett, wenn die Ledersohlen im Takt über das Holz strichen.

Jiri geleitete sie in eine der Reihen und begann sie sogleich in einer eleganten Halbdrehung zu führen. Er war ein ausgezeichneter Tänzer, wie Sophia schon mehrfach hatte erleben dürfen, ein Naturtalent in allem, was künstlerischen Ausdruck verlangte. Ohne aus der Reihe zu tanzen, improvisierte er Schritte, denen sie folgte, als wären sie miteinander verschmolzen. Sophia ahnte, dass viele Gäste ihren Tanz und ihre Mienen beobachteten. Sie galten als schönes Paar, der Kunststudent und die wissbegierige Deutsche aus den Kolonien.

Die wenigsten wussten, dass Jiri vergeben war und Sophia sich der Liebe verschloss. Wenn sie es erführen, würden sie es vermutlich nicht glauben und an ihren eigenen Phantasiegeschichten festhalten, dachte Sophia. Mit dem Klatsch und Tratsch mussten sie sich arrangieren, wollten sie ihre Freundschaft nichts aufs Spiel setzen.

Nichts anderes war es, was sie miteinander verband.

Sophia schätzte seine Gesellschaft wie die keines Zweiten. Sie mochte den Geruch der Farben, der frischen Leinwand, wenn er mit Ölfarben malte, die Falte zwischen seinen Brauen, wenn er sich in einem Detail verlor, das Blitzen in seinen Pupillen, wenn ihm ein Strich besonders gelang. Sie selbst bevorzugte noch die Skizzen mit Kohle, wollte sich darin zunächst üben, bevor sie zu den Ölfarben griff. So weit wie Jiri war sie noch lange nicht, obwohl Mascha ihr bescheinigte, dass sie gute Fortschritte machte und sich vor den anderen Studenten aus ganz Russland nicht zu verstecken brauchte.

Gleich zu Beginn ihrer Bekanntschaft hatte Jiri ihr von Olga erzählt, seiner Jugendliebe, mit der er seit dem vergangenen Jahr verlobt war. Sie hatten sich an dem Tag die Ehe versprochen, als der Hausarzt ein Geschwür in Olgas Leib ertastet hatte, das wucherte und ihr an manchen Tagen unerträgliche Schmerzen verursachte. Der Arzt mutmaßte, dass es weitere Geschwüre in ihrem Körper geben musste, aber mehr, als sie zur Ader zu lassen und ihr Laudanum gegen die Schmerzen einzuträufeln, fiel ihm nicht ein. Olgas Familie war nicht wohlhabend genug, um Spezialisten aus Frankreich oder England ins Land zu bitten; also musste die Schwerkranke vorlieb nehmen mit den mageren Kenntnissen des Hausmedicus'.

Jiri schwor seiner Verlobten, jeden einzelnen Rubel für ihre Genesung auszugeben, sobald er eines seiner Bilder verkauft hätte, doch bis dahin wütete die Krankheit unaufhaltsam in der jungen Frau. Der Doktor tönte am lautesten, wenn er mit den Angehörigen lamentierte, dass nur ein Wunder sie noch retten konnte.

Sophia glaubte an dieses Wunder. Sie stellte sich vor, dass Olgas Liebe zu Jiri ihre Heilung beschleunigen würde, wenn er sich nur in jeder freien Minute an ihrer Seite hielt, wenn er ihr versicherte, dass es sich zu kämpfen lohnte.

Manches Mal ließ sie selbst die Tränen laufen, wenn Jiri, obwohl meistens beherrscht und in Bezug auf Olga verschlossen, die Fassung verlor und sich an ihrer Schulter ausweinte.

»So schweigsam, Sophia?« Jiri leitete sie in die nächste Position, bei der sie Rücken an Rücken zueinander standen, um sich dann in einer halben Drehung zu treffen.

»Ich will dir nicht auf die Füße steigen, indem ich unaufmerksam bin«, gab sie zurück.

Er lachte. Sie mochte den Klang seiner Stimme. »Deine Samtpfötchen in den Schleifenschuhen werden mir gewiss keine Verletzung zufügen. Viel mehr Leid fügst du mir zu, wenn du mir kein Lächeln schenkst.«

Sie tat ihm den Gefallen, obwohl es ihr nicht behagte, wenn Jiri tat, als dürfte er ihr im Scherz den Hof machen.

Sie ahnte, dass er mehr für sie empfand, als sie sich beide eingestehen wollten, aber eine solche Liebe war das Schlimmste, was ihnen widerfahren konnte.

Nicht nur würden sie damit eine todkranke Frau hintergehen. Ihre Tage als Studentin an der Petersburger Akademie der Künste wären gezählt, wenn sie sich an einen Mann band. Ungewöhnlich genug, dass sie als Frau studierte. Neben Mascha und Ljudmila und ihr selbst waren es an der Universität nicht einmal ein halbes Dutzend Frauen, die sich stark genug fühlten, in der von Männern dominierten Welt der Kunstwissenschaft zu bestehen, obwohl sie sich auf die Protektion der Kaiserin verlassen konnten. Der vom aufklärerischen Gedankengut beflügelten Katharina lag viel daran, dass sich die Frauen und Mädchen genau wie die Männer bilden durften, wenn es sie danach verlangte.

Ihre Tante Christina tänzelte an ihr vorbei, neigte dabei kaum wahrnehmbar grüßend den Kopf. Sophia erwiderte das Lächeln nicht weniger dezent.

Was für eine reizende Frau ihre Tante mit ihren fünfunddreißig Jahren noch war! Die wenigen Silberfäden in ihren zu einer kunstvollen Hochfrisur gesteckten blonden Locken ließen die Haarpracht nur noch auffallender glänzen, der Teint war ebenmäßig, brauchte kaum den weißen Puder, der Hals glatt, die Arme fest. Kein Wunder, dass ihr Mann André sie vergötterte. Er strahlte sie hingebungsvoll an, als er sie führte, während Tante Christina an ihrer unbewegt freundlichen Miene festhielt.

War es tatsächlich tiefes Glück, was André Haber empfand, oder war er ein Blender, der der Welt seine bewundernswerte Frau präsentierte? Manches Mal meinte Sophia in seiner Miene Gleichgültigkeit zu lesen, aber dann schalt sie sich eine Närrin. Die beiden hatten alles, was sie sich offenbar vom Leben erhofften: Luxus und Liebe, gesellschaftliche Anerkennung und kaufmännischen Erfolg. Sie gehörten zu den achtbarsten Familien und genossen jede Feierlichkeit. Was sollte es daran zu bemängeln geben? Obwohl es nicht Sophias Vorstellung von Erfüllung war – jedem so, wie es ihm gefiel.

Applaus brandete nun auf, da die Kapelle den Tanz beendete. Manche Paare formierten sich gleich für den nächsten Reigen, andere schritten erhobenen Hauptes zu ihren Plätzen zurück.

Jiri spürte, ohne dass Sophia ein Wort sagen musste, dass sie sich gerne ausruhen würde, und so bot er ihr den Arm.

»Schau, Alexandra kann sich vor Verehrern kaum retten«, flüsterte Jiri in ihr Ohr, als sie zu einem Tisch an der Tür zu den hinteren Räumen schritten. Ein Bediensteter eilte sofort herbei und bot Früchte, Konfekt und eisgekühlten Wein zur Erfrischung an.

Sophia schaute zu ihrer Base, die für ihren Geschmack in ihrem himbeerfarbenen Kleid, mit zartrosa Blüten bestickt, ein wenig zu auffällig für eine junge Dame gekleidet war, die erst noch offiziell in die Gesellschaft eingeführt werden sollte. Aber Alexandra schien es zu genießen, im Mittelpunkt zu stehen. Sie verschenkte ihr Lächeln nach links und nach rechts und ließ die Kavaliere ihre Tanzkarte füllen.

Mit Blicken suchte Sophia ihre Tante Christina, die ebenfalls Alexandra beobachtete, während sie von einem Konfekt naschte.

Ein zufriedenes Lächeln lag auf dem Gesicht der Tante. Gefiel es ihr, wenn die jungen Russen um die Aufmerksamkeit der Tochter buhlten? Ob sie ihr gar zu diesem Kleid geraten hatte, an dem keiner vorbeisehen konnte?

Alexandra war noch jung. Sie wollte, wenn es Sophia recht verstanden hatte, bei der Mutter im Geschäft mitwirken. Wäre eine Vermählung da nicht hinderlich? Wie sollte sie ihr nützen, wenn sie sich früh an einen Mann band und ihm in sein Haus folgte?

Ach, was ging es sie an! Sophia prostete Jiri zu und ließ sich von Mascha umarmen, die sie in der Menge ausfindig gemacht hatte. »Lässt mich alte Frau einfach stehen! Gehört sich das, du Küken?« Sie hob spielerisch tadelnd den Zeigefinger.

Sophia küsste sie links und rechts auf die Wangen. »Ich sehe hier keine alte Frau, nur eine bezaubernde Dame, die allein eine Gesellschaft mit ihren Geschichten unterhalten kann.«

»Redet ihr von mir?« Ljudmila tapste, die Röcke seitlich ungeniert gerafft, auf das Grüppchen zu und sie lachten miteinander. Diese Menschen waren Sophias Welt, ihr neues Zuhause. Was ihre Verwandten in St. Petersburg trieben, nun …

Aus ihrer Erheiterung heraus wandten plötzlich alle die Köpfe, als die Musik mit einigen Misstönen der Streicher erstarb. Alle Gespräche brachen abrupt ab, als aus dem Foyer des Tanzsaals Waffenklirren ertönte und der Gleichschritt von Soldaten. Wie ein Bienenschwarm setzte das Tuscheln ein, als die geladenen Gäste die Köpfe zusammensteckten.

»Was mag das sein?« – »Warum bricht die Musik mitten im Tanz ab?« – »Werden noch Gäste erwartet?« Überall flogen die geflüsterten Fragen von Mund zu Ohr.

Da hastete Tante Christina an Sophia und ihren Freunden vorbei. »Ihre Majestät, die Zarin!«, zischelte sie Sophia zu, bevor sie weitereilte. Gewiss, um sich die Frisur und die Schminke zu richten.

Sophia und Jiri wechselten einen Blick, während Mascha und Ljudmila sich gegenseitig Schmuck und Kragen arrangierten, nicht vorhandene Staubkörnchen abstreiften, um in aller Eile für einen tadellosen Eindruck zu sorgen.

»Wusstest du, dass die Zarin eingeladen ist?«, flüsterte Sophia Jiri zu.

»Keiner wusste das offenbar. Schau, wie sie sich alle aufplustern und in Form bringen.« Jiri grinste und steckte zwei Finger in seinen Kragen, um ihn zu lockern. Die nachlässige Haltung, wenn es um den Zarenhof und gar um Kaiserin Katharina ging, war eine weitere Eigenschaft an Jiri, die Sophias Bewunderung erweckte. Jiri machte den Eindruck, als schüchterte ihn nichts ein. Gleichzeitig fehlte ihm sowohl das Protzige als auch das Buckelnde, das viele Männer in seinem Alter kennzeichnete.

Die Menge teilte sich und in derselben Bewegung sanken alle in einen bodentiefen Hofknicks, beugten die Häupter vor der mächtigsten Frau der Welt, die in eine schillernde Robe aus blauer Seide und lindgrünem Brokat gewandet die Aura eine Göttin verströmte. Manche der älteren Damen versanken dermaßen tief, dass zu befürchten stand, sie würden ohne kräftige Hilfe nicht zurück in den aufrechten Stand kommen.

Ehrfürchtiges Schweigen senkte sich über die Menschen, als ein letztes silbernes Klirren aus den Reihen der Wachsoldaten in der Gefolgschaft ihrer Majestät verklang.

»Mein lieber Kolja«, hob die Kaiserin an und deutete mit einer kaum wahrnehmbaren Geste an, dass die Gäste sich erheben sollten. Nikolaj trat, Irina an seinem Arm, vor die Kaiserin und versank mit seiner Gemahlin in eine Verbeugung.

»Da ich zu Eurer Hochzeit mit Prinzessin Irina leider verhindert war, möchte ich, bevor mich meine Geschäfte zurück an den Zarenhof zwingen, die Gelegenheit nutzen, wenigstens auf Eurem ersten Frühlingsball mit Euch zu tanzen. Einen Walzer bitte, Kapellmeister«, ordnete sie in Richtung der Musiker an, und wenige Sekunden später hoben die Streicher zu einem heiterem Stück im Dreivierteltakt an. Zwei Zofen traten heran und lösten die mit Edelsteinen besetzte Schnalle des Hermelinumhangs, bevor sie ihn Katharina von den Schultern streiften.

Was für eine schöne Frau, fast so hinreißend wie auf den Gemälden, dachte Sophia. Aber sie war dicker. Nur der Schnitt ihrer Robe deutete an ihrem breiten Rumpf die Taille an.

Formvollendet bot Nikolaj der Kaiserin seinen Arm, umfasste sie und setzte im nächsten Takt an. Sophia bewunderte seinen Gleichmut und seine Souveränität, als tanzte er einmal wöchentlich zum Tee mit Katharina der Großen. Die beiden kannten sich gut, das sah ein jeder, doch wie gut kannten sie sich wirklich?, ging es Sophia durch den Sinn. Immerhin war der Kaiserin Nikolaj wichtig genug, dass sie für ihn ihre Regierungsgeschäfte unterbrach.

Sophia reckte den Hals, um keine Mimik, keine Geste zu verpassen, aber nichts deutete darauf hin, dass die beiden vertrauter miteinander waren als andere Herren und Damen am Zarenhof.

Was für ein Unsinn, schalt sich Sophia selbst. Wahrscheinlich war ohnehin nichts dran an den Gerüchten, Katharina interessiere sich selbst im Alter von über fünfzig Jahren noch lebhaft für Herrengesellschaft im kaiserlichen Gemach.

Ob er vielleicht früher zu ihren Liebhabern gehört hatte? Sophia schalt sich selbst dafür, sich in pikante Spekulationen wie ein Gesellschaftsdämchen zu ergehen. Es ärgerte sie, dass sie sich mehr von der auf vielen Herden brodelnden Gerüchteküche beeinflussen ließ, als es ihr lieb war.

»Meinst du, die haben was miteinander?«, flüsterte Jiri mit betont sensationslüsterner Stimme und bis zum Haaransatz hochgezogener Braue neben ihr, während er sich mit dem Zeigefinger gegen sein Kinn tippte.

Sophia knuffte ihn in die Seite, dass er sich übertrieben den Leib hielt, als hätte sie ihn zu heftig traktiert. »Sei kein Narr. Hast du nichts Besseres zu tun, als dich am Tratsch der alten Damen zu berauschen? Lern lieber Walzer tanzen, damit du mich irgendwann einmal so schwungvoll über das Parkett geleiten kannst.«

Jiri rieb sich über die Lippen, und Sophia war sich nicht sicher, ob er sich eine schneidige Erwiderung verkniff oder sein Schmunzeln verbarg.

Das schwere Brokatkleid der Kaiserin knisterte, die Leder-schuhe quietschten auf dem Parkett, als Nikolaj in seiner Garde-uniform Katharina in weiten Kreisen um das Tanzparkett herum führte und schwang. Erstaunlich, wie federleicht sie sich führen ließ mit all ihren Pfunden, dachte Sophia. Mit offenen Mündern staunten die Gäste ob der Anmut des Paares, der Schönheit und der Besonderheit des Moments.

Man wusste, dass Katharina immer für eine Überraschung gut war. Sie liebte es, ihre Untergebenen hinters Licht zu führen und aus ihrer Rolle zu schlüpfen.

Sophia ließ keinen Blick von dem Paar. Nie zuvor war sie der Herrscherin über das russische Reich näher gewesen. Wie selbst-verständlich sie in diesem neuen Tanz aus den deutschen Landen über das Parkett schwang!

Kein Wunder, die Kaiserin war Deutsche und liebte alles, was aus ihrer Heimat ins russische Reich drang. Den Kolonisten, die sie ins Land geholt hatte, war sie aufs Innigste zugetan, wie es hieß, wobei sich ihre Liebe aber nicht in übermäßiger Anteil-nahme an deren Schicksal äußerte, sondern mehr in finanzieller Unterstützung, wo immer sie vonnöten war.

Sophia wusste, dass ihre Verwandten in Saratow und in der Kolonie Waidbach zwar auf die Kredite angewiesen waren, für ihren Seelenfrieden wäre es aber von Bedeutung, wenn die Kai-serin sie einmal in ihrer neuen Heimat beehren würde. Gewiss, das Land war weitläufig, die diplomatischen und kriegerischen Auseinandersetzungen forderten die Herrscherin, aber den-noch … Kritische Stimmen aus den Wolgagebieten konnten Ka-tharinas Ansehen Abbruch tun, negativ urteilende Veröffentli-chungen gab es bereits, und Katharinas Gesandte – etwa die Brüder Orlow – berichteten ebenfalls, dass sich nicht jede ein-zelne Kolonie zur vollen Blüte entfaltete.

Es war möglich, die Wolgagebiete zu besuchen und den Deut-schen zu versichern, dass sie, Katharina die Große, sie nicht ver-gessen hatte. Sophia hielte es für sinnvoller, innenpolitisch an der Erstarkung von Mütterchen Russland zu arbeiten, als die europäische Öffentlichkeit mit Schönheit und den Schlachten gegen die Osmanen zu beeindrucken.

Nun, hier bewies die Kaiserin einmal mehr ihre Unberechenbarkeit, und vielleicht durften die Deutschen im Süden des Landes doch noch hoffen.

Jubelnder Applaus und Hoch-Rufe setzten sein, als die Kapelle die Schlussakkorde spielte und Nikolaj sich in großer Verbeugung über die Rechte der Kaiserin neigte, bevor er sie zu ihrem Gefolge zurückgeleitete.

Eine Geste der Kaiserin genügte, und die Kapelle spielte den Walzer ein zweites Mal. Im Nu füllte sich die Tanzfläche mit Paaren, die sofort zu kreiseln und zu schwingen begannen, die einen geübt, die anderen noch unsicher in den Walzerschritt hineinstolpernd.

Ehe Sophia sichs versah, hatte Jiri, aller Etikette zum Trotz, sie an die Hand gefasst und zu den anderen Tanzenden gezogen. Sie lachte, als er sie mit Schwung einmal um die Achse drehte, und sie nahm ihr Lachen mit, als er sie in den ersten Walzer ihres Lebens führte und die Welt in einen Wirbel verwandelte.

10

Waidbach, Juni 1781

Anton von Kersen riss die Fenster der Lehrstube auf wie jeden
Morgen im Sommer, bevor er sich seinen Schülern zuwandte.
Zwar saßen sie in ordentlichen Zweierreihen auf ihren Plätzen,
aber sie plapperten und kicherten miteinander wie bei einem
Frühlingsfest. Nicht zum ersten Mal fragte er sich, wie es ihm gelingen sollte, den Blagen Anstand, Respekt und Gehorsam bei-
zubringen. An manchen von ihnen prallten seine Erziehungs-
maßnahmen ab wie an einer Mauer.

Er klopfte mit dem Rohrstock auf sein Pult, drückte das Kreuz
durch, die freie Hand im Rücken. Endlich erhoben sich die Jungen und die wenigen Mädchen und begannen, das Morgenlied
zu singen.

Durch die Fenster drang die beginnende Hitze des Sommerta-
ges; bereits am Vormittag rann Anton der Schweiß von der Stirn
die Schläfen hinab. Während die Schüler die dritte Strophe an-
stimmten, griff er in seine Brusttasche und zog das Leinentüch-
lein hervor, mit dem er sich über die kahlen Stellen am Schopf
bis zum Hals hinabfuhr.

Ein gutes Dutzend Knaben aus Waidbach, zwischen sechs und
vierzehn Jahren alt, sowie drei Mädchen gehörten zu seiner Schülerschaft, doch an den wenigsten Tagen waren die Reihen voll-
zählig.

Anton von Kersen kämpfte gegen Windmühlen, wenn er auf
den Gemeindeversammlungen flammende Reden für die Bildung hielt. Der Dorfschulze Bernhard unterstützte ihn, aber
sonst stand er auf verlorenem Posten gegen die übrigen Waidbacher. Ob die Kinder der allgemeinen Schulpflicht nachkamen
oder es ließen, prüfte hier keiner nach. Sobald die Kinder gelernt

hatten, ihren Namen zu schreiben, und beim Handel die Münzen unterscheiden konnten, galt jeder weitere Aufenthalt in der Dorfschule als verschwendete Zeit. Die Arbeitskraft der Kinder benötigten die Bauern auf den Feldern bei der Ernte und beim Anbau auf den Äckern, bei der Viehhaltung, beim Holzschlagen, beim Ausbessern der Hütten.

Wen wunderte es da, wenn die Bengel sich an manchen Tagen wie eine Horde Wilder aufführten? Die Eltern wussten sie auf ihrer Seite, wenn Anton von Kersen sie nach Hause schickte. Wer es gar zu toll trieb, der bekam den Rohrstock zu spüren. Aber auch diese Unterbrechung des Schulalltags führte auf lange Sicht zu keiner Besserung im Verhalten der Jungen.

Anton von Kersen hatte ein spezielles Stufenprogramm der Härte entwickelt, um die Schüler zu züchtigen. Für geringere Vergehen gab es kräftig mit dem Lineal auf die ausgestreckten Finger. Für schwerere kam der Rohrstock aufs Hinterteil zum Einsatz, und als Höchststrafe galt, das Gesäß zu entblößen, damit der Stock mit saftigen Hieben auf die bloße Haut klatschen konnte.

Es verging kaum ein Schultag, an dem nicht irgendeiner der Schüler gezüchtigt wurde. Zu Anton von Kersens Bedauern hielten diejenigen, die keine Strafe bekamen und Zuschauer sein durften, die Züchtigung für eine willkommene Abwechslung, nicht selten von Johlen und Applaus begleitet. An manchen Tagen war Anton von Kersen danach zu Mute, mit dem Rohrstock quer durch die Lehrstube zu laufen und die Schläge wahllos nach links und nach rechts zu verteilen, bis sie alle totenstill unter ihren Pulten hockten und um Gnade winselten.

Die Respektlosigkeit seiner Schützlinge nagte an seinem Selbstwertgefühl. Er hatte sich den Posten des Schulmeisters doch nicht ausgesucht!

Vor zwanzig Jahren, als er in der preußischen Armee gedient hatte, hätte er gelacht, wenn ihm irgendjemand prophezeit hätte, dass er im Alter die Dorfjugend in einer Kolonie in der russischen Steppe unterrichten würde. Er hätte auch noch gelacht, als er sich von Lübeck aus auf die Reise nach Russland machte, um sich für die Armee der Großen Katharina zu empfehlen. Welche Schmach er da ertragen musste! Nicht einmal angehört hatte ihn die Zarin, sondern gleich befehlen lassen, dass er als ehemaliger Soldat genau wie die anderen Handwerker, Künstler und Tagelöhner, Dirnen, Knechte und Mägde weiterreisen möge an die Wolga, um Bauer zu werden.

Ein paar Wochen lang hatte Anton von Kersen ernsthaft darüber nachgedacht, sein Leben mit eigenen Händen zu beenden. Er wusste, dass er nicht zum Bauern taugte, und er wusste, dass er daran zugrunde gehen würde. Dann jedoch hatte sich alles überraschend erfreulich entwickelt, als er in der Witwe Veronica nicht nur ein begehrenswertes Weib, sondern auch eine verlässliche, tüchtige Lebensgefährtin gefunden hatte.

Veronica leitete auf Antons Vermittlung in der Scheune nebenan die Kinderstube, die die Buben und Mädchen besuchten, die noch zu jung zum Lesenlernen waren. Dazu gehörten die beiden jüngeren Söhne der von Kersens, der dreijährige Friedrich und der einjährige Michel. Den ältesten, Wilhelm, unterrichtete Anton seit diesem Jahr selbst und nahm ihn nicht weniger streng ran als seine Mitschüler. Keiner sollte ihm vorwerfen, er würde sein eigen Fleisch und Blut bevorzugen. Im Gegenteil, wenn möglich, waren die Schläge, die Wilhelm für Faulenzerei und Schabernack erhielt, noch eine Spur kräftiger als die für die anderen Rotznasen.

Wobei Wilhelm wenig Anlass zur Klage und zur Züchtigung bot. Der Sechsjährige machte ihm selten Schande, mühte sich fleißig beim Lesenlernen, wenn ihm die älteren Schüler, die Anton als Hilfslehrer einsetzte, die Täfelchen mit dem A, dem P und dem FEL hinhielten, um die Lettern zu einem zäh herausgebrachten Wort zusammenzusetzen.

Anton gestand sich ein, dass es ihn mit Stolz erfüllt, wenn es bei seinem Wilhelm ein winziges bisschen flüssiger lief, wenn er ehrgeiziger die Zahlen schrieb und Bibelverse zitierte als die anderen. Bedauerlicherweise meinte Anton allerdings einen gewissen Neid bei den schlechteren Schülern festzustellen. Wann immer er den Eindruck hatte, dass Wilhelm wegen Besserwisserei gepiesackt wurde, griff er hart durch. Er befürchtete zwar, dass er dem Bengel damit am Ende mehr schadete als nutzte in der Schülergemeinschaft, aber sollte er ein so ungerechtes Verhalten durchgehen lassen? Was gab es denn bitte schön Löblicheres als etwas besser zu wissen als die anderen?

Einmal hatte ihm Wilhelm, sich die Tränen verbeißend, gestanden, dass es für ihn unter den Gleichaltrigen immer unerträglicher wurde. Sie schubsten und knufften ihn, wo sie ihn erwischten, und spielten ihm üble Streiche. Anton hatte Wilhelm links und rechts Maulschellen verpasst, weil er mit den Tränen kämpfte, statt sich zu wehren, aber insgeheim hatte er sich vorgenommen, sich die Rüpel vorzuknöpfen.

Es hieß, der neue, Frannek Müllau, führe die Gruppe der Wilhelm-Hasser an.

Vom ersten Tag an, als Frannek vor einem Jahr zum ersten Mal die Schulbank gedrückt hatte – anfangs noch mit seiner Schwester Mathilda, aber die hatte Anton schon nach wenigen Wochen nur noch von hinten gesehen –, stach ihm die Verschlagenheit und Gemeinheit des Bürschchens ins Auge. Er gehörte zu der besonders ärgerlichen Sorte von Schülern, bei denen man nicht wusste, ob in ihrem Schädel statt eines Gehirns eine große Lücke herrschte und ob sie tatsächlich so tumb waren, wie sie sich anstellten. Bis zum heutigen Tag war Frannek nicht in der Lage, zwei Buchstaben zu einem Wort zusammenzuziehen, und die Zahlen, die er schrieb, waren eine einzige Krakelei ohne Sinn und Verstand. Seine Finger schimmerten inzwischen in Violett-Tönen von den Schlägen mit dem Lineal, und einmal hatte es, von maßlos übertriebenem Wehklagen begleitet, einen Satz Prügel auf den Allerwertesten gesetzt – nichts hatte bisher Erfolge gezeigt.

Anton drehte sich zur Tafel, um die Karte der Weltmeere anzuheften. Vielleicht würde die Landeskunde seine Laune, die heute noch übler war als an den anderen Tagen, ein wenig heben.

Immerhin gab es ein paar Schüler, die sich für die Aufteilung der Welt interessierten. Die waren auch mäuschenstill, wenn er sich in seinen Erzählungen von den preußischen Schlachten unter Friedrich dem Großen verlor.

Kaum kehrte er der Schülerschaft den Rücken, erklang zwischen dem allgemeinen Stimmengewirr ein lautstarkes »Aua«, gefolgt von einem anschwellenden Geheul.

Anton fuhr herum, wobei ihm der Zeigestock und die Karte aus den Händen glitten und zu Boden fielen. Er schaute von Schülergesicht zu Schülergesicht, alles Unschuldsmienen, bis er seinen Sohn entdeckte, die Züge schmerzverzerrt. Tränen rollten über seine Wangen.

Mit einer zackigen Geste forderte Anton ihn auf, nach vorne zu treten, starrte ihn an, als er sich zögernd erhob und mit abgehackten Schritten vor ihn trat, und verpasste ihm in der nächsten Sekunde drei kräftige Backpfeifen. Fürs Stören, fürs Heulen und weil es heute so verflucht heiß war.

Wilhelm hielt sich die Wangen, die sofort rot erglühten, und schaute dann auf sein Bein.

Anton folgte seinem Blick und schrak zurück. Er taumelte einen Meter hinter sich bis an die Tafel. »Was ist das?«

»Ein Gänsekiel. Ich … ich …«

»Ich sehe, dass das ein Gänsekiel in deiner Wade ist! Aber wie zum Teufel kommt der dahin?«

»Ich … der Frannek hat …«

Wie eine Markierung lugten die Federn des Gänsekiels aus dem Strumpf des Knaben hervor. Eine Blutbahn zog sich bis zu seinen Pantinen.

Anton starrte Wilhelm an. »Zieh das raus! Sofort!«

Wilhelm zog die Lippen nach innen.

»Jetzt!«

Der Junge beugte sich und riss an dem Gänsekiel. Ein Schluchzer schüttelte ihn dabei, aber schließlich hielt er das spitze Schreibwerkzeug in den Händen. Das Blut tropfte nun auf den Holzboden der Lehrstube.

Anton machte eine ruckartige Bewegung mit dem Kopf, womit er dem Sohn bedeutete, den Gänsekiel auf das Lehrerpult zu legen.

Anton von Kersen höchstselbst beschäftigte sich, wenn die Älteren die Jüngeren unterrichteten, mit dem Schnitzen der Federn. Als Mordwerkzeug waren sie allerdings nicht vorgesehen. Die Wut kochte in ihm, der Schweiß brannte ihm in den Augen. Zwei Fliegen umsurrten ihn.

Wilhelm schlappte mit gebeugtem Rücken zu seinem Pult zurück, und Antons Blick ging zu Frannek. Er saß nur einen Platz entfernt von seinem Sohn und hatte gerade eine längerdauernde Beschäftigung unter seinem Pult. Anton sah nur seinen runden Rücken und Teile des Haarschopfes, der wie frisch gerupftes Flachs über die Tischkante lugte.

Mit zwei Schritten war Anton bei ihm. In der Lehrstube hörte man nichts als das Geräusch seiner Schuhe auf den Dielen, dann den Aufschrei Franneks, als Anton ihn am Ohr packte, es drehte und ihn so nach oben zerrte.

Frannek schrie wie am Spieß, als Anton ihn nun am Ohr nach vorn zog und ihn auf den Webteppich warf, der vor seinem Pult lag. Mit Blicken bedeutete er Gernot, einem der älteren Schüler in der ersten Reihe, die Fenster zu schließen.

Der Junge sprang so schnell auf, dass sein Stuhl hinter ihm kippte, den er rasch aufhob, bevor er dem wortlosen Befehl des Lehrers nachkam.

»Auf die Knie mit dir, du Lump, und die Hosen runter!«, herrschte Anton Frannek an, der sich nun auf dem Boden wand und den Kopf mit den Armen schützte. Er wich der Musterung des Lehrers aus, wie immer. Noch nie hatte ihm Frannek offen und redlich in die Augen gesehen.

»Nein, nein, nein! Bitte! Nein!«, schrie der Elfjährige. In seiner Stimme schwangen Todesangst und Wut mit, aber seine Wangen blieben trocken. Er weinte nicht, er schrie nur, als ginge es um sein Leben.

Anton verpasste ihm einen Tritt mit der Stiefelspitze, nicht allzu hart, aber hart genug, um ihn zur Räson zu bringen. Es nützte nichts.

Mit dem ausgestreckten Zeigefinger wies Anton auf zwei kräftige Schüler, die mit geöffneten Mündern die Szene beobachteten. »Reinhold und Jacob – packt ihn, zieht ihm die Beinlinge aus und haltet ihn fest.« Die Jungen sprangen auf. Franneks Geschrei steigerte sich zu ohrenbetäubender Lautstärke. Er strampelte und trat um sich, als die älteren Mitschüler ihn an Armen und Beinen hielten. Anton stand mit auf dem Rücken verschränkten Händen davor und trommelte mit dem Rohrstock gegen die Fersen seiner Stiefel.

Anton war davon überzeugt, dass die Erziehung der Jugend nicht ohne Härte gelingen konnte. Züchtigungen galten als bewährtes Mittel, aber er gehörte nicht zu den Autoritätspersonen, die ihre Macht genossen und eine unmenschliche Freude dabei verspürten, andere zu bestrafen und ihnen Schmerzen zuzufügen. Ein notwendiges Übel, kein Vergnügen an der Qual, wie sie manch ein Lehrer und Offizier aus seiner eigenen Jugend empfunden haben mochte.

Die meisten Schüler sahen das ein, boten ihm die Handflächen dar oder beugten sich, damit er ihnen den Hosenboden stramm ziehen konnte. Aber ein Schmierentheater wie mit diesem Rotzlöffel hatte Anton noch nicht erlebt.

»Jetzt macht schon!«, herrschte Anton die Schüler an.

Mit einem Ruck rissen sie dem Burschen die Hosen herab und warfen ihn zu Boden.

Mehrere Kinder sogen erschrocken die Luft ein, hielten sich die Hand vor den Mund, ein Mädchen fing an zu weinen, und Anton von Kersen erstarrte in der Bewegung, als er den Rohrstock anhob, um ihn auf den nackten Hintern des Übeltäters sausen zu lassen.

Er starrte auf das wunde Fleisch der Hinterbacken; ein Würgen stieg in seiner Kehle hoch. Der Rohrstock sank, als Anton von Kersen die Schultern hängen ließ, unfähig, sich abzuwenden von dem Entsetzen, das sich ihm bot.

Franneks Kampfgeschrei verebbte in einem Wimmern. Er verbarg das Gesicht in der Armbeuge, seine Schulterblätter bebten, sein Fuß zuckte.

Anton von Kersen hatte viele Verletzungen auf dem Schlachtfeld gesehen, er hatte bei seiner Auswanderung Menschen leiden und dahinsiechen sehen, aber niemals hatte er ein dermaßen misshandeltes Kind gesehen. Franneks Hintern war an mehreren Stellen eine offene, vereiterte Wunde – Brandblasen, Stöße, Tritte? Das Schweigen im Klassenzimmer lastete eine scheinbare Unendlichkeit auf den Jungen und Mädchen. Zum ersten Mal in seinem Schulmeisterleben fühlte sich Anton überfordert. Gefühle wallten in ihm, die ihm fremd waren. Er konnte doch diesem Bengel nicht weitere Verletzungen zufügen. Das würde der Kerl vielleicht nicht überleben.

Wie in drei Teufels Namen hatte er sitzen können mit diesem Hinterteil? War er deswegen der Unruhigste von allen Raufbolden in der Klasse? Wie hatte er sich mit verschlagener Freude an der Quälerei anderer beteiligen können, wenn er selbst solche Höllenschmerzen litt?

Anton fühlte sich außerstande, eine Entscheidung zu treffen, wie er weiter vorgehen sollte.

»Wilhelm!« Sein Sohn stand sofort stramm. »Lauf und hol deine Mutter!« Der Sechsjährige stürzte los, als sei der Teufel hinter ihm her.

»Du kannst heimgehen und deine Erledigungen machen, Klara.« Veronica drückte der Freundin die Hand und zwinkerte, als sie sie anschaute. »Du siehst, deiner Amelia geht es wunderbar, sie hilft mir sogar mit den jüngeren Kindern. Gewiss wird sie einmal eine besonders fürsorgliche Mutter, wie du, meine Liebe. Und wegen Henny sorg dich nicht – sie wird ein gleichaltriges Mädchen zum Spielen finden. Sie muss sich erst noch umschauen. Manche Kinder brauchen ein bisschen länger, weißt du, aber am Ende fühlen sich alle wohl und weinen, wenn sie die Kinderstube verlassen müssen, um die Schule zu besuchen.«

»Danke, Veronica, für deine lieben Worte. Ich weiß ja selbst, dass ich sie …«

Das Dutzend Kinder zwischen einem und fünf Jahren schaute zum Scheunentor, genau wie die beiden Frauen, als in diesem Moment außer Atem Veronicas Sohn Wilhelm nach überhastetem Lauf zum Stehen kam. Er hielt sich die Seiten und beugte sich vor, sich an der Torrahmung klammernd.

Veronica runzelte die Stirn. Der Junge konnte nur den kurzen Weg ums Haus herum hierher geflitzt sein – seit dem Morgen sollte er die Schulbank drücken. War er ausgebüxt? Das passte nicht zu ihm. Sie stand auf und eilte ihm entgegen, schrak zusammen, als er den Kopf hob. Wilhelm war aschfahl.

»Vater schickt mich. Bitte komm ins Schulzimmer. Es ist etwas … passiert.«

Veronica wechselte einen Blick mit Klara, hob die Brauen, und Klara verstand. Sie nickte. Sie würde auf die Kinder aufpassen. Veronica raffte den Rock an den Seiten und hastete Wilhelm hinterher. Was mochte Schlimmes passiert sein, dass Anton den Unterricht unterbrach, um nach ihr zu schicken? Sie hatte nicht die geringste Idee, aber nach der Dringlichkeit in Wilhelms Worten und dem Ausdruck von Entsetzen zu urteilen, musste es etwas wirklich Schlimmes sein.

Kurz bevor Wilhelm die Tür aufriss, drangen die schrillen Schreie zu ihr.

»Oh, Jesus Maria«, stieß Veronica Sekunden später aus, als sie hinter Wilhelm in das Schulzimmer stürzte und abrupt vor dem sich am Boden windenden Frannek stoppte. Gernot und Reinhold hatten noch Unterstützung von zwei weiteren Jungen bekommen, um Frannek am Boden zu halten. Veronica drückte sich beide Hände gegen den Mund.

Wer hatte den Jungen so zugerichtet? Das kam nicht von Schlägen, ganz gewiss nicht. Ein kurzer Blick zu ihrem Mann, der wie versteinert hinter dem Lehrerpult stand. Obwohl er sich den Anschein gab, als könnte ihn, den hartgesottenen preußischen Soldaten, nichts aus dem Gleichgewicht bringen, sah Ve-

127

ronica im Bruchteil einer Sekunde die Bestürzung hinter seiner unbewegten Miene.

Veronica ließ die Arme hängen, ging in die Knie, um Frannek zu beruhigen. »Lasst ihn los«, wies sie die vier älteren Schüler an. Einen Wimpernschlag später sprang Frannek auf die Beine, zog sich im Aufrichten die Hosen hoch und rempelte beim Hinausrennen Veronica gegen die Schulter, sodass sie zu Boden fiel. Die Schritte des Jungen hallten auf dem kurzen Weg vom Flur auf die Straße. Mit einem Krachen, das die Wände erzittern ließ, fiel die Haustür hinter ihm zu.

Gernot und Reinhold setzten sofort zum Spurt an, linsten zu Anton, um sich die Erlaubnis geben zu lassen. Doch der Lehrer hob einen Arm, senkte die Lider. »Setzt euch. Macht mit dem Rechnen an der Stelle weiter, an der wir gestern aufgehört haben. Und strengt euch an! Ich dulde keine Nachlässigkeit.« Anton warf noch einen letzten grimmigen Blick durch die Reihen der Schüler, die sich sofort wieder über ihre Bücher beugten, und schritt hinter seiner Frau her auf den Flur. Leise schloss er die Tür hinter sich.

»Was sagst du dazu, Veronica?« Anton musste sich räuspern. Seine Stimme klang, als hätte er starken Husten.

»Mir fehlen die Worte, wirklich, Anton. Wer richtet ein Kind so zu?« Veronica ließ nun den Tränen freien Lauf. »Ich kann das nicht glauben, was ich da gesehen habe. Das erschien mir, als wäre er … als hätte jemand …«

Anton räusperte sich in die Faust und zog das Tuch aus seiner Brusttasche, um sich den Schweiß abzutupfen, obwohl es im fensterlosen Flur noch kühl war von der Nacht. »Ich werde um Unterredung mit seinen Eltern ersuchen.«

Veronica kaute beim Nachdenken auf der Unterlippe. »Von denen hört man nichts Gutes. Ich weiß es nicht.«

»Hast du vielleicht eine bessere Idee?«, fuhr Anton sie an, offenbar erzürnt über die eigene Hilflosigkeit. »Soll ich tun, als hätte ich nichts gesehen?« Er wandte sich ab.

Veronica starrte ihm hinterher, auf den gramgebeugten Rü-

128

cken. Von hinten sah er aus, als wäre er in wenigen Minuten um ein halbes Leben gealtert. Sie spürte ein Würgen in der Kehle, als die soeben gesehenen Bilder erneut in ihren Gedanken auftauchten. Sie hielte sich die Hand vor den Mund, öffnete im Herumwirbeln die Tür und erbrach sich neben den Hauseingang. Das arme Jungchen. Auch wenn er ein Nichtsnutz und Störenfried war – eine solche Folter hatte kein Elfjähriger verdient.

11

Hatte sie es nicht von Anfang an gewusst? Diese Familie brachte nichts als Scherereien in die Kolonie Waidbach! Wenn es nach Klara gegangen wäre, hätten sie den Müllaus niemals die Ansiedelung gestatten sollen. Klara hatte zwar keine Ahnung, ob das rechtlich möglich war, aber sicher gab es für den Dorfschulzen Mittel und Wege, um zu verhindern, dass sich Gesindel und Mörderpack in ihrem Dorf häuslich niederließ.

Dass dieser Verbrecher die eigene Tochter vergewaltigt und geschwängert hatte – schlimm genug. Noch schlimmer, dass Mathilda ausgerechnet sie, Klara, ins Vertrauen gezogen hatte. Klara wehrte sich mit aller Härte gegen jede Annäherung Mathildas, aber die Dreizehnjährige schien sie für ihre Retterin oder ihren Schutzengel zu halten und suchte ihre Nähe wie eine Fliege den Honigtopf.

Klara fühlte sich von ihr belästigt und versuchte das Mitleid einzudämmen, das sie in Schüben für das einsame Mädchen überflutete. In Ruhe lassen sollte sie sie, sie niemals mehr ansprechen, ihr nachstellen oder auflauern, und sie sollte nicht einen Katzensprung entfernt an der Dorfstraße oder hinter dem Haus im Steppengras hocken und in ihre Stube schauen. Manchmal war Klara schon in den Garten getreten und hatte einen Knüppel nach ihr geworfen, damit sie verschwand. Aber sie kehrte immer wieder zurück. Ihr tieftrauriger Blick brachte Klara schier zur Raserei.

Und jetzt Frannek.

Klara hatte Schwindel gefühlt und aufwallende Übelkeit, als Veronica ihr nach ihrer Rückkehr aus der Schule stockend berichtete, was sich im Schulzimmer zugetragen und was alle gesehen hatten. Keiner – weder Anton noch Veronica oder Klara – sprachen es aus, zu sehr schmerzte die Wahrheit, aber sie alle drei wussten, was tatsächlich mit Frannek geschehen war: Er war nicht weniger brutal vergewaltigt worden als seine Schwester Mathilda.

Herr im Himmel, hilf uns, betete Klara instinktiv im Stillen, sobald ihr die Schwere dieses Vergehens ein ums andere Mal bewusst wurde. Sie zwang die Bilder nieder, aber die Tränen, die ohne Schluchzer über ihre Wangen rannen vor Empörung und Qual, vor Wut und Verzweiflung, die Tränen ließ sie laufen.

Wenn Amelia oder Henny nach ihrem Rockzipfel griffen und sie fragend anschauten, warum sie denn weinte, schüttelte sie nur den Kopf und verscheuchte die Mädchen.

Klara ging zur Waschschüssel und benetzte ihr Gesicht mit dem klaren Wasser, holte zitternd Luft und versuchte, sich zu beruhigen.

Nein, sie würde *nicht* mit Sebastian darüber reden. Nein, sie würde sich nicht ein weiteres Mal in die Familienprobleme der Müllaus verstricken lassen. Sollten sie sich gegenseitig an die Kehlen gehen, sich quälen und das Leben zur Hölle zu machen. Solange sie nur die Tür verschlossen hielten. Jeder ist seines Glückes Schmied.

Aber die Kinder ... die haben sich diese Hölle nicht ausgesucht. Wann immer Klara an diesen Punkt ihres Gedankenwirbels ankam, spürte sie ihre Hilflosigkeit. Frannek war seit dem Morgen nicht mehr aufgetaucht, hatte ihr Veronica am Nachmittag noch erzählt. Aber wo sollte er hin? Er würde kaum ins nächste russische Dorf laufen, und in die nächste Kolonie wanderte er tagelang, genau wie nach Saratow. In der Wildnis wäre er leichte Beute für die Wölfe und die Wilden, das wusste jedes Kind in Waidbach.

Ihm würde nichts übrigbleiben, als zurückzukehren in sein Elternhaus und am nächsten Morgen vielleicht wieder die Schulbank zu drücken. Wahrscheinlich aber schickte Müllau, wenn er erfuhr, was in der Schulstunde ans Licht gekommen war, den Jungen gar nicht mehr zum Unterricht. Und nachts ... Klara holte Luft, massierte die Nasenwurzel.

Drei, vier Jahre vielleicht noch, dann war Frannek seinem Vater an Kraft nicht mehr unterlegen. Vielleicht verlor der Teufel sein Interesse, wenn das Kind zum Mann wurde …

O Gott, warum lässt du das zu?

Klara hielt sich an der Lehne eines der Stühle am grob gezimmerten Stubentisch fest, weil der Boden unter ihren Füßen schwankte.

»Mutter?« Amelia blickte fragend zu ihr auf. Sie spielte mit der jüngeren Schwester auf dem Strohlager in der Ecke mit zwei geschnitzten Püppchen.

»Es ist schon gut, Amelia, gleich kommt der Vater. Stell die Schüsseln auf den Tisch und die Löffel, ja? Und hol ein paar Kräuter aus dem Garten, bevor die Sonne untergeht.«

Henny steckte zwei Finger in den Mund, als die ältere Schwester davonsprang.

Wo blieb nur Sebastian? Es dunkelte bereits; normalerweise war er vor Sonnenuntergang daheim. Was war das für ein eigenartiger Schein vor dem Fenster? Hatten sich Wolken vor die versinkende Sonne geschoben?

Klara richtete sich auf, reckte die Glieder und folgte der Tochter nach draußen. An der Tür stieg ihr ein beißender Geruch in die Nase. Verbrannte da jemand gutes Holz?

Sie trat einen Schritt nach draußen. Als sie den Kopf wandte, sah sie den Qualm und unter ihm die züngelnden Flammen, drüben am Ortsende. Dann schlug die Kirchglocke an, laut und drängend wehte der Klang über die Steppe, und einen Atemzug später liefen die ersten Waidbacher auf die Straße.

»Feuer, Feuer! Es brennt!«, schallte es aus mehreren Kehlen. Die Frauen liefen herum wie aufgeschreckte Hühner, die Männer eilten mit ausholenden Schritten – manche zogen sich noch im Laufen die Jacken über und die Hosen hoch – auf den Brand zu.

Hinter Klaras Stirn zuckten die Gedanken wie Blitze in der Dunkelheit.

Ein Überfall der Nomaden? Ein Ablenkungsmanöver?

Wo waren die Kinder? Mit wenigen Schritten und zwei Handgriffen sammelte Klara die Mädchen ein und warf einen prüfenden Blick in die Wiege auf Martins Schlafbäckchen.

»Klara, bring alle Eimer, die du finden kannst!«, rief ihr die alte Trude Platen von der Dorfstraße durch die geöffnete Haustür zu. »Das Haus der Müllaus steht in Flammen!«

Die ganze Nacht hindurch reichten die Männer und Frauen aus dem Dorf die Wassereimer in zwei Ketten von dem brausenden Nebenfluss der Wolga, an dem die Kolonie errichtet war, und aus dem Dorfbrunnen bis zu dem lichterloh brennenden Haus. Anfangs schien es, als wären sie machtlos gegen die Feuergewalt, als verdampften die Wasserschwalle wie Tropfen in der Hölle. Aber Eimer um Eimer verlor das Feuer an Kraft.

Weit nach Mitternacht erstarben endlich die letzten Brandherde. Mit dem Vergehen der Flammen senkte sich tintenschwarze Dunkelheit über die Dörfler. Der Mond stand hinter schweren Wolken verborgen, einige Männer entzündeten Fackeln, aber deren Schein beleuchtete nur schemenhaft die verkohlten Überreste der Behausung. Das Dach war vollständig abgebrannt, vereinzelt ragten Stützpfeiler wie Gichtfinger aus der Ruine hervor.

Klara schluckte, als Dorfschulze Bernhard sich nun eine der Fackeln reichen ließ, um über die Reste der Haustür ins Innere zu steigen. Es gehörte zu seinen Aufgaben, sich davon zu überzeugen, dass es für die Bewohner kein Entrinnen gegeben hatte.

Keiner der Dörfler hatte den Heldenmut gezeigt, in das brennende Haus zu stürzen, nach bewusstlosen Familienmitgliedern zu suchen und sie aus der Gefahr zu schaffen.

Klara wusste, Bernhard Röhrich hätte es versucht, wenn nur ein Fünkchen Hoffnung bestanden hätte, jemanden lebend dort herauszuholen.

Eine eigenartige Mischung aus Erleichterung, Mitgefühl und Schmerz überfiel Klara bei der Vorstellung, dass ausgerechnet die Menschen im Feuer verbrannt waren, die ihr das Leben in Waidbach zur Hölle zu machen drohten.

133

Sie bekreuzigte sich und leistete im Geiste Abbitte vor dem Herrgott. Erleichterung zu empfinden beim Tod anderer Menschen war gewiss eine schwerwiegende Sünde. Sie betete darum, dass Gott sie dafür nicht bestrafte und ihren eigenen Kindern keinen Schaden zufügte.

Sie sah zu Sebastian auf, der in diesem Moment, durchgeschwitzt nach dem mühevollen Löschen, an ihre Seite trat, den gesunden Arm um ihre Schultern legte und sie an sich zog. Er roch nach dem Rauch, seine Haut war rußverschmiert.

Sie reckten beide den Hals, als Bernhard in der ehemaligen Stube der Müllaus von links nach rechts stiefelte und schließlich über dem Platz, wo sich zuvor das hintere Fenster befunden hatte, verharrte. Sie sahen, wie er in die Hocke ging.

Endlich richtete er sich auf und zog das Kinn auf die Brust wie für ein stilles Gebet. Der orangefarbene Schein seiner Fackel warf Licht und Schatten auf sein Gesicht.

Klara und Sebastian sahen sich an.

»Wir waren zu spät«, sagte Sebastian mit belegter Stimme. Er stieß ein Lachen aus, das keines war. »Wir brauchen nicht mal die Nomaden, um uns zu zerstören. Das erledigen wir ohne fremde Hilfe.«

»Es war ein Unglück. Etwas Vergleichbares hat es bei uns bisher noch nicht gegeben«, hielt Klara dagegen. »Das kann jederzeit passieren. Wir haben getan, was wir konnten. Das Schicksal der Müllaus lag in Gottes Hand.«

Die Menge der Helfer löste sich auf. Allen steckte die Anstrengung noch in den Knochen. Dazu kam jetzt die bleierne Müdigkeit. Bei Sonnenaufgang würden die meisten der Kolonisten aufstehen und arbeiten müssen.

Manche murmelten gedämpft miteinander, während sie sich mit krummen Rücken und schweren Schritten zu ihren Häusern schleppten.

Klara und Sebastian warteten Arm in Arm, als nun Anja zu Bernhard stieg, sich bei ihm unterhakte und an ihn schmiegte, um ihm Trost zu spenden.

134

Schließlich verließen die beiden die Brandruine, aus der in den Ecken noch Qualmwolken in den Nachthimmel zogen.

»Gott sei ihrer Seele gnädig«, brachte Klara hervor und schaffte es, ihre Worte ehrlich klingen zu lassen. Obwohl es sie erleichterte, dass das Müllau keinen Schaden mehr im Dorf anrichten konnte, wünschte sie doch keinen Verbrecher in die Hölle.

Vielleicht bereute er im Tode.

»Es ist Mutter Müllau mit dem neugeborenen Enkelkind«, sagte Bernhard und hielt die Fackel hoch genug, dass sie Licht für die Gruppe am Rande des nächtlichen Dorfes spendete. »Sie hat das Kindchen im Arm gehalten. Das Feuer muss sie im Schlaf überrascht haben. Wobei ich mir nicht sicher bin, ob die Feuerstelle in der Stube die Brandursache war. Die Töpfe und Pfannen drumherum zeigen kaum Zeichen von großer Hitze.«

Klara hatte das Gefühl, ihr Blut gefriere zu Eis.

»… und wo sonst sollte es ausgebrochen sein?«, hörte sie Sebastian neben sich erwidern. Bernhards Antwort flog an ihr vorbei, während sich ihre Gedanken überschlugen. Sie stierte Bernhard an.

»Wo haben die anderen Müllaus ihren Tod gefunden?«, unterbrach sie das Gespräch der beiden Männer mit tonloser Stimme, innerlich der Antwort des Dorfschulzen entgegenfiebernd.

Bernhard wiegte den Kopf. »Bei der ersten Überprüfung habe ich niemanden mehr gesehen. Wahrscheinlich sind sie unter den eingestürzten Balken begraben. Wir müssen das Tageslicht abwarten, bevor wir genaue Untersuchungen durchführen können. Wegen des rätselhaften Ausbruchs des Feuers muss ich Kozlow verständigen. Der Provinzialbeamte wird sich um die Aufklärung kümmern.«

»Du meinst, jemand könnte das Haus angesteckt haben?«, entfuhr es Sebastian.

Bernhard hob die Schultern. »Könnte sein. Aber darüber sollten wir uns in dieser Nacht nicht …«

»Seht!« Anja reckte sich und deutete nun, da die dreiviertel volle Scheibe des Mondes hinter einer Nachtwolke hervorlugte, auf eine Stelle, die einen Steinwurf entfernt von der Brandruine lag. Alle vier stierten in die Richtung. Aus der Entfernung sahen sie zwei dunkle Erhebungen wie Schatten, von denen sich einer nun kaum merklich bewegte.

Wie auf ein geheimes Kommando stürmten die vier Waidbacher los und erkannten wenige Atemzüge später die beiden Kinder, die eng aneinandergeschmiegt im Steppengras hockten: Mathilda und Frannek. Die Arme hatten sie um die Knie geschlungen, die Köpfe zwischen die Schultern gezogen. Das Mädchen hatte seinen Umhang mit der Kapuze auch um die Schultern des Bruders geschoben, der neben ihr zitterte und dessen aufeinanderschlagende Zähne für einen Moment das einzige Geräusch verursachten.

Klara versteifte sich, als sie Mathilda und Frannek erkannte, die anderen gingen in die Knie. Mit beruhigender Stimme sprach Anja auf sie ein.

Klara mahlte mit dem Kiefer; Gedanken und Bilder zogen vorbei, die Worte der anderen nahm sie wie aus weiter Entfernung wahr.

Wo hatte sich Frannek die ganze Zeit über versteckt? Warum tauchte er ausgerechnet jetzt, da sein Zuhause in Schutt und Asche lag, wieder auf?

Und Mathilda! Hatte sie den Abend etwa erneut vor ihrem, Klaras, Haus verbracht und hatte, während die ersten Flammen züngelten, heimlich durchs Hinterfenster in die Stube gelugt? Obwohl Klara ihre Anhänglichkeit verhasst war – es sah so aus, als hätte sie ihr das Leben gerettet.

Sebastian, Bernhard und Anja diskutierten miteinander, und Mathilda widersprach mit schriller Stimme. Klara löste sich erst aus ihrer Erstarrung, als Sebastian die Stimme hob. »Gut, dann kommt ihr mit zu uns, Mathilda. Da habt ihr erst einmal ein Zuhause. Wie es mit euch weitergeht, werden wir in den nächsten Tagen besprechen«, sagte er.

»Sie könnten wirklich bei uns …«, machte Anja einen letzten Versuch.

Aber Bernhard stimmte Sebastian zu: »Schlimm genug, was die Kinder mit ansehen mussten. Wenn sie sich bei Klara und Sebastian wohlfühlen, soll es so sein.«

Ein Schrei bildete sich in Klaras Kehle, doch als sie ihn ausstoßen wollte, kam nur ein heiseres Krächzen heraus, das auch ein Räuspern sein konnte.

Abrupt wandte sie sich zum Gehen, wollte davonlaufen und sich die Hände auf die Ohren halten, aber noch bevor sie die Arme heben konnte, fühlte sie links eine warme feuchte Hand in der ihren. Mathilda sah zu ihr auf, der Blick ein einziges Flehen. Halb hinter ihrem Rücken verbarg sich Frannek.

Klara wollte dem ersten Impuls nachgeben und sich losreißen aus der Kinderhand, aber da spürte sie Sebastian hinter sich. Er breitete die Arme über sie und die Kinder und schob sie auf den Dorfweg. »Lasst uns heimgehen. Die Nacht hat uns alle viel Kraft gekostet.«

Als hinge Blei an ihren Sohlen, setzte sich Klara in Bewegung, im Schlepp die Müllau-Kinder. Sie ertappte sich bei dem Gedanken, dass Mathilda dies alles ja fein eingefädelt hatte.

Glaubte sie wirklich, dass Mädchen könnte die Brandstifterin sein? Und was war mit Frannek? Auch er hätte Gründe, mit allem Geschehenen zu brechen. Vom Vater gepeinigt, von allen anderen wie Aussatz behandelt … Aber er war jung. Konnte ein Elfjähriger so planvoll vorgehen, um sich aus dem Elend zu befreien?

Alle Fragen nach dem Warum und dem Wie, alle Überlegungen, wie sie sich aus der Verantwortung für die Kinder stehlen konnte, verblassten vor dem wahrhaftigen Rätsel dieser Familienkatastrophe.

Wo war der Vater?

12

Auf dem Weg von Saratow nach Waidbach, Juli 1781

Verfluchte Hitze. Seit Joseph Müllau bei Sonnenaufgang die Tore von Saratow passiert hatte, versengte ihm die Hochsommersonne von Minute zu Minute stärker die Kopfhaut. Kein Haus, keine Mauer bot mehr Schatten, während das Pony über den Trampelpfad an einem Feld entlangzockelte.

In der Ferne sah Müllau das Wäldchen, das er bereits auf dem Hinweg durchquert hatte. Er stieß dem Pony die Hacken in die Flanken, damit es an Tempo zulegte. Stur wie ein Maulesel blieb das Tier in seinem gemächlichen Rhythmus und wurde gar noch langsamer, als Müllau ihm ein weiteres Mal in die Flanken hieb.

Verfluchte Schindmähre. Was hatte er sich da für sein sauer erbeutetes Geld für einen Klepper andrehen lassen? Wie sich das Tier anstellte, wie die Zunge beim Zockeln vor dem Maul hin- und herschwang, wie mühsam es sich mit seinem Gewicht abrackerte, bezweifelte Müllau, dass es den tagelangen Ritt nach Waidbach überstehen würde.

Verfluchte Kolonie. Nichts, aber auch gar nichts zog ihn zurück in das Dorf mitten in der Steppe. Sein hässliches Weib nicht, das schreiende Blag nicht und nicht Mathilda und Frannek, die ihn anwiderten, je älter sie wurden.

Während der drei Wochen in Saratow hatte ihn die Gier nach jungem Fleisch einige Male überfallen. Stets ein heikles Unterfangen, denn wenn es um Kinder ging, verloren nach Müllaus Erfahrung selbst hartgesottene Gesetzlose ihre freizügige Haltung.

Doch an der Anlegestelle der Wolga trieben sich wie wohl in allen Häfen der Welt die obdachlosen Gassenkinder herum, die keiner vermisste. Leichte Beute für einen wie ihn.

Joseph Müllau hatte seinen Trieb nach Kindern nicht ein einziges Mal hinterfragt. Er nahm seine Geilheit hin wie andere Männer sich Nacht für Nacht über faltigen Weibsbildern abstrampelten. Zur ständigen Verfügung standen ihm seit vielen Jahren die eigenen Kinder – ein komfortabler Zustand, der ihn nicht zwang, sich auf die Suche zu begeben.

In Saratow packte er sich zwei Knaben von vielleicht sieben oder acht Jahren und ein Mädchen, noch keine zehn. Dunkle Winkel und nach Fisch stinkende Fässer, hinter denen man sich gut verbergen konnte, gab es zu Hauf in der Hafenstadt. Die Jungen hatten nach seiner Behandlung gewinselt wie die Würmer, das Mädchen gab keinen Mucks mehr von sich, aber sie hatte noch geatmet, flach, aber regelmäßig, wie Müllau mit einem kurzen Griff an ihre Kehle überprüfte. Es war nicht gut, wenn sie dabei draufgingen: Leichen warfen Fragen auf und führten zu Ermittlungen, die Kreise ziehen konnten. So würden sie nur erzählen können, was ihnen widerfahren war, und kein Mensch würde sich darum scheren, wenn man den durchtriebenen Gossenkindern überhaupt ein Wort glaubte.

Doch nicht sein triebhaftes Verlangen hatte ihn in die Stadt gezogen. Was das betraf, hätte er sich noch eine Weile mit Frannek vergnügen können. Ein Grinsen verzerrte seine Züge, während er ein weiteres Mal vergeblich versuchte, das Pony anzutreiben, als er daran dachte, wie dieser Wichtigtuer von Kersen über Franneks Dreistigkeit und Ungezogenheit lamentiert hatte. Er selbst wusste nur zu genau, wie man seinen missratenen Sohn zum Kuschen bringen konnte.

Ohne dass Müllau das Pony malträtieren musste, fiel es nun von allein in einen leichten Trab, als die ersten schattenspendenden Birken und Buchen nur noch wenige Meter entfernt waren.

Müllau fuhr sich mit den gespreizten Fingern durch die verschwitzten Haare und versuchte, sich dem Rhythmus des Tieres anzupassen. Sein Hintern schmerzte bereits von dem heftigen Auf und Ab. Er griff zu der wassergefüllten Lederflasche, die am Sattel baumelte, und nahm einen Schluck. Zwei Wodkaflaschen hatte er in der Tasche auf der anderen Seite verstaut. Davon würde er sich gleich, wenn er sich unter einer der dicht belaubten Baumkronen ein Mittagspäuschen gönnte, eine anständige Portion genehmigen.

Immerhin, zwei Flaschen Wodka, einen Leinenbeutel voller Streifen getrockneten Fleischs, zwei Laibe Brot und ein Säckel halb gefüllt mit Kopeken. Die Ausbeute hätte besser sein können, aber ganz vergeblich war sein Ausflug in die Stadt nicht gewesen.

Es hatte ihm keine Mühe bereitet, zu den Schmugglerkreisen vorzudringen, die es in jeder Hafenstadt gab und in jedem Land, in dem die Ein- und Ausfuhr von Waren von oberster Stelle streng reglementiert waren. Aber mehr als Botendienste bei der Umverteilung von Seide und Salz waren ihm nicht vergönnt gewesen. Die Russen hatten ihr eigenes Netzwerk, bestehend aus Kleinkriminellen, Mittelsmännern und den nach außen hin feineren Herrschaften, die durch ihre dubiosen Geschäfte Reichtum und Ansehen erlangt hatten. Auf den Deutschen, der sich aus einer Kolonie gestohlen hatte, hatten sie nicht gewartet. In der Hierarchie der Saratower Unterwelt stand einer wie er auf der untersten Sprosse.

Müllau ließ es sich bei seinem Aufbruch vor drei Wochen offen, ob er seiner Familie und dem deutschen Dorf für immer den Rücken kehrte oder irgendwann zurückging. Aber da die Geschäfte weniger einträglich liefen als erhofft und er keinen Drang verspürte, eine weitere Nacht in einem der Fässer am Hafen zu verbringen, um sich in den frühen Morgenstunden mit eingerosteten Knochen herauszuschälen, zog er es vor, Gras über seinen ersten Versuch wachsen zu lassen. Vielleicht entwickelten sich die Geschäfte im Herbst besser und er fasste doch noch Fuß in Saratow.

Er zog die Zügel, gab ein »Brrrr« von sich und schwang sich aus dem Sattel. Der Pfad durch den Wald verengte sich, das wusste er schon vom Hinweg. Hier musste der Platz, an dem er zu rasten gedachte, irgendwo sein.

Er führte das Pony seitlich ins Gestrüpp, hinein in das Walddickicht, um abseits die Lichtung – nicht größer als zwei mal zwei Schritte – zu suchen, wo er sich stärken und ein paar Stündchen dösen konnte. Nur widerwillig ließ sich das Tier führen, stockte an jedem Stein, jedem Grasbüschel.

Müllau fluchte, als er an den Zügeln riss und ihm gleichzeitig Zweige ins Gesicht peitschten. Seine Füße verfingen sich in Wurzelgestrüpp, er befreite sich schimpfend und stakste weiter hinein in den Wald.

Wenigstens spürte er hier die Hitze weniger stark. Es roch nach Walderde und Harz, die Vögel in den Baumwipfeln zwitscherten, hin und wieder flatterte eine Elster oder ein Rabe kreischend auf.

Endlich erreichte er die Lichtung, auf der das Gras fast bis zu den Knien wuchs. Ein weiches Lager für seine Mittagsruhe. Das Pony begann sogleich an den Halmen zu zupfen. Müllau band die Zügel um den herabhängenden Ast einer alten Buche, an deren Stamm er sich zum Schlafen lehnen konnte.

Diesen Platz hier mitten im Wald nutzten Wanderer und Reiter – er schien wie geschaffen für eine Rast. In der Mitte befand sich eine mit Steinen umlegte Feuerstelle, in der kalte Asche lag.

Müllau seufzte, als er sich mit der Provianttasche auf dem Schoß niederließ.

Während er nach dem Sack kramte, in dem sich die Fleischstreifen befanden, überfiel Müllau eine eigenartige Unruhe, die seine Fingerkuppen beben und seinen Atem flach gehen ließ.

Irgendetwas stimmte nicht.

Er verharrte in der Bewegung, die Finger noch in der Satteltasche im Gras, hob den Kopf wie ein Hirsch, der Witterung aufnahm.

Er lauschte – nichts.

Das Pony stieg hoch, riss an dem nur lose gebundenen Zügel und wieherte mit gebleckten gelben Zähnen, die Augen angstvoll aufgerissen und verdreht. Als es verstummte, nur die Mähne

141

hin und her warf und mit den Vorderhufen scharte, erkannte Müllau, was sich verändert hatte: Die Vögel hatten aufgehört zu zwitschern.

Der Wald war totenstill.

Vorsichtig drehte sich Müllau, wandte sich zur Linken, zur Rechten, jeder Muskel in seinem Körper vor Anspannung vibrierend.

Wegelagerer, die den Reisenden hier auflauerten? Was für eine Dummheit, ausgerechnet einen Rastplatz zu wählen, der gern genutzt wurde. Für Spitzbuben stellte hier jeder Reisende das ideale Opfer dar.

Wie leichtsinnig, dass er sein Messer und seine Muskete am Sattel gelassen hatte. Eine einzige Unachtsamkeit konnte zwischen Leben und Tod entscheiden, erkannte Müllau mit auflodernder Panik.

Sein Blick flackerte, während er nach hierhin und dorthin linste. Er schaute an den Baumstämmen entlang und hinauf. Auf einmal stutzte er. Mit einem Satz stemmte er sich auf die Beine, als er zwischen dem dichten Blattwerk weit oben in einer der Buchen eine Art Bretterverschlag entdeckte, von Zweigen, Ästen und grünem Laub verborgen, aber nun, da sein Körper von Wachsamkeit durchdrungen war, so offensichtlich, dass er sich innerlich einen Idioten schimpfte, dass ihm diese Behausung oder was es sein mochte nicht früher aufgefallen war.

Innerhalb eines Herzschlags wirbelten ihm all diese Erkenntnisse durch den Schädel, und die Zeit reichte nicht, um die zwei Schritte zum Pony zurückzulegen und die Muskete an sich zu reißen.

Die Gefahr kam jedoch nicht von oben aus der Baumhütte, wo nun ein krauser Haarschopf hervorlugte, sondern aus dem Gestrüpp direkt vor Müllaus Füßen. Er sog scharf die Luft ein, als sich der Wolf mit gesträubtem Nackenfell geduckt näherte. Das Raubtier fixierte ihn aus steingrauen Augen und fletschte die Zähne. Schaum troff aus seinem Maul, als er knurrte.

Müllau spürte sein Herz klopfen, dass es ihm fast den Brustkorb zu sprengen schien. Die Gedanken überschlugen sich, überlagerten die Todesangst, jede Sehne in seinem Körper zum Zerreißen gespannt.

Da stießen weitere Wölfe aus dem Gebüsch, dem Leittier folgend. Das Pony ging in die Höhe, wieherte schrill und riss an der Leine. Aus dem Augenwinkel bekam Müllau mit, dass sich die Zügel gelöst hatten und dass das vorher so lahme Reittier durch das Unterholz zu fliehen versuchte.

Müllau setzte instinktiv einen Schritt zurück und flog in der nächsten Sekunde zu Boden, als der Leitwolf ihn ansprang und die messerscharfen Zähne in seine Schulter hieb.

Der Schmerz explodierte gleichzeitig überall. Ein zweites Tier aus dem Rudel riss an seinem Fuß, ein drittes an seinem Oberschenkel.

Müllau hörte sein eigenes Todesgellen wie aus weiter Entfernung, als er sich mit den bloßen Händen in dem struppigen Wolfsfell zu retten versuchte und gleichzeitig wusste, dass dies das Ende war. Ein Funke Hoffnung keimte auf, dass es vielleicht schnell gehen würde, dass er diesen Schmerz nicht mehr ertragen musste, der sein Gehirn in den letzten Sekunden seines Lebens zum Wahnsinn trieb. Er heulte und schrie, bis eines der wütenden Tiere ihm das Herz aus dem Leibe riss.

Als die Wölfe sich satt gefressen hatten und ein blutbesudeltes Schlachtfeld mit zernagten Knochen und herausgerissenem Gedärm zurückließen, kehrte die friedliche Stille in den Wald zurück. Der erste Vogel begann zu zwitschern.

ZWEITES BUCH

Widerstand
1784–1785

13

St. Petersburg, Mai 1784

»Es ist nicht nötig, Alexandra, dass du die Fürstin und mich zur
Anprobe begleitest.« Christina hielt aus ihrer Stimme die Ver-
stimmtheit heraus. Den Kundinnen sollte weder die Kauflust
verleidet noch Grund für Gerede präsentiert werden. Ohnehin
raunten sie, dass es mit dem Verhältnis zwischen ihr und der
»Nichte« nicht zum Besten stand. Christina achtete stets darauf,
den Gerüchten keine neue Nahrung zu geben. Sie zu widerlegen,
indem sie konsequent Gunst gegenüber Alexandra demons-
trierte – dazu fühlte sie sich außerstande.

Dieses Mädchen quälte sie ohne Unterlass.

»Dimitri würde sich gewiss über eine Tasse Tee freuen«, fuhr
sie fort, als Alexandra sie anstarrte. Der junge Kadett, der seine
kindlich weichen Züge mit runden Wangen und blassblauen Augen durch eine hochnäsige Miene wettzumachen suchte, voll-
führte eine zackige Verbeugung in Richtung Alexandra, die diese
mit einem Neigen des Kopfes nicht weniger hochmütig erwiderte. Dabei spitzte sie die Lippen und wandte sich gleich wieder
Christina zu.

»Ich denke nicht, dass ich die Zeit für eine Teeplauderei erübrigen kann. Gerne bei einer anderen Gelegenheit«, sagte sie höflich in Richtung des jungen Mannes, dessen Stirn rot anlief. Auf
seinen Wangen blühten noch vereinzelt jugendliche Pickel. Er
diente, wie Christina wusste, in der kaiserlichen Leibgarde – eine
Ehre, die dem jugendlichen Adligen nur durch die Verbindungen seines Vaters zum Zarenhof zuteil wurde. Die meisten Adligen bemühten sich darum, die Söhne in der hoch angesehenen
Leibgarde der Kaiserin verpflichten zu lassen, doch nur wenigen
gelang es. Die Kaiserin persönlich wählte sich die angehenden

Offiziere aus. Womit Dimitri sie bestochen hatte, war Christina ein Rätsel. Er glänzte weder durch besondere Schneidigkeit noch durch Charme. Wie es um seine Auffassungsgabe und seinen Mut stand, ließ ebenfalls Zweifel offen nach seinem Auftreten im Modehaus Haber an der Seite seiner Mutter, die nun in den Ankleidesalon rauschte.

Dennoch hielt Christina den jungen Mann für geeignet, um Alexandra zu werben – er kam aus einem guten Stall, und sein wenig einnehmendes Äußeres und sein albernes Gebaren … Nun, Alexandra war ebenfalls nicht reich gesegnet mit Gottesgaben. Mit ihrem grauen Teint, den dünnen Haaren und den speckigen Hüften sollte sie gefälligst nehmen, was ihr geboten wurde, bevor sie am Ende als alte Jungfer endete und ihr bis zum Sankt Nimmerleinstag an den Hacken hing.

Aber mit ihrer plump abweisenden Art würde es kein leichtes Unterfangen werden, sie an den Mann zu bringen. In den letzten Wochen und Monaten hatte Christina keine Gelegenheit ausgelassen, ihr Vorhaben, Alexandra zu vermählen, in die Tat umzusetzen. Jeder Versuch scheiterte, kein wie zufällig erscheinendes Treffen führte zu einem Rendezvous. Nach Christinas Eindruck schien keiner der von ihr ausgewählten Herren erpicht darauf, ein näheres Kennenlernen mit Hartnäckigkeit und Einfallsreichtum voranzutreiben.

Kein Wunder, befand sie mit tiefer Erbitterung.

Sie hatte keine Tochter gewollt, aber wenn das Schicksal ihr schon eine aufnötigte, warum nicht wenigstens eine bildschöne, deren jugendliches Charisma auf sie und ihr Ansehen in der russischen Hauptstadt abfärbte?

Stattdessen war sie gestraft mit einem Trampel, der ihr zudem an Durchtriebenheit und Raffinesse gewachsen war. War sie dazu verdammt, bis an ihr Lebensende diesen zermürbenden Kampf mit Alexandra zu führen? Was gäbe sie darum, wenn sie die Zügel in die Hände eines patenten Gatten übergeben könnte!

»Ihre Emsigkeit ehrt Sie, Mademoiselle«, hob Dimitri mit belegter Stimme an. »Ich freue mich bei anderer Gelegenheit auf

147

Ihre Gesellschaft.« Er knickte erneut in der Mitte ein, schob die Füße in den Sporenstiefeln mit einem Klacken gegeneinander und verließ das Atelier, in dem an diesem späten Nachmittag im Mai neben Christina und Alexandra die angestellte Madame Fedorowna die Kundschaft bediente. Im angrenzenden Nähzimmer stichelte mehr als ein halbes Dutzend Schneiderinnen an den Entwürfen nach den neuesten Moden und den Änderungswünschen der Kundschaft.

Christina verzog den Mund, als sie dem jungen Mann aufs Hinterteil starrte, dessen Fülle die Schossröcke der Uniformjacke kaum bedeckten. Aus dem Augenwinkel sah sie, dass Alexandra die Lippen nach innen zog und in die gleiche Richtung schaute wie sie. Für einen Moment loderte Zorn wie eine Flamme in Christina auf. Was fiel dem Gör ein, sich auch noch lustig zu machen über die Makel der Kavaliere! Ansprüche durfte ein Mädchen wie sie wohl kaum stellen.

»Da siehst du, was du angerichtet hast«, zischte Christina ihr ins Ohr, bevor sie sich umdrehte, um der Fürstin bei der Anprobe des für sie angefertigten Ballkleids zu helfen. Sie war keine pflegeleichte Kundin, bestand auf die feinsten Spitzen, die edelsten Perlen und die kunstvollsten Stickereien, ohne diesen Mehraufwand honorieren zu wollen. Der Ruf eines Geizkragens haftete an ihr. Genau deshalb hatte Christina darauf spekuliert, dass sie wohlwollend Einfluss auf ihren Sohn nahm, damit er der künftigen Erbin des Modehauses Haber Avancen machte. Aber was nützte das mühevolle Ränkeschmieden, wenn am Ende alles an Alexandras Starrköpfigkeit scheiterte?

»Willst du warten, bis deine Wangen aussehen wie vertrocknete Äpfel und dein Hintern das Ausmaß von Pferdebacken hat?«, fuhr Christina die Tochter im Flüsterton an. »Warum machst du nicht wenigstens mal einen Versuch mit den jungen Herren? Dimitri ist ein anständiger Mann mit einer glänzenden Zukunft im kaiserlichen Heer.«

»Was, denkst du, sollte ich an einer Vermählung erstrebenswert finden? Glaubst du, ich mag mir den Rest meines Lebens mit einem Mann vergällen, für den ich nicht den Funken von Respekt empfinde, wie du für deinen?«

Christina Wangen erglühten vor Empörung. Wenn keiner sie hörte, ließ Alexandra den letzten Rest an Anstand ihr gegenüber fahren. Es juckte sie in den Fingern, die Tochter zu ohrfeigen, aber sie spürte die versteckten Blicke von Madame Fedorowna, die inzwischen ein weiteres Kundenpaar bediente und ihnen die Modelle über den ausgestreckten Arm fließend vorführte.

Also riss sie sich zusammen, um keinen Skandal zu provozieren, wandte sich herum und trippelte in den Ankleidesalon. »Zu Ihren Diensten, Fürstin«, flötete sie dabei mit einem gewinnenden Lächeln, bevor sie begann, das Mieder im Rücken der Kundin zu lockern.

»Ich nehme eine Droschke, *Tantchen.* Sie wartet bereits«, warf Alexandra ihrer Mutter eine halbe Stunde später hin, als sie sich das seidene Tuch mit dem floralen Muster über die Schultern legte und über der Brust mit einer silbernen Schnalle verband.

Christina gab gerade einer der Näherinnen Anweisungen, wie sie in das Kleid der Fürstin an den Hüften dezent Auslassnähte einarbeiten sollte, da abzusehen war, dass die Kundin in den kommenden Jahren noch an Gewicht zulegen würde. Der Fürstin war zuzutrauen, dass sie den Fehler beim Entwurf suchen würde.

Wie sie in ihrer Modewelt aufgeht, wie engagiert sie für die Kundinnen ist. Alexandra bewunderte mit einem gewissen Widerwillen die geschäftstüchtige Mutter für all das, was sie sich hier aufgebaut hatte.

Christina hob den Kopf, die Stirn gerunzelt. »Wo willst du jetzt noch hin?«

Als interessierte dich das wirklich, dachte Alexandra, aber sie verkniff sich die patzige Erwiderung, solange die Näherinnen mithörten.

Madame Fedorowna hatte sich bereits verabschiedet. Weitere Kunden waren an diesem Frühsommerabend nicht angemeldet, und spontan trat um diese Uhrzeit keine Käuferin mehr in das Atelier.

»Ich tue nichts, was du nicht auch tun würdest«, erwiderte Alexandra mit einem Lachen, das vermutlich nur ihre Mutter als aufgesetzt und künstlich entlarvte. Sie alberten niemals miteinander, aber die Näherinnen kicherten wie das Publikum eines pikanten Schlagabtauschs zwischen Tante und Nichte.

Alexandra sah, wie Christina mit dem Kiefer mahlte, dann hatte sich die Mutter wieder unter Kontrolle und nickte hoheitsvoll ihr Einverständnis.

Ob sie ein heimliches Techtelmechtel vermutet?, dachte Alexandra, als sie sich von dem Kutscher in das Gefährt helfen ließ. Sie richtete Röcke und Tuch, als er die Tür schloss und sich auf den Kutschbock schwang.

Ich tue nichts, was du nicht auch tun würdest. Ein Glucksen stieg in ihrer Kehle auf, als ihr bewusst wurde, wie nah sie damit der Wahrheit kam.

Die Droschke rumpelte ein kurzes Stück über den Newski-Prospekt, vorbei an den Edelgeschäften und feinen Gasthäusern, an den Spaziergängern, die den lauen Abend genossen, und den gewichtig schreitenden Geschäftsleuten, die sich nach getaner Arbeit auf ihren Tee am Kamin im Stadthaus freuten. Jeder einzelne Passant auf dieser Prachtstraße erweckte den Eindruck von höchster Bedeutsamkeit.

Dann lenkte der Kutscher die Pferde an den zitronengelben und ockerfarbenen Häuserfassaden vorbei in Richtung Runder Markt.

Schließlich ging die Fahrt hinter dem Winterpalast entlang am Marsfeld vorbei bis zum Sommergarten.

Ein Teil in ihr brannte, als würde er mit glühenden Nadeln traktiert, wann immer in Alexandras Bewusstsein drang, dass die Mutter sie als Kleinkind zurückgelassen hatte, in der Obhut von Tante Eleonora. Sie hatte geglaubt, dieser glühende Schmerz würde mit den Jahren nachlassen, aber sie spürte ihn jetzt als junge Frau nicht weniger deutlich denn als Kleinkind, obwohl sie damals noch gar nicht absehen konnte, ob die Mutter nicht vielleicht irgendwann wiederkam.

Alexandra meinte sich zu erinnern, dass sie gespürt hatte, es sollte ein Abschied für immer sein. Sie hatte gelernt, sich von diesem Schmerz nicht beherrschen zu lassen. Die Sensiblen in dieser Welt bekamen die heftigsten Tritte ab.

Sie dagegen vermochte mit ihrem hellwachen Verstand um viele Ecken und Winkel zu denken, wodurch sie Pläne schmieden konnte, die andere nur schwerlich durchschauten. Eine Gottesgabe, befand Alexandra. Sie jedenfalls würde sich aus St. Petersburg gewiss nicht mehr vertreiben lassen.

Es fühlte sich himmlisch an, zu dieser lebendigen, stetig wachsenden Hauptstadt zu gehören! Als wäre der Alltag in St. Petersburg nicht bereits pompös genug, rief die Kaiserin persönlich neben all den privat veranstalteten Bällen zu grandiosen Feiern für die Bevölkerung auf. Alexandra erinnerte sich, wie sie sich mit bombastischem Aufgebot auf den Senatsplatz begeben und sich dort vor der Reiterstatue Peters des Großen verneigt hatte, dankbar, dass er den Grundstein gelegt hatte, damit sie mit ihrer Eroberungspolitik und zahlreichen Kriegen die Herrschaft Russlands bis über das Schwarze Meer hinaus zu sichern vermochte.

Sie erinnerte sich an feierliche Paraden, an Fahnen und Standarten des Garderegiments, an Flottenparaden auf der Newa, an Illuminationen und festliches Feuerwerk, das ihr den Atem nahm.

Gleich in den ersten Tagen hatte sie sich in die Eleganz dieser jung wirkenden Stadt, in die Schönheit der Paläste, der Wohnhäuser und Staatsgebäude verliebt.

Alexandra verstand nicht viel von Politik, aber dass die Kaiserin, die in einer solchen Stadt residierte, zu Recht den Beinamen »die Große« trug, das überzeugte ein Mädchen wie sie.

Viele vergötterten die Zarin, aber die Sippschaft der erbitterten Feinde der Zarin wetterte im Hintergrund. Launenhaft sei sie, stur und verbohrt, schimpften ihre Gegner.

Alexandra kratzte das alles nicht. Sie vertraute dem Urteil des Mannes, mit dem sie an diesem Abend verabredet war. Er nannte sich selbst einen Glückspilz, weil es ihm gelungen war, eine vorübergehende Anstellung als Schreiber im Arbeitskabinett Ihrer Majestät zu ergattern. Drei Monate auf Probe durfte er sich in der Korrespondenz der Zarin mit den »aufgeklärten Geistern Europas« beweisen, bevor darüber entschieden wurde, ob die Zarin ihm eine Festanstellung bot. Alexandra hing an seinen Lippen, wenn er erzählte, wobei ihr der Klang seiner Stimme mehr bedeutete als seine Worte, die sie ohnehin oft nicht verstand.

Seine Klugheit, seine Fabulierkunst und seine Belesenheit gehörten weniger zu den Eigenschaften, die Alexandra für ihn einnahmen. Eher sein samtener Blick, seine mitreißenden Berichte von Abenteuern in allen Städten des Zarenreichs, seine Hände, wann immer er ihre Finger drückte, seine stolze Haltung, seine Stärke, die in jeder Geste zum Ausdruck kam, seine Art, über den Dingen zu stehen ...

Das war ein Mann, der sie tatsächlich verzauberte, aber davon hatte ihre Mutter keine Ahnung.

Da präsentierte sie ihr einen Holzkopf nach dem nächsten, anscheinend in der Hoffnung, sie würde sich für eines dieser Milchgesichter erwärmen, wenn sie ihre auswendig gelernten Komplimente stammelten.

Wenn es nicht so traurig wäre, dass die Mutter das Ziel verfolgte, sie aus ihrer Nähe zu verbannen, wäre es fast zum Lachen gewesen.

Sogar Geld als Abfindung hatte sie ihr angeboten, eine Summe, bei der Alexandra für einen Moment der Atem gestockt war. Ein paar Augenblicke hatte sie nachgerechnet, ob es sich mit einem solchen Budget tatsächlich nicht entspannter in St. Petersburg leben ließe als an der Seite einer Mutter, die statt eines Herzens einen Stein in der Brust trug.

Aber dann rief sie sich zur Räson. Sollte sie sich tatsächlich ein weiteres Mal demütigen lassen, indem die Mutter sich von ihr loskaufte?

Nein, so billig würde sie nicht davonkommen.

Vermählen ließ sich ihr Base Sophia ebenfalls nicht. Alexandra nahm sie gern als Vorwand, wann immer die Mutter sie in einen Disput darüber zu verwickeln trachtete, wie schnell die Schönheit der Jugend verging. Alexandra machte sich nichts vor – sie wusste, dass sie mit Reizen weniger gesegnet war als ihre Cousine mit den nachtschwarzen Haaren und den himmelblauen Sternenaugen.

Aber ließ sich Sophia in eine Ehe drängeln? Nein, selbst jetzt, da Jiris Verlobte seit einem Jahr tot war, behandelte sie ihren langjährigen Freund nicht anders als zuvor. Gewiss ließ Jiri nicht locker, sie zu erobern, aber Sophia hatte es sich in den Kopf gesetzt, sich von Liebesdingen nicht in ihren Studien beeinträchtigen zu lassen.

Konnte die Mutter ihre Entscheidung, sich mit keinem Mann verbandeln zu lassen, nicht im gleichen Maße akzeptieren, wie Sophias Entscheidung, allein zu bleiben?

Einmal mehr fühlte sich Alexandra benachteiligt gegenüber der Cousine. Sophia konnte tun und lassen, was immer ihr gefiel, ohne gemaßregelt zu werden. Sie selbst dagegen erntete nichts als Missachtung und abschätzige Kommentare.

Der Kutscher schnalzte und zog die Zügel an. Kurz darauf kam das Gefährt zum Stehen. Alexandra blickte durch die Scheibe nach draußen, wo die Parkbäume des Sommergartens in voller Blüte standen. Die kiesbestreuten Wege schimmerten in der Abendsonne, auf den weißen geschmiedeten Bänken saßen Paare in trauter Zweisamkeit, und da! Da sah sie ihn.

Er wartete allein auf einer der Bänke, die Beine in einer Kniehose aus schwarzem Tuch übereinandergeschlagen, die Schöße des scharlachroten Rockes elegant und wie zufällig daneben drapiert, die blonden Haare mit den wenigen grauen Strähnen in Wellen gelegt.

Was für ein Bild von einem Mann. Alexandra begann auf ihrem Sitz hin und her zu rutschen, bis der Kutscher endlich die Tür öffnete und die Stiege ausklappte. Das Retikül fiel ihr aus den Fingern, als sie ein paar Kopeken herausklauben wollte. Sie hob es rasch auf und entlohnte den Fahrer. Endlich raffte sie das roséfarbene Seidenkleid an den Seiten und hastete zum geschmiedeten Tor des Parks.

Die Locken an ihren Schläfen kitzelten, den Blick ließ sie nicht von dem Mann auf der Bank. Als er sie bemerkte und sich erhob, den Rock dabei ordnend, die Stahlknöpfe schließend, da flog sie ihm schon um den Hals.

Er erwiderte ihre Umarmung nicht so zärtlich, wie sie es sich erträumt hatte, aber fest genug, dass ihr das Blut prickelnd durch die Adern rauschte. »Wie wunderbar, dass du dir Zeit für mich nehmen konntest, Daniel!«

Ich tue nichts, was du nicht auch tun würdest.

14

Waidbach, Juni 1784

Klara konnte sich nicht mehr erinnern, wie es sich anfühlte, ohne eine Traglast durchs Dorf zu wandeln. Seit ihrer Vermählung ging sie entweder schwanger oder trug einen Säugling festgebunden im Tuch vor der Brust oder auf dem Rücken.

Amelia, mittlerweile acht Jahre alt, tat sich emsiger in der Schule hervor, als es den Eltern lieb war. Längst konnte sie schreiben und rechnen, Amelias Wissensdurst schien unersättlich. Die Eltern ließen sie gewähren, obwohl sie ihre Arbeitskraft im Haus und auf den Feldern vermissten.

Ob die fünfjährige Henny nach der Ernte die Schule besuchen würde, stand noch in den Sternen. Sie sprach immer noch nur wenig. Manche flüsterten, dass mit dem Kind irgendwas nicht stimmen könne und ob die Mais vielleicht eine kleine Idiotin durchfütterten.

Klara verletzte das Gerede. Es war nur eine schwache Linderung, als Dr. Frangen bei einer zufälligen Begegnung auf dem Maifest bemerkt hatte, dass Henny offensichtlich nicht gut hörte. Sie reagierte oft nicht, wenn sie jemand von hinten ansprach oder ein lautes Geräusch wie Händeklatschen verursachte. Irgendwas stimmte mit ihren Ohren nicht, er würde sich da in Fachkreisen kundig machen müssen – kein Wunder, dass sie keine Wörter und Sätze sprach und die Lieder falsch intonierte, wenn sie sie kaum verstand!

Aber was nützte diese Erkenntnis? Gegen Schwerhörigkeit ist kein Kraut gewachsen, befand Apothekerin Anja und wiegelte ab, als Klara Hoffnung in die Erkundigungen des Medicus' setzen wollte.

Klara überlegte, Henny gar nicht erst zur Schule zu schicken, aber Sebastian widersprach ihr. Sie mussten es wenigstens versuchen.

Der kleine Martin war inzwischen drei Jahre alt. Obwohl es allgemein hieß, dass Buben viel anstrengender seien als die Mädchen, entpuppte sich der Junge als Klaras pflegeleichtestes Kind. Selten hörte ihn jemand weinen oder wüten – ein Sonnenscheinkind, bereit, sich jedem und allen Umständen anzupassen.

Klara gestand sich ein, dass seine ausgeglichene Wesensart darauf zurückzuführen sein könnte, dass er nicht nur sie, die Mutter, als ständige Versorgerin in Rufnähe hatte, sondern auch Mathilda.

Seit Mathilda mit ihrem Bruder vor nunmehr drei Jahren bei ihnen untergekrochen war, verging keine Stunde, in der das Mädchen nicht versuchte, sich nützlich zu machen und der Hausfrau zur Hand zu gehen.

Eine Woche nach ihrem Einzug hatte Klara noch gehofft, dass es eine vorübergehende Regelung bleiben würde, aber dann hatte Sebastian begonnen, ihr Haus zu vergrößern, indem er einen mit einer Tür verbundenen Anbau errichtete, groß genug, dass ein halbes Dutzend Kinder darin schlafen konnte. Frannek hatte ihm wortkarg und mit ausdrucksloser Miene dabei geholfen. Zwar tat der Junge, was man ihm auftrug, aber Begeisterung oder Freude hatte bislang keine Tätigkeit bei ihm auslösen können.

»Ich weiß nicht, was mit dem Kerl los ist«, hatte ihr Sebastian einmal gestanden, als sie vor dem Schlafengehen noch einen heißen Holunderbeersaft mit einem Schuss Wodka vor der flackernden Feuerstelle tranken. »Ist dir aufgefallen, dass er uns nie in die Augen sieht? Immer wendet er das Gesicht ab, als hätte er was zu verbergen.«

»Du weißt, dass …«

»Ja, ich weiß.« Sebastian hatte mit einer abrupten Geste und grimmiger Miene abgewinkt.

Klara war sich nie sicher, ob es ihrem Mann nah ging, dass Frannek auf die schändlichste, sündigste Art misshandelt worden war, zu der ein Erwachsener fähig war, oder ob er einfach fand, dass schlimme Dinge eben passierten – und was einen nicht umbrachte, machte einen stark fürs Leben.

»Ich überlege, ob nicht vielleicht doch er es war, der den Müllau-Besitz abgefackelt hat«, fuhr Sebastian fort. »Er hat etwas Durchtriebenes, Böses im Blick.«

Klara schüttelte den Kopf. »Gewiss hat er das nicht getan. Glaub mir, es ist so, wie die Leute im Dorf reden: Das war der alte Müllau selbst, der seine Hütte angezündet hat, um damit seine Familie auszulöschen und sich unbehelligt aus dem Staub zu machen. Der lebt irgendwo in Saratow unter falschem Namen mit falschen Papieren. Und was Frannek angeht ... der wird sich schon berappeln. Kinder vergessen schnell. Ein junges Pflänzchen schlägt bald Wurzeln.« Klara schluckte, nachdem sie die Worte ausgesprochen hatte, die eine allgemeine Wahrheit auszudrücken schienen und doch falsch sein konnten. Wer, wenn nicht sie selbst, wusste, wie lange Kinder nach Grausamkeiten von Albträumen gequält werden konnten?

Ob es Frannek auch so ging? Klara schnalzte und schüttelte den Kopf. Was ging es sie an? Jungen fühlten gewiss anders als Mädchen. Er würde schon darüber hinwegkommen.

»Ich ...«

Sie schreckte aus ihren Gedanken auf, als Sebastian zögernd fortfuhr. Nanu? So kannte sie ihren Mann gar nicht. Sie beugte sich vor und legte die Rechte auf seine miteinander verschränkten Finger. »Ich weiß nicht, ob es von Bedeutung ist, aber es treibt mich um.«

Klara nickte ihm zu. »Erzähl es mir.«

»Es war vorgestern. Ich brauchte Frannek am Pflug, er war aber nirgendwo auf dem Feld zu sehen. Also ging ich ihn suchen und fand ihn in einer Mulde, wo er vor einem verletzten Murmeltier hockte. Das Tier musste sich aus einer Wildfalle befreit haben, das eine Bein war blutig abgetrennt. Es lag da und zappelte und versuchte, auf dem anderen Bein zum Stehen zu kommen. Es stieß fürchterliche Geräusche aus, ein schrilles Fiepen, das mir jetzt noch in den Ohren schellt. Frannek saß davor. Als ich ihn ansprach, drehte er sich zu mir um, und ich hätte schwören können, dass ein Lächeln auf seinem Gesicht lag. Ein Lächeln … wie von weit her, verstehst du, Klara? Er saß davor und beobachtete das Tier beim Todeskampf, als fühlte er sich davon unterhalten.« Sebastian geriet ins Stocken und rieb sich über die Stirn, während Klara mit aufsteigender Übelkeit kämpfte. Sie sah es förmlich vor sich, wie das Murmeltier in seinem Blut kämpfte. »Aber vielleicht habe ich mich getäuscht und Frannek hatte kein Lächeln, sondern eine schmerzverzerrte Miene vor Mitgefühl.«

»Gewiss hast du dich getäuscht, Sebastian. Knaben finden alles, was in der Natur geschieht, faszinierend, und …«

Sebastian schaute sie an. »Ich hätte kein Tier leiden lassen.«

Wieder schluckte Klara. »Was hast du getan?«

»Das, was jeder andere getan hätte. Ich habe die Qual des Tiers durch einen gezielten Messerstich beendet.«

Klara streichelte über seine Wange. »Denk nicht mehr daran, Lieber. Es ist vorbei und vergessen.«

Sebastian nickte und senkte die Lider, als überfiele ihn plötzliche Müdigkeit.

Franneks maulfaule Zurückgezogenheit, die ihn an manchen Tagen nur wie einen Schatten in der Familie erscheinen ließ, und Mathildas geschickte Art im Umgang mit den Kindern und dem Haushalt hatten schließlich dazu geführt, dass Klara irgendwann nachgab und sich nicht mehr gegen den Familienzuwachs wehrte. Solange sich die beiden Geschwister weiterhin nützlich und unaufdringlich verhielten, würde Klara sie dulden und ihnen ein Dach über dem Kopf geben.

Mehr nicht.

Sie verschloss sich, wann immer Mathilda Versuche unternahm, sie ins Vertrauen zu ziehen, oder wenn Frannek mit einer blutenden Wunde oder einem verstauchten Finger heimkehrte. Ohne eine Miene zu verziehen oder ein Wort des Trostes verband sie die Verletzung und schickte ihn mit mürrischen Worten wieder fort. Ihre Liebe gehörte ihren eigenen Kindern – nicht diesen Fremdlingen.

An diesem Sommermorgen pflückte Klara in ihrem Bauerngarten einen Weidenkorb voller Johannisbeeren. Sie freute sich darauf, Saft und süßen Brei daraus zu kochen; vielleicht reichte es für einen Kuchen, aber zunächst würde sie dem Pastor und dem Lehrer eine Schale voll von den Träubchen bringen.

Daran hielten sich alle Waidbacher: Wer von der Ernte oder nach dem Schlachten etwas erübrigen konnte, der schenkte es Pfarrer Ruppelin oder Schulmeister von Kersen. Die geistige Arbeit, der sie mit Inbrunst nachgingen, mochte Lebenssinn vermitteln, aber sie füllte nicht den Magen. Dafür gab es die Gemeinschaft, die sie unterstützte.

»Gott zum Gruße«, rief Klara den beiden Frauen zu, die auf der staubigen Dorfstraße zusammenstanden und miteinander tuschelten. Klara lächelte ihnen zu, aber Helmine und Trude erwiderten ihr Lächeln nicht. Helmine nickte nur, Trude blinzelte und musterte Klara.

Ihre Base Helmine war bloß fünf Jahre älter als sie, Anfang dreißig jetzt. Vor vielen Jahren bei ihrer Wanderung nach Russland waren sie Freundinnen gewesen, aber das galt schon lange nicht mehr. Eine Weile traten sie sich spinnefeind gegenüber, aber auch das: vergessen.

Das Schicksal hatte es nicht gut gemeint mit Helmine. Ihre Bärbeißigkeit zeigte sich in ihren faltigen Zügen und in der gebeugten Haltung mit den zu Fäusten geballten Händen. Helmine sah immer aus, als pariere sie einen Angriff.

Die alte Trude neben ihr war schon eine Greisin gewesen, als sie mit einem der späteren Auswanderungstrupps Waidbach zu ihrer Heimat erklärte. Sie trug kaum noch Haare auf dem Schädel, das Antlitz von Runzeln übersät, Altersflecken auf den kahlen Stellen am Kopf. Sie war klein wie ein Kind, und in ihrer Miene schien stets etwas Gerissenes zu funkeln. Ihre eisblauen Augen jedoch blitzten wie die einer sehr viel jüngeren Frau.

Klara wollte weitergehen, aber Trude hielt sie zurück. »He da,

Klara, hast du von dem Waldgeist gehört, der bei uns sein Unwesen treibt?«

Klara stieß ein Lachen aus und legte eine Hand über das Köpfchen des Säuglings in dem Brusttuch, als müsste sie die kleine Luise beschützen. Sie wechselte den Weidenkorb mit den Johannisbeeren in die Linke. »Was redest du für einen Unsinn, Trude. Es gibt keine Waldgeister.«

»Aber Helmine hat ihn gesehen!«, zischte die Alte wie eine Schlange und winkte Klara, näher heranzutreten, damit sie ihr ins Ohr flüstern konnte. »Der frisst rohes Fleisch und trinkt das Blut der Tiere. Es heißt sogar, er habe sich schon an Menschenfleisch gütlich getan!«

Klara wich einen Schritt zurück und wischte sich mit der Hand über die Wange, angeekelt von den Spucketropfen, die aus dem zahnlosen Mund flogen. Ihr Blick loderte, als sie zwischen Helmine und Trude hin und her schaute. Beide erbleichten, doch während aus Trudes Miene die Sensationsgier blitzte, vermeinte sie in Helmines Gesicht echte Angst zu lesen.

»Ich bin ihm begegnet, Klara«, fügte Helmine an. »Er schlich um mein Haus herum, in Lumpen, die kaum seine Blößen bedeckten, die Haare und der Bart lang und zottelig bis zur Brust. Ich wäre vor Schreck fast tot umgefallen!«

»Ach, da wird sich einer verlaufen haben, der einen Wodka über den Durst getrunken hat.« Ihre Stimme klang nicht so fest, wie sie erhoffte. Ihr Herzschlag beschleunigte sich. Unwillkürlich wandte sie sich nach rechts und nach links, als würde ihr im nächsten Moment ein Ungetüm auflauern.

»Das war gewiss keiner von hier! Sein Gesicht vermochte ich zwischen den Haaren gar nicht auszumachen, aber ich kenne jeden Einzelnen aus dem Dorf. Eine solches Ungetüm hab ich hier noch nicht gesehen«, beharrte Helmine.

»Seit Jahren gehen Gerüchte vom Waldgeist um«, fuhr Trude im Flüsterton fort. »In den anderen Kolonien hat man ihn auch gesehen, in den russischen Dörfern und sogar bei Saratow! Nur bei uns hat er sich bisher nicht blicken lassen. Doch nun ist es so weit. Pass auf deine Kinder auf, Klara.« Trude lachte meckernd. »Das frische Fleisch brät der sich wahrscheinlich über dem Feuer!« Klara wich einen weiteren Schritt zurück. Diese alten Hexen! Hatten den lieben langen Tag nichts anderes zu tun als zu tratschen. Aber da hatten sie sich geschnitten, wenn sie glaubten, Klara einschüchtern zu können. »Passt ihr besser auf euren Verstand auf«, fuhr sie die Frauen an und reckte kämpferisch das Kinn. »Ich lasse mich von euch doch nicht ins Bockshorn jagen!« Mit einem Ruck wandte sie sich ab und stapfte weiter in Richtung Pfarrhaus.

Wut auf das lose Geschwätz der beiden brodelte in ihr, aber zu ihrem eigenen Entsetzen ging die böse Saat auf, die die beiden gestreut hatten.

Nachdem sie mit ein paar zerstreuten Worten die Früchte dem Pfarrer und dem Lehrer in die Hände gedrückt hatte, vermochte sie bis zum Abend an nichts anderes zu denken als an diesen verfluchten Waldgeist, dessen Existenz mit Sicherheit einem wirren Hirn entsprungen war. Sie hoffte, dass Sebastian ihre Bedenken und ihre Unruhe vertreiben würde.

Wie erwartet, brach Sebastian in Gelächter aus, als Klara ihm beim Abendessen, während die Kinder über ihre Schüsseln gebeugt Brotstücke in ihre Rübensuppe brockten, von der Begegnung auf der Dorfstraße erzählte. Obwohl sie nichts verstanden, kicherten sie mit. Wenn der Vater auf diese Art lachte, war alles gut.

»Haben die Weiber nichts Besseres zu tun, als andere Leute mit ihrem Gewäsch von der Arbeit abzuhalten?«, rief er. »Unglaublich, was sich manche Leute ausdenken, um von sich reden zu machen.«

Klara lächelte ihn dankbar an.

»Recht so, dass du sie stehengelassen hast, Klara. Lass dir von diesen Weibern nicht den Tag versauern.«

»Du glaubst also nicht daran, dass es einen Waldgeist gibt?«, vergewisserte sie sich. »Helmine hat erzählt, dass er auch schon an anderen Orten aufgetaucht sein soll.«

»Ach, Klärchen, Liebe, du weißt, wie es sich mit Gerüchten verhält. Einer denkt sich was aus oder bauscht eine Kleinigkeit auf, und schon beim Weitersagen überlegt sich der Nächste, wie er es noch spannender ausschmücken kann. Auf diese Art wachsen Geschichten von einem Waldschrat, der Menschenfleisch frisst und sich am Tierblut labt.«

»Das ist er.« Mathildas Stimme war nicht mehr als ein Flüstern, als sie das Gespräch der beiden Erwachsenen am Tisch unterbrach, ihr Gesicht weiß wie Sauerrahm. Sie strich den Zopf, zu dem sie ihre kakaobraunen Haare gebunden hatte, von der Schulter auf den Rücken. Ihre Augen lagen in dunklen Höhlen, als sie Klara anstarrte.

Klara runzelte die Stirn und befahl den Kindern, weiterzuessen, weil nun alle zu Mathilda schauten und ihre Löffel sinken ließen. »Was meinst du? Wer soll das sein? Willst du dich dem Geschwätz der Alten anschließen? Dann halt lieber den Mund, das können wir bei Tisch nicht gebrauchen.« Sie spürte, wie Sebastian ihre Linke nahm und sie drückte. Er lächelte Mathilda an, und Klara wäre vor Zorn am liebsten die Wände hochgelaufen. Nicht nur, weil Mathilda mit ihren sechzehn Jahren zu einer bildhübschen jungen Frau herangereift war und jeder Kerl ein schwachsinniges Lächeln im Backpfeifengesicht trug, wenn er sie betrachtete, sondern auch, weil sie sich von Sebastian im Stich gelassen fühlte. Warum fiel er ihr in den Rücken, anstatt Mathilda zu schelten, weil sie sich einmischte?

»Erzähl uns, was du denkst, Mathilda«, sagte Sebastian sanft.

Mathilda sah unsicher zu Klara, die die Mundwinkel herabgezogen hatte und die Arme vor der Brust verschränkt hielt. »Ich … ich glaube, dass … Ich meine, könnte es nicht sein, dass dieser Waldgeist mein Vater ist?«, brachte sie schließlich hervor.

Frannek musterte seine Schwester. Die leiblichen Kinder der Mais hielten sich an den Befehl der Mutter und löffelten weiter, sich unter gebeugten Köpfen Seitenblicke zuwerfend.

Ein paar Sekunden lang herrschte Schweigen am Tisch der Mais, nur das Holz auf dem Boden und an den Wänden knackte.

162

»Was für ein Hirngespinst«, sagte schließlich Klara mit einem abfälligen Lachen. »Wir wissen doch, dass dein feiner Vater euer Haus angezündet hat, um sich aus der Verantwortung zu stehlen und in Saratow sein Glück allein zu versuchen. Schön wär's, wenn er's wäre«, schimpfte Klara. »Dann würde ich ihm euch nämlich heute noch mitgeben.«

»Klara!« Sebastians Stimme schnitt durch die Luft. Frannek zog die Schultern hoch, Mathilda weinte.

Klara biss sich auf die Lippen. »Was denn«, brummelte sie. »Schelten gibt keine Beulen.« Es stimmte, dass sie die fremden Kinder gerne losgeworden wäre, aber sie in die Obhut des verbrecherischen Vaters zu geben … Nein, das würde sie wohl doch nicht fertigbringen.

Sie murmelte eine Entschuldigung, ohne Mathilda anzusehen und begann, den Tisch abzuräumen. »Ab ins Bett jetzt«, befahl sie den Kindern. »Und wenn ich in diesem Haus noch einmal das Wort Waldgeist höre, setzt es was mit dem Kochlöffel.« Sie unterbrach das Zusammenstellen der Schüsseln und wies mit dem Zeigefinger auf Mathilda. »Und du – lass dich von dem Irrsinn der Alten nicht anstecken! Es gibt keinen Waldgeist, und damit Schluss jetzt!« Es ärgerte sie über die Maßen, dass Sebastian, als er nun aufstand, um draußen auf der Bank noch die letzten Sonnenstrahlen zu genießen, wie er es jeden Abend im Sommer mit einem Humpen Bier tat, Mathilda einmal kurz über den Scheitel streichelte.

Wer brauchte denn hier Trost? Warum tat sich das Mädchen so wichtig? Wollte sie ihr noch Sebastians Liebe streitig machen? Sie hatte es ja gewusst. Der Einfluss der fremden Kinder brachte nichts als Zwietracht. Ein Glück nur, dass das bald zu Ende sein würde. Die jungen Männer standen Schlange, um Mathilda den Hof machen zu dürfen. Klara war gewiss die Letzte, die ihr zu einem bedächtigen Abwägen raten würde. Sollte sie nehmen, wer immer ihr zuerst die Verlobung versprach – Hauptsache, sie packte ihre Siebensachen und schloss die Tür von außen. Wenn es gut lief, würde sie als Verheiratete

ihren Bruder mit versorgen können, und Klara wäre wieder eine
der glücklichsten Waidbacherinnen in ihren vier Wänden.

»Wo hast du das Gewehr her?« Mathilda schlug die Hände vor
den Mund, als sie sah, dass Claudius eine Muskete an einem Lederband geschultert hielt. Ihre Lippen brannten noch von seinen
Küssen in ihrem Liebesversteck in der Mulde nahe dem Wäldchen, das zum Gemeingut gehörte.

Seit acht Wochen traf sie sich nun schon hier mit Claudius,
wann immer sie sich aus dem Hause der Mais davonstehlen
konnte, wobei sie darauf achtete, Mutter Klara keinen Grund
zum Schelten zu bieten. Sie erledigte stets erst all die Pflichten,
die sie ihr auferlegte, und passte einen günstigen Moment ab,
wenn Klara zum Waschen zum Dorfbrunnen oder zum Brotba-
cken ging, um mit fliegenden Röcken und wippendem Zopf den
Trampelpfad zu dem Liebesversteck entlangzulaufen.

Claudius Schmied war ihr eines Abends bei einem Gang zum
Krämer begegnet, hatte sie in ein Gespräch verwickelt und den
Blick dabei nicht von ihren Augen gelassen. Mathilda fand ihn
hübsch mit seinem widerborstigen Strohkopf, den hellblauen
Augen und den honigfarbenen Wimpern. Sie lauschte ihm gern,
wenn er sie in die Dorfgeschichte einweihte, die alten Geschichten von einem Onkel, der sich den Aufständischen gegen die Zarin angeschlossen hatte, von seinem Vater, der sich für Helmine
Röhrich verantwortlich fühlte, weil jener Onkel sie im Stich gelassen hatte. Von seiner Mutter Ida, die keine Anstrengung un-
terließ, um von den Dörflern akzeptiert zu werden, trotz der
ruchlosen Verwandtschaft. Claudius plapperte munter drauflos,
und seine Offenheit rührte Mathilda.

Einmal lief ihm ein vielleicht elfjähriges Mädchen hinterher,
griff seine Hand und fragte, ob sie mitkommen dürfe, sie fände
keine Spielkameraden. Claudius schüttelte sie ab, die Ohren rot
wie Klatschmohn zwischen den Strohhaaren.

»Lass mich, Lotte«, zischte er. »Verdrück dich! Lauf mir nicht
ständig nach wie ein Entenküken.«

»Wer war das?«, erkundigte sich Mathilda und sah der Kleinen nach, die sich mit hängendem Kopf davonschlich.

»Ach, nur meine Schwester Charlotte. Immer hängt sie mir am Bein, das geht mir auf die Nerven. Mutter findet, dass ich mich um sie kümmern muss, aber ich finde das gar nicht. Als hätte ich nichts Wichtigeres zu tun, als Kinder zu hüten!« Er plusterte sich auf und erinnerte Mathilda ein wenig an einen Gockel.

Ihr Herz verlor sie, als er sie bei ihrem ersten Spaziergang außerhalb des Dorfes durch die Salzkrautsteppe schüchtern fragte, ob er sie küssen dürfe, statt es einfach zu tun und sich zu nehmen, was er begehrte.

Nie tat er etwas, was sie nicht wollte, und nie tat er etwas, was sie nicht genoss. Ihre Zuneigung wuchs mit jedem Treffen, auch wenn sie manchmal zweifelte, ob er nicht doch ein Herumtreiber mit mehreren Eisen im Feuer war, wie die alten Weiber lästerten.

Meistens trafen sie sich am Tagesende, wenn die Sonne wie ein rotglühender Ball am Horizont stand und die Abendbrise das Gras rascheln ließ. Arm in Arm in den Himmel zu blicken, während der Mond aufging und die ersten Sterne zu blinken begannen, gehörte zu den glücklichsten Momenten in Mathildas bisherigem Leben. Sie hatte nicht gewusst, dass sie sich leicht und beschwingt fühlen konnte, als würde sie über Wolken hüpfen, aber Claudius hatte ihr gezeigt, dass das Leben mehr zu bieten hatte als Schindereien durch die eigenen Eltern und Genörgel und Sticheleien in ihrer neuen Familie.

Mathilda hatte schon den Glauben daran verloren, dass sie jemals so etwas wie Glück empfinden könnte, als ihr Claudius begegnet war. Dass er sie liebte wie sie ihn, empfand Mathilda als das größte Geschenk, das ihr der Himmel machen konnte. Mit ihm an ihrer Seite würde alles gut werden, alles.

Nur manchmal, da erschien ihr seine zur Schau gestellte Stärke gefährlich. Claudius zeigte bei jeder Gelegenheit, dass er ein ganzer Kerl war. Wohl auch, um ihr zu imponieren und wettzumachen, dass seine körperliche Statur die ihre kaum überragte.

Als ob er das nötig hätte!

Er schuftete in der Schmiede genau wie auf dem Feld, und in seinen freien Stunden tat er nichts lieber, als Wildtiere zu jagen. Zu diesem Zweck hatte er sich Pfeil und Bogen geschnitzt und stets ein Messer dabei. Manches Murmeltier, manches Kitz hatte er erlegt, aber stets hatte er davon gesponnen, irgendwann auf eine richtige Jagd zu gehen. Sein Traum war, einen Wolf zu erlegen, für dessen Pelz es zusätzlich eine satte Prämie von der Obrigkeit geben würde.

»Wo soll ich das Gewehr herhaben? Aus dem Schrank meines Vaters«, sagte er leichthin und zog Mathilda mit sich, als er sich auf das niedergedrückte Gras sinken ließ. Er küsste ihre Wangen, ihren Hals und streichelte ihre Brust.

Mathilda spürte das süße Verlangen, das sie stets weich wie Wachs in seinen Armen machte, aber sie wehrte ihn diesmal ab. Dies war zu wichtig, um es mit Liebkosungen zu beenden.

»Du darfst nicht mit einem Gewehr herumlaufen. Wenn sie dich erwischen, wirst du bestraft, und wenn es dem Provinzialbeamten zu Ohren kommt ...«

»Was bist du für ein Angsthäschen«, sagte er verliebt. »Schau, ich leg das Gewehr neben mich und brauche es nur für den Fall, dass mir ein Wolf vor die Flinte läuft. Wenn ich dem das Fell über die Ohren ziehe, fragt keiner mehr, warum ich denn ein Gewehr dabei gehabt habe. Alle sind froh, wenn wir helfen, die Bestien auszurotten.«

»Wenn du es schon nicht um deiner selbst tun willst, dann tu es für mich, Liebster. Ich würde es nicht überleben, wenn du bestraft und weggesperrt werden würdest. Oder wenn dich die Richter nach Sibirien verbannen.«

»Das wird nicht passieren, aber würdest du auf mich warten in einem solchen Fall?« Er schnurrte wie ein junger Kater an ihrem Ohr.

»Claudius! Was für eine unsinnige Frage!« Sie küsste ihn stürmisch auf den Mund und warf sich auf ihn. Sein Lachen mischte sich mit dem Rauschen des Windes in der Steppe und den vereinzelten Rufen von Käuzchen. »Ich würde unendlich lang auf dich warten. Das weißt du doch.«

Sie spürte, wie unter ihr seine Brust anschwoll vor Stolz und Glück, während er ihr Gesicht musterte, als suchte er nach Stellen, die er heute noch nicht geküsst hatte. »Das sagst du nur, weil du mich dazu bringen willst, die Waffe nicht mehr bei mir zu tragen«, neckte er sie. »In Wahrheit hast du dir längst einen ausgesucht, der an zweiter oder dritter Stelle stände, wenn ich nicht mehr da wäre. Der Hannes oder der Andreas würden sich duellieren, um dich zu erobern.«

Sie boxte spielerisch auf seine Brust. »Von mir aus können sie sich gegenseitig totschießen«, erwiderte sie. »Niemals würde ich einen anderen als dich lieben. Claudius, mir ist nicht zum Scherzen zumute. Ich habe Angst um dich. Bitte lass das Gewehr zu Hause.«

Die Vorstellung, ihn zu verlieren, erschien ihr unerträglich. In den vielen gestohlenen Stunden hatte sie ihm alles erzählt, was sie belastete. Er hatte keine Fragen gestellt, als sie sich zum ersten Mal als Mann und Frau vereint hatten, wie es ein Unwissender getan hätte, der gespürt hätte, dass er trotz ihres jugendlichen Alters nicht der Erste war.

Er wusste, was ihr der Vater über viele Jahre angetan und mit wie viel Angst sie die Schwangerschaft erlebt hatte. Welchen Widerwillen sie empfand, als dieses durch Sünde entstandene Wesen in ihrem Arm lag, und wie erleichtert sie war, dass die Mutter ihr die Pflege des Säuglings abnahm, ohne je ein Wort darüber zu verlieren.

Er wusste auch, dass sie an sich selbst schier verzweifelt war, als sie angesichts der Brandruine und den Leichen ihrer Mutter und des Neugeborenen nichts als Kälte spürte. Wie hatte sie nicht trauern können um die einzigen Menschen, die zu ihr gehörten! Aber Claudius verstand, dass sie mit ihrer Familie schon vor langer Zeit innerlich gebrochen hatte. Die Mutter, die zuließ, dass der Vater sie vergewaltigte, das Neugeborene, das niemals hätte gezeugt werden dürfen … Nur ihren Bruder glaubte sie eine

Weile beschützen zu müssen, aber durch seine verstockte Art entfernte er sich im Lauf der Jahre von ihr. Und der Vater … In Mathildas Leib schien sich ein Dolch zu drehen, wann immer sie an den Mann dachte, der sie fast zerbrochen hätte.

Claudius schien die innere Aufwallung ihrer Gefühle zu spüren, schwang herum, sodass er halb auf ihr zu liegen kam, und sah ihr von oben in die Augen, bevor er mit seinem Mund ihre Lippen verschloss, gleichzeitig ihre Wange streichelte und die Finger in ihre Haare grub.

Einen Wimpernschlag später fuhren sie auseinander. Ein lautes Krachen aus dem angrenzenden Wäldchen ließ sie in der Bewegung erstarren.

»Was war das?« Mathildas Stimme war nur ein Hauchen.

Mit lautlosen Bewegungen richtete sich Claudius in eine hockende Stellung auf und lugte mit der Nase über die Steppenmulde hinweg in Richtung der Bäume. Da! Ein weiteres Rascheln – zu laut und plump, als dass es ein Reh oder ein Fuchs verursacht haben könnte.

Ein Wolfsrudel?

Ein Nomadenangriff aus dem Hinterhalt?

Mathilda robbte lautlos an seine Seite und suchte das lichte Wäldchen mit Blicken ab. Es tat gut, Claudius neben sich zu spüren, seine Kraft, seine Wärme – er würde sie beschützen, geschehe, was wolle.

Claudius legte die Muskete an, Mathilda bemerkte die Anspannung seiner Sehnen in den Armen und Beinen. Er hatte die Flinte sogar geladen? Hätte sie das vorher gewusst, hätte sie ein Donnerwetter veranstaltet für seinen Leichtsinn! Aber nun, da Gefahr drohte, rettete diese Kühnheit möglicherweise ihr Leben.

Dann geschah alles sehr schnell. Erneut ertönte ein Krachen, und diesmal fiel der morsche Ast einer Buche am Waldrand wenige Meter vor sie. Mathilda schrie auf. In der gleichen Sekunde folgte dem Ast ein Bündel aus Lumpen und Haaren.

Herr im Himmel – der Waldgeist! Das Wesen fiel auf die Füße, mit Lumpen umwickelte schwarze Zehen mit gebogenen

Nägeln. Die Fratze des Ungetüms war nicht zu erkennen vor krausen grauen und weißen Haaren. Die Augen waren von einer Schmutzkruste umgeben. Das Scheusal hockte da, wie zum Sprung bereit.

Innerhalb eines Herzschlags wirbelten die Bilder durch Mathildas Verstand. Das Grauen der Vergewaltigungen, die sie seit frühester Kindheit ertragen musste, die Geburt, die sie fast zerrissen hätte, das Hohngelächter, die Tritte, die Faustschläge des Vaters ... Der Schmerz in ihrem Kopf verdichtete sich zu einer allumfassenden Qual, sie presste die Hände auf die Schläfen, biss die Zähne zusammen und dann schrie sie wie nie zuvor in ihrem Leben: »Schieß! Schieß, Claudius! Schieß ihn tot!«

Und Claudius schoss.

Der Knall hallte durch den Wald, fand sein Echo zwischen den dicken Stämmen. Der Geruch nach verbranntem Schwarzpulver ließ Mathilda, die immer noch die Hände über Schläfen und Ohren hielt, husten. Ihre Augen brannten von den scharfen Dämpfen, aber Claudius zögerte keine Sekunde mehr. Er sprang auf, eilte auf das unmenschlich wirkende Wesen zu.

Mathilda rappelte sich hoch und stolperte ihm hinterher. Das Blut rauschte in ihren Ohren, sie musste den Mund öffnen, um genügend Luft zu bekommen vor Aufregung.

Tot. War er wirklich tot?

Sie standen über dem Waldschrat, dessen Lumpen nun von Blut durchtränkt war. Er lag auf der Seite, das rechte Bein in einem unmöglichen Winkel verdreht, die Zottelhaare über der Gesichtshälfte. Blutiger Schaum blubberte da, wo sein Mund sein musste.

Unbewusst griff Mathilda nach Claudius' Hand, drückte sie, als wollte sie von seiner Kraft zehren. Ihre Knie schlotterten, ihr Atmen ging flach, als Claudius nun mit der Stiefelspitze gegen seine Seite trat.

»Er lebt noch«, wisperte Mathilda und ging mit Claudius in die Knie.

Claudius packte den Schrat an der Schulter, und Mathilda

wappnete sich für den Anblick, der sich ihr vermutlich bis zu ihrem letzten Lebenstag ins Gedächtnis brennen würde: die blutüberströmte Grimasse ihres tödlich verwundeten Vaters.

Da drehte Claudius den Körper auf den Rücken. Mit einem Finger, mit Widerwillen und Ekel kämpfend, schob er die verlausten Haarsträhnen aus dem Gesicht.

Mathilda sog scharf die Luft ein und sackte aus der Hocke aufs Hinterteil. *Herr im Himmel, das war nicht ihr Vater!* Ihr Puls setzte aus, nur um dann rasend zu rauschen. Auf allen vieren ging sie dicht an den Schrat heran, der einen Gestank nach allen menschlichen Ausscheidungen verströmte. Sie hielt sich die Hand vor Mund und Nase.

Ihr Liebster hatte die Lippen zu einem Strich zusammengepresst, wischte sich mit dem Oberarm die Schweißperlen von den Schläfen. Dabei zog er einen Schmutzstrich von verbranntem Schwarzpulver über seine Haut.

»Es ist der alte Viehhüter«, sagte er mit belegter Stimme und räusperte sich. »Erinnerst du dich an ihn? Es hieß damals, Franz Lorenz sei vielleicht mit seiner russischen Geliebten geflohen. Keiner wusste genau, was passiert war. Es hat wohl einige Kämpfe mit den Russen wegen ihm und seinem Liebchen gegeben.« Claudius verzog einen Mundwinkel. »Ich war damals selbst noch ein Kind, fand die Kämpfe spannend und auch, dass der Viehhüter so geheimnisvoll verschwand. Ich hab mir eine Heldengeschichte über ihn zurechtgesponnen, aber meine Eltern meinten, das sei er nicht wert. Ich weiß noch, dass sie mich immer zurückgerufen haben, wenn ich ihm und der Viehherde zu nah kam – als hätten sie Angst, er könnte mir Gewalt antun oder mich verhexen.« Er stieß ein unfrohes Lachen aus und wandte sich wieder dem Sterbenden zu. Da sahen sie gleichzeitig, wie er die Lippen bewegte.

Mathilda bezwang allen Widerwillen und ging näher an seinen Mund heran, aus dem das Blut nun in Schwällen hervorblubberte. Der Schrat hob die Lider, als wollte er mit übermenschlicher Kraftanstrengung Mathilda fixieren.

170

Mathilda schluckte. Es fühlte sich an, als müsste sie einen kantigen Stein herunterwürgen. Der Blick des Mannes bohrte sich in ihren, dann fühlte sie seine Pranke an ihrem Unterarm. Fest drückten die Finger zu, als wollte er sie im Todeskampf noch bezwingen. Mathilda unterdrückte den Schrei, atmete schnaufend durch die Nase und stierte den Mann an.

»Dein Vater …« drang es kaum hörbar an ihr Ohr.

Claudius und Mathilda waren nun wieder so nah an seinen Lippen, dass sich ihre Köpfe berührten.

»Was ist mit ihrem Vater?«, drängte Claudius.

»Du … du bist … eine schöne Frau geworden …«

»Was ist mit ihrem Vater?« beharrte Claudius. »Sag es uns, Franz! Sag es uns!«

»Dein Vater … ihn … haben … die Wölfe geholt. Er … ich … er hatte keine Chance.« Der Kopf des Viehhüters sackte zur Seite. Einen Herzschlag später erlosch sein Augenlicht, auf die Weite der russischen Steppe gerichtet.

Die Stille des Abends legte sich wie eine Decke um Mathilda und Claudius. Mathilda hielt Claudius' Hand umklammert, als befürchtete sie, in einen Abgrund zu stürzen, wenn sie ihn losließe.

»Er hat den Verstand verloren«, murmelte Claudius, schob die Lider über die Augäpfel des Leichnams und fischte aus seinem Geldbeutel zwei Kupfermünzen, die er ihm auf die Augen legte. Seine Finger zitterten, und Mathilda erkannte, dass nicht nur sie den Halt brauchte, den ihre miteinander verschlungenen Finger gaben.

»Ich glaube ihm«, wisperte sie. »So etwas denkt sich ein Mensch nicht mit den letzten Atemzügen aus.«

Claudius nickte. »Du hast recht. Er hat selbst fest daran geglaubt, uns die Wahrheit zu sagen. Aber ob es stimmt, was er vermeint, bezeugen zu können?«

Mathilda ballte die Rechte zur Faust und pochte sich damit gegen die Brust, während sie Claudius von der Seite anschaute. »Bei meiner Seele, Claudius, mein Vater ist tot. Vielleicht hat der liebe Gott den Viehhüter ausharren lassen, bis er es mir erzählen konnte. Vielleicht war das die letzte Aufgabe in seinem Leben.«

Claudius küsste sie auf die Stirn. »So muss es sein, Liebes.« Seine Lippen schmeckten trocken, um seinen Mund breitete sich ein heller Hof aus. Unter seinen Augen zeichneten sich nachtschwarze Schatten ab, und sie wusste nicht, ob es von dem Halbdunkel am Wäldchen herrührte oder von seiner inneren Verfassung. Sie streichelte seine Wange.

»Es war ein Unfall, Claudius. Das bezeuge ich vor jedem Gericht der Welt. Auch vor dem Herrgott.«

Claudius' Adamsapfel hüpfte. »Ich habe ihn erschossen. Ich habe auf ihn angelegt und ihn erschossen. Ein Unfall wäre es, wenn die Flinte versehentlich losgegangen wäre.«

Mathilda Atem ging flach und vermochte ihre Lungen kaum zu füllen. Sie fühlte einen entsetzlichen Schwindel aufsteigen. »Aber … aber Claudius, so hätte es doch sein können …«

Er presste die Lippen aufeinander, als er sie musterte. Mathilda erschrak über den Ernst in seinen Zügen. »Du willst nicht unsere Liebe auf eine Lüge aufbauen, Mathilda, nein, das willst du nicht.«

Mathilda spürte Tränen aufsteigen. »Du hast gedacht, uns drohe Gefahr! Er sprang wie aus dem Nichts herab. Wenn er geschossen hätte, wären wir jetzt diejenigen, die hier auf dem Waldboden lägen.«

»Er hatte aber kein Gewehr dabei.«

»Das konntest du nicht wissen! Du hast aus der Not heraus entschieden! Du hast dich nur gewehrt – dafür wird dich kein Gericht der Welt bestrafen!«

»So siehst du es. Aber hast du nicht den Wladimir Kozlow erlebt, als er, mit seinem Hündchen auf dem Arm, das niedergebrannte Haus deiner Eltern hat untersuchen lassen? Der wartet nur darauf, einen von uns Kolonisten am Schlafittchen packen und nach Sibirien verfrachten zu können! Der hält uns alle für Mörderpack. Ein solcher Vorfall wird ihm Auftrieb und Bestätigung geben.« Claudius' Wangen hatten im Zuge seiner Rede die Farbe gewechselt – von mehlbleich bis blutrot.

Mathilda umschloss mit beiden Händen sein Gesicht und küsste ihn. »Wir werden das ganze Dorf hinter uns haben. Alle werden zu dir halten.«

»Ich beneide dich um deine Sicht auf die Welt.« Er wies mit dem Kopf auf den Leichnam. »Die ersten Siedler kannten den Franz Lorenz gut. Sobald der Schulmeister die Kirchenglocken für ihn angeschlagen hat, werde ich mithelfen, das Grab auszuheben. Das bin ich ihm schuldig. Er hatte keine Verwandten mehr in Waidbach. Sie werden dennoch um ihn trauern und den Mörder nicht ungeschoren herumlaufen lassen.«

»Sag nicht Mörder!« Ihre Stimme überschlug sich. »Wir werden jetzt ins Dorf zurücklaufen und Meldung machen, damit der Leichnam zum Abschied aufgebahrt werden kann. Irgendjemand wird ihm schon einen guten Anzug dafür borgen. Warte nur ab – die Menschen werden sich bekreuzigen, weil die Bedrohung durch den Waldschrat vorüber ist. Sie werden für Franz Lorenz beten – aber sie werden dich nicht verurteilen. Dafür kämpfe ich mit meinem Leben, Claudius.«

15

St. Petersburg, September 1784

Jiri machte es wirklich wahr.

Mit einem Ziehen im Leib sah Sophia, verborgen hinter den Damastvorhängen des Stadthauses, das sie mit Mascha und Ljudmila bewohnte, hinab auf die Prachtmeile von St. Petersburg, auf der an diesem frühen Morgen nur vereinzelte Droschken ratterten. Der Atem wehte den Pferden in Wölkchen von den Nüstern. Die Läden waren mit geschmiedeten Gittern verschlossen.

Sie hörte das »Brrr« des Postkutschers, als er die vier Gäule zum Stehen brachte, und beobachtete, wie sich die Tür des Kutschgefährts öffnete.

Der Herbstwind pfiff durch die Straße und trieb ein paar bunte Blätter vor sich her. Hinter den Dächern der Nachbarhäuser sah Sophia die blasslila Nebelschwaden über der Newa, die das Ende des Sommers verhießen und in dieser Stadt dichter und beständiger waren als an jedem Ort der Welt. Die Kühle des nahenden Winters fing sich in allen Winkeln und Gassen und brachte eine Atmosphäre von eisiger Ruhe in die Stadt. Hier war alles solide, verwurzelt, modern und doch traditionsgebunden. Sophia konnte sich nicht mehr vorstellen, woanders als in St. Petersburg glücklich zu werden.

Es würde nicht mehr lange dauern, bis der erste Schnee fiel und der Fluss zufror. Der Gedanke an die erste Schlittenfahrt über die Eisfläche der Newa versetzte Sophia einen Stich. Sie wusste jetzt schon, dass sie Jiris Lachen an ihrer Seite, eingemummelt in dicken Pelz, vermissen würde. Vieles, was sie in dieser Stadt liebte, würde an Reiz einbüßen, wenn sie es nicht mehr mit ihrem Studienfreund teilen konnte.

Jiri trug seinen besten Sonntagsstaat: nachtblauer Rock, helle Kniebundhosen, Strümpfe und lederne Schnallenschuhe. Die Haare lagen ordentlich wie sonst nie in Wellen bis weit in seinen Nacken, und selbst aus der Entfernung erkannte sie das Leuchten in seinen Zügen, die Vorfreude. Jiri war bereit, Abschied zu nehmen.

»Fühlst du dich verlassen?« Als hätte sie ihre Gedanken gelesen, trat Mascha hinter sie und umfasste ihre Oberarme unter den gerafften Ärmeln des Batistkleides. Sophia drehte sich zu ihrer Mentorin um, in deren aristokratischen Zügen sich Fältchen von ihrem Lächeln bildeten. Mascha trug, wie meistens, ein hochgeschlossenes Kleid aus moosgrünem Samt: eine Farbe, die wunderbar zu ihrem nussbraunem Haar passte, das sie zu einem mit nur wenigen Perlenklammern festgesteckten Knoten geschlungen trug.

Sophia spürte die Hitze in ihrem Gesicht. »Ach woher denn! Ich freue mich für Jiri, dass er die Welt kennenlernt. Die Reise wird ihn bereichern und seine Persönlichkeit formen.«

»Oh-oh, so weise Worte aus dem Mund meiner kleiner Studentin? Kein bisschen Schmerz dabei?«

Sophia befreite sich aus dem mütterlichen Griff und wandte sich ab. »Hör bitte auf damit, Mascha. Du weißt, dass ich ihm sogar dazu geraten habe, diese Reise nach Europa zu unternehmen.«

»Aber dein Herz hast du vorher nicht gefragt, oder?«

»Das Herz ist ein schlechter Berater«, erwiderte Sophia über die Schulter, während sie zur Salontür lief, um die Treppen nach unten zu eilen.

Mascha folgte ihr nicht. Sie wusste, dass Sophia diese letzten Minuten allein mit Jiri verbringen musste, bevor er das Schiff nach Lübeck bestieg, um als erste Station seiner Europareise Paris anzusteuern.

Jiri war davon überzeugt, dass er seiner Heimatstadt den größten Dienst erwies, wenn er ihr für eine Weile den Rücken kehrte, um sich in Europa umzuschauen. Wann, wenn nicht jetzt, sollte er das tun? Das Fernweh plagte ihn schon eine ganze Weile, seit Olga verstorben war, und nun gedachte er, seine Pläne zu verwirklichen.

Sophia hatte er anvertraut, dass er sich fühle, als drehte er sich an der Akademie der Künste künstlerisch und politisch im Kreis. Es war an der Zeit, flügge zu werden und hinauszufliegen in die Welt, obwohl St. Petersburg unter Kaiserin Katharina zu einer Blüte und einem Ansehen gelangt war, wie es noch vor fünfzig Jahren kein Russe zu hoffen gewagt hatte. Er würde sie mit leichtem Mut verlassen, diese auf Sumpf errichtete Stadt, in der ständig gebaut und gefeiert wurde, die unaufhörlich zur mächtigsten Metropole der Welt heranwuchs und die für Mütterchen Russland seit Peter dem Großen das Tor nach Europa darstellte.

Und er würde reich beschenkt mit neuen Ideen und Plänen in der Stadt zurückkehren. Irgendwann. Das hatte er Sophia versprochen.

»Meine Liebe.« Jiri beugte sich über ihre Hand, als sie außer Atem vor ihm stand. Ihr Blut pulste in einem rasenden Tempo durch ihre Adern – vermutlich von dem Lauf die Treppe hinab und auf die Straße. Sein Geruch nach Leder und nur leicht parfümierter Seife umwehte sie.

Als er das Gesicht hob, meinte sie für einen Moment, in seinem Blick zu ertrinken. Sie fasste ihn an den Schultern, ging in ihren Seidenschuhen auf die Zehenspitzen und küsste ihn links und rechts an den Wangen vorbei. Sie ließ es zu, dass er ihre Taille umfasste und sie an sich zog, sein Körper warm und sehnig, seine Hände fest und doch zart an ihren Seiten.

Als sie sich anschauten, erkannte sie die Sehnsucht und den Schmerz, und sie schaute auf ihre Schuhspitzen, bevor sie die Lippen schürzte und das Kinn hob. »Ich wünsche dir alles erdenklich Gute für deine Reise, Jiri. Bitte vergiss nicht, mir tausend Briefe zu schicken! Lass mich teilhaben an all dem Aufregenden, was du erlebst.«

»Du hättest statt meiner Briefe viel mehr haben können, Sophia.«

Sie nickte. »Ich weiß, Jiri, aber glaub mir, so ist es das Beste. Olga liegt noch kein Jahr unter der Erde.«

Er runzelte die Stirn. »Du willst mir die Entscheidung abnehmen, wie ich zu trauern habe. Olga wird immer einen Platz in meinem Herzen haben, egal, wie lange sie tot ist. Aber das bedeutet nicht, dass ich nicht frei für dich wäre, *Sonja*. Wir hätten heiraten können, du hättest mich als meine Ehefrau begleiten können.«

Sie hob den Arm. »Bitte, Jiri, wir haben lange genug darüber disputiert. Ich will nicht die schmucke Beigabe an der Seite des russischen Weltmannes sein. Das weißt du – keiner kennt mich besser als du. Ich will das Studium zu Ende bringen, ich will als Malerin und Dozentin arbeiten wie Mascha und Ljudmila.«

»Aber das könntest du doch tun! Du hättest das Studium wieder aufgenommen, wenn wir heimgekehrt …«

»Nein.« Ihre Stimme klang ernst wie selten. »Ich spüre, dass es sich anders entwickeln würde. Ich würde von meinem Weg abkommen. Ich habe darum gekämpft, hier in St. Petersburg Kunst zu studieren. Ich gebe diesen Traum nicht auf.«

»In Europa liegen deine Wurzeln, deine Heimat. Mich wundert, dass es dich nicht drängt, das Land deines Vaters zu bereisen.«

»Ich verspüre diesen Drang sehr wohl, Jiri, aber ich muss es aufschieben. Und meine Heimat ist nicht Hessen, meine Heimat ist Russland.«

»Aber dort draußen in Europa, da wird die Zukunft gemacht! Nach allem, was man hört, weht in Paris ein neuer Wind der Freiheit. Ist es nicht abenteuerlich, daran teilzuhaben? Mütterchen Russland wird in Bewegung kommen müssen, wenn es nicht in seinen Traditionen erstarren will. Über die Grausamkeit der Leibeigenschaft dichten die Franzosen Spottverse genau wie über unsere geliebte Kaiserin! Es wird kein gutes Ende nehmen mit unserem Land, wenn wir uns von der westlichen Welt abschotten. Russland braucht Menschen, die den liberalen Geist ins Land tragen.«

»Lass dir von den Hitzköpfen nicht den Verstand verdrehen, Jiri. Vergiss nie, dass du vor allem anderen ein Russe bist. Das sollte dich mit Stolz erfüllen.« Jiris Schultern sackten ein Stück weit herab, als seufzte er und wollte es sich nicht anmerken lassen. »Ich werde dich vermissen, Sophia.«

»Ich dich auch, Jiri. Leb wohl.« Erneut stellte sie sich auf die Zehenspitzen. Diesmal drückte sie ihm einen Kuss mitten auf die Lippen. Niemals zuvor hatten sich ihre Münder berührt. Es erschreckte Sophia, wie vertraut und süß es sich anfühlte. Sie machte auf dem Absatz kehrt und lief zum Hauseingang zurück. Dort drehte sie sich noch einmal um, sah, dass er die Finger zu den Lippen geführt hatte, als wollte er ihrem Kuss nachfühlen, und hob den Arm winkend zum Abschiedsgruß.

»Vergiss mich nicht, Jiri!«, rief sie, auf einmal von Übermut gepackt, der ihren Schmerz überlagerte, als führe ein Teil von ihr tatsächlich mit ihm über die Ostsee nach Europa.

Er lächelte voller Leid. »Wie könnte ich das«, sagte er so leise, dass der Wind, der durch die Straße strich, seine Worte mit sich nahm. Aber Sophia hatte sie dennoch gehört.

Sie würde es besser machen als viele ihrer Verwandten, die vor fast zwanzig Jahren nach Russland ausgewandert waren und nur über Irrwege zu dem gefunden hatten, was sie Glück nannten. Sophia wusste, dass sie ohne die Malerei, nur als Schmuckstück an der Seite eines erfolgreichen Mannes, nicht zufrieden sein konnte. Sie würde ihren Traum weiterleben. Und wenn es das Schicksal wollte, würde Jiri in ein paar Monaten, vielleicht in ein, zwei Jahren zurückkehren. Vielleicht konnten sie dann mit ihrer Freundschaft da anknüpfen, wo sie sich an diesem Tag in St. Petersburg voneinander verabschiedet hatten.

Vielleicht aber würde die Reise ihn verändern, und sie wären sich fremd, wenn sie sich das nächste Mal umarmten.

Sophia wusste genau wie Jiri, dass die Franzosen aus ihrer Not heraus, aus ihrem Hunger nach Brot, sich anschickten, nach Freiheit, Gleichheit und Brüderlichkeit zu schreien und den im

Überfluss schwelgenden Adel verachteten. Noch waren die Stimmen leise, aber die Professoren und Dozenten an den Universitäten, die Dichter und Denker in Europa und Russland diskutierten sich in ihrer Korrespondenz, in Seminaren und in den Wirtshäusern die Köpfe heiß über den liberalen Wahn und welche Folgen er mit sich bringen würde. Manche tuschelten, dass eine Revolution die unabdingbare Folge wäre. Blut würde fließen, Köpfe würden rollen, und Jiri, ihr Jiri, mittendrin in Paris, dem brodelnden Kessel Europas.

Als sie hinter sich die Tür ihres Zimmers im Stadthaus schloss und den vertrauten Duft nach Mandelmilch und Lavendel einsog, kniete sie sich vor das Holzkreuz, das über dem Nachttisch hing, und betete dafür, dass der Herrgott Jiri in nicht allzu ferner Zukunft unversehrt heimsandte. Und dass er nicht sein Blut in einer Revolution vergoss, die nicht die ihre war.

16

Saratow, Oktober 1784

»Ein Brief von Sophia! Schau, Matthias, was der Postkutscher heute Nachmittag gebracht hat!« Auf Eleonoras Wangen blinkten Freudentränen, als sie an diesem Abend ihrem Mann entgegenlief, handbeschriebene Blätter schwenkend wie eine Fahne. Matthias umarmte seine Frau lachend und drehte sie einmal im Kreis herum, bevor er ihr die Papiere abnahm, um selbst zu lesen, was die Tochter schrieb.

Eleonora fühlte sich wie von perlendem Wein beschwipst, überglücklich, eine Nachricht von der Tochter in den Händen zu halten.

Wie immer hatte Sophia nicht nur in Worte gefasst, wie sie mit dem Studium vorankam und welche gesellschaftlichen Ereignisse sie gefeiert hatte. Sie hatte Zeichnungen beigelegt: die St. Petersburger Akademie in den fliederfarbenen Schlieren des Morgennebels, Kaiserin Katharina bei einem Empfang am Zarenhof für die Dozenten und begabtesten Studenten, die Reiterstatue Peter des Großen vor dem Hintergrund des perlmuttfarbenen Himmels in einer der magischen weißen Nächte, Mascha und Ljudmila mit erheiterten und erzürnten Mienen. Und immer wieder Jiri. Von diesem jungen Mann fanden sich in jeder Briefsendung mehrere Portraits, die ihn ernsthaft oder stolz, lachend oder sinnierend, mal von vorn, mal im Profil, mal nachlässig auf den Ellbogen gestützt in einem Park liegend zeigten.

Wann immer einer dieser kostbaren Briefe in Saratow eintraf, sagte Eleonora noch in derselben Minute sämtliche Veranstaltungen und Verpflichtungen ab und schickte die Söhne mit der *Babuschka* zum Toben an das Wolgaufer oder in die angrenzen-

180

den Wälder und Felder, um ungestört stundenlang im fernen Alltag der Tochter schwelgen zu können.

Eleonora jubilierte, wenn sie in jeder Zeile und dazwischen spürte, dass Sophia glücklich war.

Neben all den Schicksalsschlägen, die Eleonoras Weg nach und in Russland markierten, gehörte der Tag, an dem Sophia verkündet hatte, sie würde mit Mascha Petrowna als Mentorin an der Akademie der Künste in St. Petersburg Malerei studieren, zu den einschneidenden.

Es zerriss Eleonora nach wie vor, ihr Mädchen so weit weg zu wissen. Aber die Männer – sowohl Matthias als auch Daniel Meister – beruhigten sie immer wieder: mit der Leichtigkeit, mit der sie die Jugend ziehen ließen, mit der Überzeugung, dass sich ein begabtes Geschöpf wie Sophia überall auf der Welt ihren Platz erkämpfen würde.

Eleonora haderte dennoch mit sich, weil sie es in vier Jahren nicht geschafft hatten, Sophia in St. Petersburg zu besuchen. Als Oscar Hartung noch lebte, war Matthias in der Firma unabkömmlich gewesen. Nun, da der Unternehmer verstorben war und seinem Kompagnon sein Lebenswerk vererbt hatte, verbrachte ihr Mann zwölf Stunden an sechs Tagen in der Woche in seinem Kontor und bei Kunden, und nach dem Kirchgang am Sonntag studierte er in seinem Arbeitszimmer im Stadthaus die Bücher.

Kaum vermochte Eleonora ihn davon zu überzeugen, zum Begräbnis seines Bruders nach Waidbach zu reisen! Eleonora reagierte mit Empörung, als Matthias verkündete, er könne auf die Trauerfeier verzichten, die mache den Franz nicht mehr lebendig. Als er noch lebte, unterhielten sie schon lange keinen Kontakt mehr. Warum also jetzt eine Bruderliebe zur Schau tragen, die seit Jahren versandet war?

»Du bist es ihm schuldig«, hatte Eleonora heftig erwidert. »Er hätte gewollt, dass du ihn auf seinem letzten Weg begleitest. Du warst immer sein Vorbild.«

Matthias winkte. »Dem Franz schwanden die Sinne von dem

Tag an, da wir den Fuß auf russischen Boden gesetzt haben. Ich habe mehrere Versuche unternommen, zu ihm vorzudringen – alles vergeblich.« Er presste die Lippen aufeinander. »Dass er am Ende seiner Tage mit seinem Treiben als angeblicher Waldgeist zum Mythos in der Geschichte der Wolgadeutschen aufsteigt, ist vielleicht sein schönster Erfolg. Die Beerdigungszeremonie wäre ihm keine Kopeke wert gewesen. Aber einverstanden, meine Liebe.« Er hatte sie geküsst und sein schelmisches Lächeln aufgesetzt. »Ich ergebe mich deinen Vorstellungen von dem, was sich gehört. Was sollen sonst die Leute denken, hm?«

Sie hatte sich mit einem abschätzigen Schnalzen abgewandt und ihr eigenes Lächeln verborgen.

Eleonora unterstützte Matthias in allen Belangen der Manufaktur, aber dass sein Ehrgeiz verhinderte, dass sie Sophia in St. Petersburg besuchen konnten, das nahm sie ihm wirklich übel.

Es musste doch möglich sein, dass er einen Stellvertreter fand! In regelmäßigen Abständen führten sie heftige Auseinandersetzungen darüber. Der Zorn hielt allerdings nie länger als wenige Stunden an. Spätestens im Ehebett lösten sich die Spannungen.

Es gab nicht viele Kontroversen zwischen ihnen, auch nach all den Jahren wussten sie, dass sie zueinander passten wie kein zweites Paar, aber Eleonoras Sehnsucht nach Sophia ließ sich nicht abstellen. Alle paar Wochen brandete sie auf. Wie jetzt, da sie gelesen hatte, dass sich ihre Tochter von diesem Jiri verabschieden musste, der sich auf die Reise nach Europa begeben hatte.

Eleonora spürte, dass Jiri ihrer Tochter mehr bedeutete, als sie zugeben wollte. Sie hatte in den Briefen verfolgt, wie Jiris langjährige Verlobte nach langer Krankheit verstarb und dass Sophia an Jiris Seite war, um ihn zu trösten.

Sie hatte mitgelesen, wie die Freundschaft der beiden immer enger wurde und welche herausragende Stellung er in Sophias Leben einnahm. Niemals hatte Sophia ein Wort von Verliebtheit, Herzenskummer oder Träumen über ihn verloren, aber Eleonora vermeinte zwischen den Zeilen zu erkennen, dass Sophia mit größerer Inbrunst an diesem Mann hing, als sie sich selbst eingestehen wollte.

Nicht auszudenken, dass Sophia ihr Glück ziehen ließ – aus Unerfahrenheit und weil keine Mutter an ihrer Seite war, die sie vor diesem Schicksal bewahrte!

Eleonora folgte ihrem Mann in das Esszimmer, wo er sich an den Tisch setzte, um sich in die Zeilen und die Zeichnungen zu vertiefen. Obwohl Sophia nicht seine leibliche Tochter war, liebte er sie nicht weniger als ihre beiden Söhne, wie Eleonora wusste. Nur dass er im Gegensatz zu ihr fand, man könnte ein Kind lieben und es dennoch Fehlentscheidungen treffen lassen, damit es eigene Erfahrungen sammelte.

Der inzwischen zehnjährige Justus saß am anderen Ende des Tisches, hatte nur kurz aufgeschaut, als der Vater ihm zur Begrüßung wie üblich über den Scheitel gestreichelt hatte, und vertiefte sich nun wieder in den Blättern, die vor ihm ausgebreitet lagen.

Eleonora vermutete, dass er Schulaufgaben um diese Abendstunde noch nachholte. Ihr jüngerer Sohn brütete in den letzten Wochen häufiger über seinen Aufgaben, als fiele es ihm schwer, den Lernstoff zu verstehen. Sie sollte wohl bei Gelegenheit der deutschen Schule einen Besuch abstatten und nachfragen, wie es um die Leistungen ihres Jüngsten bestellt war. Der Junge war schon immer in sich gekehrt und schweigsam gewesen, aber in den letzten Wochen wirkte er nachgerade verstockt und kreuzte die Arme schützend über seiner Arbeit, falls es Eleonora einfallen sollte, einen Blick darauf zu werfen.

So sehr sie ihre Buben liebte: Die Erziehung wurde im Lauf der Jahre nicht leichter. An manchen Tagen fragte sie sich, ob sie nicht doch mehr Aufmerksamkeit brauchten, von ihr oder vom Vater, der zu selten nach dem Rechten sehen konnte.

Ein Lächeln breitete sich auf Matthias' Zügen aus, als er nun den Brief weglegte. »Sie schreibt wunderbar. Und ihre Zeichnungen zeigen ihre Fortschritte. Wir sollten uns an den Gedanken gewöhnen, dass deine Tochter sich zu einer viel beachteten Künstlerin entwickelt.« Er hob die Skizze von dem Reiterdenkmal hoch und hielt sie so, dass das letzte Licht des Tages durch das Fenster darauf fiel. »Stell dir vor, sie malte dieses Motiv in Öl – Kunstliebhaber würden sich überbieten, um ein solches Werk ihr Eigen zu nennen.«

Eleonora runzelte die Stirn. Sie hatte sich seitlich neben Matthias gesetzt und Anna weggeschickt, die mit der Suppenterrine aus der Küche hereinstapfte. »Warte noch ein paar Minuten«, wies sie sie an. Mit einem Schnauben drehte die gute Frau mit der Figur eines Weinfässchens wieder ab.

»Hast du überlesen, dass Jiri sie verlassen hat? Dass er nach Europa aufgebrochen ist?«, wandte sie sich nun mit vorgebeugtem Oberkörper und ineinander verkrampften Händen an ihren Mann. »Das ist ein Unglück, ein gewaltiges Unglück! Es wäre nicht passiert, wenn wir es im Sommer geschafft hätten, sie zu besuchen! Kein Brief der Welt, den ich ihr schreiben könnte, würde mehr bewirken als ein vertrauliches Gespräch von Angesicht zu Angesicht. Ich hätte sie überzeugen können, dass sie Jiri nicht ziehen lassen darf.«

Matthias schüttelte mit gerunzelter Stirn den Kopf, als versuchte er, seine Verwirrung zu ordnen. »Was ist verkehrt daran, dass der junge Mann sich auf Reisen zu bilden gedenkt? Ich habe Hochachtung vor dieser Entscheidung, die ja mit einigen Unwägbarkeiten verbunden ist, die er mutig in Kauf nimmt.«

»Was verkehrt daran ist? Der Traum, dass die beiden ein Paar werden könnten und in Kürze zur Hochzeit nach St. Petersburg laden, ist damit verloren. Mir schien Jiri perfekt zu Sophia zu passen – und nun verdient er sich die Sporen fernab von ihr!«

»Entschuldige, Eleonora«, Matthias musterte sie auf die verschmitzte Art, die sie gleichzeitig liebte und hasste, weil sie einerseits seinen scharfen Verstand dahinter bewunderte, andererseits sich von ihm gemaßregelt fühlte. »Wessen Traum ist diese Hochzeit genau? In Sophias Brief habe ich nicht ein Wort des Bedauerns gelesen.« Er blätterte durch die Seiten und hielt sie

184

dabei an den ausgestreckten Armen, weil er eine Sehhilfe brauchte, aber nicht die Zeit fand, sich darum zu kümmern. Für gar nichts fand er Zeit – nur für die Arbeit in der Seidenmanufaktur.

»Das ist deine Art zu lesen und zu verstehen!«, fuhr sie ihn an und erhob sich, um Teller, Besteck, Gläser und Servietten auf dem Tisch zu sortieren, obwohl alles bereits ordentlich für das gemeinsame Essen gedeckt war.

»Selbstverständlich ist es meine Art«, gab er, jetzt stärker grinsend, zurück. »Soll ich auf *deine* Art lesen und verstehen?«

»Hör auf, mich für dumm zu verkaufen, Matthias.« Eleonora spürte nun tatsächlich einen seltenen Anflug von echtem Zorn. »Siehst du nicht, was zwischen den Zeilen steht? Mein Mädchen trauert um den Liebsten. Sie hat Kummer, und ich war nicht da, um es zu verhindern.«

Matthias zog die Brauen hoch und blätterte suchend in den Blättern, als glaubte er nun, dass er tatsächlich etwas überlesen habe. »Mein Eindruck ist: Sophia ist in St. Petersburg glücklich wie nie zuvor. Gewiss, sie sorgt sich um ihren Studienfreund. Kein Wunder – unser kluges Mädchen. Sie weiß, dass Europa sich anschickt, ein Hexenkessel zu werden. Die preußischen Kriege, die hitzköpfigen Franzosen … Sie sorgt sich darum, dass Jiri sich in Gefahr begeben könnte. Das schreibt sie ausdrücklich, aber wo steht da etwas von Liebeskummer? Sie schreibt, dass sie stolz auf ihn ist und ihm die Bildungsreise gönnt. Es ist in diesen Zeiten das Beste, was ein Mann, dem die Geschicke seines Landes nicht gleichgültig sind, tun kann: sich auf der Welt umzuschauen, an die Orte zu reisen, an der die Zukunft gestaltet wird.«

Eleonora schlug die Hände vors Gesicht. »Hör auf damit, Matthias. Ich habe das Gefühl, ich rede an dir vorbei. Du verstehst mich nicht.«

Er stand auf, umfasste ihre Schultern und zog sie zu sich heran. »Doch, ich verstehe dich, Liebste, und ich verstehe, dass du jemanden brauchst, der sich nicht nur von Gefühlen leiten lässt.«

Er legte einen Finger unter ihr Kinn, sodass sie ihn ansehen musste. Der Blick in seine brombeerfarbenen Augen beruhigte sie und machte sie weich in seinen Armen. »Deinem Mädchen geht es bestens, Eleonora. Und ich verspreche dir, sobald ich einen Assistenten gefunden habe, treten wir die Reise nach St. Petersburg an. Ich schwöre es dir bei unserer Liebe.« Er küsste sie, und sie stieß einen Seufzer aus.

»Hoffentlich findest du bald einen geeigneten Mann, der dir zur Seite stehen kann.«

Matthias hob den Kopf. »Wo ist Stephan?« Den ältesten Sohn hielt Matthias selbstverständlich für den allerbesten Aspiranten, um ihn in Bälde in verantwortlicher Position vertreten zu können. Nun fiel ihm auf, dass er ihn weder begrüßt hatte noch wie sein jüngerer Bruder am Esstisch auf das Abendessen wartete.

Eleonora stieß ein Stöhnen aus und wischte sich über die Stirn, als wollte sie schwere Gedanken vertreiben. »Ich habe ihn heute vorzeitig zu Bett geschickt. Ohne Essen. Er war mit Anna an der Wolga unterwegs, ist davongerannt, hat offenbar Bäume erklommen und sich dabei die Hose aufgerissen. Ich werde sie nicht einmal mehr flicken können. Es ist ein Jammer mit ihm, wirklich. Sobald es in die Natur hinausgeht, ist er kaum noch zu bremsen. Ich dachte, das wächst sich mit den Jahren aus, aber es wird immer schlimmer mit ihm.«

»Der Junge ist offenbar in der Schule nicht ausgelastet. Ich denke, ich werde ihn ab nächster Woche nachmittags zu mir ins Kontor holen, damit er sich mit der Führung der Bücher und der Werkstätte vertraut machen kann. So geht es jedenfalls nicht weiter, dass er Woche um Woche mit zerrissenen und verdreckten Kleidern heimkehrt, statt seinen Verstand zu gebrauchen. Umso eher ich ihn in die Firma einführe, desto besser, denke ich.«

Eleonora wiegte den Kopf. »Ich weiß nicht, Matthias, ob Stephan geeignet ist, dir …«

»Aber ich weiß es«, unterbrach Matthias sie ungewohnt barsch. »Willst du, dass wir uns die Zeit nehmen können, Sophia zu besuchen, oder willst du es nicht? Dafür müssen wir uns baldmöglichst auf einen Stellvertreter verlassen können. Wer sonst sollte das sein als mein Sohn?«

Eleonora zog es vor, zu schweigen. Sie trat zu Justus, griff hinter ihn und schob die Blätter zusammen. »Jetzt ist Schluss damit, Justus. Wenn du es nicht verstanden hast, frag morgen in der Schule nach. Der Lehrer wird dich nicht umbringen, wenn du um eine weitere Erklärung bittest.«

»Aber ich …«

»Jetzt wasch dir die Hände, pack deine Schulsachen weg und setz dich zum Essen!«, befahl Matthias, wobei er mit der flachen Hand auf den Tisch schlug. »Ich will nichts mehr hören! Ich will das Abendessen und meine Ruhe genießen.«

»Ja, Vater«, murmelte Justus, verschloss das Tintenfass, wischte den Gänsekiel ab und verstaute alles in der ledernen Schultasche, die neben ihm stand.

17

Waidbach, Oktober 1784

»Was wird das nun mit dir und diesem Bürschchen?« Klara rührte in dem Borschtsch, der seit Stunden in dem *Gorschok* auf der Feuerstelle blubberte und mit seinem säuerlich-würzigen Duft die Stube erfüllte.

Amelia hockte auf den Dielenbrettern in einer Ecke und kratzte auf ihrer Tafel, die sie auf den angewinkelten Knien hielt. Dabei summte sie vor sich hin. Henny und Martin reihten Holz-figuren hintereinander, stießen sie an und quiekten vor Vergnü-gen, wenn sie fielen. Ihr Singen und Spielen bildete mit dem Schnarcheln und Schmatzen der kleinen Luise eine Geräuschku-lisse, die auf Klara wie Balsam wirkte. Sie liebte diese Herbst-abende, wenn es draußen früher dunkel wurde und die Wolken schwer von Schnee durch die Dämmerung trieben. Nie sonst war es in ihrer Hütte kuscheliger und gemütlicher mit den Es-sengerüchen, dem Feuerschein und dem Frieden, der ihre Fami-lie einzuhüllen schien.

Frannek hatte sich in den Anbau verdrückt – Klara war ihm heute nur einmal kurz vor der Schule begegnet, und es war ihr nur recht so. Mathilda pusselte wie immer an allen Ecken, schrubbte das benutzte Schneidebrett, wetzte das Messer, deckte den Tisch und säbelte den Laib dunkles Brot in dicke Scheiben.

Alles war bereit für die Ankunft des Hausherrn.

Mathilda hielt in ihrer Arbeit inne, als Klara sie unvermittelt auf Claudius ansprach. Ihre Wangen nahmen eine rosige Farbe an, während sie die Löffel und Schalen an die Plätze vor den aus Buchenholz gezimmerten Stühlen ablegte. »Was soll schon sein, Mutter Klara?«

»Stell dich nicht dümmer, als du bist«, fuhr Klara sie an. Wie immer, wenn es um Mathilda ging, kämpften zwei Seelen in ihrer Brust. Einerseits empfand sie sie als ungebetenen Eindringling, andererseits zollte sie ihr widerwillig Respekt, weil sie sich außergewöhnlich umsichtig bei allen anfallenden Arbeiten anstellte. »Hat er um dich gefreit? Wird er demnächst bei uns vorsprechen? Dürfen wir mit einer Hochzeitsfeier zwischen den Jahren rechnen? Das muss nämlich alles geplant werden, Fräulein, da kann man nicht einfach sagen, so, und jetzt heiraten wir, tisch mal den Rosinenreis auf und die Goldene Suppe. Die Zeit zwischen Weihnachten und Neujahr ist begehrt zum Vermählen, da wird der Pastor ordentlich was zu tun bekommen, und ihr müsst rechtzeitig das Aufgebot bestellen. Du willst gewiss eine Mitgift, die können wir uns nicht aus den Rippen schneiden. Ein Schwein muss gemästet werden, ein Zicklein aufgezogen. Eine tagelange Sauf- und Fressgesellschaft, wie sie die Dörfler lieben und erwarten, das kostet den einen oder anderen Rubel. Sicher würde sich der Brautvater beim Handstreich nicht lumpen lassen, aber da du nun einmal bei uns untergeschlüpft bist, müssen wir uns irgendwie beteiligen, wenn wir unser gutes Ansehen im Dorf nicht gefährden wollen.«

»Das ist lieb von dir, Mutter Klara.«

In ihrer Ecke begann Amelia silberhell zu singen: »*Soll ich denn nun ganz verlassen, die geliebte Jungfernschaft? Und soll die Gesellschaft hassen, die mir viel Vergnügen bracht?*«

Henny und Martin klatschten Applaus, Mathilda lachte, und Klara verbarg ihr eigenes Schmunzeln hinter ihrem ruppigen Ton: »Schweig jetzt still, Amelia. So weit ist es noch nicht. Das Liedchen kannst du bei der Feier als Brautjungfer vortragen, um Mathilda das Kränzchen abzusingen.«

Mit Bestürzung sah Klara, dass Mathilda mit tränennassen Augen auf sie zutrat, als wollte sie sie umarmen. Bloß das nicht! Eine solche Art von Vertrautheit herrschte nicht zwischen ihnen und würde es nie geben. Mathilda sollte sich bloß nicht erlauben, diese unsichtbare Grenze zu überschreiten.

Tatsächlich blieb das Mädchen einen Meter vor ihr stehen, als hätte Klaras abwehrende Haltung einen Schutzwall um sie errichtet. »Ich danke dir, Mutter Klara, dass du dir Gedanken machst und dass ihr mich nicht mittellos in die Ehe gehen lassen würdet. Aber …« Sie hüstelte in die offene Hand. »Claudius hat mich bislang noch nicht gefragt, ob ich seine Frau werden will.«

»Stoß ihn mal mit der Nase darauf«, gab Klara zurück. »Wenn die Männer nicht gleich verstehen, was sich eine Frau wünscht, muss man eben ein bisschen deutlicher werden. Davon fällt dir kein Zacken aus der Krone.«

Mathilda hob die Brauen. »Ich soll Claudius fragen, ob er mich zur Frau will?«

»Ach, papperlapapp.« Klara nahm zwei Leinentücher und wickelte sie sich um die Hände, als sie den Topf über der Feuerstelle aushakte, um ihn auf die Steinumrandung zu stellen. »Gib dich nicht plumper, als du bist. Lass dir was Raffiniertes einfallen, um ihn zu locken.«

Klara lag sehr viel daran, dass Mathilda es sich nicht mit Claudius Schmied verscherzte. Sein Onkel und sein Cousin galten zwar als rechte Raufgesellen, aber gut, was konnte der Claudius dafür? Dass er im Frühjahr den Franz erschossen hatte … Nun ja, ein bedauerlicher Unfall. Jeder Mann hätte so reagiert, um seine Liebste vor Gefahr an Leib und Leben zu schützen.

Klara erinnerte sich mit Grausen an den Aufruhr, den es im Dorf gegeben hatte. Die allermeisten hatten die Notwehr erkannt, aber es meldeten sich auch Stimmen zu Wort, die ihm ankreideten, dass er überhaupt ein Gewehr bei sich getragen hatte.

Wladimir Kozlow schaltete sich ein, als Dorfschulze Bernhard ihn pflichtgemäß über den Todesfall in Kenntnis setzte. Eine Weile bangte Klara mit Mathilda – wenn auch aus anderen Gründen –, dass Claudius verurteilt werden würde.

Während sich Mathilda sorgte, dass ihr Liebster in die Verbannung geschickt würde, fürchtete Klara, ihre Hoffnungen darauf, Mathilda in einigen Monaten los zu sein, fahren lassen zu müssen.

Das hätte ihr gerade noch gefehlt – eine liebeskranke junge Frau mit vernebeltem Verstand, die den ganzen Tag lamentierte und bei jeder Gelegenheit in Tränen ausbrach! Klara war eine der lautesten Fürsprecher für Claudius gewesen und bescheinigte jedem, der es hören wollte oder nicht, dass es nichts anderes als ein Unfall aus Notwehr gewesen sein konnte. Und dafür durfte niemand gehängt oder nach Sibirien verschickt werden.

Wladimir Ivanowitsch Kozlow mit dem seltsamen Schoßhündchen überging sie zwar geflissentlich mit arroganter Miene und verscheuchenden Gesten, kam aber letzten Endes zu dem gleichen Ergebnis. Vermutlich, weil auch Bernhard Röhrich sich mit Kraft und Sachverstand für Claudius einsetzte.

Aus Klaras Sicht bestand nun, nachdem über diesen bedauerlichen Vorfall Gras gewachsen war, kein Grund mehr, eine Vermählung noch länger hinauszuzögern.

Sie hoffte, dass ihr Hinweis diesbezüglich dezent, aber eindringlich genug war, damit Mathilda die Angelegenheit in die Wege leitete.

»Hol deinen Bruder zum Essen«, warf sie dem Mädchen hin, als in diesem Moment die Tür klappte und Sebastian sich den Dreck von den Stiefeln abstapfte.

Amelia ließ die Tafel sinken und sprang auf, Henny zog Martin hinter sich her, und Luise begann fröhlich zu quaken, als Klara ihren Mann zur Begrüßung küsste. Die Kinder drückten sich an seine Beine. Von draußen drang die Kälte des Herbstabends herein und brachte eine Ahnung von Frostnächten mit sich, aber drinnen flackerte das Feuer, und auf dem Tisch dampfte der Borschtsch. Einige Herzschläge lang – den Mann im Arm, die eigenen Kinder unter ihren Fittichen – fühlte Klara nichts als Zufriedenheit.

Nein, Mutter Klara lag nicht an ihrem Wohlergehen, wenn sie zu einer baldigen Hochzeit drängelte.

In den vergangenen Jahren war es Mathilda nicht gelungen, die Mauer, die diese Frau um sich errichtet hatte, einzureißen.

Mathilda gab wirklich ihr Bestes und würde es weiterhin tun. Zum einen aus Dankbarkeit, zum anderen, weil Klara viel gutmütiger war, als ihr harsches Auftreten vermuten ließ.

Mathilda fühlte sich seit ihrer ersten Begegnung auf eine nicht fassbare Art mit ihr verbunden. Ihre Grobheit verletzte Mathilda an manchen Tagen, aber dann sagte sie sich, dass sie die Hoffnung nicht aufgeben sollte. Irgendwann würde Mutter Klara schon erkennen, dass es richtig gewesen war, sie bei sich aufzunehmen. Vielleicht würde dann doch noch alles gut werden.

Es schmerzte Mathilda, dass Mutter Klara sie offenbar nur aus dem Grund zu der Hochzeit drängte, weil sie sie loswerden wollte. Andererseits war ihre Liebe zu Claudius so überwältigend groß, dass sie jede Verletzung überstrahlte. Sie wollte selbst nichts anderes, als endlich Claudius' Frau zu sein.

Ein heißes Sehnen durchströmte sie, als sie die hölzernen Pantoffeln auszog, ihr Arbeitskleid von den Schultern streifte und in ihr Nachthemd schlüpfte.

In dem Hüttenanbau war es still; Amelia, Henny und Martin schliefen mit ruhigen Atemzügen, Frannek bewegte die Lippen und wälzte sich mit ruckartigen Bewegungen von links nach rechts, als träumte er schlecht. Luise verbrachte die Nacht neben dem Ehebett der Hauseltern.

Mathilda zupfte sich die Haube auf den Haaren zurecht und blies die Kerze in dem eisernen Halter aus, bevor sie sich auf ihr mit Stroh und Leinen bedecktes Lager niederließ. Vater Sebastian hatte versprochen, dass sie bald ein bequemeres Bett bekämen, aber er tat ohnehin so viel für sie und hatte kaum eine freie Minute. Mathilda verzieh ihm, dass er es offenbar vergessen hatte.

Das Stroh piekste durch die fadenscheinigen Laken, während Mathilda in Gedanken das Bild von Claudius heraufbeschwor: seine kantige, nicht sehr hoch gewachsene Gestalt mit den vom Wind geröteten Wangen, seine blitzenden Augen und wie er sie über Kreuz an den Händen packte und mit ihr im Kreis herumtanzte, wenn er sich freute. Dann spürte sie die Kraft in seinen Armen und ahnte, dass er in ein, zwei Jahren stark und muskulös genug sein würde, um sie gegen allen Unbill zu verteidigen. Schon jetzt zeichneten sich die Muskeln an seinen Oberarmen ab – kein Wunder bei der schweren Arbeit in der Schmiede. Sie liebte seine draufgängerische Art, seine überraschenden Einfälle, seine Lebendigkeit. Wann immer sie ein Anflug von Schwermut überfiel, weil es ihr trotz aller Anstrengung nicht gelingen wollte, Mutter Klara für sich einzunehmen, schaffte es Claudius mit seinem jungenhaften Zauber und seinem Tatendrang, sie zum Lachen zu bringen und ihrem Leben die Traurigkeit zu nehmen.

Hoffentlich würde er sie morgen zu einem Treffen in ihrem Geheimversteck einladen! Nach dem Vorfall im Frühsommer hatten sie die Mulde im Steppengras gegen eine Lichtung im Wäldchen getauscht – Mathilda hatte das Gefühl, das Blut des Viehhüters klebe an diesem Ort, und vermochte sich dort kaum noch zu entspannen. Wenn der erste Schnee gefallen war und die Frostnächte einsetzten, würden sie erneut nach einem Platz für ihre Liebesstunden suchen müssen, aber gewiss würde er etwas Passendes auskundschaften. Er hatte eine verfallene Hütte erwähnt, die er für sie herzurichten gedachte.

Mathildas Haut prickelte, wenn sie sich vorstellte, dass er einen solchen Ort behaglich für sie gestaltete und wie sie in seine Arme sinken würde, um sich von ihm küssen und streicheln zu lassen.

Drei Tage lang geduldete sie sich bereits – Tage, die sich wie Wochen anfühlten. Mit einem hintergründigen Lächeln hatte er sich bis Sonntag verabschiedet. So hartnäckig sie auch bohrte – er verriet ihr sein Geheimnis nicht.

Mathilda hegte keinen Zweifel daran, dass seine Heimlichtuerei einen wundervollen Grund hatte. Die Mutmaßung, dass er ein weiteres Liebchen neben ihr haben könnte und mit seinen Verabredungen lavierte, lag inzwischen außerhalb dessen, was sie sich vorstellen konnte. Zu rein und zu kostbar erschien ihr diese Liebe, wann immer ihre Blicke ineinander versanken. Sollten die Leute reden – sie vertraute auf ihre innere Stimme. Der Claudius war ihr treu verbunden.

Sie seufzte leise, faltete die Hände unter einer Wange, als sie sich auf die Seite drehte, und hoffte, dass sie der Schlaf bald überfiele. Im Traum vergingen die Stunden, bis sie Claudius wiedersah, schneller.

Sie hob die Lider, als plötzlich ein Tocken die Stille zerhackte. Nicht sehr kräftig, aber in der Ruhe zwischen den gleichmäßig atmenden Kindern erschien es Mathilda überlaut. Da erklang das merkwürdige Geräusch ein zweites Mal. Zu laut, als dass es von einem Nachtgetier stammen könnte. Zu nah, als dass es von den Hauseltern kommen konnte.

Als sie das Tocken zum dritten Mal hörte, richtete sie sich im Bett auf und schaute zu dem einzigen Fenster des Anbaus, durch das nur in den Morgenstunden das Licht fiel. Jetzt verschlossen es die hölzernen Verschläge. Als das Klopfen ein viertes Mal erklang, öffnete Mathilda den Riegel.

Sofort fiel das Licht der Vollmondnacht in die Schlafkammer. Draußen sah Mathilda die Konturen der weit entfernten Baumkronen gezackt und scharf im Gegenlicht. Am Rande des Hüttenzaunes stand eine Gestalt.

Mathilda kämpfte die Furcht nieder, die sich in ihrem Leib ausbreitete, aber dann, als die Gestalt den Arm hob, erkannte sie Claudius. Er winkte ihr zu, machte Gesten, sie möge zu ihm kommen, in einer Hand noch die Steine, die er gegen die Verschläge geworfen hatte.

Himmel, was war ihm denn jetzt schon wieder eingefallen!

Ihre Furcht wandelte sich auf der Stelle in freudige Erwartung, während sie herumwirbelte, um sich zu vergewissern, dass die Kinder nicht aufgewacht waren, und um nach ihrem Kleid zu tasten. Mit fliegenden Händen streifte sie es über, band die seitlich herabhängenden Zöpfe zu einem Knoten und schlüpfte in ihre geflickten Stiefel, die sie für den nahenden Winter bereits besohlt hatte und die seitlich hinter ihrer Bettstatt standen.

Fieberhaft wägte sie ab, welchen Weg sie wählen sollte. Ging sie durch die Hütte, bestand die Gefahr, dass Mutter Klara und Vater Sebastian sie erwischen und zurückhalten würden. Besonders der Pflegevater hatte einen leichten Schlaf. Gewiss würde er nicht erlauben, dass sie sich mitten in der Nacht in die Steppe schlich.

Nahm sie das Fenster, musste sie es offen lassen – von außen war es nicht zu verriegeln. Das schien ihr dennoch der bessere Weg. Sie würde die Holzverschläge anlehnen, sodass kein Licht die Kinder weckte.

Wenig später schwang sie ein Bein über die Brüstung und hangelte sich nach draußen in den in Mondlicht getauchten Garten. Peinlich achtete sie darauf, nicht in die Beete zu trampeln, in denen Mutter Klara Gemüse und Kräuter zog, machte zwei, drei Schritte und eilte zum Zaun, wo Claudius sie in die Arme nahm und, als wäre sie leicht wie eine Puppe, über die Zaunlatten hob. In jeder Situation liebte er es, ihr zu zeigen, dass er imstande war, sie auf Händen zu tragen.

Sie unterdrückte ihr Kichern und ließ Wangen und Mund von dem Liebsten mit Küssen überhäufen. Ah, es tat gut, seine Hände an ihre Taille zu fühlen, seinen Duft nach Holz und Rauch einzuatmen, der von der Arbeit in der Schmiede herrührte.

»Ich habe dich vermisst, Liebste«, wisperte Claudius, nahm ihre Hand in die seine und lief los. »Komm mit!«

»Was hast du vor?«, flüsterte Mathilda.

Die Flinte, die er geschultert trug, hüpfte beim Laufen auf und ab. Sie wünschte, er würde endlich auf sie hören und das Gewehr zu Hause lassen! Aber er winkte ab, sobald sie davon anfing, und behauptete, das Erlebnis mit dem verrückten Viehhüter hätte gezeigt, dass er jederzeit bereit sein musste, sie zu verteidigen. Dass ihm sowohl der Dorfschulze als auch der Provinzialbeamte verboten hatten, mit der Flinte durch die Steppe zu laufen, missachtete er geflissentlich.

Das war vielleicht die Schattenseite seiner Beherztheit: Nie verließ ihn der Glaube an sein Glück, selbst wenn er Gesetze und Regeln brach. Mathilda fürchtete sich vor dem Tag, an dem ihn das Leben eines Besseren belehrte.

Aber ihre Besorgnis verflog, als er nun noch schneller lief und sie lachend über ein Salzgrasbüschel stolperte.

195

»Das wirst du gleich sehen.«

Mathilda strengte sich an, mit ihm Schritt zu halten. Ihr nachlässig gebundener Haarknoten löste sich beim Laufen, ihr Rock schwang um ihre Beine, und sie ärgerte sich, dass sie ihr Brusttuch vergessen hatte. Die Nacht war kälter, als sie vermutet hatte, aber andererseits wusste sie, dass sie in wenigen Minuten, wenn Claudius sie an sich ziehen würde, nicht mehr frieren würde. Allein der Gedanke an seine Zärtlichkeiten wärmte sie von innen heraus und ließ sie ihm folgen, wo immer er hinwollte.

Der Mond warf sein schummeriges Licht über die Wiesenlandschaft, die die Kolonie Waidbach umgab. Das Wäldchen, in dem sie sich den Sommer über getroffen hatten, ließen sie hinter sich zurück, als Claudius um den äußeren Schutzwall des Dorfes herumrannte. Die ehemalige Laube des Viehhüters, abseits der anderen Häuser gelegen, ragte nun vor ihnen auf. Mathilda bemerkte verwundert, dass das Dach offenbar neu gedeckt war.

Seit der Viehhüter dort nicht mehr Quartier bezog und die Dörfler sich im Wechsel um das Gemeindevieh kümmerten, da sich keiner bereitfand, das Erbe des Franz Lorenz anzutreten, war die Hütte Jahr um Jahr mehr verfallen. Manche hatten sich Hölzer zur Weiterverwertung abgebrochen, andere die maroden Möbel bei Nacht und Nebel herausgeschleppt. Aber beim Näherkommen erkannte Mathilda, dass sich offenbar jemand der Hütte angenommen hatte, und …

Claudius verlangsamte den Laufschritt wenige Meter vor dem Häuschen, bis er schließlich schwer atmend, aber mit einem strahlenden Lächeln im Gesicht stehen blieb und Mathilda von der Seite anschaute. »Die Hütte ist zu klein für uns beide, um darin zu wohnen, aber für ein Lager, sobald es frostig wird, reicht sie allemal. Ich habe sogar einen klapperigen Ofen aufgetrieben, den der Schmied mir zur Verfügung gestellt hat. Was sagst du, Liebchen?«

Claudius musterte sie wie ein Junge, der frohlockte, einem lieben Menschen eine Freude machen zu können. Mathilda erwiderte sein Lächeln, noch ein wenig ungläubig, aber gleichzeitig beeindruckt. Langsam ging sie auf den Eingang zu. Als sie den Riegel aufschob, erklang kein Quietschen. Die Tür ließ sich ohne ein Knarzen öffnen. Ein Hauch von wildem Lavendel umwehte sie. Offenbar hatte Claudius sogar gegen Mottenfraß vorgesorgt, der Gute.

Sie betrat den Raum, betrachtete das mit gewaschenen Lumpen bedeckte Lager aus Stroh, die gusseisernen Kerzenhalter an allen Wänden, das schmale Fenster, vor das Claudius tatsächlich ein Sträußchen des lila blühenden Krauts in einen Becher gestellt hatte. Die Dielen waren gefegt, das Holz für den Ofen lag gestapelt an der Wand.

Sie drehte sich um, als sie hörte, dass Claudius die Tür schloss. Er streifte die Flinte von der Schulter, lehnte das Gewehr an die Wand und trat auf Mathilda zu, um sie in die Arme zu nehmen.

Sie schmiegte sich an ihn, legte ihre Wange gegen seine, genoss den Duft und die Wärme seiner Haut, selbst das leichte Schaben seiner Bartstoppel an ihrer Schläfe. Ihre Lippen fanden sich zu einem langen Kuss.

»Gefällt dir unser Liebesnest?«, wisperte er in ihr Ohr.

»Es ist ein Traum«, flüsterte sie zurück. »Wir werden hier viele glückliche Stunden verbringen, ja?«

»Schließ die Augen«, bat er.

Sie runzelte die Stirn.

»Mach«, sagte er mit einem Lächeln. »Oder vertraust du mir nicht?«

Das wollte sich Mathilda gewiss nicht nachsagen lassen. Ihre Lider flatterten.

»Nicht schummeln!«

Sie lächelte und kniff die Augen zu, spürte, wie er ihr Handgelenk umfing, hörte ein silbriges Klimpern. Sie fühlte kühles Metall an ihrer Haut, und endlich blickte sie auf ein dunkelsilbernes Armband, das er um ihr Gelenk geschlossen hatte. Eine Gliederkette, die aus daumennagelgroßen, dünnwandigen Ringen bestand. Daran befestigt baumelten dicht beieinander zwei zu Herzen geformte Kopeken.

»Oh«, entfuhr es ihr, während sie mit zwei Fingern das Schmuckstück betastete und es von allen Seiten betrachtete. »Was für ein wunderschönes Armband.«

Claudius reckte die Brust. »Ich habe es selbst für dich geschmiedet. Keiner soll mir nachsagen, ich wäre nur ein Huf- und Waffenschmied. In jeder freien Minute und nach getaner Arbeit habe ich daran gefeilt und gehämmert. Das war schön knifflig mit den kleinen Gliedern.«

»Dass du so etwas kannst …« Sie nahm seine Rechte, betrachtete die Finger und küsste seine Handinnenfläche. »Du bist ein Künstler!«

Claudius' Ohren nahmen die Farbe von Hagebutten an. Er entzog ihr die Hand und winkte ab. »Ach, woher denn. Aber ich habe mir Mühe gegeben. Du bist mir alle Mühen der Welt wert, Mathilda. Und schau, die beiden Herzen. Sie stehen für dich und für mich und unsere Liebe. Für jedes Kind, das wir bekommen, schmiede ich ein weiteres Herz, das du daran steckst, bis du den Arm nicht mehr heben kannst.«

Sie fiel ihm um den Hals und drückte sich an ihn. »Ja«, sagte sie.

»Ja?«

Jetzt war sie diejenige, die lachen musste. »Du redest von unseren Kindern und hast mich nicht einmal gefragt, ob ich deine Frau werden will. Also habe ich dir die Antwort ohne Frage gegeben.«

»Ach, ich Dummbeutel.« Er fasste sich an die Stirn und verzog den Mund. »Ich dachte, das wäre längst klar.« Er fiel vor ihr auf die Knie und grinste zu ihr hinauf, als er ihre beiden Hände in seine nahm. »Willst du meine Frau werden?«

Sie sank ebenfalls auf die Knie, umfasste sein Gesicht. »Niemals werde ich einen anderen lieben als dich, Claudius.« Es klang wie ein Schwur, und genauso meinte es Mathilda.

Sie sanken auf das Strohlager und begannen, sich zu streicheln und zu liebkosen und fühlten sich wie die ersten Menschen, die die Liebe entdeckten. Obwohl die Nacht frostig war, kam keiner von beiden auf die Idee, das Feuer im Ofen zu entfachen. Das Feuer, das in ihnen brannte, wärmte genug.

Doch plötzlich löste sich Mathilda von ihrem Liebsten. »Was war das? Ein Donnergrollen?«

Er wollte sie aufs Lager drücken und weiterküssen, aber sie blieb wachsam, wehrte ihn ab. »Hörst du das nicht? Es wird lauter.«

Nun war Claudius' Aufmerksamkeit geweckt. Er lauschte für ein paar Sekunden. Derweil nahm das Grollen und Rappeln noch an Lautstärke zu.

Endlich sprang er auf die Füße, band sich Hemd und Beinlinge zu und schlich geduckt ans Fenster. »Ich sehe nichts«, murmelte er. »Aber … es kommt näher.«

Von einer Sekunde auf die andere meinte Mathilda, eine Hand griffe nach ihrer Kehle und drückte zu. Sie rang um Luft, band sich die Bluse zu, richtete ihre Zöpfe, aus denen sich Strähnen gelöst hatten, und strich sich mit kühlen Fingerspitzen über die Wangen.

Dann hockte sie sich zu Claudius, rückte mit der Nase dicht an die Fensterscheibe. In der Hütte war es stockdunkel, aber draußen erhellten Mondschein und Sterne die Steppenlandschaft. Die beiden Liebenden erkannten im gleichen Atemzug, welche Gefahr da auf sie und das Dorf Waidbach zurollte. »Herr im Himmel!«, stieß Claudius hervor. »Die Kirgisen kommen!«

Mathilda schlug die Hand vor den Mund und kämpfte gegen den Schwindel an, der sich ihrer bemächtigte. Jetzt bloß nicht in Ohnmacht fallen! Sie atmete schnell und mit offenem Mund, den Blick auf Claudius gerichtet.

Was sollten sie tun?

Claudius zauderte nicht lange. Er streifte sich die Stiefel über, griff nach seiner Flinte und wies mit dem Finger auf Mathilda. »Du bleibst genau hier, Mathilda. Sie werden die Hütte nicht beachten, jeder weiß, dass in dem Unterstand des Viehhüters nichts zu holen ist. Trotzdem: Sobald sie vorübergeritten sind, läufst du davon in die entgegengesetzte Richtung. Versteck dich im Wald!

Leg Laub und Zweige über dich und warte, bis der Tag anbricht. Komm nicht vorher zurück! Hörst du?« Mathilda starrte ihn an, unfähig, seinen Worten zu folgen. Sie wollte etwas sagen, brachte aber nur ein Stammeln hervor. »Geh nicht, Claudius, geh nicht!«

»Ich muss! Soll ich mich wie ein feiger Hund hinterm Ofenrohr verkriechen? Ich muss die anderen warnen.« Mit einem Satz war er vor ihr, küsste sie. »Jetzt leg dich hin, zieh die Decke über dich und gib keinen Mucks von dir! Beweg dich nicht!«

»Ich kann das nicht, Claudius. Bleib bei mir, und wir laufen gemeinsam in den Wald!«

»Ich könnte nicht mehr in den Spiegel sehen, wenn ich aus Feigheit die anderen nicht vor dem Raubgesindel warnte. Willst du einen zum Mann, der den Tod seiner Nachbarn auf dem Gewissen hat?«

Mathilda wusste nur, dass ihr ein feiger Claudius lieber war als ein erstochener oder niedergetrampelter Claudius – aber es war sinnlos, ihm zu widersprechen. Er gab ihr einen Schubs, da sie immer noch dastand und schlotterte. »Vergiss meine Worte nicht«, sagte er, die Rechte schon am Türriegel, das Gewehr geschultert. »Ich liebe dich. Für immer und ewig, solange ich lebe.«

Der Nachtwind wehte wie der Frosthauch des Todes in die von ihrem Liebesspiel erhitzte Luft der Hütte, als er die Tür aufriss und wieder schloss. Ein paar Atemzüge lang hörte Mathilda nichts als das Tappen seiner Laufschritte; aus der anderen Richtung wurde das Donnern laut und lauter, als rollte ein Erdbeben hinter ihrem Liebsten her.

Mathilda rappelte sich auf, kroch auf allen vieren zur Tür, stöhnte und ächzte vor Qual und vor wirren Gedanken und Todesangst. Sie linste durch den schmalen Türspalt, sah Claudius kleiner werden, als er auf das Dorf zupreschte, und dann hörte sie seine Schreie: »Sie greifen an! Die Kirgisen greifen an! Zu den Gewehren, Männer!«

* * *

Klara und Sebastian hörten alles gleichzeitig: das warnende Läuten der Kirchenglocken, Claudius' Alarmrufe, das Getrappel und Johlen der berittenen Räuber und den verhallenden Todesschrei des einzigen Wachmannes am Schutzwall, der offenbar im Schlaf überrascht worden war.

Der alte Karl hatte den Dienst am Tor aus freien Stücken übernommen. Sein Rücken war krumm, ein Bein zog er nach, aber als Warner bei einem Überfall meinte er noch zu taugen. Bernhard hätte ihn am liebsten aufs Altenteil geschickt, brachte es aber nicht übers Herz, den Greis seiner einzigen Aufgabe zu berauben. Seit Langem hatte es keinen Übergriff mehr gegeben – irgendwie hofften sie alle, dass die Raubzüge der Nomadenvölker endgültig der Vergangenheit angehörten.

Dieses Vertrauen kam ihnen nun teuer zu stehen.

In fieberhafter Eile streiften sich Klara und Sebastian die Kleider über. Sebastian griff nach zwei Dolchen, die er sich in den Hosenbund steckte, und seiner Muskete, aber wie schnell konnte er die laden?

Von draußen erklang zwischen dem Säbelrasseln und dem Johlen in der kehligen Sprache der Kirgisen der erste Schuss – wahrscheinlich hatte der Dorfschulze seine Muskete stets parat. Als Einziger.

Sebastian drückte Klara das Gewehr in die Hand. Klara fühlte Schwindel hinter ihrer Stirn, als sie die schwere Flinte in beide Arme nahm.

Sie hatte nie zuvor mit einem Gewehr geschossen, aber sie hatte zugesehen, als Sebastian die Waffe im vergangenen Herbst für die Wolfsjagd geladen hatte.

»Bleib hier und halte die Stellung. Lade das Gewehr, wie du es bei mir gesehen hast. Wenn Gefahr droht, scheu dich nicht zu schießen! Es geht um dein Leben und das der Kinder!«

Auf der Dorfstraße tobte inzwischen ein wildes Gemetzel. Die Kolonisten hatten sich Heugabeln, Sensen und Äxte – was immer ihnen in die Hände fiel – zur ihrer Verteidigung gegriffen. Schreie ertönten, wütendes Grölen und verängstigtes Flehen.

Als Sebastian die Tür aufriss, um sich in die Schlacht zu stürzen und für seine Familie und den Fortbestand der Kolonie zu kämpfen, drang von draußen der beißende Geruch nach Verbranntem, von Pferdeschweiß und menschlicher Todesfurcht zu Klara herein und benebelte für den Bruchteil einer Sekunde ihre Sinne.

Endlich sprang sie vor, um hinter Sebastian die Tür zu verriegeln und Tische und Stühle davorzuschieben. Die Kinder in dem Anbau waren sicher. Dass das einzige Fenster der Schlafkammer verriegelt war, hatte sie heute wie an jedem Abend vor dem Schlafengehen überprüft.

Wenn sie Glück hatten, war der Überfall innerhalb weniger Minuten vorbei, die Kirgisen trieben ein paar Ponys in die Steppe, um sie dort später einzusammeln, und ließen sich ansonsten von der verbissenen Kampfbereitschaft der Dorfbewohner vertreiben. Den Kindern konnte sie am nächsten Tag erzählen, was passiert war, und sie würden das alles so schnell vergessen, wie es über sie hereingebrochen war.

Entscheidend war, dass sie die Krieger schnellstmöglich vertrieben, damit sie wenig Schaden mit ihren Fackeln und trappelnden Pferdehufen, mit ihren Säbeln und Dolchen anrichten konnten.

Klara kauerte sich mit weichen Knien vor das mit einem Verschlag geschützte Fenster zur Dorfstraße, nachdem sie aus der Schublade des Küchenschranks den Beutel Schwarzpulver an sich genommen hatten. Sie linste durch einen Ritz, während ihr Puls brauste.

Wie viele Räuber waren es? Sie zählte drei, vier … Es waren nur fünf, die kämpften. Ungewöhnlich. Aber zwei von ihnen, die keine Fackeln hielten, schwangen Seile, wie um Ponys zu fangen. Heilige Mutter Gottes, was taten sie? Die Dorfbewohner waren inzwischen in der Überzahl, und immer wieder ertönte ein Schuss, ein Schmerzensschrei. Fäuste flogen, Männer gingen zu Boden, die Ponys wieherten und stiegen mit rudernden Vorderpfoten auf. Eine Fackel flog auf ein Hausdach, das sofort

Feuer fing. Die Flammen loderten, der schwarze Rauch des brennenden Strohs stieg in den Nachthimmel.

Wo war Sebastian? Da sah sie ihn, wie er beidhändig seinen Säbel gegen den eines Kirgisen schwang, hörte das Klirren und das zornige Schreien. Sie stierte auf ihre Hände. Ihre Finger zitterten, sodass es ihr unmöglich wäre, die Flinte zu laden, selbst wenn sie wüsste, wie sie das Gewehr schussbereit bekommen sollte. Leichtfertig hatte sie abgewinkt, als Sebastian es ihr zeigen wollte. »Ach, es reicht, wenn du damit umgehen kannst. Ich bin nicht geschickt damit. Womöglich schieße ich mir selbst ins Bein.« Sie hatten gelacht und sich in der Sicherheit gewogen, dass es niemals darauf ankommen würde.

Nun kämpfte Sebastian da draußen mit all den anderen Waidbachern, die teils mit nacktem Oberkörper, aber mit wilder Wut gegen die Krieger vorgingen, die gekommen waren, um zu zerstören, was sie sich in den Jahren harter Arbeit aufgebaut hatten. Ein Gefühl der Zuversicht durchströmte Klara, als sie sah, dass bislang kein Verwundeter auf der Dorfstraße lag, und es kämpften viel mehr Waidbacher als Räuber.

Wieder sah sie ein Lasso fliegen, und da! Die Schlinge zog sich um einen der Kämpfer, fesselte mit einem Ruck seine Arme an den Körperseiten. In der nächsten Sekunde ging er zu Boden, strampelte mit den Beinen, ruckelte mit dem Körper im Straßenstaub hin und her, um sich zu befreien.

Klara ging mit dem rechten Auge dicht an den Ritz. Das war doch … Claudius! Der Einzige, der außer Bernhard eine Muskete bei sich trug. Diese fiel ihm nun aus den Händen, blieb auf der Dorfstraße liegen. Gleichzeitig gab der Kirgise am anderen Ende des Seils seinem Pferd die Sporen.

Claudius' Schreie, als er mitgezogen wurde, hallten von den Hütten wider und mischten sich mit dem Prasseln des Feuers auf dem Hüttendach, das sich im Nu ausbreitete. Ein gellender Pfiff erklang, und wie durch Hexerei lenkten alle Räuber ihre Ponys in die Richtung, aus der sie gekommen waren. Eine Staubwolke wirbelte auf, als sie davonstoben, senkte sich über die zu Tode erschöpften Waidbacher auf der Straße, die mit hängenden Armen und Waffen, schwer atmend, sich teils Verletzungen an Armen oder Beinen haltend, dem Räubertrupp hinterherstarrten. Bernhard lief noch ein paar Schritte bei dem Versuch, Claudius mit einem Säbelhieb von dem Seil zu trennen, aber es gelang ihm nicht. Der Dorfschulze fiel vor Erschöpfung und Verzweiflung auf die Knie, legte den Ellbogen quer über seinen Schopf.

Klara sprang hoch, riss die Tür auf und stürmte auf die Straße. Sie wandte sich in Richtung der abziehenden Reitertruppe, die nun aus fast einem Dutzend Kriegern zu bestehen schien. Verdammt, wo kamen die her?

Warum hatten die nicht mitgekämpft?

Auch die anderen Frauen, die sich in ihren Hütten verschanzt hatten, liefen nun mit fliegenden Röcken und laut jammernd auf die Straße, um die Männer zu stützen und zu versorgen. Blut klebte an den Zäunen, auf den Wegen. Jemand reichte saubere Lumpen und Wasser zur Versorgung der Wunden herum, ein paar Frauen organisierten einen Löschtrupp, um das Feuer einzudämmen.

Sebastian saß auf dem Boden und hielt sich den Oberarm, sein Hemd war blutdurchtränkt. »Es ist nur ein Säbelstich, Klara«, quetschte er zwischen zusammengebissenen Zähnen hervor. »Geh zu den Kindern, hörst du? Geh zu den Kindern!«

Seine Stimme drang zu Klara wie aus weiter Ferne. Die überraschende Menge an Räubern beim Abzug, Sebastians heiser hervorgestoßene Worte ... Die Angst breitete sich in ihr aus wie ein schnell wirkendes Gift.

Sie wirbelte herum und stolperte mehr, als dass sie lief, zu ihrem Haus zurück, riss die Tür auf und polterte über die Dielen bis zum Anbau. Eine Ahnung erfasste sie, die ihr fast den Atem nahm.

Dann stand sie im Durchgang zum Anbau, die Arme an den Seiten herabhängend, als gehörten sie nicht zu ihr, die Knie steif durchgedrückt, den Kiefer vorgeschoben. Henny schlief mit entspannter Miene, den Mund leicht geöffnet. Martin hockte mit nasser Hose auf den nackten Dielen, die mit himbeerrotem Gesicht schreiende Luise quer über dem Schoß liegend.

Frannek saß mit angewinkelten Beinen, um die er die Arme geschlungen hatte, schneeweißer Grimasse und klappernden Zähnen gegen die Wand gelehnt, starrte vor sich hin und schien etwas zu murmeln. Die Lippen bewegten sich stumm, die Augen waren totenstarr. Ein beißender Geruch nach Urin stieg Klara in die Nase, durch den Raum getrieben von dem Luftzug aus dem sperrangelweit offen stehenden Fenster.

Sie fasste sich an die Kehle, gab ein Röcheln von sich, sprang zu Amelias Bett, auf dem die Laken in einem unordentlichen Haufen lagen. Sie zupfte daran, warf die Decke hinter sich, ging auf die Knie, strich mit den Armen über die Bettstatt. Endlich sah sie hoch, auf Händen und Knien kauernd. Hinter ihrer Stirn tobte ein alles verzehrender Brand.

»Wo ist Amelia?« In ihrer Kehle schien ein Sandklumpen zu stecken, die eigene Stimme klang fremd in ihren Ohren. Als Frannek nicht reagierte, nur weiter vor sich hin brabbelte, sprang sie auf ihn zu, packte ihn an den knochigen Schultern, schüttelte ihn. »Sprich! Wo ist meine Tochter? Was ist passiert?« Ihre Stimme überschlug sich, bis sie nur noch ein Kieksen war.

Franneks Kopf wackelte hin und her, als purzelte er ihm gleich vom Hals und rollte in eine dunkle Ecke der Hütte, während sie ihn schüttelte. Sein Blick kam von weit. Es schien eine Ewigkeit zu dauern, bis er sie erkannte.

Ein Gedanke durchfuhr Klara, ein winziger Hoffnungsschimmer, der sie herumfahren ließ. Mathilda fehlte auch. Vielleicht war sie mit Amelia geflüchtet und …

»Sie … Amelia wollte das Fenster schließen.« Frannek fuhr sich mit der Zunge über die rissigen Lippen, schluckte. »Das Fenster war offen«, fuhr er fort mit einer Stimme, als spräche er im Traum. »Ich weiß nicht, warum das Fenster offen war, aber ja, das Fenster war offen!« Wieder schüttelte ihn Klara und brauchte all ihre Willenskraft, um den Jungen nicht zu ohrfeigen, damit er endlich mit der Sprache herausrückte. »Amelia wollte es schließen, und auf einmal war da die dunkle Fratze eines Geistes.« Jetzt liefen Frannek Tränen über die Wangen, aber er ließ sie rinnen, ohne sie wegzuwischen. »Er sah grausam aus, mit gefletschten Zähnen und einem Zopf auf dem kahlen Schädel. Sein Arm war dick wie ein Baumstamm, und er legte ihn um Amelias Hals und ihren Mund und dann war sie auf einmal weg. Ich sah nur noch ihre zappelnden Beine am Fenstersims.«

Klara meinte, die Hölle tue sich vor ihr auf und drohe sie in einen Abgrund zu reißen, aus dem es kein Zurück mehr gab. Sie sprang an das Fenster, beugte sich hinaus, sah in der mondhellen Nacht die Hufabdrücke in ihrem Garten, die Schleifspuren und da … Sie schwang ein Bein über den Fenstersims, kämpfte sich nach draußen und stürzte auf das blaue, noch verknotete Band zu, mit dem Amelia in der Nacht ihre Zöpfe hielt. Sie nahm es in beide Hände, legte die Stirn darauf. Ihr Kopf sank in die weiche Erde der Beete, und ihr Heulen gellte durch die Nacht. »Meine Tochter! Sie haben mir meine Tochter geraubt!«

Mathilda hatte getan, was Claudius ihr aufgetragen hatte. Aber die Zweifel nagten die Nacht über an ihr, während sie in einer Bodensenke im Wald kauerte, in der sie sich mit Blättern und Zweigen bedeckt hatte, zusammengerollt wie ein Säugling, die Fäuste am Mund.

Sie roch die Erde und das Harz der Bäume, sah die Äste und Wurzeln direkt vor ihrer Nase, die Ohren gespitzt. Aus dem Dorf drangen Schreie und Schüsse, das Klirren von Metall auf Metall. Sie roch das Feuer, wagte aber nicht, den Kopf zu heben, um in Richtung Waidbach zu blicken.

Irgendwann schloss sie die Augen und begann, die Lippen im Gebet zu bewegen. Der Herrgott möge ihren Claudius verschonen und Mutter Klara, Vater Sebastian, ihr Brüderchen und überhaupt alle Waidbacher. Und die Kirgisen sollten für ihre Gräueltat in der Hölle schmoren.

Sie vermeinte, keine Sekunde zu schlafen. Nachdem das

Kampfgeschrei verklungen war, die räuberischen Kirgisen mit trampelnden Ponys nur wenige Meter von ihrem Versteck entfernt davongeprescht waren, hörte Mathilda nichts als ihren eigenen Herzschlag, ihr unterdrücktes Atmen und das Trippeln von Mäusen in ihrer Nähe.

Aus dem Dorf drangen noch vereinzelte Rufe, ein Geräusch, das wie ein langgezogenes Klagen klang. Als sie die Augen aufschlug, sah sie, dass der Tag dämmerte. Das Geäst und Blattwerk über ihr schälten ihre Kontur aus dem Tagesgrau, zwischen den Zweigen hindurch sah sie, als sie den Kopf drehte, die Kronen der Bäume. Ihre Knochen knackten wie altes Holz, als sie sich vorsichtig bewegte. Die beiden Kopeken an ihrem Armband stießen leise klirrend aneinander.

Sie fühlte sich wie erfroren, obwohl nicht die Kälte der Nacht ihr zugesetzt hatte. Jedes einzelne Gelenk, jede Sehne schien sich zu widersetzen, als sie sich vorsichtig bewegte, die Zweige zur Seite schob und mit einem Ächzen auf die Füße kam.

Sie sah an sich herab, Flecke und Risse in ihrer Kleidung, die Stiefel erdverkrustet.

Sie strich die Hände aneinander, um die Blätter und den Schmutz abzustreifen. Endlich begann sie zu laufen. Erst langsam, aus Angst vor weiteren schmerzhaften Bewegungen, dann schnell und immer schneller, bis ihr Atem keuchend ging. Sie lief quer über die Salzkrautwiese, stolperte, als sie ins Dorf hineinstürmte, vorbei an den Blutflecken im Staub, die von dem Wächter stammen mussten, in die Mitte der Kolonie, wo weitere rote Spritzer und Flecke auf Zäunen, Steinen und im Staub von einem grausamen Kampf erzählten.

Sie hielt sich nicht mit Klopfen auf, als sie das Haus der Pflegeeltern erreichte, riss die Tür auf.

Klara hing wie leblos in den Armen ihres Mannes. Nur der klagende Ton, der von ihren Lippen drang, verriet, dass sie lebte.

Mathilda wechselte einen Blick mit Sebastian, aber in seinen Augen schien etwas erloschen. Zaghaft trat sie näher, biss sich auf den Knöchel des Zeigefingers, mit sich ringend, ob sie die

Richtige war, um Klara zu trösten. Um was auch immer sie trauerte.

Mathilda ging in die Hocke, sodass sie dicht an Klaras verquollenem Gesicht sprechen konnte, hob eine Hand und legte sie der Pflegemutter auf die Schulter. »Was ist geschehen, Mutter Klara?«, wisperte sie.

In der nächsten Sekunde stürzte sich Klara wie ein tollwütiges Raubtier auf Mathilda. Sie kam gar nicht dazu, die Hände abwehrend zu heben, während Klaras Fäuste auf sie einprasselten, sie schlugen und kratzten.

Die Kinder fingen alle gleichzeitig an zu kreischen, nur Franneks Miene blieb unbewegt, sein Mund geschlossen. Sebastian war mit einem Satz über seiner Frau, versuchte sie zu umfassen und wegzuziehen. »Hör auf, Klara! Komm zu dir, verflucht noch mal! Sie kann nichts dafür!«

Klaras Wangen schimmerten blutrot, das Weiße ihrer Augen rot geädert, ihre Unterlippe zitterte vor Zorn. »Du bist schuld!«, presste sie hervor. Hass verzerrte ihre Züge. »Wegen dir ist mein Kind geraubt worden! Du Flittchen hast das Fenster offen gelassen, um dich zu vergnügen!«

Mathilda öffnete den Mund, aber kein Wort der Verteidigung kam heraus. Sprachlos starrte sie die Frau an, aus deren Miene nichts als Feindseligkeit sprach. Mathildas Sicht verschwamm.

Sebastian schüttelte seine Frau, damit sie zur Besinnung kam, und drehte sie, sie immer noch fest umschlingend, in seinen Armen, um sie anzuschauen. »Beruhige dich, Klara, um Himmels willen! Mathilda kann nichts dafür! Es sind auch andere aus dem Hinterhalt geraubt worden, deren Fenster verschlossen waren. Die haben sie zertrümmert. Anscheinend waren diesmal nicht der Diebstahl des Viehs und das Zerstören unseres Gemeinschaftsgutes ihr erklärtes Ziel, sondern der Raub von Menschen.«

Mathilda sah, dass Sebastian ebenfalls um Fassung rang. *Oh, Herr im Himmel, sie hatten Amelia geholt!* Mathilda fühlte sich, als würde sich eine tollwütige Ratte in ihren Eingeweiden verbeißen. Wäre sie bloß hier geblieben, dann hätten sie nicht Amelia,

208

sondern sie mitgenommen. Eine Sechzehnjährige wäre ihnen zweifellos lieber gewesen als eine … *o Gott!* … Achtjährige.

Mathilda robbte rückwärts, um aus Klaras Nähe zu kommen, und rappelte sich auf. Ihre Beine trugen sie kaum, aber Klaras Raserei wechselte nun wieder zu Wehklagen.

Keine Gefahr mehr für sie.

Wie gerne wäre sie ihr Trost, wie gerne würde sie sich am liebsten zum Tausch gegen Amelia anbieten, aber Klara schien für kein liebes Wort zugänglich zu sein. Mathilda wusste, mit welcher Inbrunst Mutter Klara an ihren Kindern hing – genau das war der Grund, warum sie sich von Anfang an zu ihr hingezogen gefühlt hatte. Jemand, der den Söhnen und Töchtern einen so allumfassenden Schutz bot, konnte keine schlechte Frau sein. Aber so eine zerriss es auch, wenn all der Schutz am Ende nichts nützte.

Hier ist kein Platz mehr für mich, schoss es Mathilda durch den Sinn. Sie warf einen Blick zu ihrem Bruder, der mit starrer Miene wie ein Skelett in seinem fadenscheinigen Lumpenhemd mit spindeldürren nackten Beinen neben dem Esstisch stand. Sie nickte ihm zu, ohne eine Antwort zu erwarten, und griff mit zitternden Fingern nach dem Türriegel.

»Wo willst du hin?«, fragte Sebastian, der ohne Unterlass über den Rücken seiner Frau strich, während sie in ihrem Jammer die Welt um sich herum zu vergessen schien.

»Ich gehe zu Claudius«, sagte Mathilda und erschrak vor dem fremden Klang der eigenen Stimme.

Sebastians Gesicht nahm die Farbe von Asche an. »Da kannst du nicht hin.« Beim Luftholen rasselte sein Brustkorb. »Sie haben auch ihn verschleppt.«

18

St. Petersburg, November 1784

Einen angenehmeren Broterwerb hatte er nie gehabt in den achtzehn Jahren, die er in Russland lebte. Daniel bereitete es Freude, im Arbeitskabinett der Zarin an ihrer Korrespondenz mit den großen Geistern Europas beteiligt zu sein. Es fühlte sich an, als hielte er den Finger an den Puls der Zeit.

Eine Weile hatte er geglaubt, sich in einer Gemeinschaft wie der Kolonie Waidbach geborgen zu fühlen, wäre ein guter Tausch gegen seinen unbändigen Freiheitsdrang und die damit verbundene Einsamkeit, die ihn in manchen Stunden überfiel.

Aber nun wusste er es besser.

Dies war das Leben, das er führen wollte.

Während Christina an ihrem Ruf als Modeschöpferin über Russlands Grenzen hinaus feilte und als Geschäftsfrau einen guten Namen im gesamten Zarenreich genoss, lag ihm wie in seiner Jugend, als er sich auf die Wanderschaft begeben hatte, vor allem an seiner Unabhängigkeit und an seinem Mitwirken auf dem politischen Parkett.

Freilich klebte das russische Reich wie keine zweite Nation an den alten Traditionen – dass die Zarin sich weigerte, eine Abschaffung der Leibeigenschaft in Betracht zu ziehen, hielt er für eines der größten Hemmnisse für Russland auf dem Weg in eine neue Ära, die radikale Veränderungen verhieß.

Aber gut, was nützte es, sich darüber zu echauffieren? Die Anstellung als Schreiber am Zarenhof war allemal spannender als alles, womit er seine Reisen durch das weite Reich finanziert hatte. Solange die Aufgabe ihn forderte und er gebraucht wurde, würde er bleiben. Wenn ihm die Zeit lang wurde – oder wenn die koketten Hofdamen seinem Charme nicht mehr verfielen –, würde er seine Tasche packen und neue Herausforderungen suchen.

Zwischen Christina und ihm gab es kein Abkommen von Treue und Ausschließlichkeit. Wie denn auch! Immerhin war sie mit einem anderen verheiratet, und was da im Bett zwischen den beiden lief, wollte Daniel gar nicht wissen.

Obwohl sie es nie aussprachen, ließen sie sich gegenseitig gewähren und genossen die intimen Stunden wie etwas Kostbares, das zu viele Worte zerstören konnten.

An diesem frostigen Novemberabend freute sich Daniel, nachdem er, dick in Pelze und gefütterte Stiefel eingepackt, durch den festgetretenen Schnee vom Zarenhof zu seinem Appartement gestapft war, auf einen gemütlichen Abend mit einigen Gläschen Pflaumenlikör, prasselndem Kaminfeuer und einem der schweren, in Leder gebundenen Bücher, die er sich nach Gefallen aus der persönlichen Bibliothek der Kaiserin ausleihen durfte.

Er schickte die breithüftige Valentina, die ihm den Haushalt führte und die in ihrer Erregung, wenn er sich zwischen ihren Schenkeln vergnügte, quiekte wie ein fröhliches Ferkel, mit einer nachlässigen Geste nach Hause, als sie sich mit einem Knicks erkundigte, ob er noch weitere Wünsche hätte.

Er runzelte die Stirn, als sie dennoch ein weiteres Mal vorsprach, gerade, als er sich, auf der Chaiselongue sitzend, die Füße auf das Bärenfell gelegt, in seine Lektüre vertiefen wollte und den ersten Schluck Likör im Mund hin- und herbewegte.

»Was denn noch? Du kannst gehen, habe ich gesagt.« Er trug seinen bequemen Hausmantel aus bestickter Seide, seine Füße auf dem Hocker vor dem Kamin steckten in fellgefütterten Pantoffeln.

»Da ist eine junge Dame an der Haustür. Sie sagt, sie würde erwartet.« Sie reichte ihm die Karte, die abgegeben worden war, auf einem Silbertablett.

»Ich erwarte niemanden, verdammt.« Dennoch griff er nach der Karte und seufzte. »Schick sie rein. Und dann geh.«

»Sehr wohl.«

Sekunden später stand Alexandra in seinem Kaminzimmer. Er breitete die Arme aus und drückte das Mädchen an sich, das in dem wollenen Umschlagtuch die Kälte des Abends und den Geruch nach frisch gefallenem Schnee mit sich brachte. Als er sie auf die Wangen küsste, bemühte er sich um eine freundliche Miene.

»Was führt dich zu mir, Alexandra? Dein Besuch kommt unerwartet.«

Sie lachte hell. »Muss ich einen besonderen Grund haben, dich sehen zu wollen?«

Er zog es vor, zu schweigen, hoffte nur, dass er sie bald loswürde. In den vergangenen Wochen war er oft genug ihr Seelentröster und Ratgeber gewesen. Ihr Schicksal an der Seite von Christina ließ ihn nicht kalt, aber gerade heute hätte er einen entspannten Abend ohne Gesellschaft wirklich vorgezogen.

Alexandra ließ sich auf der Chaiselongue nieder und zog die Beine unter sich, als bereitete sie sich auf einen Kaminabend an seiner Seite vor.

Daniel unterdrückte sein Seufzen und ließ sich neben ihr nieder.

»Willst du mir keinen Likör anbieten?«

»Alexandra, ich wollte heute früh schlafen gehen. Davon abgesehen, gehört es sich nicht, dass ein Mädchen einen alleinstehenden Herrn in seinen Privaträumen besucht. Das brauche ich dir nicht zu erklären, oder? Deinen Ruf hast du dir schneller verdorben, als du dich umschauen kannst. Aber das wird dir deine Mutter schon erzählt haben.«

»Ach, hör mir auf mit meiner Mutter.« Sie nahm sein im Schein des knisternden Feuers funkelndes Likörglas und nippte daran, wobei sie ihn über den Rand hinweg betrachtete. An ihrer Oberlippe blieb ein violetter Rand zurück.

Daniel rückte ein Stück von ihr ab, verschränkte die Arme vor der Brust und schlug die Beine übereinander. »Unterschätze deine Mutter nicht, Alexandra. Sie wird es dir nicht durchgehen lassen, wenn du aus der Rolle fällst.«

Alexandra überbrückte den Abstand, den er zwischen sie gebracht hatte, legte eine Hand auf seine Schulter und gurrte. »Sie lässt mir alles durchgehen. Wollen wir wetten?«

Daniel ruckelte unbehaglich auf seinem Platz.

Sie kam ihm zu nah.

Was bezweckte sie?

Als sie im Sommer begonnen hatte, ihre Bekanntschaft zu vertiefen, da hatte er geglaubt, sie sehnte sich nach einem väterlichen Freund, der ihr beistand im Kampf mit einer wortgewandten und klugen Mutter. Daniel wollte diese Rolle gern übernehmen – ohne jemals gegen Christina zu intrigieren. Ihm lag daran, den Frieden zwischen Mutter und Tochter herzustellen. Aber wie es nun schien, sah Alexandra in ihm etwas anderes als den weisen Berater. Daniel fühlte sich zunehmend unbehaglich. Ihr verschwenderisch aufgesprühtes Maiglöckchenparfum verursachte ihm Kopfschmerzen.

»Alexandra, mit dieser Einstellung wird es dir nie gelingen, ihre Gunst erringen. Was stellst du dir vor? Glaubst du, sie kann dich lieben, wenn du nicht aufhörst, sie zu Machtkämpfen herauszufordern?«

»Wer sagt, dass ich immer noch um ihre Liebe bettele?« Alexandra rückte eine Handbreit von ihm ab. Auf ihren Wangen bildeten sich rote Flecken, aber sie fing sich und lächelte ihn von der Seite an. »Wenn ich nur bei dir sein kann, bin ich glücklich.«

Daniel stemmte sich hoch und begann, den Hausmantel zuschnürend, in dem behaglichen Raum zwischen den Möbeln aus Leder und dunklem Holz auf und ab zu gehen.

Warum brachte ihn das Mädchen in diese Situation?

Nicht nur, dass er nicht eine Sekunde lang ihren Reizen zu erliegen drohte. Selbst wenn er sie anziehend fände, würde er sich lieber die Hand abhacken, als sie anzurühren. Sie war Christinas Tochter. Er kannte sie seit ihrer Geburt.

Er wünschte, es wäre nicht nötig, sie zu verletzen – das Mädchen hatte gewiss genug Leid erfahren. Aber wie es aussah, blieb ihm keine Wahl. »Bitte geh jetzt, Alexandra. Mir scheint, du hast meine Zuwendung falsch verstanden. Ich möchte dich davor bewahren, in Misskredit zu geraten, und ich möchte schon gar nicht daran beteiligt sein. Wir können uns gerne treffen – aber nicht hier bei mir und nicht in dieser trauten Zweisamkeit, wie sie dir vorschwebt.«

Sie sprang auf und kam leichtfüßig auf ihn zu, hob sich auf die Zehenspitzen, als sie vor ihm stand, und legte die Arme um seinen Hals. Sie drückte ihren Mädchenkörper gegen seinen. »Findest du mich reizlos, Daniel?«

Er löste ihre Hände in seinem Nacken und schob sie sanft, aber bestimmt von sich. »Das steht nicht zur Diskussion, Alexandra. Du wirst jetzt deine Stiefel anziehen, Mantel und Mütze nehmen und auf dem Weg heimkehren, auf dem du gekommen bist. Ich lasse dir eine Droschke rufen.«

Aus Alexandras Miene verschwand alles Lockende. Ein bösartiges Glitzern erschien stattdessen und ließ ihre Züge härter erscheinen. »Du weist mich zurück. Aber du täuschst dich, Daniel, wenn du glaubst, mich damit verletzen zu können. Ich bin es gewohnt, abgewiesen und verstoßen zu werden. Das ist mein Leben, weißt du? Aber ich werde mir das nicht länger bieten lassen. Weder von meiner Mutter noch von dir! Ich werde es euch allen heimzuzahlen. Dann werdet ihr es bereuen, mich nicht anständiger behandelt zu haben, aber es wird zu spät sein.« Sie hatte die Hände zu Fäusten geballt, ihr Körper angespannt wie die Sehne eines Bogens.

Daniel hörte selbst, dass er mit den Zähnen mahlte, und spürte, wie er kämpferisch den Unterkiefer vorschob. Aber – wer forderte ihn hier zum Kampf heraus? Nur dieses unglückliche Kind, das sich an seine Fersen geheftet hatte.

Er trat einen Schritt vor, wollte versöhnlich die Hand auf ihre Schulter legen, aber sie stieß ihn weg. »Denk an meine Worte, Daniel. Ihr werdet es bereuen, alle.«

Damit stürmte sie aus dem Zimmer. Daniel hörte, wie sie sich in aller Eile ankleidete und die Stufen hinabsprang.

Er trat ans Fenster, schob den Vorhang ein Stück zur Seite und schaute auf die schneebedeckte Straße, wo das davoneilende Mädchen in der Menge der übrigen dick eingemummelten Passanten, der prächtigen Equipagen und uniformierten Reiter verschwand.

Vergeblich wartete er auf das Gefühl der Erleichterung darüber, dass sich die ungebetene Besucherin verabschiedet hatte und er nun seinem geplanten Abendvergnügen nachgehen konnte. Die Lust auf den Pflaumenlikör war ihm vergangen.

19

Sie hatte erwartet, dass sie ihn vermissen würde.

Aber sie hatte nicht erwartet, dass es so wehtun würde.

Es verging kein Tag, an dem Sophia nicht an Jiri dachte und um ihn trauerte, als weilte er nicht mehr unter den Lebenden. Gerade mal zwei Monate war es her, dass sie sich Lebwohl gesagt hatten, doch für Sophia fühlte es sich an wie ein ganzes Jahr.

An diesem Abend im November hatte sie beschlossen, den Weg zu ihrer Tante Christina zu Fuß durch die verschneite Stadt zurückzulegen. Das bedeutete einen Spaziergang von einer guten halben Stunde, aber Sophia wollte die schmerzhaften Erinnerungen an Jiri aus ihrem Kopf bekommen. Der Duft nach dem frischen Neuschnee und dem Rauch zahlreicher Kamine in den Straßen der Hauptstadt würde ihr vielleicht guttun.

Sophia hatte die Einladung ihrer Tante, die sie von einem Lakai hatte überbringen lassen, gern angenommen. Tante Christina hatte aus Saratow von Sophias Stiefvater einen Ballen himmelblauer Rohseide geliefert bekommen, »und der Stoff fühlt sich an, als hätte ihn Matthias nur für dich herstellen lassen«, hatte ihr die Tante geschrieben. Immer wenn sie Rohseide in Blau oder Rosé zur weiteren Verarbeitung bekam, dachte sie an sie, ihre Nichte, wie Sophia wusste, weil sie fand, dass sie diese Farben mit ihrem hellen Teint besonders schmückten. »Die richtigen Töne und Stoffe unterstreichen deine Schönheit noch, liebe Nichte. Mach mir die Freude und lass dich von mir ausstaffieren. Es ist mir ein Vergnügen, zu sehen, wie ähnlich du meiner Schwester bist, die ich so schmerzlich vermisse«, hatte sie ihr gleich nach ihrer Ankunft in St. Petersburg gesagt und bei ihrem letzten Satz mit einem Spitzentüchlein die äußeren Lidränder vorsichtig getupft.

Sophia wusste bei ihrer Tante nie genau, was sie nur vorgab

und was sie tatsächlich empfand. Aber sie war am Ende zu sehr Frau, um das Angebot abzulehnen, von der bekanntesten Modeschöpferin St. Petersburgs eingekleidet zu werden.

Ein Lächeln flog über Sophias Gesicht, als sie drei, vier von im Gleichtakt trabenden Pferden gezogene Prachtschlitten passieren ließ, um die Straßenseite zu wechseln. Sie dachte daran, in welche Schimpftirade Ljudmila ausgebrochen war, als sie von Mascha erfuhr, dass sich Sophia der Mode entsprechend alle halbe Jahr neue Kleider und Roben zulegte. Viele der russischen Wörter, die sie bei ihrem Ausbruch hervorspie, hatte Sophia nie zuvor gehört, aber das Wesentliche verstand sie sehr wohl. »Was für Bücher wir für diese Summen kaufen könnten! Welche Dozenten wir uns leisten könnten! Was nutzt der Tand? Schönheit vergeht, die Kunst bleibt!« Auf ihre unnachahmlich charmante Art steckte Mascha Ljudmila einen Petit Four zwischen die Lippen, um ihren Redefluss zu stoppen, und der süße Kuchen erfüllte seinen Zweck, als sich die runden Wangen der Dozentin beim Kauen ausbeulten. Mascha drückte noch einen freundschaftlichen Kuss auf ihren puderzuckrigen Mund, bevor sie Sophia verschwörerisch zuzwinkerte.

Nun, Sophia wusste, dass Christina ihr Geld niemals in die Förderung der Akademie stecken würde, also konnte sie auch ihre Geschenke annehmen. Jiri liebte es, wenn sie sich vor ihm drehte und posierte, um ihm zu gefallen und …

Immer Jiri.

In welche Richtung sich ihre Gedanken auch drehten, alles endete stets bei ihm. Sobald sein Bild in ihrem Gedächtnis auftauchte, legte sich ein Schatten über ihre Seele.

Vor wenigen Tagen hatte sie sein erster Brief erreicht. Sie bewahrte ihn in einer hölzernen, mit Schnitzereien verzierten Kiste auf ihrem Nachttisch auf wie einen Schatz, obwohl er alles andere als eine Liebesbotschaft enthielt.

Jiri schrieb von den Unruhen in den Straßen von Paris, von den leidenschaftlichen Debatten in den Hinterhofkneipen und Bistros und davon, dass ihm der Gedanke gefiele, weniger die

Geburt eines Menschen zu ehren als sein Talent. Er schrieb, dass es ihn beflügele, darauf zu hoffen, dass er irgendwann wie ein Baum in der russischen Erde verwurzelt werde, der die Äste und Zweige in den Himmel recke. In Frankreich, so schrieb er, entwickle sich zwar dieser Tage ein wahres Chaos, aber das liberale Gedankengut, das hier seine Geburtsstunde erlebe, dürfe nicht vor den Toren seiner Heimat zurückgedrängt werden. Sonst würde Russland eines Tages nicht mehr das Land sein, in dem er leben wollte. In Frankreich begehe man vielleicht den Fehler, zu viel auf einmal zu wollen. Vielleicht brauchten gerade die Russen mehr Zeit, sich Schritt für Schritt an eine neue Weltanschauung zu gewöhnen. »Aber wir dürfen uns nicht von Tradition und Religion betäuben lassen«, schloss er seine Nachricht. »Wenn ich heimkehre, meine liebe Sophia, will ich mich daran beteiligen, das französische Ideal in meiner Heimat zu verwirklichen. Am liebsten mit dir an meiner Seite.«

Sie kannte seine Zeilen auswendig, so oft hatte sie sie gelesen, aber nur der letzte Abschnitt seines Briefes verriet seine Gefühle. Jiri schien von den politischen Erneuerungen gefesselt, die sich in Paris abzeichneten. Ein ums andere Mal fragte sich Sophia, ob zu diesem neuen Leben nicht irgendwann auch eine Französin gehören würde, die ihn im Sturm eroberte.

Nicht zum ersten Mal überlegte sie, ob es falsch gewesen war, ihn ziehen zu lassen. Was hätte es bedeutet, wenn sie mit ihm gereist wäre? Hätte er die Europareise tatsächlich antreten wollen mit ihr als seiner Ehefrau? Sie wäre nicht in Paris hängengeblieben, sondern hätte gedrängelt, dass sie weiterreisten nach Rom, nach Florenz ...

Ach, es war müßig, darüber zu spekulieren. Jiri war weg, und sie musste darauf achtgeben, dass sie ihr Studium nicht vernachlässigte in dieser Trauer, die sie befallen hatte.

Jiris Aufbruch machte ihr schmerzlich bewusst, dass sie kaum Freundschaften in der russischen Hauptstadt pflegte, um die langen Winterabende in gemütlicher Runde zu verbringen.

Zu ihr gehörten Mascha und Ljudmila, ihre beide Gastgeberinnen; außerdem Daniel, der Freund ihrer Familie, den sie schätzte wie einen klugen Onkel, dessen Tage in St. Petersburg allerdings gezählt waren wie an jedem Ort, an dem er sich aufhielt. Und da waren ihre deutschen Verwandten, Tante Christina mit ihrem Mann André und Alexandra.

Sophia gestand sich ein, dass es wenig gab, was sie mit Tante und Cousine verband. Und sie bezweifelte auch, dass sich Christina angeblich so oft nach ihren Schwestern in Saratow sehnte. Die Tante erweckte nicht den Anschein einer Frau, die den Zufall über ihre Geschicke entscheiden ließ. Wenn sie sich tatsächlich nach ihren Schwestern Eleonora und Klara sehnen sollte, würden sie keine zehn Pferde davon abhalten, sie besuchen zu fahren. Aber das war in den Jahren der Trennung noch nicht einmal geschehen.

Sophia steckte die Hände in den pelzgefütterten Muff, den sie an einer Kordel um den Hals trug. Der Abendwind blies scharf durch die Nebenstraßen, die sie passierte. Von der zugefrorenen Newa wehte ein Eishauch in die geröteten Gesichter der Passanten. Der Schnee unter ihren gefütterten Stiefeln knirschte verharscht. Wahrscheinlich würden die Straßen in der Nacht spiegelglatt überfrieren und es wäre für Fußgänger bis zum frühen Morgen, wenn die Wege mit Sand und Asche bestreut wurden, fast unmöglich, auch nur kleine Strecken zurückzulegen. Nun, zu ihrer Heimkehr gedachte sich Sophia ohnehin einen der Schlitten mit den klingelnden Glöckchen zu nehmen, die ohne Unterlass über den Newski-Prospekt stadtein- und stadtauswärts glitten.

Obwohl sie nirgendwo anders mehr wohnen wollte, überfiel Sophia in Schüben das Heimweh. Nicht immer gelang es ihr, sich abzulenken oder die Sehnsucht nach ihrer Mutter zu verdrängen. Manchmal überkam sie ein solches Verlangen danach, sich in ihre Arme zu werfen, die Wange in die nach Mandelmilch duftende Hand zu schmiegen, dass es sie fast zerriss. Dann weinte sie in ihre Kissen und wartete darauf, dass es aufhörte, wehzutun. Es gab keinen Zweifel daran, dass sie das Richtige getan hatte.

Aber das Richtige zu tun schloss den Schmerz über das, was man dafür aufgab, leider nicht immer aus.

Ohne allzu große Neugier ließ Sophia den Blick über die Schaufensterauslagen der Geschäfte gleiten, die sie passierte. Lederne Schuhe und Taschen in vielen Formen, goldverzierte Uhren, modische Abendgarderobe in Samt und Brokat an hölzernen Puppen für die kommende Saison. Sie blieb einen Moment lang stehen, betrachtete das Kleid aus kaffeebraunem Musselin mit der hoch angesetzten Schnürung und dem bestickten Saum. Ihr gefiel, wie an diesem Modell die Festtagstracht der russischen Bäuerinnen aufs Edelste aufgegriffen war. Ein schlichter, dennoch schmeichelnder Schnitt und …

Sophia stutzte, als sie hinter der Ankleidepuppe zwei Frauen entdeckte, die offenbar so ins Gespräch vertieft waren, dass ihnen nicht einmal einfiel, die möglicherweise interessierte Kundin draußen vor dem Schaufenster auf eine Anprobe in den Laden zu bitten.

Sophia trat einen Schritt zurück, um den Schriftzug über dem Schaufenster, das die gesamte Breite eines Häuserblocks einnahm, lesen zu können. *Modeatelier Felicitas Haber, Traditionshaus,* las sie auf Deutsch.

Felicitas Haber … Das war doch … André Habers Schwester. Sophia hatte von dem Skandal gehört, den ihre Tante Christina nach der Vermählung mit André Haber ausgelöst hatte. Man erzählte sich noch heute, wie raffiniert Christina das Zepter an sich gerissen und die ungeliebte Schwägerin aus dem Geschäft vertrieben hatte. Tante Christina sprach nicht oft von dieser Angelegenheit – es warf einen Schatten auf das Bildnis der integren Geschäftsfrau.

Sophia wusste nicht genau, was damals passiert war, aber sie hätte schon blind und taub sein müssen, um im St. Petersburger Gesellschaftsgetuschel nicht mitzubekommen, dass ihre Tante und Felicitas Haber erbitterte Feindinnen und Konkurrentinnen auf dem Modemarkt waren. Nach Christinas Übernahme der Geschäfte verlor Felicitas Haber angeblich keine Zeit, ihrerseits ein Konkurrenzunternehmen aus dem Boden zu stampfen, von Christina zunächst abschätzig beobachtet.

Aber diese Felicitas schien nicht weniger zäh und unerbittlich zu sein als Christina. Sie führte weiterhin das »Traditionshaus« in ihrem Geschäftsnamen, und kein von Christina beauftragter Anwalt konnte erwirken, dass ihr dies verboten wurde. Außerdem folgte ihr nach der Trennung vom Bruder der persönliche Kundenkreis: kaufkräftige Damen, die Christina gern mit übernommen hätte.

Sophia trat wieder ein paar Schritte auf das blank geputzte Fenster zu, zu den beiden Frauen linsend. Die drahtig schmale Frau mit der kunstvollen Hochfrisur und dem silberdurchwirkten, traubenblauen Kleid musste Felicitas Haber sein. Ihr Antlitz wirkte faltig, um den Mund standen Kerben, aber ihre Züge waren ebenmäßig, die Nase aristokratisch geformt. Früher war sie gewiss eine Schönheit gewesen, aber wie sie heute aussah ... Die Haare auf Sophias Unterarmen richteten sich trotz des Fuchsfells im Muff auf. Ein Schauer prickelte über ihren Rücken wie eine Ameisenspur. Eine solche Verbitterung hatte sie selten in den Zügen einer Frau gesehen. Sie brauchte kein Wort mit Felicitas Haber zu wechseln, um zu wissen, dass sie mit sich und der Welt haderte. Kein Wunder, ging es Sophia in einem Anflug von Mitleid durch den Sinn, obwohl sie selbstverständlich der eigenen Tante den Triumph gönnte.

Mit wem sprach sie so gestenreich? Immer wieder hob sie die Arme, wies nach hierhin und dorthin, sodass die silbernen Ketten daran schwangen und die Edelsteine an den Fingerringen im Licht der Kristallleuchter funkelten.

Ein überraschter Schrei entschlüpfte Sophia, als sie die zweite Frau erkannte.

Alexandra? Was tat sie hier?

Gewiss spionierte die Base nicht im Auftrag der Mutter. Die Miene schmeichlerisch, ihre Haltung devot, ihr beständiges Nicken zu beflissen. Sie war ein Stück größer als die Geschäftsinhaberin, versuchte aber mit rundem Rücken und nach vorn gezogenen Schultern, kleiner zu wirken. Beim Zuhören und Nicken rieb sie die Hände und lächelte mit schief gelegtem Kopf. Sophia kannte dieses Lächeln. Als sie noch in Saratow gewohnt hatten und Alexandra nachts Sophias liebstes Kleid in hundert Fetzen geschnitten hatte, da hatte sie, als Sophias Mutter sie zur Rede stellte, dieses Lächeln aufgesetzt, das Sophia heute noch eine Gänsehaut über den Rücken jagte.

Was trieb sie hier bloß? Hatte sie nicht all ihren Ehrgeiz darauf verwandt, bei der leiblichen Mutter unterzuschlüpfen? Wollte sie ihren Erfolg jetzt zunichtemachen, indem sie die Mutter hinterging?

Als sich die beiden Frauen dem Schaufenster zuwandten, wo Felicitas Alexandra offenbar die ausgestellten Modelle zeigen wollte, senkte Sophia den Blick auf den Schnee vor ihren Stiefelspitzen und eilte davon, so schnell es der glatte Untergrund zuließ.

Was ging es sie an, was Alexandra trieb? Nein, sie würde ihrer Tante nichts von diesem Erlebnis erzählen. Vielleicht entpuppte sich alles als harmlos, und Alexandra würde noch am Abend ihrer Mutter von diesem Besuch berichten.

Aber selbst wenn sie Zeugin einer Hinterhältigkeit geworden sein sollte – Sophia würde sich heraushalten, wie immer, wenn es um Intrigen und Tratsch ging. Sie brauchte einen freien Kopf für die Künste und das Studium, nicht für Skandale und Ränke.

Eine Viertelstunde später hatte Sophia den Vorfall fast schon wieder vergessen. Ihre Hände streichelten über knisternde Seide und flaumweichen Samt. Sie stieß Laute des Entzückens aus ob der aufwendig eingearbeiteten Perlen und feinen Goldfäden, die Taillen und Schultern betonten. Ihre Tante bewies wieder einmal ihr Talent für exklusive Farbe, Schnitte und Verzierungen.

Das Mädchen Galina führte die Garderobe im Salon vor, damit sich Sophia inspirieren lassen konnte für ihre eigenen Kleider, die Christina aus den Ballen Seide anfertigen lassen würde. Sie besaß die geeignete Figur dafür, aber beim Anziehen half ihr eine weitere Bedienstete, deren Hände beim Schließen der Knöpfe und Schnüren der Bänder weniger zitterten. Galina war angehalten, nicht mehr als drei Schritte vor und zurück zu gehen, um keinen peinlichen Zwischenfall zu riskieren.

»Ach, du bist viel zu bescheiden, Sophia«, sagte Christina ein ums andere Mal, wenn sich Sophia für schlichte Schnitte und dezente Verzierungen entschied. Sie nahm das Gesicht der Nichte in beide Hände, betrachtete sie wie ein Kunstwerk und schnalzte. »Du hast wirklich nur das Allerbeste von meiner Schwester geerbt, und sie war schon eine Schönheit, als wir aus Hessen aufbrachen. Du warst noch zu klein, liebe Sophia, um mitzuerleben, wie sich die Bewerber um deine Mama rauften. Wenn sie nur weniger spröde gewesen wäre – sie hätte sich den Besten von allen aussuchen können.«

»Ich glaube, liebe Tante, das hat sie getan«, gab Sophia mit einem Lächeln zurück, bevor sie sich die nächste Stoffprobe über die Schultern warf, um sich vor dem bodenlangen Spiegel mit wiegenden Hüften zu betrachten. »Was meinst du, Onkel André, wirkt dieses schimmernde Rosé zu prunksüchtig für eine Kunststudentin?« Sie wandte sich Christinas Mann zu, der an einem Sekretär aus Kirschholz saß und mit einer Feder, die er in tiefblaue Tinte tunkte, Zahlenreihen auf Pergamentpapier kritzelte.

André sah auf, und ein Lächeln, das von innen heraus zu kommen schien, breitete sich auf seinem Gesicht aus, dessen Wangen und Kinn viel zu glatt und rein für einen Mann seines Alters wirkten. Er sah aus wie ein großer, nicht allzu heller Junge im Körper eines fast Fünfzigjährigen. Ein allerdings exquisit gewandeter Fünfzigjähriger im weinroten Samtrock, mit blütenweißem Spitzenkragen und gepuderter Perücke. Sophia überlegte belustigt, ob er sich auch das Gesicht gepudert hatte, aber das konnte täuschen im Licht.

»Du bist wie immer ein Schmuckstück, Sophia! Selbst wenn du in Sack und Asche gingest, würdest du jede andere Frau in den Schatten stellen mit deiner Schönheit.« Er öffnete seine

Schnupftabakdose, nahm genießerisch eine Prise, und der Duft nach Bergamotte zog Sophia in die Nase.

Sie biss sich auf die Lippen, als sie sah, dass sich die Miene ihrer Tante verfinsterte. Es war klar, dass sich sein Kompliment als Pfeilspitze gegen die eigene Frau richtete. Unter der glänzenden Oberfläche ihrer zur Schau getragenen Eintracht wimmelte etwas Widerwärtiges wie Ungeziefer unter einem Stein.

Auch wenn Christina selbst bei jeder Gelegenheit den Zauber der Nichte lobte – sobald ein anderer dies tat, empfand sie das als persönlichen Affront. Es gab Tage, wie heute, da gingen Sophia die Sticheleien der beiden gehörig auf die Nerven.

»Dass einer wie du dafür noch einen Blick hat«, giftete Christina zurück. »Weißt du, wie die Mode der kommenden Ballsaison gestaltet ist? Ich kann mich nicht daran erinnern, wann ich dich zuletzt im Geschäft gesehen habe, und das Führen der Bücher macht dein Fernbleiben im Atelier weiß Gott nicht wett. Die Leute reden.«

André rollte einen Finger um die Haarwellen an seinen Schläfen, bevor er ein verächtliches Schnauben als Erwiderung ausstieß und sich wieder über die Papiere beugte.

Christina legte den Arm um Sophia. »Komm, mein Kind, wir sollten jetzt …«

Ein silbernes Glöckchen erklang, und Galina, die wieder ihre weiße Schürze trug und beim Empfang der Gäste wenig Schaden anrichten konnte, knickste vor Christina, als die sie fragend anschaute. Dabei trat sie sich auf den Rocksaum. Mit fiebrig geröteten Wangen entwirrte sie ihre Schuhspitzen aus dem Stoff. »Mademoiselle Alexandra ist soeben heimgekehrt«, erklärte das Mädchen in holperigem Französisch mit russischem Akzent.

Christina stieß ein Seufzen aus. »Und ich dachte, sie kommt erst später am Abend. Nun gut, dann müssen wir eben umdisponieren und für Alexandra ebenfalls ein paar Modelle suchen. Du hast doch Zeit mitgebracht, Sophia, oder?«

Bevor Sophia noch antworten konnte, schwang die Flügeltür auf und Alexandra trat ein. Ihre Frisur war von der Mütze aus

Silberfuchsfell noch zerzaust, die Nase rot gefroren, ihre Wangen leuchteten fleckig. Mit wackligem Lächeln schaute sie in die Runde, aber in ihren Zügen blitzte etwas Listiges auf. Es sprach davon, dass hinter ihrer Stirn andere Dinge vorgingen, als ihre immer etwas einfältig wirkende Miene vermuten ließ.

Sophias Muskeln im Nacken spannten sich an, als Alexandra nach französischer Etikette die Luft neben ihren Wangen küsste. Als sie das Gleiche bei ihrer Mutter tat, schien die Temperatur im Salon um zehn Grad zu fallen.

Ein Frösteln durchlief Sophia. Sie legte sich schnell ein wollenes Brusttuch um.

Tante Christina schnalzte, als sie sah, dass Sophia das rosenrote Seidenkleid, in das sie zur Anprobe geschlüpft war, mit einem solchen altjüngferlichen Accessoire ruinierte, aber Sophia zuckte nur die Schultern. Jetzt sollte sie sich um Alexandra kümmern.

Onkel André sah nur kurz auf, die im Halbrund gebogenen, haarnadeldünn gezupften Brauen gehoben, während Alexandra durch den Salon wirbelte. Er reichte ihr die Wange. Alexandra spitzte die Lippen zu einem flüchtigen Kuss.

»Was für eine nette Gesellschaft«, sagte Alexandra, als sie vor den Anprobespiegel trat und ordnend in ihre Haare fuhr. »Ich habe gar nicht damit gerechnet, dich, liebste Cousine, hier anzutreffen. Aber ich verstehe schon. *Tantchen* geht einer ihrer Lieblingsbeschäftigungen nach und stattet dich aus wie ein Püppchen, *n'est-ce pas?* Du bist ja auch das lohnendere Modell von uns beiden.«

»Alexandra, keiner hat darauf gewartet, dass du uns den Abend ruinierst. Spar dir also deine spitzzüngigen Bemerkungen. Du kannst gerne anprobieren, was dir gefällt, aber ich möchte dich entschieden bitten, dich zu mäßigen.«

»Ach, *Tantchen,* mein ganzes Leben besteht nur aus Mäßigung. Daran brauchst du mich nicht bei jeder Gelegenheit zu erinnern.« Sie schnickte mit demonstrativem Desinteresse durch die Reihen von Abendroben, die an einem hölzernen Kleidergestell hingen. »Nichts dabei, was meinen dicken Hintern überdeckt oder eine Taille zaubert, die nicht vorhanden ist. Nichts dabei, was meinen blassen Teint zum Strahlen bringt, und nichts dabei, was von meinem Greisenhaar ablenkt.«

Sophia schnappte nach Luft, zog das Brusttuch enger und überlegte fieberhaft, mit welcher Ausrede sie sich davonstehlen konnte. Alexandra redete sich in Rage. Es stand zu befürchten, dass es zu einem Eklat kam, dessen Zeugin Sophia auf keinen Fall werden wollte. Sie mochte nicht in dieses Machtspiel verwickelt werden, und schon gar nicht mochte sie gezwungen werden, Partei zu ergreifen. Schmerzlich sehnte sie sich nach dem entspannten Miteinander im Kaminzimmer mit Ljudmila und Mascha, wenn die Buchenholzscheite knisterten, sie sich gegenseitig vorlasen und der Honigtee in den Porzellantassen dampfte. In aller Eile streifte sie die rosenrote Kreation ab und zog das fliederfarbene Alltagskleid an.

»Was erdreistest du dich, Alexandra!«, setzte Tante Christina an. Eine Ader trat an ihrer Schläfe hervor, als sie mit dem Kiefer mahlte.

»Alles nur deine Worte, *Tantchen,* alles nur zitiert.« Sie lächelte, funkelnd vor Streitlust.

»Ihr entschuldigt mich bitte«, sagte Sophia, schnürte ihr Mieder und wollte zur Salontür eilen, die Stufen hinab ins Foyer, den Umhang überwerfen, in die Fellstiefel steigen und dann, die Finger in den Muff gedrückt, hinaus in die kühle, klare Nachtluft, durchatmen.

Aber Alexandra hielt sie am Arm zurück. Sophia spürte ihre Fingernägel durch den Ärmelstoff. »Bleib, Cousine. Ich brauche deinen Rat, wenn ich mir eine Robe für das nächste Rendezvous mit Daniel auswähle. Daniel gehört immerhin auf seine spezielle Art zur Familie, nicht wahr? Schon sehr lange. Wusstest du das, Sophia?«

Die Aufmerksamkeit aller im Raum, von Tante Christina, Onkel André und den Hausmädchen war ihr gewiss – und Sophia war sich auf einmal sicher, dass sie es genau darauf angelegt hatte. Sie verfolgte einen Plan, und dazu gehörte, dass möglichst viele erfuhren, was sie zu sagen hatte.

In der plötzlichen Stille entfuhr Galina ein Schluckauf, den sie zu spät mit der flachen Hand vor ihrem Mund unterdrückte. Keiner beachtete sie.

»Ich bin die schlechteste Modeberaterin, die du dir wünschen könntest, Alexandra. Davon abgesehen ist Daniel Meister nach wie vor nicht mehr und nicht weniger als ein Freund unserer Eltern. Blutsverwandt sind wir nicht mit ihm.«

Alexandras Augen blitzten auf wie Klingen im Licht. Sophia erkannte, dass sie ihr einen Trumpf zugespielt hatte. Sie hätte sich am liebsten auf die Zunge gebissen, aber es war zu spät, die Worte noch zurückzunehmen.

»Aber man sollte meinen, wenn jemand über so viele Jahre der Liebhaber unserer Tante ist, dass er sich einen besonderen Stand in der Familie verdient hat, oder etwa nicht?«

Eisiges Schweigen senkte sich über die Menschen im Salon. Galina hielt die Lippen nach innen gezogen, als ihr Leib ein weiteres Mal zuckte. Sophia fühlte ihren Herzschlag im Hals und sah, wie sich die Brust der Tante beim schnellen Ein- und Ausatmen hob und senkte. Mit drei Schritten war Tante Christina bei ihrer Tochter, riss sie an der Schulter heran und versetzte ihr eine schallende Ohrfeige.

Alexandras Wange glühte dunkelrot. Sie fasste mit der Hand danach, aber an ihrem Triumphlächeln hielt sie fest.

»Du glaubst immer nur, dass du dein Leben in Ordnung bringen kannst, indem du mir wehtust. Aber diesmal täuschst du dich. Ich habe lange genug um deine Liebe gekämpft – Daniel selbst hat mir die Augen geöffnet. Ich muss sagen«, fügte sie, die Finger immer noch an der Wange, mit süffisantem Grinsen hinzu, »obwohl wir nicht viele Gemeinsamkeiten haben, aber wir bevorzugen die gleichen Männer. Daniel ist der beste Liebhaber, den eine Frau sich wünschen kann. So hattest du es in deinen Briefen nach Saratow geschrieben, nicht? Und dass Onkel André kraftlos wie ein nasser Lumpen an dir hängt und du ihn nur brauchst, um deine Karriere voranzutreiben – so hattest du dich ausgedrückt, oder? Nicht sehr fein, muss ich zugeben, wirklich nicht sehr fein. Aber gewiss die Wahrheit.« Sie reckte die Nase, hielt dem Blick ihrer Mutter lange stand, bevor sie zu André Haber linste, der das Tintenfass zustöpselte und die Feder in den Halter neben den zusammengeklappten Büchern steckte.

Er erhob sich nun und es erschien fast so, als hätte ihm Alexandra gerade die Menüfolge des Abends vorgelesen und nicht das schmutzige Geheimnis seiner Frau präsentiert.

Ob seiner entspannten Haltung vermeinte Sophia, Anzeichen von Unbehagen in Alexandras Miene zu erkennen. Unwillkürlich fragte sich Sophia, ob André der Nächste wäre, der eine Backpfeife austeilen würde.

Gemäßigten Schrittes, fast würdevoll, trat er auf seine Frau und deren angebliche Nichte zu. Seine Miene verriet nicht, ob er ahnte, dass eine mit einer solchen Hitzigkeit streitende junge Frau etwas anderes als Christinas Nichte sein musste. Dass Christina ihre Mutter war, hatte Alexandra nicht verraten – vermutlich, weil sie befürchtete, sich ins eigene Fleisch zu schneiden mit dem Bekenntnis, ein uneheliches Kind zu sein.

Sophia ging ein paar Schritte rückwärts. Die Luft schien nun zu vibrieren wie nach einem Blitzschlag, die Bediensteten standen wie in Schockstarre an den Türen und vor den Kleidermodellen. Mit einer nachlässigen Geste bedeutete André sämtlichen Angestellten, den Salon zu verlassen, und das geschäftige Laufen, das Einsammeln von Teetassen, Keksschalen und Besteck auf den Tabletts waren neben einem weiteren Hickser für ein paar Sekunden die einzigen Geräusche.

Als sich die Tür hinter dem letzten Mädchen mit einem dumpfen Klacken schloss, trat André einen weiteren Schritt vor.

Sophia zog die Schultern hoch, hielt die Hände an den Mund – aber er holte nicht zum Schlag aus, sondern legte den Arm um die Schultern seiner Frau. Mit gekrümmtem Zeigefinger fasste er unter ihr Kinn und hob es an, sodass er sie küssen konnte.

Alexandra schnappte nach Luft. Offenbar konnte sie sich genauso wenig wie Sophia einen Reim auf seine unerwartete Reaktion machen.

Müsste er Christina nach dieser Offenbarung nicht auf der Stelle mit Schimpf und Schande aus dem Haus jagen? Genau das war offenbar Alexandras Kalkül, aber wie es schien, hatte sie sich verrechnet.

Sophia las in der Miene ihrer Tante nicht weniger Überraschung, aber auch Erleichterung und Genugtuung spiegelten sich darin. Sie schmiegte sich an seine Seite wie das Urbild eines liebenden Eheweibs, legte ihrerseits den Arm um seine Taille und sah zu ihm auf, als hinge ihr Himmel voller Geigen.

Was ist das hier für ein Schmierentheater?, ging es Sophia auf einmal mit überschäumender Wut durch den Sinn. Warum ließ sie sich kostbare Lebensstunden stehlen von diesen Menschen, die sich mit Worten tödlich zu verletzen versuchten? Ja, das hier waren ihre nächsten Verwandten, aber hieß das, dass sie Teil ihrer Welt voller Arglist, Falschheit und Boshaftigkeit sein musste?

»Du scheinst zu glauben, Alexandra, dass du mir Neuigkeiten erzählst«, begann André. »Ich muss dich enttäuschen. Wie deine Tante und ich unsere Ehe führen, das liegt ausschließlich in unserer Hand. Ich möchte dich für jetzt und für immer auffordern, dich da herauszuhalten. Es geht dich nichts an, und wenn du dir vor Wut ein Bein ausreißen würdest – dir wird es nicht gelingen, einen Keil zwischen mich und meine geliebte Frau zu treiben, was auch immer du an Niedertracht offenbarst.«

Alexandra klappte der Kiefer herunter, ihre Schultern sackten nach vorn. »Hast du nicht verstanden, was ich gerade gesagt habe? Deine Frau verachtet dich und …«

Andrés Handkante schnitt durch die Luft. »Genug! Nichts, was du sagst, treibt mich gegen meine Gattin. Geh mir aus den Augen!« Den letzten Satz brüllte er so laut, dass alle zusammenzuckten.

Alexandra wirbelte herum, stieß gegen Sophia, die fast ins Straucheln geriet ob der Heftigkeit, und rannte wie von Teufeln gehetzt zur Tür. »Alle habt ihr euch gegen mich verschworen!«, schrie sie von dort, auf einmal wieder das verletzte Kind, fernab der ränkeschmiedenden Intrigantin, als die sie sich in der letzten Viertelstunde versucht hatte. Tränen glitzerten in ihren Augen. »Keinen Tag bleibe ich länger in diesem Haus! Aber ihr werdet noch an mich denken, verlasst euch drauf, und ihr alle werdet euch wünschen, mich niemals gedemütigt zu haben! Das schwöre ich euch.«

Als sie die Tür aufriss, prallten Galina und zwei weitere Mädchen, offenbar mit den Ohren am Holz klebend, zurück, schlugen sich die Hände vor den Mund und sprangen der rasenden Alexandra aus dem Weg, wobei Galina zu Boden ging. Umsichtig schloss eine der Angestellten die Tür wieder. Sophia sah, dass sie wenigstens den Anstand besaß, zu erröten wegen des unerlaubten Lauschens.

Kaum waren sie nur noch zu dritt im Salon, nahm André den Arm von Christinas Schultern. Mit Alexandra war der Duft nach Maiglöckchenparfum und Angstschweiß im Raum herumgewirbelt. André trat zu dem bodentiefen Fenster, vor dem ein gemauerter Säulenbalkon auf den Newski-Prospekt schaute, und öffnete es weit. Kühle Nachtluft mit dem Geruch nach fallendem Schnee durchströmte den Salon, schien die Atmosphäre zu reinigen und die Köpfe zu klären. Trotzdem verspürte Sophia hinter den Schläfen einen stechenden Schmerz. Nie hatte sie sich sehnlicher von einem Ort weggewünscht.

»Alles nur leeres Geschwätz«, sagte Christina, schlenderte zu einem der Beistelltische und schenkte drei Gläser voll mit Kirschlikör, die sie auf einem gläsernen Tablett arrangierte und André und Sophia anbot.

Sophia lehnte ab; André leerte das zierliche Glas in einem Zug und schenkte sich randvoll nach.

Sophia biss sich auf die Unterlippe, während sie zwischen ihrer Tante und deren Mann hin und her blickte. Innerlich kämpfte sie zwischen der Loyalität ihrer Tante gegenüber und ihrer Hoffnung, sich aus allem heraushalten zu können. Auf Alexandra

Rücksicht zu nehmen war keine Option – zu oft hatte sie die Niedertracht ihrer Cousine zu spüren bekommen, als dass sie sich ihr gegenüber zu Verschwiegenheit verpflichtet fühlen würde.

»Ich glaube, sie meint es ernst«, sagte Sophia.

Sowohl Christina als auch André hielten in der Bewegung inne und starrten sie an.

Sophia umfasste den Türgriff. »Ich habe sie heute im Geschäft von Felicitas Haber gesehen.«

Christina bedeckte mit den Fingern die Augen. André stieß aus geblähten Wangen die Luft aus.

»Entschuldigt mich jetzt. Es ist spät geworden, ich lasse mir einen Schlitten für die Heimfahrt rufen. Die ausgewählten Kleider komme ich in der nächsten Woche abholen. Danke für alles. Adieu!«

Die Wut, die in Christina loderte, ließ sie nach Gegenständen im Salon Ausschau halten, die sie an die Wand schmettern konnte, um den Druck loszuwerden. Aber als sie in Andrés Miene schaute, verging ihr der Wunsch. Er hatte sich in einen der mit Brokat bezogenen Sessel gesetzt und beobachtete sie nun mit hochgezogenen Brauen.

Dieses Narrengesicht, ging es Christina durch den Sinn. Diese gepuderten Falten mit den wie aufgemalt wirkenden rosa Wangen, diese dümmlich wirkenden Brauen über den trunkenen Augen, der abgespreizte kleine Finger, während er das Likörglas am Stiel hielt und es nach jedem Atemzug an die gespitzten Lippen setzte. André war noch niemals, auch nicht in der ersten Stunde ihrer Begegnung, ein Mann gewesen, der Christinas Sinne entfachte. Die meisten Jahre war er ihr gleichgültig – ein bequemes Gefühl, dem sie nicht allzu viel Beachtung schenken musste. In letzter Zeit hatte sich allerdings Verachtung dazugesellt – für sein geschäftliches Unvermögen, sein weibisches Aussehen, seine theatralischen Gesten. Wie sollte sie dies nun vereinbaren mit der Dankbarkeit, die sie nach seiner Replik gegenüber Alexandra empfand?

Sie überwand sich, ließ alle Sehnsucht nach zerspringendem Porzellan fahren, trat auf ihren Mann zu, stützte die Hände auf die Lehnen des Sessels und berührte erst seine Wangen, dann seine Lippen mit dem Mund. In seinem Gesicht bewegte sich nicht ein Muskel. »Ich war nie stolzer auf dich, André. Danke, dass du das für mich getan hast.«

Sie erwartete, dass seine Züge weicher wurden, er ihren Kuss vielleicht erwiderte oder zumindest lächelte. Aber nichts davon geschah. Er drückte sie mit einem Arm weg und erhob sich. Beim Aufstehen richtete er sein Jackett und den Spitzenkragen. »Es gibt kein Publikum mehr, Christina. Wir können mit dem Schauspiel aufhören.«

Eine eisige Faust griff nach Christinas Herzen. Von ihrem inneren Aufruhr ließ sie sich äußerlich nichts anmerken. Jahrelange Übung hatten sie darin zur Meisterin werden lassen. Sie wartete, dass er fortfuhr.

André schenkte sein Glas ein weiteres Mal voll, leerte es in einem Zug und stützte sich auf die Sessellehne, weil es ihm offenbar inzwischen schwerfiel, das Schwanken zu verbergen. Seine Zunge klang schwer, aber sein Scharfsinn schien ungebrochen. »Du scheinst zu glauben, Christina, dass du die Einzige bist, die von unserer Ehe profitiert. Du hast dich in das Unternehmen meines Vaters und Großvaters eingearbeitet, als wäre es dein eigenes, du führst das Geschäft wie jemand, der von Geburt dazu berufen ist, und du genießt dein Ansehen in den besten Kreisen der Stadt. Dafür nimmst du mich in Kauf – einen Mann, der dein Blut nicht in Wallung bringt, obwohl genau dies der schwarze Fleck auf deiner Seele ist: dein Verlangen nach männlicher Zuwendung.« Er stieß ein heiseres Lachen aus und hüstelte. Dann fixierte er sie. »Weißt du, in dieser Hinsicht erinnerst du mich an die Zarin. Ich glaube, dir ist gar nicht bewusst, wie ähnlich ihr euch seid. Das Streben nach mehr und mehr Macht, das Ausweiten des Geltungsbereiches der eigenen Herrschaft, die Rücksichtslosigkeit, mit der ihr Leichen am Wegesrand zurücklasst ...«

»Jetzt halte mal an dich, André. Hat dir der Kirschlikör den Verstand benebelt?«, unterbrach Christina ihn.

»… und gleichzeitig das Verlangen nach Liebesdienern, die euch Lust verschaffen.« André sprach weiter, als hätte er ihren Einwand überhört und als drängten seine Wahrheiten schon viel zu lange an die Oberfläche. Sein Mund verzog sich, als verspürte er Widerwillen, aber schließlich glättete sich seine Miene, und er wies mit dem ausgestreckten Finger auf sie. »Hast du dich nie gefragt, warum ich mir dein Benehmen gefallen lasse? Und hast du wirklich geglaubt, Alexandra hätte mir etwas erzählt, was ich noch nicht wusste? Ich brauchte nicht zu schauspielern – ich habe ihr die Wahrheit gesagt. Ich kenne dich besser, Christina, als du je vermutet hättest. Und ich habe dich nicht trotzdem zur Frau genommen und zur Teilhaberin gemacht, sondern genau deswegen.«

Selten hatte Christina etwas die Sprache verschlagen, aber als sie ihren Gatten nun ansah und dem Klang seiner Worte nachspürte, wusste sie wirklich nicht, was sie erwidern sollte. War das alles eine Finte und André wollte sie zu einem umfassenden Geständnis treiben? Was erwartete er bloß von ihr, und wie sollte es weitergehen nach dieser Offenbarung?

André nahm ihr die Entscheidung ab.

»Du kannst den Mund wieder zumachen, Christina. Das naive Gänschen aus dem hessischen Bauerndorf passt nicht mehr zu dir.«

»Das bin ich nie gewesen.« Ihre Stimme klang in ihren eigenen Ohren fremd.

André grinste, als er nun zu ihr torkelte, das rot funkelnde Glas in der Rechten, mit dem anderen ihr Kinn hebend, um sie mit spitzen Lippen auf den Mund zu küssen. Diesmal war es Christinas Miene, die versteinerte, als könnte sie die Berührung kaum ertragen.

»Wir haben alle unsere Geheimnisse, Täubchen«, fuhr er fort. Christina hörte den Likör in seiner Stimme und fragte sich, ob er damit auf ihre Worte anspielte oder etwas anderes meinte. Sie hatte André in dieser Verfassung noch nie erlebt. Es erzürnte sie, dass ihr die Situation zu entgleiten drohte. »Lass uns einfach weiterhin vorgeben, zwei Liebende zu sein, die sich gesucht und gefunden haben – zwei erfolgreiche Menschen, die sich gegenseitig zu einem makellosen Bild in der Gesellschaft verhelfen. Bist du damit einverstanden, Christina?« Er senkte den Kopf. Ein unterdrückter Rülpser ging in einer Welle durch seinen Oberkörper, seine Unterlippe schimmerte feucht von Speichel.

Christina holte Luft, sodass sich ihr Brustkorb dehnte. Sie richtete sich auf wie an Fäden. »Wir werden sehen«, sagte sie mit hoheitsvoller Miene, während ihr das Blut in den Ohren rauschte und ihre Finger zu zittern begannen. Ohne Eile wandte sie sich um und schritt aus dem Salon.

Ein Wurm, dachte Christina. *Was für ein elender Wurm.* Oder doch eine Schlange, die nur darauf lauerte, das tödliche Gift in ihre Adern zu spritzen?

20

Waidbach, April 1785

Ihre Haare ergrauten. Nichts war mehr übrig von der seidigen Pracht, die wie Herbstlaub glänzte und in die Sebastian so gern Hände und Nase vergraben hatte, früher, als sie sich noch leidenschaftlich geküsst hatten.

Auch jetzt küssten sie sich noch, aber im gleichen Maße, wie ihre Liebe an Tiefe gewann, verlor sie an Verlangen.

Klara konnte sich nicht mehr an den Tag erinnern, an dem ihr die Erfüllung der ehelichen Pflicht zum letzten Mal Freude bereitet hatte. Jetzt streichelte sie Sebastian über den Rücken, wenn er auf ihr lag und leise stöhnte, starrte an die Decke und wartete, dass es vorbeiging. Er brauchte viel länger als noch vor wenigen Jahren, um seinen Samen in sie zu ergießen. Daraus schloss Klara, dass auch für ihren Mann die Jahre des Begehrens zu Ende waren.

Das war vielleicht der Lauf der Welt, aber wahrscheinlicher war, dass sie beide die Freuden im nächtlichen Ehebett noch genießen würden, wenn … ja, wenn …

Klara spürte nach fünf Monaten immer noch einen Tränenkloß im Hals, wenn sie an Amelia dachte. Die wenigsten hatten dafür Verständnis. Die Zeit heile alle Wunden, behaupteten die einen, und die anderen forderten: »Jetzt reiß dich mal zusammen, Klara. Trauer muss auch ein Ende haben!«

Am schlimmsten waren diejenigen, die sie zu trösten versuchten: »Du hast doch noch drei andere, zwei Pflegekinder dazu, und kannst Kinder haben, so viele du willst.«

Tatsächlich war Klara erneut schwanger, bedauert von den meisten, beneidet von einigen wenigen wie Anja und Bernhard, die, wie sie wusste, seit ihrer Hochzeit vergeblich versuchten, Nachwuchs zu bekommen.

Früher hatte Sebastian gerne in ausgelassener Runde mit den alten Freunden behauptet, seine Frau brauchte nur seine Beinkleider zum Trocken an die Leine zu hängen, um schwanger zu werden. Heute wagte er solche losen Sprüche nicht mehr. Es war, als hätte sich ein Leichentuch über das Haus der Mais gesenkt. Meistens flüsterten die Kinder nur miteinander, keines sang. Sebastian und Klara saßen sich an vielen Abenden schweigend gegenüber, starrten in ihre dampfenden Becher und wussten nicht, was sie tun konnten, um sich irgendwie mit dem Kummer einzurichten.

Amelia fehlte.

Sie fehlte, wenn Klara die Schüsseln auf dem Esstisch verteilte. Sie fehlte, wenn sie zur Guten Nacht die Kinder in ihren Lagern zudeckte, auf die Stirn küsste und einen letzten Blick zu Mathilda und Frannek warf. Sie fehlte beim sonntäglichen Kirchgang, und sie fehlte auf Klaras Schoß, wo sie ihr immer die Haare gekämmt und dabei ein Lied in ihr Ohr gesummt hatte.

An manchem Morgen nach einer schlaflosen Nacht, in der Klara wieder einmal lautlos geweint hatte, fragte sie sich, ob es nicht besser wäre, sie würde von Amelias Tod erfahren. Dann könnte sie einen Platz auf dem Friedhof hinter der Kirche für sie anlegen, Heidekraut und Tulipane darauf pflanzen, rundgeschliffene Wolgakiesel zu einem Herz legen und eine Kerze für sie entzünden. Einen Ort zum Trauern herrichten, zum Abschiednehmen, zum Reden mit ihrer Tochter, um ihr nah zu sein.

So aber hatte sie nichts, nur diese nagende Ungewissheit darüber, wie es ihrem Kind erging.

Weinte sie nach ihr? Schrie sie gar in höchster Qual? Glaubte sie, die Eltern hätten sie im Stich gelassen, nicht alles versucht, sie aus den Fängen dieser Wilden zu befreien?

Sebastian war über viele Wochen, manchmal tagelang, mit anderen Männern aus dem Dorf über die Wiesen geritten, auf den Spuren der räuberischen Nomaden. Mit heißem Herzen hatte Klara in der Kolonie auf ihn gewartet, jedes Mal erfüllt von Hoffnung. Sie hatte die Hände gerungen und die Stunden gezählt, während die Kinder an ihrem Rockzipfel zupften und die leeren Breischüsseln hochhielten. Jedes Mal war sie ihm entgegengelaufen, wenn sie am Horizont seine Silhouette erkannte, und war auf die Knie gefallen, das Gesicht in den Händen verborgen, die Schultern bebend von Schluchzern, wenn er nur mit verkniffenen Lippen den Kopf geschüttelt hatte.

»Du musst ins Leben zurückkehren, Klara. Die Kinder brauchen dich«, hatte Sebastian im Dezember gesagt, als der Schnee schon lange jede Fährte überdeckt hatte. Klara hatte laut aufgeheult, als er verkündete, er würde die Suche nun einstellen, und ein Gebet begann, in das Henny und Martin, Mathilda und Frannek mit gefalteten Händen und gesenkten Köpfen kniend eingestimmt hatten.

Am Abend im Ehebett hielt Sebastian Klara in den Armen. »Ich trauere genau wie du, Klara, nur anders. Ich vermisse Amelia nicht weniger als du, und ich darf meine Phantasie nicht schießen lassen, um die Bilder zu unterdrücken, die sich vor mir auftun, wenn ich mir ausmale, was sie gerade erleidet. Aber, Klärchen, wir tragen Verantwortung nicht nur für Amelia. Einige Mal schon, wenn ich heimkehrte, lag Luise am Abend eingeschmutzt bis zum Hals in ihren Windeln, die Reste in den Töpfen schimmelten, der Ofen war kalt, die Milch sauer. Dich um deine verbliebenen Kinder und den Haushalt zu kümmern bedeutet nicht, dass du Amelia vergisst, Klara. Deine Pflichten zu erfüllen lenkt dich vielleicht sogar ab von dieser alles verzehrenden Sorge. Versuch doch, dir das Beste auszumalen: Amelia ist nicht die Einzige, die verschleppt wurde. Claudius war dabei und noch ein paar weitere junge Leute. Vielleicht hat sie in einem von ihnen einen Beschützer gefunden.«

In seinen Armen liegend zog Klara die Nase hoch und wischte sich mit dem Nachthemdärmel über den Mund, während sie zitternd Luft holte. »Das ist ein schönes Bild«, sagte sie auf einmal leise. »Und es ist wirklich nicht unwahrscheinlich, oder, Sebastian?« Sie versuchte, in seiner Miene zu lesen, als wüsste er die Wahrheit und brächte ihr damit Erlösung.

Sie sah, wie sein Adamsapfel hüpfte, als er schluckte. »Es ist möglich«, sagte er mit belegter Stimme. »Und es ist besser, dies zu glauben, als alles andere. « Er strich ihr die spröden Haare aus dem Gesicht und küsste sie auf die Stirn. »Kann dir Mathilda nicht eine Freundin sein? Ihr seid Leidensgenossinnen und könntet euch gegenseitig trösten. «

Klara wand sich aus seinem gesunden Arm, drehte ihm den Rücken zu und starrte an die Wand. Mathilda! Sie trug die Hauptschuld daran, dass ihre Tochter geraubt worden war! Davon war Klara zutiefst überzeugt. Nur dass Sebastian das anders sah und inzwischen nicht mehr mit Worten dagegenhielt, sondern ihr schlichtweg verboten hatte, noch ein einziges Mal die Pflegetochter zu beschuldigen.

Wahrscheinlich hatte Mathilda ihn, wie alle Menschen, um den Finger gewickelt, damit er nun auf ihrer Seite kämpfte.

Klara machte drei Kreuze, dass Mathilda vor einigen Wochen bei Helmine eine Anstellung gefunden hatte. Sie half ihr auf der Maulbeerplantage beim Ernten der Rohseide und war dreizehn Stunden am Tag aus dem Haus. Aber am Abend kehrte sie in Klaras Hütte zurück, die sie immer noch ihr Zuhause nannte.

Mathilda stürzte sich in die Arbeit, und ob sie nachts im Bett um den Geliebten weinte – wen kümmerte das?

»Wie kannst du das vergleichen«, sagte sie mit einem Gefühl, als lastete ein Felsen auf ihrer Brust. »Gewiss, es ist bedauerlich, dass sie auch Claudius verschleppt haben. Aber er ist ein kräftiger junger Mann mit hoffentlich einem Funken Verstand, er wird sich zu helfen wissen. Amelia dagegen ist ein kleines Mädchen. Was soll sie ausrichten dagegen, wenn einer der Wilden sie packt. « Ihr Stimme erstarb und sie spürte die streichelnde Hand ihres Mann auf der Schulter.

»Psssst«, machte er.

»Gewiss vermisst Mathilda ihren Gespielen, aber, ich bitte dich! Du weißt, wie unstet ein junges Weib sein kann. Kann sie den einen nicht haben, nimmt sie eben einen Besseren! Die Kerle laufen uns jetzt bereits die Tür ein, um Mathilda den Hof zu machen. All diese Heißsporne mit nichts als Mus in der Birne brauchten sich doch nur noch ein wenig zu gedulden, bis Mathilda der Rock wieder brennt. Dann kommen sie schon zum Zuge.«

Sebastian schwieg, und für einen Moment meinte Klara, er wäre bereits eingeschlafen. Seine Stimme, als er sprach, klang auf einmal fremd, und sie schien, obwohl er flüsterte, in der Schlafecke des Ehepaares zwischen den Holzwänden zu hallen. »Manchmal bist du mir fremd, Klara«, sagte er. »Nein, ich weiß nicht, wie unstet ein junges Weib sein kann. Die Frau, die ich geheiratet habe, hätte – so hat sie es mir geschworen – niemals einen anderen zum Mann genommen.«

Klara spürte ihren Puls rasen. Was war das? Scham über die eigenen Worte, Angst um ihren Mann oder wieder der vertraute Schmerz? »Das war was anderes«, murmelte sie nur und lauschte in die Stille hinein, bis Sebastians regelmäßige Atemzüge verrieten, dass er eingenickt war.

Gute Nacht, Amelia, dachte Klara und schloss die Lider über die brennenden Augen.

»Heute war Lindners Artur da, ein tüchtiges Mannsbild, wenn du mich fragst. Er hat bereits zum dritten Mal vorgesprochen. Willst du ihm nicht Hoffnung machen, oder willst du ihn mit deiner sauertöpfischen Art vergraulen wie all die anderen?«

Die Sonne war bereits untergegangen, als Mathilda an diesem Abend von ihrer Arbeit auf der Maulbeerplantage heimkehrte. Auf dem Rückweg hatte sie die Reste des Brotkantens gekaut, die sie in ihrer Rocktasche trug, um auf das Abendessen im Kreis der Familie zu verzichten. Sie glaubten ihr, wenn sie Müdigkeit und Erschöpfung vortäuschte. An manchen Tagen ertrug sie es schwerer, in Klaras vorwurfsvolle Miene zu blicken oder sich unter ihren spitzen Worten zu ducken. Sie sah sehr wohl, dass sie Klara im Haushalt fehlte – bevor Amelia und Claudius von den Kirgisen geraubt worden waren, hatte Klaras Haushalt als Vorbild an Reinlichkeit und Gemütlichkeit in der Kolonie gegolten. Jetzt verlotterte alles, verschimmelte, verdreckte, und es zog durch die Ritzen, kühlte aus, selbst wenn im Ofen die Scheite knisterten.

Mathilda hielt schon den Vorhang, der den Anbau von der Stube abtrennte, und wandte sich noch einmal um. Sie war müde, erschöpft. Es verging kein Tag, an dem sie nicht mutmaßte, der Schmerz über den Verlust ihres Liebsten würde sie umbringen. Instinktiv fasste sie bei Klaras mürrischer Begrüßung an ihr Handgelenk. Das silberne Armband mit den Kopekenherzen strahlte eine Kraft aus, die sie innerlich stärkte für alles, was noch kommen sollte. Sie hatte es seit Claudius' Verschleppung nicht ein einziges Mal abgelegt und würde sich eines Tages damit begraben lassen. Wenn ihr Fleisch verfaulte, ihre Knochen verfielen und ihre Seele beim Herrgott wäre, würde das Armband zurückbleiben in dieser Welt.

»Artur stinkt nach Zwiebeln und ungewaschenen Füßen. Aber selbst wenn er röche wie ein Parfümeur, würde ich ihn nicht mit der Kneifzange anfassen, Mutter Klara. Ich wünschte, du würdest das verstehen.«

Klara fuhr herum. »Was ich verstehe, ist, dass du uns weiterhin auf der Tasche liegen willst. Was ist verkehrt daran, dich nach einem halben Jahr der Trauer einem anderen zuzuwenden? Davon verliert keine ihren guten Leumund.«

»Mir geht es nicht um meinen Leumund, Mutter Klara. Aber Hauptsache, das Kind, das du trägst, tröstet dich über den Verlust von Amelia hinweg.« Damit wandte sie sich ab und betrat den Schlafraum für die Kinder, wo Frannek in einer Ecke mit dem vierjährigen Martin zusammenhockte. Die beiden fuhren auseinander, als Mathilda auf einmal im Raum stand. Wahrscheinlich hatte ihr inzwischen dreizehnjähriger Bruder dem Kleinen mal wieder die wildesten Flüche beigebracht – was Vater Sebastian ihm unter Prügelandrohung verboten hatte. Aber Frannek hatte, wie Mathilda wusste, einen Heidenspaß daran, den Vierjährigen zu beeinflussen, und amüsierte sich mit vor den Mund gepressten Fäusten, wenn Martin mit seinen neuen Kenntnissen im Familienkreis prahlte. Ein leichter Geruch nach

Angebranntem umwehte sie, wahrscheinlich von der Kochstelle her. Mutter Klara hatte wohl vergessen zu lüften.

Klara in der Stube tobte. »Das ist etwas anderes! Willst du wirklich die Mutterliebe mit deinem Getändel vergleichen? Da verhebst du dich aber gewaltig!«

Sollte sie schimpfen und zetern – Mathilda hatte schon lange erkannt, dass nichts, aber auch gar nichts, was sie tat oder sagte, Klaras Wohlgefallen erregte. Also hatte sie es irgendwann aufgegeben, ertrug die Anfeindungen, indem sie sich verschloss, und gönnte sich ab und an eine Spitze, um ein bisschen von dem Druck abzulassen, der ihr Herz zu sprengen drohte.

Seit fünf Jahren lebte sie nun in dieser Familie, die sie sich einst ausgesucht hatte, weil sie ihr wie eine Insel in einem tosenden Ozean erschien. Nicht, dass Mathilda jemals auf einem tosenden Ozean gereist wäre oder gar eine Insel gesehen hätte – aber sie kannte Bilder von Kriegsschiffen bei hohem Seegang unter bleischwerem Himmel. Manches Mal hatte sie gedacht, dass sich so ihr Dasein anfühlte. Nun, eine Insel war Klara mit ihrer Familie schon, aber eine, auf der es Schlangen und Raubkatzen gab. Sie musste immer auf der Hut sein – das hatte sie sich anders erträumt. Dennoch vermochte sie nicht, ihr Urteil über Klara zu kippen. Sie glaubte nach wie vor, dass die Waidbacherin ein gutes Herz besaß. Sie hatte oft genug erlebt, wie sie sich für ihre Kinder aufopferte, wie sie ihren Mann umsorgte, und bevor das Unglück über sie hereingebrochen war, hatte sie Tag für Tag das Haus behaglich gestaltet.

Klara schien entschieden zu haben, dass sie Mathilda nicht in diese Umarmung einzuschließen gedachte, und Mathilda nahm das hin. Vielleicht hatte sie es nicht besser verdient.

Ihre Brust schien sich zu verengen, wenn ihr einfiel, wie nah sie dem Traum von einem eigenen Heim gekommen war. Auch sie wäre eine vorbildliche Hausherrin geworden, Claudius hätte sich über nichts zu beklagen gehabt.

Während sich die beiden Jungen aus ihrer Ecke lösten und in ihre Betten krochen, hockte sich Mathilda, wie es ihr seit Claudius' Verschleppung zur Gewohnheit geworden war, auf den dreibeinigen Hocker am Fenster und starrte über den Bauerngarten und den Holzzaun hinweg und über die Wolgawiesen bis zum Horizont. Am Himmel begannen die ersten Sterne zu blinken, als wollten sie einem verlorenen Sohn des Dorfes den Weg zurück weisen, aber das waren nur die Hoffnungsfunken, die sie davor bewahrten, vor lauter Kummer und Sehnsucht den Verstand zu verlieren. Manchmal sah sie in der Ferne Füchse oder Rehe, manchmal heulte ein Wolf, manchmal flog ein Schwarm Krähen kreischend auf. Aber niemals sah sie am Horizont einen Reiter auf einem Pony auf die Kolonie zureiten, das Pony mit wehender Mähne und fliegendem Schweif, der Reiter gebeugt und mit Augen strahlend wie die Nachtsterne vor Vorfreude. Das Bild existierte nur in ihrer Phantasie. Sie nahm es mit in ihre Träume.

Beim Einschlafen legte sie den Arm über die Stirn, sodass sie das kühle Silber an ihrer Gesichtshaut fühlte. Manchmal betastete sie die Kopekenherzen und erinnerte sich an Claudius' Worte, dass er ihr für jedes ihrer Kinder ein weiteres Herz schmieden würde, bis sie den Arm nicht mehr heben konnte, weil es schwer vor Glück an ihr riss.

Es würde bei den zwei Herzen bleiben. Ein Silberpärchen, im Schmerz vereint bis in den Tod.

Was sich Mutter Klara nur dachte. Einen anderen sollte sie nehmen! Sie hatten sich Liebe geschworen, und was war ein Schwur wert, wenn er bei nächster Gelegenheit gebrochen wurde?

Mathilda spürte ihren Magen knurren – die Brotkante hatte ihn kaum gefüllt, aber für nichts in der Welt wäre sie noch einmal aufgestanden, um sich noch etwas von Mutter Klaras *Kapusta* zu holen.

Gut, dass sie bei Helmine eine ordentliche Anstellung gefunden hatte. Einen Großteil des Lohns gab sie an ihre Pflegeeltern ab, aber ein paar Kopeken steckte sie in das eigene Säckel, das sie im Stroh unter ihrer Bettstatt verbarg. Irgendwann würde das

242

Geld ausreichen, um auf eigenen Füßen zu stehen. Sie würde sich allein einfallen lassen müssen, wie sie das bewerkstelligen sollte, denn wen auch immer sie fragte – den Dorfschulzen oder den Pfarrer –, sie würden ihr alle den gleichen Rat geben: Such dir einen anständigen Mann, Mathilda.

Keiner von ihnen würde je verstehen, dass sie bereits den besten aller Männer gefunden hatte.

Martin in seinem Bett begann zu wimmern. Mathilda hoffte, dass er sich von allein beruhigte, aber das Wimmern ging in Jammern über.

»Sei leise, Martin«, zischte sie ihm zu. »Du weckst die anderen.«

»Mir tut was weh.«

»Schlaf! Morgen ist es wieder heil.« Sie richtete sich für einen Moment auf, sah, dass der Vierjährige zusammengekrümmt, die Hände zwischen den Beinen gefaltet, dalag. Sie erhob sich, tapste zu ihm und zog die Decke fest über ihn. »Soll ich dir noch einen Becher Wasser holen?«

Martin kniff die Lippen fest zusammen und schüttelte den Kopf.

»Was tut dir denn weh?«

»Die Hand.« Sein Gesicht nahm die Farbe von reifen Tomaten an.

»Zeig her.«

Sie griff nach seinem Arm und betrachte die wässerige Blase am Handballen. »Woher hast du das?«

»Ich weiß nicht.«

»Dann kann es so schlimm nicht sein. Also, Ruhe jetzt.«

Martin nickte.

Wahrscheinlich hatte das Jungchen nur verbotenerweise aus dem Kochtopf genascht und dabei den glühend heißen Topf gestreift. Die leichte Brandverletzung war bloß die gerechte Strafe für seine Missetat.

Als sie sich hinlegte, warf sie einen Blick zu ihrem Bruder, dessen Züge im Schlaf entspannt waren. Er hatte innerhalb weniger

Wochen so viele eitrige Pickel bekommen, dass sie eine Weile befürchtete, er hätte ihnen die Pocken ins Haus geschleppt. Aber Dr. Frangen gab Entwarnung – solche Ausschläge seien nichts Ungewöhnliches, wenn ein Knabe sich zum Mann entwickelte. Ein Mann? Für einen Moment betrachtete Mathilda das vertraute Antlitz ihres Bruders. Selbst im Schlaf wirkte es verschlossen. Die roten Pocken traten auf seiner blassen Gesichtshaut deutlich hervor und entstellten es. Mitgefühl überkam Mathilda mit dem Jüngeren, und auf einmal wurde ihr bewusst, dass sie nicht hätte sagen können, wie es Frannek ging. Nicht erst sein Claudius' Verschleppung war sie so sehr mit sich selbst beschäftigt, dass sie auf den kleinen Bruder keine Rücksicht hatte nehmen können.

Sie würde sich in den nächsten Tagen um ihn kümmern. Vielleicht tat es ihm gut, mit der Schwester zu reden. Sehr viel mehr Liebe als Mathilda bekam er nicht in diesem Haus.

»Setz dich, iss.« Linkisch wies Klara an den Esstisch, auf dem zwei Teller mit Blinis standen. Sie hatte sogar den Topf mit dem Pflaumenmus dazu auf den Tisch gestellt, als wäre heute ein Feiertag.

Mathilda fühlte sich, als säße sie auf einem Ameisenhaufen. Überall kribbelte und prickelte es auf ihrer Haut vor Anspannung. Normalerweise ging sie als Letzte morgens aus dem Haus auf direktem Weg zu Helmine, und unterwegs kaute sie einen kalten Blini oder eine eilig abgesäbelte Scheibe Brot. Wollte Klara an diesem Morgen tatsächlich mit ihr gemeinsam frühstücken?

»Helmine wartet auf mich.«

»Das kann sie noch zehn Minuten länger tun. Bestell ihr einen schönen Gruß von mir. Der Mensch soll frühstücken wie ein König, damit das Tagwerk gelingt.«

Darum hatte sich Klara bislang noch nie geschert, wusste Mathilda. Sie schien irgendetwas im Schilde zu führen. Oder bereute sie die Auseinandersetzung vom Abend? Das wären ganz neue Töne. Reue oder Scham äußerten sich bei Klara in einer Art Ruppigkeit, die fast noch verletzender war als der Angriff selbst. Dass sie sie zum gemeinsamen Essen an den Tisch gebeten hatte, war bisher noch nie passiert.

Der Stuhl kratzte über die Bodendielen, als Mathilda zögernd, Klara wachsam beobachtend, Platz nahm. Sie umschlang den Becher, den Klara mit schäumender Milch aus dem *Badeika* füllte. Sie sog den süßen Duft ein, während sie über den Becherrand zu Klara lugte.

Ihre Pflegemutter saß am Kopfende des Tisches und schnitt mit abgespreizten Ellbogen den Blini auf ihrem Teller in mundgerechte Stücke. Das Messer quietschte auf dem Porzellan. Den Blick auf den Teller gerichtet, begann Klara: »Ich weiß, dass du es nicht immer leicht hier hast, Mathilda.« Sie spießte ein Stück vom Pfannkuchen auf, steckte es in den Mund, kaute. »Dass du gestern Amelias Verschwinden«, sie schluckte, »mit Claudius Verschleppung gleichgesetzt hat, hat mich schockiert, aber später dann, im Bett ... Nun, Sebastian hat mir klargemacht, dass wir beide tatsächlich so etwas wie Leidensgenossinnen sind. Du scheinst zu glauben ... äh ... du scheinst Claudius von Herzen zu lieben, und ein solcher Verlust trifft ein Mädchen hart. Verzeih mir, wenn ich das vorher nicht berücksichtigt habe.«

Mathilda glaubte ihren Ohren nicht zu trauen. Ihr Herz machte einen freudigen Satz bei Klaras Worten. Sie unterdrückte den Impuls, nach Klaras Händen zu greifen und ihr zu versichern, dass sie ihr alles verzeihen würde. Sie wusste, dass sie damit zu weit gehen würde, und lauschte gespannt, was Klara ihr noch zu sagen hatte.

Endlich sah Klara ihr in die Augen – offenbar hatte sie die Entschuldigung für den schwierigsten Teil dieser Unterredung gehalten. Mathilda sah die grauen Haare, die Kerben, die sich von ihrer Nase bis zu ihren Mundwinkel zogen, die faltig hängenden Wangen. Immer noch ahnte man, dass Klara eine schöne Frau war, aber das Leben hatte seine Spuren hinterlassen. Die Trauer um ihr Kind schien zu einem Teil ihres Wesens geworden zu sein und fand Ausdruck in ihrer Miene. »Ich glaube, es ginge uns beiden besser, wir könnten anfangen, in die Zukunft zu schauen, statt an dem Vergangenen zu hängen, wenn wir unsere Liebsten betrauern dürften.«

Mathilda runzelte die Stirn. Betrauern? Sie tat nichts anders von morgens bis abends. Trauern und hoffen, trauern und hoffen, Stunde um Stunde.

»Ich meine damit«, nun war es Klara, die nach Mathildas Händen griff. Mathilda spürte den warmen weichen Druck in ihren Fingern, und ein süßes Gefühl der Geborgenheit durchströmte sie. Ach, würde sie ihre Hände doch noch lange halten. Fest und zart und liebevoll. Sollte Helmine warten, sollte sie ihr den Lohn kürzen und androhen, sie rauszuwerfen: Das hier war es wert. Sie lächelte, als sie Klara anschaute, aber Klara blieb ernst, biss sich für einen Moment auf die Lippe und zog die Hände weg.

Für Mathilda fühlte es sich an wie ein kleiner Abschied.

»Also, ich will damit sagen, dass für uns die Stunde geschlagen hat, wieder Anteil zu nehmen. Nein, keines meiner anderen Kinder wird mir Amelia wettmachen. Sie wird immer in einem Teil von mir leben, der Platz ist für sie reserviert. Aber ich brauche meine Kraft und meine Gesundheit für die anderen. Ich muss Abschied nehmen, als wäre sie tatsächlich gestorben, sonst finde ich keine Ruhe mehr.« Tränen ohne Schluchzer liefen über Klaras Wangen. »Ich trage sie in meinem Herzen, Mathilda, aber ich muss einen Schlussstrich ziehen, wenn ich an der Trauer nicht zugrunde gehen will.«

Jetzt wagte es Mathilda, nach Klaras Händen zu greifen und sie ihrerseits zu drücken. Und als nun Klaras Schultern bebten, ließ sie sich vor ihr auf die Knie fallen und barg ihr Gesicht in ihrem Schoß. »Sie kehren heim, Klara, ich weiß das. Ich spüre es.«

Mit einem Ruck wandte sich Klara von ihr ab, wischte sich die Nase am Blusenärmel ab und holte zitternd Luft.

Mathilda ließ sich auf ihren Stuhl plumpsen. Den Teller mit

dem Blini schob sie von sich. Gewiss würde sie in dieser bedeutenden Stunde, die ihre Beziehung zu Klara vielleicht ein- für allemal zum Guten hin veränderte, keinen Brocken davon hinunterwürgen können.

»Sie kehren nicht heim, Mathilda. Viel wahrscheinlicher ist es, dass sie noch auf der Reise nach Kirgisien oder wohin auch immer sie verschleppt wurden, gestorben sind. Amelia ist … war kein kräftiges Mädchen, und Claudius … Nun, er hat vorher gegen sie gekämpft, wird Verletzungen davongetragen haben … Glaub mir, Mathilda, es ist besser für unser Seelenheil, wenn sie für uns gestorben sind.« Sie beugte sich ein Stück weit vor. Mathilda bemerkte die rot geränderten Lider. »Lass uns gemeinsam zum Pastor gehen und ihn bitten, dass wir zwei Gräber auf dem Friedhof bepflanzen dürfen. Wir können Kerzen aufstellen, Kreuze schnitzen lassen, ein paar blühende Büsche darauf. Dann gibt es einen Ort, an den wir unsere Trauer tragen können. Meine anderen Kinder brauchen meine Liebe und Fürsorge jetzt mehr denn je, und du, Mathilda, bist jung, schön und kerngesund. Du bist umsichtig und fleißig, du könntest jedem Mannsbild ein gutes Weib sein. Such dir einen aus zum Heiraten. Such dir den Besten für dich aus und lass dich nicht länger vom Schmerz beherrschen. Claudius hätte es so gewollt.«

In Mathildas Eingeweiden rumorte es. Darauf lief es also hinaus? Klara hatte nur nach einem neuen Weg gesucht, ihr einzureden, dass sie Claudius vergessen solle? Sie erhob sich. »Wie kannst du es übers Herz bringen, Mutter Klara, mir den Liebsten totzureden und mich zu bitten, ihn im Geiste zu begraben? Wenn du glaubst, du kannst damit leben, deine Tochter in deinem Inneren sterben zu lassen, obwohl sie vielleicht gerade jetzt, in dieser Stunde, bitterlich nach dir weint und um Hilfe fleht, ja, dann schaufle ihr ein Grab und gib vor, ihre Stimme nicht mehr hören. Aber bitte, verlang nicht von mir, dass ich das Gleiche tue. Ich werde Claudius lieben und auf ihn warten bis zu meinem letzten Atemzug. Das schwöre ich bei allem, was mir heilig ist. Wenn es dir nur darum geht, dass du mich loswerden willst –

ich habe das verstanden, Mutter Klara. Ich weiß das schon lange. Aber deine Abneigung wird mich nicht in die Arme eines anderen treiben. Da nimmst du dich zu wichtig.« Sie reckte die Nase und spürte zum ersten Mal, seit sie Klara kannte, einen Anflug von Verachtung. Hatte sie diese Frau wie eine Ikone angebetet, obwohl sie es am Ende gar nicht wert war? »Ich werde jetzt meinem Tagwerk nachgehen, und ich werde tatsächlich zum Pfarrer gehen. Aber nicht, um ihn zu bitten, meinem Claudius ein Grab zu reservieren, sondern um ihm meine Lage zu verdeutlichen: Ich brauche als alleinstehende Frau eine Unterkunft in dieser Kolonie. Dabei werden er und der Dorfschulze mir helfen. Und ich würde lieber in der Hölle schmoren, als einen Mann zu heiraten, den ich nicht liebe, bloß, um dich glücklich zu machen und mir ein Auskommen zu sichern. Ich werde selbst für mich sorgen, Mutter Klara, sobald es mir möglich ist. Das verspreche ich dir – wenn du mir dies eine versprichst: Sprich mich niemals mehr auf Claudius an. Deine unbarmherzigen Worte schmerzen nicht weniger als meine Sehnsucht nach ihm.« Damit drehte sie sich um, eilte aus dem Haus und schlug die Tür hinter sich zu, dass die vordere Hauswand erzitterte.

Klara schlug die Hände vors Gesicht und schluchzte auf. Sie weinte so laut, dass es vermutlich auf der Dorfstraße zu hören war. Aber es war niemand in der Nähe, die Kinder spielten bei Veronica, Sebastian arbeitete auf dem Feld, und auf der Dorfstraße pickten nur ein paar Krähen am Fallobst.

Dieses bockige Mädchen! Hatte sie nicht immer getan, was Klara von ihr verlangt hatte? Warum stemmte sie sich gegen sie? Warum vertraute sie nicht darauf, dass sie es nur gut meinte? Ja, gewiss, Eigennutz spielte eine Rolle. Von ihr aus konnte Mathilda lieber heute als morgen das Haus verlassen. Aber auch Fürsorge steckte dahinter – Klara war nach dem nächtlichen Gespräch mit Sebastian im Ehebett tatsächlich davon überzeugt, dass sie nicht mehr zu ihrem lebensfrohen Wesen zurückfinden konnte, solange sie glaubte, Amelia lebte noch.

Ob Mathilda ahnte, wie nah sie an Klaras Sorgen und Ängsten

gewesen war? Genau das waren die quälenden Bilder, die sie innerlich schier zerrissen: wie die Wilden mit ihren dreckigen Pranken ihrem Mädchen Schmerz zufügten, wie sie um Hilfe und nach ihrer Mama schrie. Fünf Monate lang lebte sie mit diesen Bildern – Sebastian hatte recht, wenn er ihr riet, sie solle Amelia für sich und für alle als tot erklären. Und dies war auch der rechte Weg für Mathilda.

Aber das wollte das Mädchen nicht einsehen. Klara beschlich das Gefühl, sie könnte sich genauso gut mit der Hauswand unterhalten – sie kam nicht einen Schritt näher an Mathilda heran.

Sie musste sich eingestehen, dass die Aufnahme der Pflegekinder nicht so katastrophal verlaufen war, wie sie es sich ausgemalt hatte. Als Mathilda noch nicht auf Helmines Maulbeerplantage gearbeitet hatte, war sie ihr eine wertvolle Hilfe im Haus gewesen, hatte stets, ohne viele Worte darüber zu verlieren, das getan, was getan werden musste. Sie hatte keine Widerworte gegeben und sich still allem gefügt, was Klara von ihr verlangte.

Auch Frannek entpuppte sich als ein eher unauffälliges Familienmitglied. In der Schule hatte es keine weiteren Zwischenfälle gegeben, aber seit einigen Monaten war er ohnehin mehr bei der Feldarbeit als sonst wo. Er schien einen Narren gefressen zu haben an Martin – jedenfalls verbrachten die beiden trotz des unüberbrückbaren Altersunterschieds viele Stunden miteinander. Dass er ihm Dummheiten und Flapsigkeiten beibrachte – nun gut, der Kummer einer Mutter konnte ganz andere Ausmaße annehmen, wie Klara nur zu gut wusste. Seit Frannek ihn immer wieder mit neuen Ideen zu sich lockte, hatte Martin jedenfalls aufgehört, an ihrem Rockzipfel zu hängen und die Aufmerksamkeit einzufordern, die sie in mancher Trauerstunde keinem ihrer Kinder zu geben imstande war.

Und Henny war immer schon ein Kind gewesen, das sich am liebsten allein beschäftigte. Hingebungsvoll spielte sie mit den geschnitzten Holzfiguren und baute Phantasiewelten auf, in denen sie ihre eigenen Erlebnisse verarbeitete. Nur einmal ging Klara dazwischen, als die Kleine die Szene nachstellte, wie die

Wilden ihre Schwester Amelia verschleppten. Mit einer wütenden Handbewegung wischte Klara alles vom Tisch und schleuderte dabei versehentlich Hennys Hörrohr zu Boden, das zerbrach. Da kam Klara zur Besinnung, entschuldigte sich und nahm die Kleine in den Arm. Der Vater würde ihr in Windeseile ein neues schnitzen. Das Hörrohr aus Buchenholz war Henny inzwischen so wichtig wie Arme und Beine. Es half ihr, sich in einer Welt zurechtzufinden, die sie sonst wie in dicke, dämpfende Schichten von Sägespänen verpackt erlebte.

Henny wandte sich in den letzten Trauermonaten häufig an Mathilda, wenn sie die Sehnsucht nach Nähe überfiel. Der Vater schuftete außer Haus, die Mutter zog sich in sich selbst zurück, aber Mathilda breitete die Arme aus, wann immer Henny mit bittenden Kinderaugen zu ihr aufblickte.

Ja, auch dafür dankte Klara ihr im Geheimen, und sie gestand sich ein, dass Mathildas unerschütterliche Treue dem Liebsten gegenüber zwar ihren Zorn entfachte, ihr gleichzeitig aber Bewunderung und Respekt abverlangte.

Wahrscheinlich hätten nicht viele Mädchen so entschieden wie sie. Eine Frau ohne Mann galt in dieser Welt nicht mehr als eine Küchenmagd. Sollte sie sich wirklich von ihren Gefühlen ins Unglück stürzen lassen? Da musste die Liebe schon sehr stark sein.

Klara horchte in sich hinein, wie sie sich verhalten hätte, damals mit siebzehn, als Sebastian und sie schon ein Liebespaar gewesen waren. Hätte sie fest zu ihm gehalten, ohne sein Schicksal zu kennen? Hätte sie bis zum eigenen Tod auf ihn gewartet? Die Antwort kam ihr ohne das geringste Nachdenken: Jedem, der Zweifel daran geäußert hätte, dass sie auf den Liebsten warten würde, hätte sie damals mit Feuer im Blick die Tür gewiesen.

Sie war Mathilda viel ähnlicher, als sie jemals vermutet hatte. Sie selbst war vor all den Jahren so ein bockiges junges Ding gewesen. Wie hatte sie das nur nicht sehen können? Und was hatte das Leben aus ihr gemacht?

21

St. Petersburg, Mai 1785

Die Frühlingssonne ließ die Wasser der Newa funkeln, als schwämmen Diamanten darin. Vor wenigen Wochen erst war das Eis auf dem Fluss gebrochen, die Schollen hinaus aufs Meer getrieben. Träge glitten die Barken stadteinwärts und hinaus auf die Ostsee.

An den Ufern saßen Hausmädchen mit den quirligen, Steine werfenden Kindern der Herrschaft, in ihr Glück versunkene Liebespaare und ältere Damen mit gepuderten Perücken auf Bänken. Auf den Straßen links und rechts des Flusses herrschte emsiges Treiben in beide Richtungen. Droschken und Reiter manövrierten in die eine und die andere Richtung aneinander vorbei. Das Klappern der Hufe auf dem Pflaster und das Rattern der Räder, gemischt mit den Rufen der Boten und Kutscher, dem Lärmen der Kinder und dem stetigen Plätschern des Flusswassers gegen die Brückenpfeiler begleiteten Sophia wie ein weltlicher Chor, während sie auf die Isaakios-Brücke zuschlenderte, die sie auf die andere Seite der Newa und zu Maschas Stadtwohnung führen würde.

Dieser Weg war ihr vertrauter als jedes Haus, jeder Weg in der Kolonie Waidbach und in Saratow. Am Anfang war ihr hier alles laut erschienen, alles schien in Bewegung, im Fluss zu sein in dieser pulsierenden Stadt, aber inzwischen hielt sie dies für das wahre Leben, und in Waidbach standen die Uhren still. Um nichts in der Welt würde sie noch einmal tauschen wollen – St. Petersburg war ihr zur Heimat geworden.

Sie verstand nicht, wie Jiri in seinen Briefen immer davon reden konnte, dass Russland einen kräftigen Schub brauchte. Sie fand, dass hier sehr wohl das Leben spielte, und Kaiserin Katharina führte die Regierungsgeschäfte einflussreicher als jeder einzelne der Staatsmänner in Frankreich, Deutschland oder England.

Sophia wechselte ihre Bücher und die Skizzenmappe, die sie mit einem Ledergurt umwickelt hatte, von der linken in die rechte Armbeuge, als sie nun auf die Brücke trat. Am anderen Ende ragte hoch das Reiterdenkmal Peters des Großen empor, von der Maisonne angestrahlt und schimmernd. Menschen, die die russische Hauptstadt besuchten, strömten als Erstes zu diesem imposanten Denkmal des kaiserlichen Stadtgründers, aber für die Petersburger gehörte die Statue zum Alltag wie alle anderen architektonischen Meisterwerke der Stadt.

Sophia erinnerte sich, dass sie an einem Sonntag im Spätsommer unter dem Denkmal mit Jiri gesessen hatte und über die Einflüsse der bildenden Kunst in Europa auf Russland debattiert hatten, wie sie sich die Köpfe heiß redeten und sie so ungestüm mit den Armen gestikulierte, dass sie versehentlich seine Kappe vom Kopf schleuderte. Wie sie gelacht hatten und der Mütze hinterhersprangen, bevor der Wind sie in die Newa pusten konnte.

Wo sie ging oder stand – Jiri schien ihr allgegenwärtig. Es gab keinen Ort in dieser Stadt, den sie nicht mit einer Erinnerung an Jiri verband. Dort drüben am grünen Flussufer hatten sie auf einer Decke gesessen, in die Himmelsschlieren einer Weißen Nacht geschaut, sich gegenseitig mit Trauben und Marzipan gefüttert und süßen Wein aus der Flasche getrunken.

Sie hatten sich verhalten wie ein Liebespaar, ohne eines zu sein. Irgendwann fühlte es sich zu echt an, und Sophia hatte gespürt, dass sie auf der Hut sein musste, wenn sie ihr Leben so fortführen wollte, wie sie es geplant und ihrer Mutter gegenüber ausgemalt hatte.

Ein Lächeln glitt über ihr Gesicht, als sie an die Mutter in Saratow dachte. Sie wäre die Erste, die in Jubelschreie ausbräche, wenn Sophia tatsächlich ihre Pläne änderte und sich an die Seite eines Mannes begab, der sie umsorgte und auf Händen trug. Einer wie Jiri, zweifellos, aber es war müßig, sich in solchen Gedanken zu verlieren. Mit jedem Tag, der verstrich, war es unwahrscheinlicher, dass er je zurückkehrte. Und wenn, dann käme er wahrscheinlich mit einer Frau an seiner Seite.

Sie blieb einen Moment lang stehen und blickte über das schmiedeeiserne Brückengeländer hinab in die Fluten. Die Gischt schäumte an den Pfeilern, eine Schwanenfamilie zog ihre Bahnen bis zum Schilf am Uferrand. Andere Spaziergänger, Heimkehrer und Nachtschwärmer eilten an ihr vorbei. Die Menschen sprachen lauter, jetzt, wo der Sommer Einzug in die Stadt hielt. Die Vögel in den Uferbäumen und auf dem Geländer schienen mit ihrem Zwitschern die menschlichen Laute übertönen zu wollen. Die Brise trug den salzigen Geschmack des Meeres mit sich, mischte sich mit dem Duft der blühenden Bäume und Büsche in den Rabatten am Wegesrand.

Sophia hielt die Luft an, um das Stechen zu betäuben, das sie jedes Mal überfiel, sobald sie zu intensiv an Jiri dachte. Ob der Postkutscher heute einen Brief von ihm gebracht hatte? Eher unwahrscheinlich. Der letzte war erst vor drei Wochen bei ihr eingegangen, sie hatte zwei Tage später ihre Antwortnachricht geschickt.

Beim Lesen des letzten Briefes aus seiner Feder hatte sie ein eigenartiges Gefühl überfallen. Als verschwiege er ihr zwischen den Zeilen etwas. Sie fürchtete sich vor dem Tag, an dem er ihr erklären würde, dass er sich verliebt hatte.

Jiri war ein Mann mit Bedürfnissen. Sie wusste, dass er aus reiner Liebe Olga noch lange, nachdem sie erkrankt war, beigelegen hatte, um sie zu halten, zu trösten, zu wärmen und was sie sonst noch so getan haben mochten. Wie sie ihn einschätzte, holte er sich sein Mannesglück nicht bei einer käuflichen Person, um danach seiner Wege zu gehen. Mit wem Jiri zusammenlag, das war die Frau, der sein Herz gehörte, und vielleicht schmuste er genau jetzt in seinem Zimmer mit einer Französin, die ihn mit ihren Rehaugen verzaubert hatte.

Sophia blieb für einen Moment stehen, rieb sich über die Stirn, als könnte sie dadurch die Bilder vertreiben, die sie quäl-

253

ten. Erzürnte Rufe neben ihr wurden laut, als sich die Leute beschwerten, weil sie allen im Wege stand. Sie hob das Kinn und schritt schließlich kraftvoll weiter.

Doch schon wenige Meter weiter verlangsamte sie erneut ihren Schritt. Was war das? Narrten ihre Sinne sie nun vollends? Der Mann, der da am Laternenpfahl lehnte, die Arme vor der Brust verschränkt, die Beine überkreuzt, trug die gleiche samtene Jacke wie Jiri bei seiner Abreise. Er hielt den Kopf leicht geneigt, eine schmerzlich vertraute Körperhaltung.

Du lieber Himmel, sie sollte nicht zulassen, dass ihre Sehnsucht nach Jiri ihr den Verstand raubte. Die Vision da am Ende der Brücke sah so täuschend echt aus, dass sie drauf und dran war, in Laufschritt zu fallen, damit Jiri nicht zu lange auf sie warten musste.

Sie ging weiter, und ihre Umgebung verschwamm in einem milchigen Nebel, während sich die Erscheinung am Brückenende mit immer schärferen Konturen herausschälte, als verfiele alles andere zur Bedeutungslosigkeit. Sophia fühlte sich außerstande, den Blick abzuwenden, obwohl ein kleiner Teil ihres Verstandes ihr riet, sich besser unauffällig zu verhalten, wollte sie nicht auf den nächsten Metern geschubst werden wie eine Närrin, vor der man sich in Acht nehmen musste.

Sie spürte Schultern, die sie streifte, Taschen, die an sie gerempelt wurden, zornige Beschimpfungen, weil sie ohne Rücksicht weiterging. Ihre Füße fühlten sich an, als gingen sie den Weg ohne ihr Zutun.

Je näher sie kam, desto deutlicher wurde das Gesicht der Erscheinung. Als sie fast das Ende der Brücke erreicht hatte, sah sie das Grinsen von einem Ohr zum anderen, sah, wie er seine Fingerspitzen küsste, bevor er sie zum Gruß erhob, und es gab kein Halten mehr für sie.

Sie ließ die Skizzenmappe und Bücher fallen und lief so schnell, wie sie noch nie gelaufen war, um den Abstand zu Jiri zu überwinden. Er öffnete die Arme, und sie flog hinein, ließ sich von ihm herumwirbeln, dass ihre Röcke flogen. Dass die anderen Passanten nur noch schmunzelten und sie beobachteten, statt sie zu beschimpfen, bekam sie kaum mit. Nichts zählte. Nur dies: Jiri war zurückgekehrt. Tatsächlich zurückgekehrt.

Sie spürte an der Art, wie er sie umarmte und im Kreis herumschwang, an seinem heißen Atem an ihrem Hals und seinem geflüsterten »Ich habe dich so sehr vermisst«, dass es ihm nicht anders erging als ihr. Seine Liebe zu ihr hatte nicht den kleinsten Bruch erlitten, sie war, wie sie in seinen Augen las, nur noch weiter gewachsen. Es erschien ihr auf einmal das Natürlichste auf der Welt, ihm ihre Lippen zum Kuss anzubieten.

Sie schlang die Arme um seinen Nacken, spürte seine Wärme, seinen Atem, roch den würzigen Duft nach Vanille und Tabak, der zu ihm gehörte, seit sie ihn kannte, und fühlte seinen Körper von der Brust bis zu den Zehenspitzen. Nie wollte sie einem Menschen näher sein als Jiri in diesem Moment.

»Ich habe dich auch vermisst, Jiri«, sagte sie, als er sich von ihr löste und Strähnen des schwarz schimmernden Haares aus ihrem Gesicht strich.

»Ich gehe nicht mehr weg«, sagte er, als hätte sie die Frage laut gestellt, nicht nur gedacht.

»Nie mehr?«

»Jedenfalls nicht ohne dich, Sophia. Willst du meine Frau werden?«

»Ja, ja, ja!« Ihre Antwort klang wie ein Jubeln.

Eine Sekunde später brandete Applaus auf. Die Spaziergänger hatten unbemerkt einen Kreis um sie herum gebildet und beklatschten nun ihre Verlobung mit »Hoch!«-Rufen.

Sophia stieg das Blut in die Wangen vor Scham, während sie sich von Jiri löste und die Bänder ihres Kleides ordnete. Sie verneigte sich nach links und nach rechts und knickste dann, als hätten sie eine Theateraufführung zum Besten gegeben.

Aber dies war das wahre Leben, und als sie mit Jiri Arm in Arm davonging, wusste sie, dass sie die richtige Entscheidung traf. Diesmal mit dem Herzen.

DRITTES BUCH

Erwachen
1785–1786

22

Auf dem Weg nach St. Petersburg, Juni 1785

»Jetzt hör auf, an dem Kragen zu zupfen, Stephan! Nachher sind noch Schmutzflecke daran oder eine Naht reißt ein.« Eleonora beugte sich vor, wobei sie die Luft anhalten musste, da der Reifrock ihr in die Taille schnitt, und schob die Hand ihres Ältesten beiseite, damit der endlich aufhörte, seinen Putz zu ruinieren.

»Das kratzt am Hals. Ich kann kaum den Kopf drehen. Außerdem sehe ich aus wie ein Geck.«

»Du siehst nicht aus wie ein Geck, sondern wie ein junger Mann, der die Hochzeit seiner Schwester feiert. Perfekt, nach meinem Geschmack.«

»Aber nicht nach meinem.« Stephan verschränkte die Arme vor der Brust und lehnte sich auf dem gepolsterten Sitz in der Kutsche zurück. Sein Blick ging hinaus auf die vorbeiziehende Landschaft. Es widerstrebte ihm, sich herauszuputzen, aber wann, wenn nicht zu einer Hochzeitsfeier im Zarenpalast sollte sich ein Knabe von seiner besten Seite präsentieren?

Justus dagegen sah in seinem Justaucorps, den seidenen Kniebundhosen, cremefarbenen Strümpfen und mit dem gefalteten Kragen aus, als wäre er in dieser Garderobe zur Welt gekommen. Erstaunlich, da er die Sachen seines Bruders auftrug. Der Zwölfjährige vertrieb sich die Langeweile während der drei Wochen langen Anreise bis nach St. Petersburg mit Büchern. Aber keine Romane, wie Eleonora gesehen hatte. Justus bevorzugte Sachbücher, und manchmal krakelte er mit einem Kohlestift Notizen in ein Tagebuch.

Eleonora konnte sich nicht daran erinnern, jemals aufgeregter gewesen zu sein. Es tat ihr gut, wenn Matthias, der neben ihr saß, ihr die Hand drückte. Auch er steckte die Nase gern in Bücher, um sich noch mehr Wissen über Buchhaltung und die Produktion von Seide anzulesen.

In mancher Stunde kam Eleonora aus dem Staunen nicht heraus über das, was ihr Mann in Saratow geleistet hatte. Als Ackerknecht hatte er vor vielen Jahren russischen Boden betreten, und heute gehörte er zu den angesehensten deutschen Fabrikanten im Süden Russlands mit Geschäftskontakten bis zum Zarenhof. Das sollte ihm mal einer nachmachen. Eleonora war erfüllt von Stolz auf ihren Mann. Sie wusste, seine einzige Sorge bestand darin, dass er bislang nach wie vor keinen Assistenten gefunden hatte, der ihn bei der Fabrikleitung entlasten konnte. Er setzte viel Eifer darein, Stephan für das Geschäft mit der Seide zu begeistern, nahm ihn, wann immer möglich, bei der Buchführung dazu, führte ihn durch die Fabrik, erläuterte ihm die Abläufe und stellte ihm die Arbeiter vor.

Aber das waren Tage, an denen der sonst so lebensfrohe Stephan wie ein Schatten seiner selbst hinter dem Vater herschlich, das Gesicht verdüstert, die Brombeeraugen verhangen, die Hände zu Fäusten geballt.

Eleonora tat es weh, wenn sie sah, wie ihre beiden Männer litten – der eine, weil es ihm nicht gelang, die Begeisterung des Sohnes zu entfachen, und der andere, weil er sich bedrängt und belehrt fühlte mit Angelegenheiten, die ihn nicht interessierten. Matthias gab die Hoffnung nicht auf, behauptete, Stephan brauche einfach noch ein paar Jahre – mit dreizehn interessierten sich Burschen nicht für das Geschäftemachen. Aber Eleonora hatte inzwischen ihre Zweifel.

Sie beugte sich noch einmal vor, während die Kutsche über den Pfad an der Newa entlang Richtung St. Petersburg rumpelte, und tätschelte Stephans Knie. »Nun mach ein anderes Gesicht«, sagte sie mit einem Lächeln. »Du willst doch deine Schwester nicht blamieren, indem du an ihrem schönsten Tag wie ein Bauernjunge in die Gesellschaft trampelst. Sie wird euch voller Stolz ihrem Ehemann vorstellen.«

»Ach, darum geht es nicht«, presste Stephan mit zusammen-

259

gebissenen Zähnen hervor. Seine Miene wurde, wenn möglich, noch düsterer. Eleonora wusste, dass seine Erschöpfung nicht nur von der anstrengenden Reise herrührte. Das Geplänkel mit seinem Vater zermürbte ihn.

»Worum geht es dann?«, fragte sie liebevoll.

Justus kam ihm zuvor. Er legte das Buch auf seinen Knien ab. Ein Grinsen beherrschte seine jungenhaften Züge. »Stephan schmachtet nach seiner liebsten Charlotte und leidet, weil sie jetzt vielleicht einen anderen küsst.«

Bevor Stephan mit den Fäusten auf seinen Bruder losgehen konnte, sprang Matthias dazwischen, verteilte links und rechts Backpfeifen, und schon kehrte Ruhe ein. Dass es weiterhin in den Jungen brodelte, wusste er so gut wie Eleonora. Aber sollten sie ihre Faustkämpfe da aufführen, wo sie keinen anderen belästigten, und schon gar nicht in der Festtagskleidung. Manchmal behauptete er, sein älterer Sohn hätte das Temperament von seinem Onkel Franz im Blut. Der war nie einem Ringkampf aus dem Weg gegangen.

Charlotte! Eleonora lehnte sich zurück, strich die Brüsseler Spitze an ihren Ärmeln glatt und schob den Vorhang zur Seite, um auf die vorbeiziehende Landschaft zu blicken. Noch fuhren sie an Feldern und Wiesen vorbei, auf denen leibeigene Bauern mit ihren Frauen und Kindern in zerlumpter Kleidung ackerten, aber in der Ferne ragten bereits die Dächer der Stadt auf.

Da täuschte sich Justus aber, wenn er seinem Bruder unterstellte, er hinge an seiner Kindheitsfreundin aus der Kolonie Waidbach. Eleonora hatte es immer gern gesehen, wenn die beiden wie zwei übermütige Fohlen über die Salzkrautsteppe gesprungen waren, aber nun waren sie an der Schwelle zum Erwachsensein. Gewiss würde sich Stephan, wenn er denn einmal herausgefunden hatte, dass Mädchen zu mehr taugten als zum Spiel auf den Feldern, eine passendere Gefährtin suchen – vielleicht sogar eine, die ihm bei der Fabrikleitung zur Hand gehen konnte. Ein Traum wäre es, würde er sich in ein Mädchen aus St. Petersburg verlieben – eine Städterin, die ein bisschen französisches Flair nach Saratow mitbrachte. Dass sie ihrem Verlobten in seine Stadt folgen würde, stand für Eleonora außer Frage. Noch ein Kind in die Ferne ziehen zu lassen – das würde sie zu verhindern wissen. Es war Leid genug für sie, dass Sophia unbeirrbar ihren Weg ging und in Petersburg studierte.

Und nun würde sie heiraten!

Eleonora stieß einen Seufzer aus. Matthias, Justus und Stephan sahen mit einem Ruck zu ihr – den gleichen Ausdruck von Besorgnis in allen drei Gesichtern. Sie lächelte. »Sorgt euch nicht. Ich bin nur glücklich darüber, dass meine Sophia den Menschen gefunden hat, der zu ihr gehört. Ich habe gewusst, dass ihr dieser Jiri mehr bedeutet, als sie sich selbst eingestehen will, und ...«

Justus und Matthias wandten sich gleichzeitig wieder ihrer Lektüre zu, Stephans Blick glitt aus dem Fenster. Diesmal unterdrückte Eleonora ihr Seufzen. Ein Mädchen oder eine Frau hätten ihr jetzt zugehört und sich eigene Gedanken gemacht, aber ihre drei Männer waren bei allen Herzensangelegenheiten hoffnungslose Fälle.

Ach, Sophia, ich kann es kaum erwarten, dich in die Arme zu schließen.

Sophia hatte ihr geschrieben, dass sie Jiri zuliebe zum orthodoxen Glauben wechseln würde. Folglich würde auch die Hochzeitszeremonie nach russischer Tradition ablaufen.

Eleonora hatte einen inneren Kampf ausgefochten: Sie hatte ihr Kind protestantisch erzogen; war es denn richtig, die Religionszugehörigkeit zu wechseln?

Wie immer hatte Matthias es geschafft, sie zu besänftigen. Kaiserin Katharina persönlich hatte das Gleiche getan, und ihr Geburtsname war Sophia gewesen. Wenn das nicht ein Zeichen war! Der Kaiserin hatte der Religionswechsel nicht geschadet. Und war es nicht egal, in welchem Gewand man sich Gott vorstellte, solange man nur fest an ihn glaubte und nach christlichen Grundsätzen lebte? Eleonora hatte es leidgetan, dass sie die Aufnahme in die russisch-orthodoxe Kirche verpasst hatte, bei der ihre Sophia sicherlich anmutig wie ein Wesen aus einer anderen Welt aufgetreten war.

Welche Art Kleid sie zur Hochzeit wohl gewählt hatte? Ob sie ihr Gesicht mit einem Spitzenschleier verhüllen würde? Eleonora war sich sicher, dass sie wie eine Frau aus dem Märchen zum Altar schreiten würde. Wann immer diese Vision vor ihr auftauchte, überfiel sie eine Gänsehaut.

Eleonora freute sich auch darauf, Christina wiederzusehen. Das Verhältnis zu ihrer Schwester war von vielen Höhen und Tiefen geprägt, sie waren zu unterschiedlich. Aber sie hatten ihre Kindheit und Jugend miteinander verbracht, und mit niemandem fühlte sich Eleonora, neben ihrer Familie, mehr verbunden als mit ihren Schwestern.

Es tat ihr leid, dass es ihr nicht gelungen war, Klara zum Mitkommen zu überreden. Der jüngeren Schwester hätte es gutgetan, einmal aus der Kolonie herauszukommen, sich ein bisschen den Duft des weiten Reiches um die Nase wehen zu lassen und ihre trüben Gedanken im Dorf zu lassen. Sebastian hätte sich um die Kinder kümmern können, Mathilda war da und alle anderen aus dem Dorf, Anja, Bernhard, Veronica …

Aber Klara lehnte ab, ohne die Gründe beim Namen zu nennen. Freilich: Eleonora konnte sie nicht täuschen. Auch wenn Klara inzwischen eine Grabstelle auf dem Friedhof für Amelia anlegen durfte, die sie mit Inbrunst bepflanzte und pflegte – Eleonora wusste, dass Klara keine sechs Wochen das Dorf verlassen wollte, weil sie befürchtete, sie könnte sonst verpassen, wie Amelia zurückkehrte. Was sollte das Mädchen denken, wenn die Mama sie nach den Monaten der Verschleppung nicht an sich drücken würde, um sie nie mehr loszulassen?

Eleonora litt mit Klara, verstand ihre Gefühle und dass man Trauer nicht ablegen konnte wie eine muffige Decke, wenn die Tage wärmer wurden. Klara würde vermutlich über den Tod hinaus auf den Tag warten, an dem ihre Tochter heimkehrte. Der Herrgott stehe ihr bei, dass sie darüber nicht den Verstand verlor. Ihre anderen Kinder brauchten sie doch!

Eleonora zog ein spitzenbesetztes Tüchlein aus ihrem Schnürbeutel und tupfte vorsichtig an den Lidrändern entlang. Bloß nicht die Kohlestriche, die gepuderten Wangen und die Schönheitspflästerchen beschädigen.

Bei ihrer Abreise hatte Eleonora gewusst, dass die Zeit knapp bemessen war. Mit zwei Kutschern und sechs Pferden sollten sie es eigentlich rechtzeitig schaffen. Doch ein Pferd lahmte, sie mussten es gegen einen gesunden Gaul eintauschen, ein Radbruch kostete sie zwei Tage, die sie in einer Herberge in der Nähe von Moskau zubrachten.

Am gestrigen Tag wäre Eleonora am liebsten ohne nächtliche Rast durchgefahren bis zum Katharinenpalast, aber da protestierten nicht nur die beiden Kutscher, die auf ihren Nachtschlaf pochten, sondern auch Matthias und die Jungen, die sich die von der ruckelnden Fahrt schmerzenden Rücken und Pobacken rieben. So legten sie also in den Morgenstunden von Sophias Hochzeitstag die letzte Wegstrecke zurück, alle in ihrer besten Festgarderobe.

Eleonoras Kleid war nach französischer Mode gestaltet. Um keinen Preis wollte sie einen kleinstädtischen oder gar bäuerlichen Eindruck als Brautmutter machen. Matthias hatte ihr mehrfach versichert, dass die Welt nie eine schönere, elegantere Brautmutter gesehen hatte. Was seine Worte nicht schafften, bekundeten seine Hände und sein Mund, während er bei ihrer privaten Modenschau in ihrem Schlafgemach die Robe aus schimmerndem Musselin über ihre Schultern streifte. Die Näherin hatte behauptet, Reifröcke gerieten allmählich aus der Mode, aber für diesen besonderen Anlass wüsste sie kein geeigneteres Detail, um Eleonoras Erscheinung perfekt in Szene zu setzen. Das Kleid war schlicht genug, dass es die Braut nicht in den Schatten stellte, und gleichzeitig mit seinen Ton-in-Ton-Stickereien von einer exquisiten Eleganz, einer Brautmutter würdig.

Die Klappe zum Kutschbock knarrte und umrahmte das bärtige Gesicht des zweiten Kutschers, der die Kappe über die Brauen gezogen hatte und beim Grinsen zeigte, dass ihm ein vorderer Eckzahn fehlte.«In wenigen Minuten erreichen wir Zarskoje Selo und den Katharinenpalast.«

Eleonora richtete sich kerzengerade auf und begann, ihre Hände zu kneten. »Danke, wir sind bereit!«

Matthias und die Buben gingen ihren Beschäftigungen nach. Sie ließen sich nicht von Eleonoras Aufregung anstecken, dabei war dies nun wirklich etwas Einmaliges: Sophias Hochzeitsfeier würde nicht mit einem Trinkgelage in einem Wirtshaus gefeiert werden, sondern in einem eigens hergerichteten Saal im kaiserlichen Sommerpalast!

Eleonora wusste nicht, wer da seinen Einfluss hatte spielen lassen – vielleicht Daniel, der als Schreiber im Arbeitskabinett über die besten Verbindungen verfügte, vielleicht Maschas Bruder Nikolaj, der gerüchteweise einer der Liebhaber der Kaiserin war? Es war am Ende einerlei, für Eleonora stand nur fest: Der prunkvolle Rahmen war angemessen. Für ihre Tochter war das Beste gerade gut genug.

Als ihr wenige Minuten später ein Diener aus der Kutsche half, stockte ihr der Atem beim Anblick der gold-blau-weißen Fassade des Palastes, der mit goldüberzogenen Zwiebeltürme. Der Duft der blühenden Bäume aus dem Park zog ihr in die Nase, als sie tief einatmete und an den mit Samtvorhängen vor Neugier geschützten Fenstern entlangschaute, über die mit Kies bestreute Auffahrt und die Freitreppe, auf der ein Dutzend Diener und Zofen standen, um die Gäste in Empfang zu nehmen.

Rund um den mit Rabatten bepflanzten Vorplatz standen bereits Kutschen; Bedienstete liefen hierhin und dorthin, trugen Koffer und Hutschachteln, in Seidenpapier eingeschlagene Geschenke und Mäntel, während andere die geladenen Gäste zu ihren Zimmern und in den Festsaal geleiteten.

Eleonora schmiegte sich zu ihrer Rechten an Matthias, als er seinen Arm um sie legte, sie an sich zog und ihr einen Kuss auf die Wange gab. Zu ihrer Linken griff sie nach Justus' Hand, der mit offenem Mund diese überwältigende architektonische Pracht betrachtete.

Aber wo war Stephan? Eleonora riss sich von der Schönheit des Palastes los, schaute nach links und rechts und hinter sich. Da entdeckte sie ihren älteren Sohn, der einem langbeinigen Hund mit einem monströsen Gebiss die Ohren kraulte, während er vor ihm in die Hocke ging und im nächsten Moment einen Stock über den gepflegten Parkrasen schleuderte, dem der Vierbeiner mit wedelndem Schwanz und hechelnder Zunge hinterhersprang.

Eleonora biss die Zähne zusammen. Nie und nimmer würde Stephan es schaffen, bis zum Beginn des Festes auf seine Garderobe zu achten, und wenn …

»Mama!«

Eleonora fuhr herum, und schon liefen ihr die Tränen übers Gesicht, ohne dass sie es verhindern konnte. Sie breitete die Arme aus und konnte den Blick nicht losreißen von dieser hinreißenden Frau oben auf der Freitreppe vor dem Portal: ihrer Tochter, die in ihrem fließenden, nur unter der Brust geschnürten Kleid aussah wie in ihren Träumen.

Sophia sprang die Treppen hinab, rannte die wenigen Meter auf sie zu und warf sich in ihre Arme. Eleonora umschlang sie, fühlte den weichen Körper, roch den süßen Duft eines Rosenparfums und die Mandelmilchlotion auf den jungen Wangen. Ihre Figur war fraulicher geworden, aber immer noch war sie grazil und biegsam wie eine Birke.

Eleonora bedeckte Stirn, Wangen und Mund mit Küssen, unfähig, den Tränenstrom einzudämmen. Sophia lachte übermütig, aber Eleonora sah, dass auch sie mit den Tränen kämpfte. »Ich habe dich so vermisst, Mama! Bis zum Himmel und zurück bin ich glücklich, dass du zu meiner Hochzeit hier sein kannst. Ohne dich hätte ich nicht gefeiert.«

Eleonora umfing ihr Gesicht mit den Händen, schaute sie an. *Die Augen,* dachte sie, *die Augen verändern sich nie, auch wenn dein Kind erwachsen wird.* In schnellem Wechsel tauchten Bilder aus der Vergangenheit auf. Sophias Augen, als sie sie neugeboren zum ersten Mal im Arm hält. Sophias Augen, als sie warm eingepackt in dem Leiterkarren hockt, den sie für die Ausreise nach Russland beladen haben. Sophias Augen, als sie sie anfleht, in St. Petersburg studieren zu dürfen. »Mama, ich möchte dir Jiri vorstellen. Das ist der Mann, den ich liebe.«

Eleonora spürte einen fast schmerzhaften Verlust, als sich Sophia von ihr löste, einen Schritt zurücktrat und die Rechte des Mannes ergriff, der ihr gefolgt war. Bislang hatte Eleonora ihn nicht wahrgenommen und musterte ihn nun, wie er einen halben Kopf größer, ein bisschen schlaksig und in der feinen Garderobe wie verkleidet wirkend, eine Verbeugung andeutete und lächelte. »Es ist mir eine große Ehre, Euch endlich kennenzulernen, Madame.«

Bevor er sich verbeugen konnte, trat Eleonora auf ihn zu und nahm ihn in die Arme. »Mach Sophia glücklich, Jiri. Und sag *Maman* zu mir.«

Befreiendes Lachen erklang von Matthias, den Jungen, Jiri und Sophia, als sich nun alle begrüßten, um gemeinsam in den Festsaal zu schreiten. Indessen kümmerten sich die Bediensteten um das Gepäck der Weitgereisten. Bis sie den Saal betraten, in dem bereits eine Kapelle die Streichinstrumente stimmte, ließ Eleonora die Hand ihrer Tochter nicht mehr los.

»Oh, Herr im Himmel, Eleonora!« Christina vergaß sämtliche Etikette, als sie ihre Schwester und deren Familie am anderen Ende des mit Hunderten von Lüstern ausgeleuchteten Saals erkannte.

Rund um das Tanzparkett standen Tische mit zierlichen Stühlen zwischen duftenden Orangenbäumchen, Kellner liefen mit Tabletts an den Gästegruppen vorbei und boten Konfekt, Kaffee und Likör an.

In einer Stunde sollte die Trauungszeremonie beginnen; danach würde die Hochzeitsgesellschaft mit einem exquisiten Menü im benachbarten Speisesaal bewirtet werden, um im Anschluss im Ballsaal zu feiern – vielleicht die ganze Nacht lang, vielleicht noch zwei weitere Tage. Russische Hochzeiten kannten auch in den höchsten Gesellschaftskreisen keine Grenzen. Wodka und Wein würden in Strömen fließen, die Tafel wie von Zauberhand immer gefüllt bleiben mit Kuchen und Kaviar, Wildpasteten und Früchten, die Kapelle würde ohne Unterlass zu Reigen und Paartänzen aufspielen. Die Brautleute sollten noch den Urenkeln von diesem Tag vorschwärmen.

Christinas Herz machte einen Hüpfer, als sie zwischen all den geschminkten Gästen, den Perücken und Fächern in das Gesicht ihrer älteren Schwester blickte.

Nicht ein Quäntchen von ihrer Schönheit hatte sie verloren. Fältchen bildeten sich beim Lächeln. Aus der Ferne sah sie, dass sich in die ehemals pechschwarze Haarpracht silberne Fäden gewirkt hatten. Und dennoch: Ihre Haltung war die einer Königin, ihre Figur die eines jungen Mädchens, und mit ihren strahlenden Augen sah sie aus wie das gereifte Ebenbild der eigenen Tochter.

Christina raffte ihren Rock an den Seiten, ließ ihren Mann und dessen Freunde stehen und trippelte quer über die leere Tanzfläche auf ihre Schwester zu. Sie spürte die Neugier der anderen Gäste, aber im Mittelpunkt zu stehen hatte ihr noch nie Atemnot beschert.

Sie öffnete die Arme weit und zog Eleonora, die zwei Schritte auf sie zugekommen war, an sich. Sie spürte die Zurückhaltung, die von ihrer Schwester ausging, erinnerte sich an all die Spannungen, die zu ihrer gemeinsamen Jugend gehört hatten. Wie sich Eleonora zunächst sträubte, nach Russland auszuwandern, wie Christina herausfand, dass Eleonora den Mann liebte, den sie – Christina – aus einer Laune heraus geheiratet hatte, wie Eleonora nach seiner Vergiftung um die Genesung dieses Mannes rang, während Christina Gleichgültigkeit zur Schau stellte.

Sie hielt Eleonora an den Schultern, blickte aber neben sie. Matthias. Machte sie nicht die meisten ihrer Fehler wett, indem sie ihm die besten Geschäftskontakte zum Zarenhof vermittelte und selbst zu seinen kaufkräftigsten Kundinnen gehörte?

»Meine liebe Schwester, ich hoffe, wir finden reichlich Gelegenheit, uns bei dieser Hochzeitsfeier zu unterhalten. Es gibt so viel zu erzählen. Ich will alles wissen, alles aus Saratow und Waidbach und von deinen Söhnen – wo sind sie überhaupt? – und von Klara und ach ... Ich vermisse einige der alten Weggefährten an manchen Tagen sehr, und dich, Schwesterchen, vermisse ich täglich.«

Matthias trat auf sie zu und beugte sich formvollendet über die Hand, die sie ihm reichte. Der Mann, mit dem sie ein paar bedrückende Jahre ihres Lebens verheiratet gewesen war, beherrschte die Etikette perfekt. In seiner Miene sah sie nichts als Kälte. »Du siehst bezaubernd aus, Christina. Hast du die Quelle eines Jungbrunnens aufgetan?«

Sie lächelte und neigte dankend den Kopf. »Das Kompliment kann ich euch beiden zurückgeben. Ihr seht aus, als ginge es euch prächtig.«

Sie tauschten Artigkeiten aus und wandten die Köpfe, als ein silbernes Glöckchen den Beginn der Trauungszeremonie ankündigte. Allgemeines Gemurmel und Geraschel entstand, als sich die Gäste in die Kapelle begaben.

Christina eilte zu André zurück, nicht ohne ihrer Schwester und deren Familie zu versichern, dass sie sich darauf freue, im Speisesaal an ihrer Seite zu sitzen. Dafür hatte sie bereits Sorge getragen.

Bis Mitte dreißig hätte Christina fünf Bälle an jedem einzelnen Abend einer Woche besuchen können. Sie hatte es genossen, sich herauszuputzen und die Männer zu bezirzen, auch noch, als sie längst an André Haber gebunden war.

Aber irgendwo auf dem Weg waren ihr Frohsinn und Gefallsucht abhandengekommen. Manchmal wusste Christina nicht, ob es eine Veränderung zum Guten war. Festlichkeiten empfand sie inzwischen als lästige Pflichten, die sie von der Arbeit abhielten. Gesellschaftliche Ereignisse nutzte sie, um ihren Kundenstamm zu festigen und zu erweitern, um Seilschaften zu neuen Lieferanten oder zu Geschäftskollegen in ganz Europa zu knüpfen.

Auf die Hochzeit ihrer Nichte Sophia hatte sie sich gefreut, weil sie die Begegnung mit ihrer Schwester herbeisehnte. Auch Klara hätte sie gern wiedergesehen, obwohl das Band zwischen der jüngeren Schwester und ihr nicht so stark war wie das zu Eleonora. Eleonora hatte ihr von dem Kirgisenüberfall und der Verschleppung berichtet. In einem entfernten Winkel ihre Herzens verstand Christina, dass die mütterliche Klara es nicht wagte, das Dorf zu verlassen, aus Angst, die verschleppte Tochter könnte während ihrer Abwesenheit heimkehren und sie nicht vorfinden.

Nun gut, Eleonora war schließlich da, und Himmel, was hatte sie für aparte Söhne! Stephan sah aus wie Matthias damals, als sie ihn in der Büdinger Kirche geheiratet hatte, und Justus schien auf die Mutter zu kommen. Sie waren noch jung, gewiss, aber in wenigen Jahren würden sie allen Frauen den Kopf verdrehen, und begabt schienen sie ebenfalls zu sein. Was konnte sich eine Mutter mehr wünschen?

Sicher würde Stephan bald in Matthias' Fußstapfen treten, und Justus … Vielleicht konnte sie ihn in ihre Obhut nehmen, sobald er die Schulzeit beendet hatte? Tausendmal lieber gäbe sie sich mit einem schmucken Jüngling ab als mit ihrer eigenen sauertöpfischen Tochter. Wo trieb die sich herum?

Christina schaute sich in den Bankreihen der Kirche um, während vor dem Altar Sophia und Jiri vor dem Priester knieten.

Ah, in der letzten Reihe entdeckte sie sie. Alexandra nickte ihr mit spitzen Lippen zu. Es wirkte ein bisschen spöttisch, und Christina erwiderte die Höflichkeit mit ebenfalls gekräuseltem Mund. Neben Alexandra saß Daniel, aber der war wie gebannt von dem Brautpaar, das nach russisch-orthodoxer Tradition vor Gott den Treueschwur sprach.

Sophia gelobte, mit dem Bräutigam auf dem weißen Tuch stehend, den Mann an ihrer Seite zu ehren und ihm zu gehorchen: in guten wie in schlechten Tagen.

Ob Sophia glücklich werden würde? Christina konnte sich

kaum vorstellen, dass eine Frau mit nur einem Mann ihr Leben lang zufrieden sein konnte. Eleonora bildete die Ausnahme, die hatte sich gewiss nie nach jemand anderem als Matthias gesehnt, nachdem ihre erste Liebe Andreas aus dem Siebenjährigen Krieg nicht heimgekehrt war.

Und wenn nicht, hatte Sophia immer Mascha und diese unmögliche Ljudmila, die sich einmal mehr in ihre seit zwanzig Jahren aus der Mode gekommene Festrobe gezwängt hatte und einen Duft nach Schweißfüßen verströmte, dass es Christina würgte. Wie konnte eine feine Frau wie Mascha, ein entzückendes Wesen wie Sophia – wie konnten diese wunderbaren Menschen es nur in der Nähe dieser grobknochigen Matrone aushalten? Christina blieb es ein Rätsel.

André neben ihr griff nach ihrer Hand und drückte sie, tupfte sich mit einem Seidentuch die Augen, als sei er zu Tränen gerührt. Seine Finger fühlten sich feucht und wabbelig an. Christina entzog sich ihm. Grundsätzlich war es ihr in Fleisch und Blut übergegangen, an der Aufrechterhaltung ihrer Ehe-Fassade mitzuwirken, aber hier? Was bezweckte er? Es sah ohnehin keiner in der Enge der Kirche, wo alle ihre Aufmerksamkeit auf die Hochzeitszeremonie richteten.

Ein höhnisches Lächeln umspielte Andrés Mund, als er den Blick nach vorn richtete.

»Nein, wir können nur davon träumen, dass Russen und Deutsche in Frieden zusammen leben«, sagte Eleonora mit einem bedauernden Schulterzucken und nippte am burgunderroten Wein. Erst an der mit Kristall, Porzellan und Silberbesteck festlich geschmückten Tafel, an deren Kopfende das Brautpaar thronte, kam Christina wieder dazu, mit Eleonora zu sprechen. Zu ihrem Leidwesen drehte sich aber das Gespräch nicht um alle privaten Details, sondern um gesellschaftliche Themen, zu denen auch die Männer beitrugen.

Ihr gegenüber saß Daniel, dessen Stiefelspitze unter dem Tisch an ihrem Rocksaum spielte. Wann immer sie in seine Richtung linste, spürte sie das Erwachen ihrer Leidenschaft. Nie wurde sie müde, sich Daniel hinzugeben, aber die nächsten Stunden gehörten ihrer Familie, das stand fest. Sie würde sich nicht von ihrem langjährigen Liebhaber in eine verschwiegene Nische locken lassen, um … Christina verbot sich weitere Gedanken an ihr Liebesspiel. Nicht hier, nicht jetzt.

»Das ist schade«, sagte sie in Richtung ihrer Schwester, die zwischen Daniel und Matthias saß. »Woran mag das liegen? Hier in St. Petersburg haben wir Deutschen einen ausgezeichneten Ruf. Geschäftskontakte gibt es mit den Russen genauso wie mit den Franzosen, Engländern, Spaniern.«

»Ich denke nicht, dass wir St. Petersburg mit Saratow oder gar den deutschen Kolonien vergleichen können. Hier spürt man an jeder Ecke das weltstädtische Flair, während unten im Süden die Menschen an ihrem Brauchtum festhalten. In Saratow gibt es einen streng von der russischen Gesellschaft getrennten deutschen Zirkel. Beide Seiten äußern keinerlei Interesse an Gemeinsamkeiten, lassen sich aber weitgehend in Frieden. In den deutschen Kolonien wie Waidbach dagegen …«

Matthias seufzte unterdrückt. »Nun, ihr wisst alle, was meinem Bruder widerfahren ist, Gott hab ihn selig. Seine Liebe zu einer Russin hat er am Ende erst mit seinem Verstand und dann mit seinem Leben bezahlt.«

Für einen Moment senkte sich bedrücktes Schweigen auf die Tischgesellschaft, bis Christina ihr Glas hob. »Lasst uns auf das Brautpaar trinken, das wie kein zweites Hoffnung auf die deutsch-russische Freundschaft macht.«

Sogar André nickte ihr anerkennend zu, bevor alle die Gläser hoben.

Nachdem sich Eleonoras Söhne zum Abschluss des Hochzeitsschmauses von den Etagèren mit Konfekt die Wangen vollgestopft hatten, fragte Stephan als Erster seinen Vater, ob er die Tafel verlassen durfte. Justus schloss sich dem älteren Bruder an, als der sich mit der Leinenserviette den Mund abwischte und sich höflich verneigte, bevor er nach draußen eilte, wo es für Jungen seines Alters verborgene Lauben und Geheimgänge, nackte Marmorfiguren und Springbrunnen zu entdecken gab, ohne die maßregelnden Kommentare der Eltern und Verwandten.

»Ach, ich bin stolz auf meine Neffen!«, rief Christina und schaute den Knaben hinterher, deren Arme und Beine zu lang für ihre Körper wirkten. »Sagt, Eleonora und Matthias, wollt ihr mir den Justus nicht in die Lehre schicken? Ich hätte gern einen Schützling und würde meiner Familie mit Freude ein Stück von dem wiedergeben, was ich ihr zu verdanken habe.«

Alexandra saß ein Stück von ihr entfernt, spitzte aber, wie Christina bemerkte, bei jedem ihrer Worte die Ohren. Sollte sie das ruhig tun, es scherte Christina nicht. Sie fühlte sich frei und nicht länger erpressbar, seit André heroisch zu ihr gestanden hatte. Ha! Das hatte sich diese Schlange anders vorgestellt – Christina gönnte ihr die Niederlage. Dass sie nun als die rechte Hand ihrer schärfsten Konkurrentin Felicitas Haber galt – na und? Die verhasste Schwägerin konnte ihr und André das Wasser nicht reichen. Auch nicht mit den Geschäftsgeheimnissen, die Alexandra aus Gehässigkeit ausplaudern mochte.

Sollte sie Gift und Galle versprühen – Christina war aus diesem Scharmützel eindeutig als Siegerin hervorgegangen. Falls Alexandra tatsächlich von Anfang an nur beabsichtigt haben sollte, ihre Liebe zu erringen, wie sie theatralisch behauptete: Nun, der Schuss war nach hinten losgegangen. Christina nahm einen langen Schluck und lehnte sich in ihrem Stuhl zurück. Zur Feier des Tages hatte sie sich ein Häppchen Konfekt gegönnt, das ihr nun süß im Mund zerfloss.

Eleonora konnte sich nicht erinnern, jemals ergriffener gewesen zu sein. Seit der Trauungszeremonie kämpfte sie unentwegt mit den Tränen, als hätten die sich seit Sophias Weggang bis zum Überlaufen in ihr angesammelt. Sie wusste, es würden nicht erneut Jahre ins Land ziehen, bevor sie ihre Tochter das nächste Mal sehen würde. Das würde sie nicht noch einmal zulassen.

Sophia war eine hinreißende Braut in ihrem schlicht geschnittenen Kleid aus mehreren Lagen hauchdünner Seide. Den Spitzenschleier, der vor dem Altar ihr Gesicht verdeckt hatte, arrangierte sie zur Feier um ihr geflochtenes Haar. Als Schmuck trug sie nur eine schimmernde Kette aus stecknadelkopfgroßen Perlen, dazu passende in Silber eingefasste Ohrhänger. Leichtfüßig schwebte sie im Arm ihres Bräutigams über das Tanzparkett.

Das Glück geht manchmal seltsame Wege, ging es Eleonora durch den Sinn. Ihr eigener Mann hatte erst ihre Schwester heiraten müssen, bevor sie erkannte, dass sie ihn liebte. Und Sophias Studienfreund musste erst auf Wanderschaft gehen, damit Sophia spürte, wie sehr sie ihn brauchte und vermisste.

Und Christina? Eleonora suchte den Blick ihrer Schwester, aber die ließ sich gerade von ihrem André aufs Tanzparkett führen. Mit verkniffener Miene, wie es Eleonora schien. Sie wusste aus Christinas Briefen, dass es um die Ehe von Anfang an nicht zum Besten gestanden hatte und dass Christina vor allem an dem gesellschaftlichen Aufstieg interessiert war, den eine Heirat mit dem Geschäftsmann ihr brachte. Aber falls Eleonora die Hoffnung gehabt hatte, die beiden könnten sich im Lauf der Jahre aneinander gewöhnt haben und etwas wie Zuneigung und Achtung voreinander empfinden, so hegte sie nun erst recht Zweifel. Eine von Feindschaft und Missgunst vergiftete Aura schien die beiden zu umgeben, die jeder zu spüren bekam, der unbefangen Konversation betreiben wollte. Vielleicht würde der Wodka, der die Gäste immer ausgelassener zu Trinksprüchen und guten Wünschen für das Hochzeitspaar verleitete, dazu beitragen, dass sie zumindest für diese Feier ihre Missstimmung ablegten.

Zu Christinas Idee, Justus nach den Schuljahren in ihrem Geschäft auszubilden, hatte Eleonora nur gelächelt. Da schmiedete sie wieder Pläne, ihre Schwester, wollte die Verwandten wie die Puppen ihr zum Gefallen tanzen lassen. Selbst wenn sie, Eleonora, der Idee etwas abgewinnen könnte – Matthias würde es mit allen Mitteln zu verhindern wissen, dass einer seiner Söhne bei einer Frau wie Christina in die Lehre ging. Justus war noch zu jung, um darüber zu entscheiden.

Und überhaupt, was war mit Alexandra? Forderte deren Ausbildung nicht Christinas ganze Aufmerksamkeit? Warum verhielt sich Alexandra so abweisend? Es machte fast den Eindruck, als hätten Mutter und Tochter miteinander gebrochen. Eleonora hatte bislang nicht mehr als zwei Sätze mit ihr gesprochen, sie saß entfernt vom Platz des Brautpaares nun mit einem etwas dicklich und hochnäsig wirkenden Kadetten zusammen, mit dem sie sich allem Anschein nach blendend unterhielt. Eleonora hatte angenommen, dass sich das Mädchen vornehmlich in Christinas Nähe aufhielte. Aber weit gefehlt.

Warum kehrte Alexandra nicht nach Saratow zurück, wenn sie hier nicht die erhoffte Zuneigung und Anerkennung erfuhr? Hinter Eleonoras Stirn schwirrte es von all den familiären Verstrickungen, von all dem Zwist und den Raffinessen, die ihr zutiefst zuwider waren.

Ah, wie anmutig Sophia und Jiri im Hochzeitswalzer die Tanzfläche umkreisten! Als hätten sie ihr Leben lang nichts anderes getan. Eleonora hatte noch nie Walzer getanzt, aber es schien nicht allzu kompliziert zu sein. Auf und ab und rundherum mit fliegenden Haaren und Röcken um das Parkett. Sie blickte zu Matthias und lächelte, als der skeptisch den Kopf wiegte. »Sicher holt dich Jiri gleich zum Tanz«, flüsterte er ihr zu. »Gib mir noch ein wenig Gelegenheit, mich mit den Schritten vertraut zu machen.«

Sie küsste ihn auf die Wange und erhob sich, als sich Jiri tatsächlich vor ihr verneigte, während Sophia in den Armen eines Onkels von Jiri weiterschwebte. Eleonora wusste, dass Jiris Eltern nicht mehr lebten, aber falls er deswegen Wehmut empfand an diesem bedeutsamen Tag, so war dem jungen Mann nichts anzumerken.

Eleonora spürte den kraftvollen Händedruck ihres Schwiegersohnes und seine Hand, die er fest um ihre Taille legte – ein Mann, der eine Frau zu beschützen imstande war. Er vermittelte Geborgenheit und Sicherheit, und war es nicht das, was eine junge Deutsche brauchte, die sich in St. Petersburg allein die

Sterne vom Himmel holen wollte? Sie sah ihm in die Augen und überlegte, dass ihre Sophia in diesem Blick versank, wenn sie sich küssten. Wenn sie noch Zweifel gehegt hätte, ob Jiri der Richtige für Sophia war, so verflogen diese wie Sternschnuppen im Ballsaal während des Walzerschwungs.

Ein bisschen außer Atem und vor Freude beschwipst ließ sich Eleonora, als die Kapelle endete, auf ihren Platz fallen. Sie drückte Matthias einen Kuss auf die Wange. »Das musst du lernen, Liebster! Auf der nächsten Feier werde ich nicht einen Tanz auslassen wollen!«

»Nur für dich, Liebste, nur für dich«, flüsterte ihr Matthias ins Ohr und küsste sie auf die Schläfe.

Daniel Meister beugte sich zu ihnen. »Dann möchte ich den nächsten Tanz bei dir reservieren, Eleonora. Aber erst lasst uns trinken.« Sie prosteten sich mit dem Wein zu.

»Sag, Daniel, hast du dafür gesorgt, dass Sophia und Jiri im Ballsaal des Palastes heiraten können? Ich kann mir nicht vorstellen, dass Ihre Majestät die Kaiserin für jeden Türen und Tore öffnet?«

Daniel zwinkerte ihr zu. »Nun, ich habe ihr zumindest nicht davon abgeraten, sondern im Gegenteil ein gutes Wort für das Brautpaar eingelegt, nachdem Maschas Bruder Nikolaj Kaiserin Katharina um diesen Gefallen gebeten hat.«

»Du hast da einen angenehmen Posten, wie?« Matthias musterte den alten Freund.

Daniel nickte. »Besser als alles, was ich bislang getrieben habe. Die Kaiserin scheint große Stücke auf mich und meine Fabulierkunst zu halten. Zum Glück hat sie noch nicht versucht, mich zu verkuppeln.« Er lachte auf. »Die Kaiserin betrachtet es als kurzweiligen Zeitvertreib, Liebespaare zusammenzubringen. Aber erzähl du, Matthias, dein Geschäft mit der Seide floriert? Gewiss nicht nur durch Christinas Protektion, oder?«

Jetzt war es Matthias, der lachen musste. »Gewiss nicht. Ich würde mich nicht vertrauensvoll in die Hände meiner gewieften Schwägerin begeben, ganz gewiss nicht. Sie trägt einen guten

Anteil daran, dass die Auftragslage über die nächsten Jahre gesichert ist. Ich bin ihr dankbar dafür, aber wir sind nicht von ihr abhängig.«

»So hätte ich dich auch nicht eingeschätzt«, erwiderte Daniel. »Und deine Nachfolge scheint ebenfalls bestens gesichert.« Matthias reckte die Brust vor Stolz. »Ja, das hoffe ich. Obgleich noch wenig Neigungen zu erkennen sind.«

Daniel hob eine Braue. »So? Mir hat er gerade seine privaten Aufzeichnungen gezeigt. Seine Überlegungen, wie der Transportweg der Seide von Süden nach Norden effektiver genutzt werden kann, sind nicht von der Hand zu weisen, wenn auch«, er schmunzelte, »natürlich von jugendlichem Eifer gezeichnet. Die Spinnräder und Webstühle will er erneuert sehen«, jetzt lachte Daniel. »Obwohl manches übertrieben und nicht verwirklichbar erscheint – die Ideen haben Charme und zeugen von Interesse. Glückwunsch, Matthias, zu einem solchen Sohn! Da wirst du irgendwann die Hände in den Schoß legen und die Jugend frisch zu Werke schreiten lassen können.«

Während Daniel sprach, runzelte Matthias die Stirn. Nun wechselte er einen Blick mit Eleonora, die sich genauso wenig einen Reim auf Daniels Worte machen konnte.

»Woher ... woher weißt du das, Daniel?«

Jetzt war es Daniel, der sichtlich irritiert wirkte. »Nun, er hat mir alles gezeigt und erklärt, als wir uns nach der Trauung im Salon zusammengesetzt haben.«

»Stephan hat mit dir seine Ideen für meinen Betrieb besprochen?«

Matthias ruckte auf seinem Stuhl hin und her. Eleonora spürte, dass er sich nicht weniger unwohl fühlte als sie selbst. Warum gab sich der Sohn ihnen gegenüber verstockt und gelangweilt, und warum öffnete er sich dem Freund der Familie so freimütig? Was lief verkehrt in ihrer Familie?

»Stephan? Wieso Stephan? Nein, ich rede von Justus.«

Eleonora klappte der Kiefer herunter, und Matthias wischte sich, obwohl seine Frisur perfekt saß, mehrmals die Strähnen aus der Stirn, wie es seine Art war, wenn ihn etwas bewegte und verunsicherte.

Scham stieg in Eleonora auf, als sie begriff, dass Daniel mit wenigen Worten den Finger auf die Wunde gelegt hatte. Wie hatte sie nur so blind sein können? Hatte sie tatsächlich aus völlig grundloser Sorge um ihre Tochter die Söhne vernachlässigt? Hätte sie als Mutter nicht längst bemerken müssen, dass es Justus war, der dem Vater im Verborgenen nacheiferte? Sie fühlte sich, als hätte Daniel tausend Lüster entzündet, die die Dinge in ihrem Leben auf einmal taghell beleuchteten.

So etwas durfte nicht mehr passieren. Nie mehr. Ihre Jungen brauchten Aufmerksamkeit und Zuwendung, wenn sie zu glücklichen Menschen heranreifen sollten. Dankbarkeit stieg in ihr auf, weil Daniel sie noch rechtzeitig auf den richtigen Weg gebracht hatte. »Nein, wir wussten bisher nicht, dass Justus sich für den Familienbetrieb interessiert. Es stand für uns außer Frage, dass der älteste Sohn die Geschäfte übernimmt, sobald er dazu in der Lage ist. Aber«, sie streichelte über Matthias Schulter, der sinnend in sein Weinglas stierte, »wo steht geschrieben, dass man sich nicht über Traditionen hinwegsetzen kann, wenn es den Menschen dient? Oder was meinst du, Matthias?«

Matthias sah auf, als würde er erwachen. Eleonora spürte, dass er mit seinem Gewissen rang. Während sie sich von der Sorge um die Tochter hatte ablenken lassen, hatte er immer nur das Vorankommen der Firma im Sinn gehabt. Ein aufmerksamerer Vater hätte gemerkt, dass es nicht der ältere Sohn war, der ihm zu einem wertvollen Assistenten heranwuchs. »Hm? Ja, Liebe, ich denke, wir werden auf dem Heimweg und zurück in Saratow einiges besprechen müssen. Es tut mir leid, dass wir so verbohrt waren. Danke, Daniel. Ich freue mich darauf, mit Justus über meine Nachfolge zu reden, sobald er das rechte Alter erreicht hat. Vielleicht noch vier, fünf Jahre – oder früher, wenn seine Ideen Hand und Fuß haben. Ich bin gespannt. Und ich werde ihn um Entschuldigung bitten müssen.«

Daniel wischte sich über den Mund. »Verzeiht, wenn ich euch

die Stimmung verdorben habe. Das lag nicht in meiner Absicht. Mir war nicht klar …«

»Schhhh«, machte Eleonora und neigte den Kopf. »Manchmal braucht es einen Freund, damit du mit der Nase auf die Wahrheit gestoßen wirst. Es ist nicht zu spät. Du hast unserer Familie einen großen Dienst erwiesen, mein Lieber. Was ist nun mit dem versprochenen Tanz? Gilt dein Angebot noch? Ich höre, die Streicher heben zum Walzer an.«

Eleonora ließ sich an Daniels Arm erneut zum Parkett führen. Diese Nacht schien für Hochgefühle und zum Tanzen geschaffen.

André wusste ebenso wie Christina, was von ihnen erwartet wurde. Die Etikette beherrschte er seit seiner Jugend. Christina gab sich nicht dem Trugschluss hin, es sei ihm eine Freude, mit ihr zu tanzen. So wunderte es sie nicht, dass er sich gleich nach den letzten Klängen mit einer formvollendeten Verneigung von ihr verabschiedete, um sich in einen der Salons zu begeben, wo die jungen Offiziere sich beim Kartenspiel vergnügten und wo sie den Wodka in hohe Gläser gossen, die sie mit in den Nacken gelegtem Kopf und unter Anfeuerung der Umstehenden leertranken, ohne abzusetzen. Die jüngeren Kerle verlustierten sich gleich nach dem Bankett beim Trinkgelage. Nicht selten kam es dabei zu peinlichen Szenen, wenn Spielschuldner mit entblößtem Hinterteil auf dem Tisch tanzen mussten, und zu Prügeleien, bei denen die Beteiligten quer durch den Salon flogen, aber das gehörte dazu. Es schmälerte den Genuss für den gemäßigten Teil und die gesetzteren Herrschaften der Hochzeitsgesellschaft nicht. Gerüche von Schnupftabak, Schweiß und Wodka mischten sich mit den blumigeren Düften im Saal. In den Salons knallten die Stiefel, klirrten die Degen, klapperten die Würfelbecher, während im großen Ballsaal Röcke raschelten und Colliers und Armbänder klimperten, untermalt vom Spiel der Streicherkapelle.

Wenn sich André dort vergnügen wollte – sollte er es ruhig

tun. Es kratzte Christina nicht, solange er sie nicht in Verruf brachte. Aber bisher war André selbst nach ausgiebigem Wodkagenuss nur selten aus der Rolle gefallen.

Am Rande des Tanzparketts fächelte sich Christina die von Weingeruch, Parfum und Fleischaroma geschwängerte Luft zu, plauderte mal links mit der Frau eines französischen Diplomaten, die zu ihrem erlauchten Kundenkreis gehörte, mal rechts mit Mascha, die sich wie üblich in der Traube ihrer Freundinnen aus der Akademie bewegte.

Ihr Blick ging hierhin und dorthin, während sie abschätzte, wie viele Damen der Gesellschaft ihre Kreationen zur Schau trugen, wer sich amüsierte, wer miteinander tuschelte, wer den Weg zur Tanzfläche suchte. Oh, da tanzte Daniel mit Eleonora.

Christina lächelte. Wie gut die beiden miteinander harmonierten! Eleonora tanzte, wie es ihrer Wesensart entsprach: bei jedem Schritt zur Anpassung bereit, perfekt verschmelzend mit dem Partner, sich selbst zurücknehmend.

Christina selbst galt ebenfalls als ausgezeichnete Tänzerin, auch wenn sie ihrem Tanzpartner ab und an auf die Füße trat, weil sie lieber selbst die Schritte setzte, als sich führen zu lassen.

Ihr Blick haftete an den beiden, während sie ihre Runden über das Parkett zogen, und auf einmal überkam sie ein großes Verlangen nach Daniels heißen Küssen. Sie waren zwar schon lange ein heimliches Liebespaar, aber dadurch, dass sie ihre Sehnsucht nacheinander stets nur im Verborgenen genießen durften, erstarb das Feuer nie. Sie stellte sich vor, wie er in einem der Pavillons im Lustgarten unter ihren Rock greifen würde, wie er ihre Brüste aus dem Dekolleté heben würde, um an ihnen zu saugen und zu lecken …

Sie fixierte Daniel, als er sich in ihre Richtung wandte. Unbemerkt von allen Umstehenden, hob sie die Brauen und klappte vor ihrem Gesicht zweimal den Fächer auf und zu, als hätte er sich verhakt. Sie sah Daniel unmerklich nicken. Sein Schmunzeln fachte ihre Erregung an.

Ohne Eile verließ sie kurz darauf den Ballsaal durch eine der

Flügeltüren, die direkt in den Schlosspark führten, in dem verstreut von Rosen und Efeu umrankte Pavillons standen. Der Kies auf den Wegen schimmerte hell im Licht der weißen Nacht. Die Wolken zogen silbergrau gerändert über den Himmel, und der Duft von Rosenblüten betörte die Sinne all jener, die sich auf der Terrasse zwischen marmornen Statuen und Zitronenbäumchen eingefunden hatten.

Viele Paare standen dicht beieinander, flüsterten sich Liebesworte ins Ohr, lachten gurrend, hielten sich an den Händen. Manche lustwandelten bereits auf den Wegen, inniglich verbunden oder verschämt Konversation betreibend.

Als wollte sie sich in der Nachtluft nur die Füße vertreten, schritt Christina die Freitreppe hinab, indem sie das Kleid an den Seiten anhob. Sie wählte den Kiesweg, der nach links in den dunkleren, von dicht begrünten Buchen umstandenen Teil des Lustgartens führte. Daniel würde sie finden. Es war nicht das erste Mal, dass sie sich abseits einer Gesellschaft im Zarenpalast vergnügten.

Je weiter sie auf dem Weg vorankam, desto weniger Gäste begegneten ihr. Die meisten bevorzugten den helleren Teil des Parks mit den Frische verheißenden Springbrunnen. Das Spiel der Kapelle, das Gelächter und das ausgelassene Treiben der Gesellschaft hörte sie nur noch gedämpft von den Büschen und Baumzweigen. Die Steine unter ihren Seidenschuhen knirschten bei jedem Schritt, ihr Rock raschelte. Sie hörte ihren eigenen Atem, der nun ein bisschen schneller ging, teils von der Anstrengung des Spaziergangs, teils vor Erregung.

Hoffentlich ließ Daniel nicht zu lange auf sich warten. Das süße Prickeln und die kribbelige Vorfreude erfüllten sie und verhärteten ihre Brustspitzen, die sich beim Gehen an dem Seidenstoff rieben.

Die Rosenlaube links von ihr wollte sie passieren – sie war dem feierlichen Treiben noch zu nah. Sie wusste, dass wenige Meter weiter noch ein Pavillon lag, verborgen zwischen den jahrzehntealten Baumstämmen.

Ein unterdrücktes Stöhnen ließ sie für einen Moment innehalten. Es drang aus der Laube. Christina blieb stehen und spitzte die Ohren: wieder ein Stöhnen, ein Glucksen, ein paar tiefe, auf Russisch hervorgestoßene Worte. Es war nicht ungewöhnlich, dass von der Lust überwältigte Paare im Garten ihren aufwallenden Gefühlen nachgaben. Sie wollte schon weitergehen, diskret die Ohren verschließen, aber irgendwas ließ sie verharren. Irgendwas war anders.

Noch einmal das kehlige Stöhnen, nur mühsam gedämpft. Christina sah hinter sich – sie war allein auf dem Weg. Mit drei, vier Schritten auf Zehenspitzen trippelte sie auf die Laube zu, verbarg sich im Efeu. Glühwürmchen umschwirrten sie, verblassten im Weiterflug. Über ihr flatterte eine Gruppe von Fledermäusen lautlos von einem Baumwipfel zum nächsten.

Durch die Zweige des Efeus hindurch sah Christina den Hinterkopf und mit rotem Samt bedeckte breite Schultern, merkwürdig vertraut. Ihr Herz schlug hart gegen ihre Brust.

Mit den Fingerspitzen schob sie ein paar Blätter zur Seite – und sog in der nächsten Sekunde scharf die Luft ein. Das Geräusch hätte sie verraten, wenn das Paar in der Laube nicht so sehr mit sich selbst beschäftigt gewesen wäre.

Der stehende Mann hatte die Hinterbacken entblößt und angespannt und schob seinen erregten Penis zwischen die Lippen des nackten Jünglings, der vor ihm kniete.

Christina starrte auf die Szenerie, angewidert und fasziniert zugleich, wie sich der Jüngling, dessen Kadettenuniform neben ihm auf einem unordentlichen Haufen lag, nun erhob und sich, über die gegenüberliegende Laubenbrüstung gelehnt, von hinten bedienen ließ. Mit einem Grunzen wie ein geiler Eber machte sich der stehende Mann über ihn her und stieß wild auf ihn ein, das weißliche Fleisch an seinen Hinterbacken hin und her schwabbelnd.

Christina taumelte zurück. Ihre Hand fuhr an ihre Kehle, während sie zu begreifen versuchte, was sich da vor ihr abspielte. Sie hatte gewusst, dass sie keinen Reiz auf ihren Gatten aus-

281

übte. Von Anfang an nicht. Sie hatte gewusst, dass André Haber dennoch trotz aller Demütigungen, die sie ihm willentlich und zufällig zugefügt hatte, an einer Aufrechterhaltung des Scheins interessiert war – wie sie selbst.

Jetzt wusste sie, warum.

Widersprüchliche Gefühle kämpften in Christina, während sie Schritt für Schritt lautlos rückwärts ging. Ekel wallte in ihr auf, aber auch Erleichterung, gepaart mit Bitterkeit.

Das Wissen um Andrés Geheimnis sicherte ihre Karriere. Sie würde ihre Vorteile daraus zu ziehen wissen und sich mit dem Widerwillen, der sie von nun an ständig in seiner Gegenwart überfallen würde, irgendwie arrangieren.

Was war das Leben anderes als ein unaufhörliches Kräftemessen der Mächtigen und Raffinierten?

Christina war es gewohnt, als Siegerin daraus hervorzugehen.

Und daran würde sich in den kommenden Jahrzehnten nichts ändern.

23

Waidbach

Während die eine Schwester auf dem Hochzeitsfest der Tochter die Schuhe zertanzte und die andere im kaiserlichen Lustgarten Ränke für ihre Zukunft schmiedete, warf sich in der weit entfernten Kolonie Waidbach die dritte Schwester Klara schützend auf ihren Pflegesohn Frannek, der sich in eine Ecke der Hütte drückte und die Arme über dem Kopf kreuzte, als Sebastian mit der Rute ausholte.

»Halt ein, Sebastian! Du schlägst ihn ja tot!«, schrie Klara und fühlte sich, als stünde sie neben sich und beobachtete sich selbst, wie sie dem Jungen zur Seite sprang.

Sebastian verharrte in der Bewegung, ließ den Weidenstock sinken. Seine Schultern sackten nach vorn, als sei er ermattet und käme allmählich zur Besinnung. »Du wirfst dich vor ihn? Bist du nicht diejenige, die kein gutes Haar an ihm lässt, seit er bei uns lebt?« Sebastian sprach ohne Vorwurf, ohne Zorn, als erstaunte es ihn selbst.

Klara packte Frannek an den Armen und zerrte ihn auf die Beine. Sie presste ihn für einen Moment an ihre Brust, spürte seine dünnen Knochen und sein Zittern und schob ihn in den Anbau. »Geh, leg dich hin. Wir reden morgen.«

Sebastian ließ sich an den Tisch fallen. Klara stellte einen Humpen Kwass vor ihn und stützte von hinten die Hände auf seine Schultern.

»Ich bin durchgedreht, Klara. Ich kann vieles ertragen, immer versuche ich, mit Worten zu schlichten, aber dass Frannek das Gemeindehaus in Brand setzen wollte ... Weißt du, wir schaffen hier bis zur Erschöpfung, und dann kommt so ein missratener Bengel und will das Gemeingut abfackeln. Das ist so erbärmlich und falsch, Klara. Ich habe rot gesehen, nachdem Bernhard mir erzählt hat, dass es an Franneks Schuld keinen Zweifel gibt und dass wir von Glück reden können, weil sie ihn vorher noch erwischt haben. Menschen hätten verbrannt werden können, das Feuer hätte auf die ganze Kolonie überspringen können. Ich … ich finde das unfassbar hinterhältig und zerstörerisch, verstehst du?«

Klara schmiegte von hinten ihre Wange an seine, die Arme um ihn geschlungen.»Niemand macht dir einen Vorwurf, aber ich konnte doch nicht zusehen, wie du ihn erschlägst, Sebastian. Der Junge … Frannek hat selbst Grausames erlebt. Ich wollte ihn und seine Schwester nie hier haben, das weißt du, aber soll ich zulassen, dass er hier unter unserem Dach sein Leben beendet? Wie du ausgeholt hast, Sebastian. Ich habe dich noch nie zorniger erlebt.«

Sebastian fasste hinter sich und drückte ihre Hände.»Es war recht von dir, mich zur Besinnung zu rufen.« Er atmete immer noch schwer, aber Klara spürte, dass er sich wieder in der Gewalt hatte. Sie kannte Sebastian nicht aufbrausend, aber sie wusste, dass er rasend werden konnte, wenn sich jemand gegen die Gemeinschaft stellte und ihr Schaden zufügen wollte. Genau für diese Verlässlichkeit liebte sie ihn – und weil er alles zum Wohle seiner Familie und der Kolonie unternahm.

»Was sollen wir tun, Klara? Es jagt mir Angst ein, den Jungen im Haus zu behalten. Er hockt ständig mit Martin zusammen. Unser Sohn ist noch klein und beeinflussbar. Was, wenn er ihm diesen gefährlichen Unfug beibringt?«

Klara schluckte.»Ich sehe es genauso ungern, wenn die beiden die Köpfe zusammenstecken. Meinst du, er hat sein Elternhaus angezündet?« Ihre Stimme klang tonlos.

Sebastian schwieg ein paar Atemzüge lang.»Er scheint eine gefährliche Neigung zum Zündeln zu haben. Vorstellbar, dass er die Schuld daran trägt, dass seine Mutter und das Neugeborene verbrannt sind.«

»Wie entsetzlich! Die eigene Mutter …«

»Herausfinden werden wir das wohl nicht mehr.« Sebastian wiegte nachdenklich den Kopf. »Aber es erscheint mir wahrscheinlicher als alles andere.«

Klara stierte sinnend über die Schulter ihres Mannes, das Kinn auf die Arme gestützt, die ihn umschlungen hielten. »Wir könnten ihm den Umgang mit Martin verbieten.«

»Wie sollen wir das überprüfen? Wir können ihn nicht rund um die Uhr bewachen. Was meinst du, wollen wir Bernhard fragen, ob er eine andere Lösung für Frannek weiß? Vielleicht wäre er besser in einer Familie untergebracht, die selbst keine Kinder hat und die sich ganz um ihn kümmern kann. Vielleicht kommt er dann noch auf den rechten Weg.«

»Ich will nicht weg hier.«

Sebastian und Klara wandten sich gleichzeitig um, als Franneks immer etwas heisere Knabenstimme vom Durchgang her erklang. Er sprach so selten, dass seine Stimme fremd klang in ihren vier Wänden.

»Frannek …«

»Und ich wollte die Mutter nicht verbrennen. Ich dachte, der Vater wäre allein im Haus.«

Klara und Sebastian starrten den Knaben an, dessen Gesicht bleich war wie das ausgewaschene Leinenhemd, das ihm als Nachtgewand diente. Auf nackten Füßen, mit hängenden Armen stand er da wie ein kleines Gespenst. Nein, er war kein hübsches Kind mit den borstigen Haaren, den eingefallenen Wangen. Dennoch fühlte Klara bei aller Verachtung und Last einen leisen Strom von Mitgefühl durch ihr Innerstes fließen.

Kein Kind der Welt konnte sich aussuchen, in welche Familie es hineingeboren wurde, und wer weiß, was aus Frannek geworden wäre, wenn er eines ihrer Kinder wäre. Er hatte nie Zuneigung und Geborgenheit empfangen, war im Gegenteil vom eigenen Vater aufs Übelste malträtiert und gedemütigt worden, hatte den Tod der eigenen Mutter mit verschuldet und war danach in eine Familie geraten, die ihn nie wirklich liebevoll angenommen hatte.

Reue überkam Klara – hätte sie nicht mehr für ihn tun können? Hätte sie nicht wenigstens vorgeben können, dass er willkommen war? Wen wunderte es, dass er auf sich aufmerksam machte auf die wildeste Art: indem er Feuer legte und sich am tödlichen Tanz der Flammen ergötzte?

»Komm mal her«, bat Sebastian ihn und streckte die Hand aus. Klara spürte, dass er genau wie sie in diesem Moment mehr Mitgefühl als Groll empfand.

Frannek bewegte sich keinen Millimeter. Ohne dass sich in seiner Miene ein Muskel regte, blickte er Sebastian an.

»Du musst versprechen, dass du nicht mehr zu den Schwefelhölzern und dem Zunder greifst. Nie wieder, hörst du? Es ist schlimm genug, dass deine eigene Familie den Flammen zum Opfer gefallen ist. Du kannst mit dem Feuer noch sehr viel mehr Unglück über die gesamte Kolonie bringen. Es ist unrecht, Frannek, verstehst du? Falls du noch ein einziges Mal erwischt wirst, wirst du keine Gnade erfahren. Das schwöre ich dir bei meiner Familie.«

Klara starrte den Jungen genauso an wie Sebastian, wartete auf irgendein Zeichen des Bedauerns, ein Zeichen, dass er sich nur nach einer Umarmung sehnte, die sie ihm bislang verwehrt hatten. Aber Frannek drehte sich um und tappte zu seiner Bettstatt.

Klara setzte sich Sebastian gegenüber und griff nach seinem Humpen, um selbst einen langen Schluck zu nehmen. Ihre Kehle fühlte sich ausgedörrt an, als hätte sie Sand schlucken müssen, aber der Kwass linderte das unangenehme Gefühl nicht. Um ihr Herz schien sich ein Ring aus Eisen zu legen. »Meinst du, er hat dich verstanden?«, fragte sie.

Sebastian hob die Schultern und setzte den Steinkrug an die Lippen. »Es wäre das Beste für ihn«, sagte er, bevor er den Humpen leerte.

24

Bei den Kirgisen, 1784–1786

Amelia träumte.

Sie träumte sich jede Nacht zu ihrem Zuhause zurück, summte das Lied von den Königskindern, versuchte sich an jedes Wort in jeder einzelnen Zeile zu erinnern, weil es sich so vertraut anfühlte. *Ach Mutter, herzliebste Mutter, der Kopf tut mir so weh; ich möcht so gern spazieren, wohl an die grüne See.*

In ihren Träumen sah sie das Gesicht ihrer Mutter, die warm schimmernden Augen, die gespitzten Lippen, wenn sie ihr einen Gute-Nacht-Kuss auf die Stirn drückte. Sie roch nach gekochter Milch und süßem Weißbrot und manchmal, am Sonntag, nach Wildblumen und Seife.

Hier roch alles fremd. Der harzig-fettige Duft der Schafwolle, aus denen die Wandteppiche im Zelt geknüpft und ihre Bettdecken gewebt waren; der ranzige Gestank des gekochten Hammelfleisches, der widerwärtige Geruch von vergorener Milch, mit der sie kochen musste, das fruchtige Aroma trocknender Pflaumen und Datteln, die scharfen menschlichen und tierischen Ausdünstungen in und vor der mannshohen Jurte, die geräumiger war als das Gemeindehaus in Waidbach.

Sie hatte sich inzwischen daran gewöhnt, auf dem brettharten, mit kratzigem Filz ausgelegtem Boden zu schlafen, aber an die Gerüche würde sie sich nie und nimmer gewöhnen können. Sie wusste, dass sie den Duft ihrer Mutter in hundert Jahren noch als ihr Zuhause erkennen würde und den Geruch im Kirgisenzelt als die Hölle.

Obwohl sie es schlechter hätte treffen können. Gewiss hatte Claudius recht, wenn er kurz vor dem Schlafengehen zu ihr ans Bett trat, sich mit gekreuzten Beinen vor sie setzte und wie eine

Litanei immer und immer wiederholte, dass es ihnen übler ergehen könnte.

Amelia hatte sich schon wenige Stunden, nachdem sie verschleppt worden waren, innerlich auf den baldigen Tod vorbereitet. Sie hatte sich ausgemalt, wie einer der Krieger ihr die Kehle durchschnitt. Ob das wohl sehr lange sehr wehtun und wann sie das Bewusstsein verlieren würde und gar nichts mehr fühlen und denken könnte? Dieser Zustand erschien ihr zu dem Zeitpunkt wie die Erlösung.

Aber so war es nicht gekommen. Zwar hatten die Krieger mit den Furcht erregenden Fratzen und Pranken sie derb geschubst und getreten, aber keiner hatte die Waffe gegen sie erhoben. Eine der Kriegerfrauen hatte sie nach dem tagelangen Ritt zu dieser Häuseransammlung in einem tief eingeschnittenen Tal gar gekämmt, ihr klimpernde Münzen in die Haare geflochten, ein besticktes Gewand über sie geworfen und in der Taille verknotet. Noch bevor sich Amelia fragen konnte, was es damit auf sich hatte, stand sie auf einem umzäunten Platz auf einem von Händlern und Käufern, Trampeltieren und Schafen wimmelnden Basar, die Hände und Füße gefesselt, dicht an dicht in einer Reihe mit anderen Menschen, die offenbar zum Kauf angeboten wurden. Sie sah Stände mit goldenem Honig, Gewürze in allen Farben eines Sonnenuntergang, Berge von aufgetürmten Teppichen und regenbogenbunten Stoffen, hörte das anpreisende Geschrei der Verkäufer, das Gezeter der dickbäuchigen, offenbar wohlhabenden Kunden, die mit großem Gefolge auftraten und vor denen sich die Masse der übrigen Basarbesucher teilte.

Sie begutachteten die gefesselten Menschen mit der bleichen Haut auf dieselbe Art, mit der sie die in Pferchen zusammengedrängten Kamele und Schafböcke untersuchten.

Von all den anderen Gefesselten kannte Amelia nur Claudius zu ihrer Linken, der sich gebärdete wie ein wilder Hengst, bis ihm einer der Krieger einen Knüppel über den Schädel zog und er bewusstlos zu Boden ging.

Amelia hatte sich neben ihn gehockt und war sitzen geblieben, als böte der Vertraute in dieser Menge von Fremdländern ihr den einzigen Schutz, den sie kriegen konnte. Sie hatte ihre mit Stoffbahnen gefesselten Hände auf die Platzwunde an seinem Hinterkopf gelegt, damit das Blut aufhörte zu fließen. Claudius strohblonde Haare waren blutverkrustet.

Schließlich war ein Schatten über sie gefallen. Nackte Füße in Sandalen ragten breitbeinig vor ihr auf. Als sie den Blick höher wandern ließ, sah sie einen sehnigen Kerl, der mit seiner Zopffrisur und den Schlitzaugen nicht weniger beängstigend wirkte als alle anderen, dessen Wangen aber glatt waren, als stünde er noch an der Schwelle zum Erwachsenwerden.

Er kniete sich vor Claudius, zupfte staunend an seinen hellen Haaren. Danach fasste er nach Amelias Zopf, dass sie fürchtete, er wollte ihn ihr abreißen. Aber auch ihre rötlichen Haare brachten nur einen Ausdruck von Faszination in sein Gesicht.

Endlich verhandelte er mit dem Mann, den sie für ihren Besitzer hielt.

Ein klirrender Sack Münzen wechselte von einer Hand in die andere, und so kamen Claudius und Amelia als Sklaven zu dem alten Tairbek. Den Einkäufer sahen sie nicht wieder.

Die ersten Tage und Wochen verbrachte Amelia nur damit, sich zu verstecken, sich zu ducken und sich in sich selbst zurückzuziehen. Die Angst wütete in ihr. Was hatten diese unheimlichen Menschen mit ihr vor?

Mit den Händen pickten sie sich das Fleisch aus dem Hammeleintopf, schlürften die Reste der würzigen Tunke aus den Schüsseln. Sie rülpsten und schmatzten und stupsten sie an, wenn sie es nicht tat. Ihre Mama hatte sie gelehrt, dass es sich nicht gehörte. Aber hier galt das nicht. Nichts galt mehr.

Die Gleichaltrigen liefen nackt herum, ritten auf den Hammeln, indem sie sich in die Wolle krallten, und von Sonnenaufgang bis spät in die Nacht begleitete sie das Blöken der riesigen Herden von Schafen und Lämmern.

In der Nacht weinte sie in ihr Kissen. Einige Male hatte Claudius sie aus einem Albtraum gerissen, in dem sie nach ihrer Mutter gerufen hatte und der sie schweißnass aus seinen Fängen entließ.

Nach einigen Wochen, in denen ihr niemand Leid zufügte, in denen sie lediglich lernte, einigen der zwölf Frauen des Stammesoberhaupts Tairbek in der Küche zu helfen, beruhigte sich ihre aufgewühlte Seele, und ihr Verstand begann zu arbeiten. Sie beobachtete und lauschte, ordnete das, was sie sah, und merkte sich, was sie hörte. Schließlich begriff sie, dass Claudius und sie offenbar das Glück gehabt hatten, als Sklaven zu einem besonders reichen und gnädigen Kirgisen gekommen zu sein, der ihnen zwar nicht einen Funken Beachtung schenkte, der sie aber andererseits in Ruhe ließ, solange sie ihre Pflichten erfüllten.

Während Amelia beim Kochen, Waschen und Putzen helfen sollte, musste Claudius die Schafe hüten.

In der ersten Zeit hatten beide ständig Begleitung: jemanden aus dem Stamm, der ihnen mit harschen Gesten zeigte, was zu tun war, und der sie bewachte.

Wozu sie eine Bewachung brauchte, wusste Amelia nicht.

Sie hatte nicht die geringste Ahnung, wo sie sich befand. Der Ritt hierher, geknebelt und gefesselt, hatte sich angefühlt, als bereisten sie das Ende der Welt und noch ein Stück darüber hinaus. Amelia hatte atemlos gestaunt, wie sich die Landschaft um sie herum veränderte, wie erst am Horizont die ersten schroffen Hügel aufragten, die sie im mühsamen Ritt bezwangen, nur um auf weitere, noch höher aufragende Berge mit schneebedeckten Gipfeln zuzuhalten. Sie waren durch verdorrtes Steppenland geritten und, wann immer es höher hinaufging auf die Felsen, über Wiesen und Weiden. Die Maultiere und Kamele hatten an manchen Stellen behutsam Schritt vor Schritt setzen müssen, um Felsspalten und Abgründe zu umgehen. Mehrere Male hatte Amelia, bäuchlings auf dem Maultier liegend, geglaubt, sie stürze mitsamt der Reiterin in die Tiefe, wenn ein unachtsamer Schritt eine kleine Steinlawine auslöste.

Vor Erschöpfung ließ sie bald Kopf, Arme und Beine baumeln, bereit zu sterben.

Aber sie hatte überlebt, abgemagert von Durchfall und Erbrechen, weil ihr Magen gegen das fremde Essen rebellierte. Schließlich aber hatte sie sich an den süßen Milchreis gewöhnt, den ihr eine der Frauen mit unwilligen Bewegungen verabreichte. Und nun also war sie bei Tairbek, einem hoch aufgeschossenen grauhaarigen Mann mit einem riesigen Schnauzbart über den fleischigen Lippen, der aussah, als trüge er unter dem nietenbestickten Gürtel seines Kaftans einen Kürbis. Sein Gesicht schien in Falten gelegt zu sein, seine schmalen Augen unter den geschwungenen Brauen hatten die Farbe von verkohltem Holz. Er hatte ihr bei ihrer Ankunft mit seiner nach Leder riechenden Hand an den Kiefer gepackt und sie mit Druck gezwungen, den Mund zu öffnen. Um ihn herum sprangen gut genährte Kinder, die sich Stoffbälle zuwarfen, mit kugelrunden schimmernden Steinen klickten oder Kreisel drehten.

Amelia dagegen hatte gezittert wie ein verdorrtes Birkenstöckchen im Sturm, bis sie erkannte, dass er lediglich wie bei einem Stück Vieh ihre Zähne einer eingehenden Überprüfung unterzog. Er hatte ihr in die Augen gestiert und in ihren Haaren gerupft, ihre Hände von oben und unten betrachtet und mit finsterer Miene ihren Körper abgetastet. Danach hatte er einer seiner Frauen ein paar Befehle in dieser kehligen Sprache zugebellt. Amelia konnte nur vermuten, dass diese die Anweisung bekommen hatte, sie zu mästen, weil sie dem Stammesoberhaupt zu mager war. Denn von Stund an versuchte ihre Betreuerin mit allen Mitteln, Fleischbrocken und Früchte in sie hineinzubekommen.

Amelia erkannte im Laufe der nächsten Wochen, dass die Sehnsucht nach ihrer Familie zwar nicht nachlassen würde, dass ihr aber in dieser fremden Welt keine unmittelbare Gefahr drohte. Niemand schlug sie, niemand tat ihr Gewalt an, solange sie ihren Pflichten nachkam und gehorchte.

Amelia lernte zu unterscheiden, welche der Frauen ab und zu ein Lächeln oder eine Süßigkeit für sie hatte und welche sie bei der Arbeit keines Blickes würdigte. Sie beobachtete das Spiel der

Kinder, dem sie sich nicht anschließen durfte, weil sie zwölf Stunden am Tag beschäftigt war, und sie beobachtete die anderen Stammesmitglieder.

Sulejka fiel ihr als Erste wegen ihrer Schönheit auf. Amelia meinte, nie zuvor ein schöneres, anmutigeres Wesen gesehen zu haben. Manchmal vergaß Amelia, die Kräuter für die Suppe zu hacken oder das Pferdefleisch zum Dörren an das Stangengerüst zu hängen, weil sie sich nicht losreißen konnte von dieser fremdländischen Schönheit. Für ihre Nachlässigkeit bekam Amelia einen Klaps aufs Ohr oder auf den Hinterkopf, aber das nahm sie in Kauf, denn Sulejka zu betrachten gehörte zu den wenigen Annehmlichkeiten in dieser Welt hinter den Bergen.

Ihre samtschwarzen Haare hatte sie zu zwei Zöpfen wie kostbare Quasten geflochten, die ihr auf die Brust fielen. Ihre nur selten mit einem Schleier verhüllte Gesichtshaut hatte die Farbe von sonnenbeschienener Erde. Die Brauen waren kunstvoll geschwungen, und ihre schräg stehenden Augen, von der gleichen Farbe wie die des Stammesoberhaupts, waren von langen, gebogenen Wimpern umkränzt. Sulejka trug keinen Schmuck, nur manchmal ein geschlungenes weißes Seidentuch, unter dem sie ihr Haar versteckte. Meist lief sie barfuß, die Füße vom Straßenstaub gepudert. Aber ihr seitlich gerafftes weißes Leinengewand schimmerte stets hell und rein und gab ihr aus Amelias Kindersicht die Aura eines Himmelsgeschöpfes.

Amelia gefiel der Gedanke, diese junge Frau könnte ein Engel sein, ein von Gott gesandter himmlischer Bote, der ihr den Weg nach Hause wies. Aber in den vielen Monaten, die sie als Sklavin ausharrte, veränderte sich ihr Denken, und sie vermochte allmählich deutlich zu unterscheiden, was kindliche Hirngespinste waren und welche Möglichkeiten es an diesem Ort tatsächlich gab. Ganz gewiss wusste sie irgendwann, dass Sulejka sie genauso wenig zu ihrer Mutter bringen würde wie irgendein anderer Kirgise.

Sulejka schien die Lieblingstochter des Stammesobersten zu sein – und wer konnte ihm das verdenken?

Amelias einziger Halt im ersten Jahr ihrer Gefangenschaft war Claudius. Die Minuten, die er vor dem Einschlafen an ihrem Bett verbrachte, um ein paar Trostworte in ihrer Muttersprache mit ihr zu sprechen, gehörten zum Kostbarsten, was Amelia sich in diesen Tagen vorstellen konnte.

Umso mehr ängstigte es sie, als er an einem Abend im Spätherbst nicht erschien. Sie fand ihn am folgenden Tag nicht, und abends wartete sie wieder vergeblich. Erst am dritten Tag, als sie vor der Jurte Karotten putzte, sah sie ihn wieder.

Zwei berittene Kirgisen hielten Claudius, jeder an einem Arm, in ihrer Mitte und schleiften ihn von drüben aus den Bergschneisen kommend mit sich über die Steppe bis zu dem Lager. Amelias Herzschlag setzte für einen Moment aus. Was war geschehen? War Claudius beim Schafhüten in einen Hinterhalt geraten? War er erkrankt?

Die Antwort war grausamer, als es sich Amelia hätte ausmalen können. Sie erfuhr es von ihm selbst, als sie an diesem Abend zu ihm ging, um ihm Trost zu spenden, während er mit gefesselten Armen und Beinen seitlich auf seiner Lagerstatt lag.

»Na, was glaubst du, kleiner Dummkopf? Flüchten wollte ich, nach Hause! Meinst du, ich will hier bis an mein Lebensende Sklave sein? Aber sie haben mich aufgegriffen, diese stinkenden Feiglinge mit ihren pfeilschnellen Reitpferden. Wie sollte ich da zu Fuß eine Chance haben?«

Vor Amelias Augen verschwammen die Umrisse der Schlafecke, seine Worte wirbelten hinter ihrer Stirn. Schließlich brannte Wut in ihr wie nie zuvor. Mit Fäusten ging sie auf Claudius los, der nur den Kopf einziehen konnte, um sich vor ihren Schlägen zu schützen, und der sie anbrüllte, sie solle ablassen von ihm. Amelia schlug auf jedes Körperteil, das sie erwischen konnte, spuckte und schrie wie vom Teufel besessen: »Du wolltest mich hier allein zurücklassen! Du wolltest mich im Stich lassen! Wie ein feiger Hund nutzt du die erstbeste Gelegenheit, um davonzulaufen! Wie konntest du mir das antun? Wir konnte ich jemals einem wie dir vertrauen?«

Zwei Frauen eilten auf sie zu, packten sie unter den Achseln und zerrten sie von ihm weg. Es gab ein paar klatschende Backpfeifen, aber von dem Schmerz spürte Amelia nichts. Sie spürte nur den Zorn und die Enttäuschung in sich, alles andere verblasste.

Die Frauen schubsten sie zu ihrer Decke zurück und herrschten sie mit erhobenen Händen an. Amelia kauerte sich zusammen, zog die Decke bis zu den Ohren und winkelte die Beine bis zur Brust an.

Endlich rauschten die Kirgisinnen ab, und sie konnte ihren Tränen freien Lauf lassen. Der einzige Mensch in dieser Welt, der auf irgendeine Art zu ihr zu gehören schien, hatte sie verlassen wollen.

Nicht, dass Amelia unaufhörlich Fluchtgedanken umgetrieben hätten – sie wusste inzwischen ihre Möglichkeiten zu gut einzuschätzen, und allein über die Berge und Flüsse ins Ungewisse zu fliehen ... du lieber Himmel, das würde gewiss ihren Tod bedeuten, da konnte sie genauso gut die nächsten Jahre noch hier in der Jurte die Töpfe und Pfannen schrubben und auf ein Wunder hoffen.

Auf eine diffuse Art war Claudius ihre Hoffnung gewesen, die einzige Verbindung zu ihrem Heimatdorf, zu ihrer Familie, zu ihrer Mutter. Und die hatte Claudius abreißen wollen, ohne einen Gedanken an sie zu verschwenden.

Dies war vielleicht der schmerzhafteste Moment während Amelias Zeit als Sklavin bei den Kirgisen. Es half wenig, dass Claudius, sobald sie ihm nach zwei Wochen die Fesseln abgenommen hatten, zu ihr kam und ihr versicherte, es werde nicht noch einmal passieren. Er würde sie, Amelia, nicht mehr allein lassen. Sie könne sich von nun an auf ihn verlassen.

Amelia glaubte ihm nicht, aber als im Frühjahr die letzten Schneefelder schmolzen und die Frühblüher sich ihren Weg aus dem hartgefrorenen Steppenland suchten, spürte sie an einem Morgen, an dem sie sich unter dem Jurtendach in ihre Decke eingewickelt hatte, warme Atemwölkchen an ihrem Ohr und hörte die vertraute deutsche Stimme flüstern: »Jetzt, Amelia, jetzt ist es so weit. Komm mit.«

Wenn ihr mich brechen wollt, müsst ihr mich töten.
Welche Kräfte in ihm schlummerten, hatte Claudius selbst nicht geahnt. Vielleicht brauchte es solche Situationen auf Leben und Tod, um die eigene Stärke vollends zu spüren.

Wenn er es sich hätte aussuchen dürfen, hätte er allerdings lieber darauf verzichtet, von Wilden verschleppt zu werden, um zu dieser Erkenntnis zu gelangen.

Es verging kein Tag in seiner Gefangenschaft, an dem er nicht die Möglichkeiten zur Flucht überdachte.

Die ersten Wochen in der Sklaverei, nachdem sie ihm zum ersten Mal die Fesseln abgenommen hatten, begleitet von bedrohlichen Gesten mit ihren Säbeln, die sie an seine Kehle legten, um zu demonstrieren, wie sie bei einem Fluchtversuch mit ihm verfahren würden, hatte er jede freie Minute damit zugebracht, sich mit den Gewohnheiten seiner Häscher vertraut zu machen. Wann sie ihre Suppen mit gekochtem Hammelfleisch schlürften und wann sie tanzten. Wann sie mit Greifvögeln und erhobenen Säbeln jagten. Wann sie in ihren verschwenderisch mit Teppichen ausgestatten Jurten schnarchten. Wann sie sich mit der stinkenden Stutenmilch, die sie Kumys nannten, betranken und sich an offenen Feuerstellen auf bunten Decken vor ihren Zelten tummelten.

Einmal gelang es ihm, fast drei Tage Richtung Norden zu laufen. Vielleicht hätte er es geschafft, wenn er ein schnelles Pferd gehabt hätte. Aber er hatte nur seine Füße und die Hoffnung, dass sich irgendwo die Gelegenheit ergab, sich einer Gruppe anzuschließen. Er konnte doch nicht der einzige Deutsche sein, der sich aus den Fängen der Barbaren zu befreien versuchte!

Und dann: Amelia. Unfassbar, mit welchem Jähzorn sie auf ihn losgegangen war. Ihm war nicht bewusst gewesen, dass die Kleine all ihre Hoffnung in ihn setzte. Er selbst hatte an manchen Tagen Mühe, sich an ihren Namen zu erinnern, nannte sie

Emmi oder Amelie, aber das würde ihm nun nicht mehr passieren.

Amelia. Sicher, sie war eine Deutsche wie er, ein wenig jünger als seine Schwester, ebenfalls versklavt, aber Herrgott, sie hatte es gut hier! Niemand schlug sie, ihre Arbeit in der Küche bewältigte sie mühelos, sie bekam genug zu essen, hatte einen warmen Schlafplatz. Ihm war nicht in den Sinn gekommen, dass das Kind sich nicht minder verzweifelt nach der Heimat sehnte als er.

Er hatte noch den Margeritenduft von Mathildas Haaren in der Nase, fühlte ihre samtene Busenhaut in den Fingerspitzen. Wenn er die Augen schloss, spürte er ihre Lippen auf seinen, schmeckte ihr Aroma nach Butterkuchen und Apfelmost.

Gewiss hatte sie seine Anordnung befolgt, sich im Wald zu verstecken, bis der Angriff vorbei war. Er spürte, dass ihr nichts geschehen war – was auch immer die Kirgisen in Waidbach zerstört haben mochten. Er wusste, dass sie Tag und Nacht an ihn dachte und den Herrgott anflehte, er möge zu ihr zurückkehren. Genau das beabsichtigte Claudius zu tun.

Amelias Ausbruch bedeutete ein Umdenken für ihn. Bis zu diesem Zeitpunkt war es ihm nicht in den Sinn gekommen, sich anders als allein auf die gefährliche Reise zu begeben. Nun aber, da er wusste, wie sehr sich das Kind auf ihn verließ, spürte er die Verantwortung wie einen Sack Felssteine im Nacken. Es erschien verführerisch, die Last abzustreifen, aber zu seinem eigenen Erstaunen bemerkte Claudius, dass er bereit war, sie zu tragen. Zu flüchten und das Kind zurückzulassen würde bedeuten, dass er bis zu seinem letzten Tag mit sich haderte. Er würde nicht damit leben können, ihre Hoffnung zerstört zu haben.

Die Rolle des brüderlichen Freundes fühlte sich eine ganze Weile unpassend an, wie ein kratziger, überweiter Mantel. Aber Claudius biss die Zähne zusammen in der Hoffnung darauf, dass er hineinwachsen würde.

Nach Amelias Zornesausbruch begann er seine Überlegungen, wie er sich aus der Sklaverei befreien konnte, noch einmal von vorn. Er malte sich aus, wie es ihm gelingen konnte, Hunderte von Meilen zurück in die deutsche Kolonie mit einem Kind an seiner Seite zu überleben.

Die Verschleppung hierher hatte fast drei Wochen gedauert. Obwohl er die längste Strecke, mit Schnüren aus Pferdehaar gefesselt, hatte laufen müssen und an manchen Abenden dachte, seine blutigen Füße trügen ihn keine Werst mehr weiter, hörte er die ganze Zeit über nie auf, sich das Land einzuprägen, das sie durchreisten.

An manchen Tagen ritten und liefen sie meilenweit, ohne einen Baum zu sehen. Eine bis zum Horizont reichende sanft wellige Ebene, mal dicht, mal spärlich mit Gras und Schafgarbe bewachsen. Da, wo Wasser floss, durchquerten sie Sümpfe, kleine Seen wechselten sich mit Wassergräben und Wasserlachen ab. An vielen Stellen gab es Mulden, in denen Quellen zutage traten, von frischgrünen Pflanzen umsäumt. Diese Wasserstellen wären bei seiner Flucht lebensrettend, er würde sich auf dem Rückweg von einer dieser Quellen zur nächsten durchbeißen. Er würde sich einen Knüppel, eine Steinschleuder oder Pfeil und Bogen zurechtschneiden, um Enten, Steppenhühner und Wildgänse zu erlegen, damit er bei Kräften blieb. Und er würde in der Nähe von Ortschaften, sorgfältig verborgen, ein Nachtlager suchen, um die Gefahr gering zu halten, dass sie von Wölfen angegriffen würden. Das Schlimmste wären die Gebirge mit den kaum zwei Handbreit schmalen Pässen, auf denen Mensch und Tier bei jedem einzelnen Schritt das Gleichgewicht verlieren oder eine Lawine aus bröckelndem Schiefer lostreten konnten. Er wusste, dass sein Überleben davon abhing, ob es ihm gelang, eines der besonders feurigen, waghalsigen Pferde zu ergattern. Die waren nicht nur solche tödlichen Pässe gewohnt. Sie schwammen auch durch die Flüsse, die er auf seinem Weg kreuzen würde, als wäre es ihr Element, weil die Kirgisen sie bereits als Jungtiere daran gewöhnten.

Jesus Maria, was für ein Wagnis. Aber war die Aussicht, Mathilda in den Armen halten zu können, nicht jedes Risiko wert?

In den zäh fließenden Stunden beim Hüten der Schafe und

Trampeltiere hatte Claudius Muße, um sich auf diese oder jene Gefahr vorzubereiten und innerlich zu wappnen. Und um sich mit dem Gedanken anzufreunden, dass es immer noch tausend weitere Unwägbarkeiten gab.

Das Wetter war eine solche Unwägbarkeit. Die Temperaturen unterlagen in diesem Land katastrophalen Schwankungen. Er würde dicke Pelze benötigen, um nicht in den Höhenlagen zu erfrieren.

Auch Amelia war und blieb eine Unwägbarkeit.

Claudius hatte nicht die geringste Ahnung, wie viel ein Kind von acht oder neun Jahren zu ertragen imstande war. Andererseits hatte sie den Hinweg überlebt, was zumindest auf eine gute Konstitution hinwies.

Je länger sie in dem Kirgisenlager lebten, desto häufiger ertappte sich Claudius dabei, dass ein Tag vergehen konnte, ohne dass er einmal an die Heimat dachte. Das erschreckte ihn selbst, aber es hing damit zusammen, dass zwar sein Innerstes rebellierte, wie ein Hund gefangen gehalten zu werden, dass es aber Momente gab, in denen er seine Gefangenschaft vergessen konnte.

Wie den Nachmittag, an dem ihm der Kirgise Isak, nicht viel älter als er selbst, voller Stolz seinen Falken präsentierte, den er selbst abgerichtet hatte. Er hatte ihn als flaumiges Jungtier aus dem Nest genommen, ihn gefüttert und daran gewöhnt, nur aus seiner Hand zu kröpfen. Der spannende Augenblick, als er ihm zum ersten Mal die Haube aufsetzte, und wie glücklich es Isak machte, als der Vogel tatsächlich auf seinen Ruf zu ihm zurückkehrte, nachdem er ihn zum ersten Mal auf die Jagd geschickt hatte. Die Trauer des Kirgisen, als sein liebevoll aufgezogener Vogel bei der Wolfsjagd selbst von einem alten Leittier totgebissen wurde.

Claudius hatte innerlich Anteil genommen, als wäre Isak ein Freund – der er nicht sein konnte. Zu verschieden waren ihre Welten. Hier in Kirgisien war der eine Herr, der andere Sklave, und dort drüben in Waidbach wäre der eine ein freier Mann, der andere ein gottloser Wilder mit teuflischer Fratze.

Besonders friedlich gestimmt und fast glücklich fühlte sich Claudius, wenn er den kirgisischen Barden lauschen durfte, am Rande der Feiern, die sie nach den Jagden abhielten. Die melancholischen Melodien, die die Spieler dem fremdartigen Instrument entlockten, rührten Claudius' Seele. Wenn keiner es bemerkte, wischte er sich ein paar Tränen fort. Die Musik schlug eine Brücke zwischen ihren Kulturen und machte ihm gleichzeitig die Ausweglosigkeit seiner Lage deutlich.

Ob Mathilda nicht längst einen anderen zum Mann gewählt hatte? Ob ein anderer die Süße ihrer Lippen kosten und ihr Seufzen hören durfte, wenn sie in seinen Armen lag?

Manchmal meinte Claudius zu vergehen vor Sehnsucht, Schmerz, Ungewissheit und unerfüllter Liebe.

Und dann Sulejka ...

Schon in den ersten Wochen seiner Gefangenschaft fiel Claudius auf, dass sie seine Nähe suchte. Und er hätte schon blind sein müssen, um ihren Liebreiz nicht zu erkennen.

Nach den ersten missglückten Ausbruchsversuchen dauerte es einige Monate, bis der alte Tairbek Vertrauen genug in ihn hatte, dass er ihn ohne Fesseln die Schafe hüten ließ. Wahrscheinlich war sich der Alte inzwischen sicher, dass sein Sklave die Aussichtslosigkeit einer Flucht erkannt hatte, und falsch lag er mit dieser Vermutung nicht. Claudius wollte es tatsächlich kein weiteres Mal darauf anlegen, nach kürzester Wegstrecke mit Knuten und Peitschen zurückgetrieben zu werden. Die Blessuren vom letzten Mal schmerzten noch im Rücken und in den Beinen.

Er wusste, dass er es schlauer anstellen musste.

Wenn Sulejka ihn halb auf Russisch, halb auf Deutsch und mit kirgisischen Brocken durchsetzt darauf ansprach, verneinte er mit einem kräftigen Kopfschütteln, aber er spürte, dass sie ihm nicht glaubte. Merkwürdigerweise spiegelte sich in diesen Momenten in ihren Zügen ein Ausdruck von Trauer. Er versuchte, sie mit seinem Grinsen anzustecken, weil er es nur schwer ertragen konnte, dieses Zaubermädchen unglücklich zu sehen. Viel lieber hörte er sie lachen, sprechen und singen, wobei er ihr, wenn sie den Schleier abgelegt hatte, fasziniert auf den Mund statt in die Traumaugen blickte. Eine fingerbreite Lücke klaffte zwischen den Schneidezähnen, wodurch sie lispelte, was Claudius zunächst für eine Eigenart der kirgisischen Sprache gehalten hatte, bis sie die ersten deutschen Brocken lernte und zischelnd seinen Namen rief.

Er wusste nicht, ob es bereits ein Verrat an Mathilda war, wenn er Sulejka sein schmutziges Leinentuch reichte, mit dem sie sich die Augen trockentupfen sollte, oder wenn er ihr einen schnellen Kuss auf die Wange gab, als Dankeschön dafür, dass sie ihm die Stunden beim Schafehüten verkürzte.

Er wusste aber, dass er Sulejkas Gesellschaft trotz der zwickenden Gewissensbisse genoss.

Kaum vorstellbar, dass ein solch zauberhaftes Wesen von einer wilden Horde abstammte, die keine Skrupel kannte, ganze Dörfer mit Müttern, Neugeborenen und Greisen dem Erdboden gleichzumachen und mit den verstümmelten, durchbohrten Leichen Bluthochzeiten zu feiern.

Obwohl sie sich täglich sahen und die junge Frau sich ohne Zweifel von ihm, dem »Sssohn der Fremde«, wie sie ihn mit ihrem Lispeln nannte, besonders angezogen fühlte, traf es ihn unvorbereitet, als sie nach zwei Jahren seiner Gefangenschaft an einem der ersten warmen Frühlingstage in dem Lager jenseits des Urals beim Schafehüten seine schwieligen Hände in ihre nahm, die Berührung so leicht wie von Daunenfedern.

Er sah in ihre Augen und erkannte die Schwermut darin, als blickte er in einen dunklen See. Sie was wissbegieriger und lernwilliger als er und beherrschte die deutsche Sprache inzwischen mit erstaunlichem Talent. Deswegen gingen ihre Gespräche über notwendige Erklärungen hinaus, was Claudius in manchen Momenten verfluchte. Er war noch nie ein Mann gewesen, der allzu viele Worte über Gefühle verlor, und er fand auch, dass dies zu weit ging zwischen Sklave und Herrin, die sie trotz ihrer Jugend in der Tat für ihn war. Sie brauchte nur mit den Fingern zu schnipsen, einen Befehl zu lispeln oder die Lider zu senken, und ihm würde der Schädel eingeschlagen werden, wenn die junge Gebieterin dies wünschte.

Aber dies war es nicht, was sie begehrte. Claudius fragte sich, als er ihren Worten lauschte, ob es nicht die bessere Möglichkeit gewesen wäre.

»Nach dem Willen meines Vaters, geliebter Freund, soll meine Hochzeit in wenigen Wochen sein, noch bevor die Sonne ihren höchsten Stand erreicht. Mir wird das Herz schwer bei dem Gedanken, dass ich einem alten Kirgisen zur Frau gegeben werden soll. Er ist ein mächtiger Mann, er besitzt schon mehr als ein Dutzend Weiber, aber ihm dürstet alle zwei Jahre nach Frischem in seinem Schlafgemach.« Sie fuhr sich mit der Zunge über die obere Zahnreihe. Als sie den Kopf hob, schwammen ihre Augen in Tränen. »Ich würde meinem Vater gern sagen, dass ich bereits einen Bräutigam habe, einen, den ich mir selbst ausgesucht habe, einen, den ich liebe, einen, der ihm treu ergeben ist wie kein zweiter.«

Claudius runzelte die Stirn, während er ihr Mienenspiel betrachtete und sich auf ihre Worte statt auf den Klang ihrer Lispelstimme zu konzentrieren versuchte. Er entzog ihr die Hände, weil er spürte, dass er ins Schwitzen geriet.

»Sohn der Fremde, ich frage dich«, sie zeigte beim Lächeln die Lücke in der milchweißen Zahnreihe, »willst du mich zur Frau, um als freier Mann in der Gefolgschaft meines Vaters zu leben?«

Ein rasender Schmerz breitete sich von Claudius' Schläfen zu seinem Hinterkopf aus, als in seinen Verstand sickerte, was Sulejka ihm hier anbot. Die Freiheit an ihrer Seite. An der Seite einer der lieblichsten Frauen, denen er je begegnet war, vor Sanftmut und Güte aus dem Inneren heraus strahlend.

In seiner Brust tobten widerstreitende Gefühle. Vieles zog ihn zu dieser Frau, aber noch viel mehr zog ihn zu Mathilda, die nichts von ihm hatte außer dem billigen Kopekenarmband.

Noch während Sulejka ihm ihr Angebot unterbreitete, überwältigten ihn die Erinnerungen an Mathildas Duft, an ihre Küsse, ihre Umarmungen, ihre geflüsterten Koseworte. Und an seinen Schwur, er würde sie und keine andere zur Frau nehmen. Alles, alles hatte er verloren: seine Heimat, seine Familie, seine Freiheit, aber seine Ehre – die würde er mit ins Grab nehmen. Die raubte ihm keiner, selbst wenn er in der Gestalt der reizendsten Frau des Morgenlands daherkam.

»Sulejka … ich habe dir von meiner Liebsten erzählt«, begann er und griff nun seinerseits nach ihren Händen, die sie ihm ließ. In der Sekunde, da er anhob zu sprechen, begannen die Tränen über ihre Wangen zu laufen, als spürte sie an seinem Tonfall, dass er für immer unerreichbar sein würde, obgleich er ihr nah war wie kein zweiter. »Ich habe Mathilda meine Liebe geschworen. Aus vollem Herzen. Sie wartet in der Heimat auf mich, ohne zu wissen, ob sie mich je wiedersehen wird. Du bist das Zauberhafteste, was mir in diesem Land begegnet ist, aber ich kann dich nicht heiraten. Ich habe Treue geschworen.«

Sulejkas Unterlippe begann beim Zuhören zu zittern. Nun holte sie Luft, starrte ihm ins Gesicht, während er mit einer schwelenden Angst auf ihre Antwort wartete. Es lag in ihren Händen, ob sie ihn für diese Abfuhr von den Kriegersäbeln in Stücke schlagen ließ – einige aus der Horde hätten darüber nicht einmal mit der Wimper gezuckt.

Dann sprang sie auf und lief davon.

Claudius blickte ihr mit wehem Herzen hinterher und versuchte sich in den nächsten Tagen mit seinem bevorstehenden Tod abzufinden.

Sulejka hielt sich fern von ihm, aber als sie nach zehn Tagen erneut an seinem Hüteplatz auftauchte, wirkte sie gefasst. Sie hielt ihr Gesicht verschleiert, als sie sich zu ihm setzte. Nur ihre Augen lugten über den Rand des Tuchs hervor, aber in ihnen hatte Claudius wie in einem Buch zu lesen gelernt.

Als sie zu ihm sprach, war wenig von der Freundschaftlichkeit zu spüren, die sie über all die Monate erlebt hatten. Sie klang förmlich wie die Gebieterin, die sie für ihn war. »Ich habe keine treuere Seele als dich erlebt, Sohn der Fremde, und ich möchte das Meinige tun, damit du deinen Schwur einhalten kannst. Am

Tag meine Hochzeit, wenn die Männer meines Stammes sich mit Kumys die Sinne benebeln, werden für dich ein kräftiger Schimmel und ein schnellfüßiger Fuchs aus meines Vaters Tabune bereitstehen. Der Fuchs wird bepackt sein mit Trockenfleisch, einem Schlauch Wasser und einem Säbel, mit dem du dich zur Wehr setzen kannst. Nutze die rechte Stunde. Allah geleite dich in das Land deiner Liebsten.«

Er wollte nach ihren Händen greifen, innerlich bewegt und aufgewühlt, unfähig, seine Dankbarkeit und seine Zweifel in Worte zu fassen.

Doch sie richtete sich auf, sah königinnengleich auf ihn hinab. Über dem Rand des Schleiers erkannte er, dass sie lächelte. »Und sorg dich nicht um mich. Ich nehme mein Schicksal an. Allah wird auch mich geleiten, Sohn der Fremde.«

25

Waidbach, Sommer 1786

Der Juni war außergewöhnlich trocken gewesen. Tagsüber krochen die Temperaturen auf Backofenhitze, sodass den Erntehelfern auf den Feldern der Schweiß von der Stirn in die Augen tropfte. Wer immer es sich erlauben konnte, der suchte zur Mittagsstunde Schutz im Schatten oder blieb in seiner Hütte, die Fensterläden gegen das gleißende Licht geschlossen.

Umso mehr genossen die Waidbacher die Abendstunden, wenn die Sonne als rotglühender Ball hinter den Dächern der Kolonie am Steppenhorizont versank. Klara liebte diese späte Stunde, in der sie Sebastian für sich alleine hatte, solange der einjährige Philipp schlief, Luise nicht auf seinen Schoß kletterte und die anderen Kinder sich auf den Feldern und im Laubwald herumtrieben, beseelt von dem Gefühl der Freiheit, an diesem Tag nicht mehr in die Pflicht genommen zu werden. Das Lachen und Schreien drang gedämpft zu ihnen, während sie auf der Vorgartenbank saßen, Becher mit erfrischendem Kwass und erkaltete, zusammengerollte Blinis in den Händen.

Eine fehlte. Und sie würde bis an Klaras Lebensende fehlen.

Zwei Jahre war es nun her, dass Amelia verschleppt worden war. Einen weiteren Überfall hatte es nicht gegeben, aber in mancher Nacht hatte sich Klara ausgemalt, dass sie sich einer Horde zu Füßen werfen würde, damit die sie als Sklavin mitnahmen und zu ihrer Tochter brachten.

Dann aber wusste sie, dass sie ihre übrigen Kinder nicht allein lassen durfte. Und Sebastian – Sebastian schon gar nicht. Sie drückte seine Hand mit den vom Buchweizenöl noch schmierigen Fingern. Er nahm sie und hauchte einen Kuss in die Handinnenfläche.

»Du denkst an Amelia, habe ich recht?«, fragte er und umfing ihr Gesicht mit Blicken.

»Es vergeht kein Tag, an dem ich nicht an sie denke. Und weißt du, Sebastian, das Schlimme ist, manchmal habe ich Angst, dass ihre Züge in meiner Erinnerung verschwimmen. Dass ich nicht mehr weiß, welche Farbe ihre Augen haben, wenn sie schläfrig ist. Dass ich vergesse, wie sich ihre Stimme anhört, wenn sie mich beim Singen summend begleitet. Dass ich den Duft ihrer Haare aus dem Gedächtnis verliere, und ...«

»Ksssh, Klärchen.« Sebastian legte den Arm um seine Frau, die inzwischen vermutlich doppelt so viel wog wie damals, als sie sich ineinander verguckt hatten. Er liebte jedes Pfund an ihr. Es machte ihn stolz, dass er es durch seiner Hände Arbeit schaffte, dass die Wangen der Kinder speckig, Bauch und Busen seiner Frau rund und üppig waren. Jeder sah, dass sie keine Familie waren, die hungern musste. »Glaub mir, ich vermisse unsere Große nicht weniger als du, Klara. Aber warum befolgst du die Ratschläge, die du Mathilda gibst, nicht selbst? Es sind gute Fingerzeige, um ins Leben zurückzufinden, aber Mathilda ist nicht weniger gefangen in der Vergangenheit als du. Schau sie dir an – ihre Miene wird von Tag zu Tag hochmütiger, sobald ein Mannsbild um sie herumscharwenzelt. Gleichzeitig verausgabt sie sich mit Inbrunst in der Pflege unserer beiden Jüngsten und schaut jeder Frau hinterher, die ein Neugeborenes trägt. Die Natur will es, dass Frauen Kinder bekommen, wenn der rechte Zeitpunkt gekommen ist. Sich dagegen zu wehren und sich an einen Verschleppten zu binden, der wahrscheinlich schon lange nicht mehr lebt ... Ich möchte darüber verzweifeln, wirklich, Klara.«

Klara horchte auf, sinnierte über Sebastians Worte und wusste auf einmal, dass sie dem Schlüssel zu Mathildas Schicksal nah war. Wenn sie sich selbst schon nicht helfen konnte, war es zumindest eine Form der Erleichterung, die ebenfalls Trauernde zu unterstützen, damit sie doch noch ihr Glück fand. Denn so sehr sie es gehasst hatte, die Tochter ihres Vergewaltigers in ihrem Haus aufzunehmen, und obwohl sie sich in mancher Tränennacht gewünscht hatte, die Wilden hätten nicht Amelia, sondern Mathilda verschleppt … die kompromisslose Treue, mit der die junge Frau an ihrem Liebsten hing, nötigte ihr mehr als Respekt ab. Wer mit dieser Intensität lieben konnte und sein Unglück wissentlich in Kauf nahm, der verdiente ihre Achtung.

Und ihre Fürsorge.

Eine Idee formte sich in ihrem Hirn, aber bevor sie sie greifen konnte, hob sie schnuppernd die Nase. Hatte sie den Kessel zu dicht an die Feuerstelle gehängt?

»Riechst du das, Sebastian?«, fragte sie. Mit einem Ächzen stemmte sie sich hoch. Noch in der Bewegung ertönte auf einmal ein langgezogener Schrei, hoch und schrill wie von einem gequälten Waldtier, aus dem Haus. Noch ehe Klara aufrecht stand, war Sebastian schon mit einem Satz um sie herum. Er riss die Hüttentür auf, stürmte hinein. Als Klara ihm hinterhereilte, schlug ihr Rauch aus dem Anbau entgegen. Es war nur eine Schliere, doch der Schrei hörte nicht auf. Getrappel wurde laut, ein dumpfer Schlag, das Ersterben des schrillen Tons, der Klara bis ins Mark gedrungen war.

Als sie den Durchgang zum Anbau erreichte, sah sie noch das Hinterteil und die nackten Beine Franneks, wie er mit einem Hechtsprung aus dem Fenster setzte, und dann ihren Mann am Boden, wo er eine Decke über das zappelnde Kind zu seinen Füßen geworfen hatte.

»Herr im Himmel«, stieß Klara heiser vor Entsetzen aus und war mit zwei Schritten neben Sebastian, dem verkohlte Holzreste an den Schuhsohlen pappten. Das Kind unter der Decke heulte nun.

»Ich schlag ihn tot! Ich schlag ihn tot, den Teufel!«, schrie Sebastian in wildem Zorn, schüttelte die Faust in Richtung Fenster, während er mit dem anderen verkrüppelten Arm und dem halben Körper die Decke festhielt. Sein Gesicht war blutrot, seine Augen loderten. Er jagte ihr Todesangst ein.

Sie lupfte die Decke und sah die vor Schmerz verzerrten Züge des fünfjährigen Martins, kurz bevor er das Bewusstsein verlor.

»Seine Beinlinge haben lichterloh gebrannt und da …« Sebastian wies auf ein paar verkohlte Bretter zwischen den Lagerstätten von Frannek und Martin.

»Was sollen wir bloß tun, was sollen wir tun?« Klara rang die Hände.

»Hol feuchte Tücher. In die schlagen wir ihn ein, bevor ich mit ihm zum Medicus und zu Anja laufe. Es sind nicht die ersten Brandverletzungen, die sie kurieren. Sie werden die richtigen Kräutertinkturen haben, damit der Schmerz nachlässt und die Wunden heilen. Mein Junge, mein lieber Junge …« Überwältigt von Mitgefühl drückte Sebastian seine Wange an das unversehrte Gesicht des Kleinen. Keiner wusste besser als er, was es bedeutete, mit versehrten Gliedmaßen zu leben. Er würde seinem Sohn ein solches Schicksal gern ersparen, aber im Augenblick wusste nur der Himmel, ob Martin seine Beine je wieder würde gebrauchen können. »Lauf jetzt, Klara, lauf!«, herrschte er mit vom Schluchzen kippender Stimme seine Frau an. Und Klara lief.

Frannek stolperte über die Wiesen, bis er meinte, die Lunge würde ihm platzen. Sein Atem ging fiepsend, in einer Ader an seinem Hals fühlte er seinen Puls, als würde in der nächsten Sekunde sein Herzschlag aussetzen.

Er hatte das nicht gewollt, aber als die Flammen des kleinen Feuers im Anbau an Martins Beinlingen leckten, hatte er dennoch gebannt und fasziniert zugeschaut, ohne etwas zu tun. Erst als Martin anfing zu schreien, auf diese nervenzerfetzende schrille Art, war er aus seiner Erstarrung erwacht, und die trampelnden Schritte des Hausvaters hatten ihn endgültig aufgescheucht.

Die gebrüllten Worte flogen ihm hinterher: »Ich schlag ihn tot, den Teufel!« Und Frannek glaubte Sebastian jedes einzelne Wort. Ja, das würde er tun, er hatte es vorher schon angedroht, allerdings nicht mit diesem alles verzehrenden Hass.

Er verbarg sich in einem Erdloch, das er mit Hilfe eines Birkenastes vergrößerte, und wartete auf die Nacht. Was er dann zu tun gedachte, wusste er nicht, aber er wusste mit einer Klarheit, als hätte es ihm der Hausvater eingebrannt, dass er in der Hütte der Mais nicht mehr willkommen war.

Als sein Zuhause hatte er diesen Ort nie empfunden. Frannek wusste nicht einmal, wie es sich anfühlte, einen Ort sein Zuhause zu nennen. Er schlief und aß, er schuftete und flüsterte mit seinem einzigen Vertrauten Martin, der an seinem Lippen hing, als wäre er ein kleiner Gott. Das hatte ihm gefallen: jemanden gefunden zu haben, der das Züngeln der Flammen ebenso liebte wie er. Der nachempfinden konnte, welche Erlösung es bedeuten konnte, einem Brand zuzuschauen, die tödliche Gewalt der Hitze, die alles versengte, was Schmerz und Schmach bedeutete.

Nein, er hatte wirklich nicht gewollt, dass seine Mutter mit dem winzigen Kind verbrannte. Aber andererseits hatte sie es vielleicht verdient, dafür zu brennen, dass sie untätig zugeschaut hatte, wenn der verhasste Vater über ihn hergefallen war.

Frannek spürte neben der Sorge um seine eigene Zukunft nichts als Kälte in sich. Weder konnte er mitfühlen, dass Martin vor Schmerz geschrien hatte, noch empfand er Trauer über den Tod der Mutter oder des Vaters. Manchmal meinte er, der Herrgott hätte ihn vergessen, als er das Mitgefühl vergeben hatte, und ihm stattdessen ein schwarzes Loch eingepflanzt, in das er jedes Mal starrte, wenn er andere Menschen weinend oder lachend, schreiend oder schimpfend erlebte und nach einem Echo in seinem Inneren tastete.

Wo sollte er hin?

Irgendwohin.

Weg von hier.

Selbst wenn ihn der Hausvater verschonen sollte, was Frannek nicht glaubte, würde er in diesem Dorf keinen Fuß mehr auf den Boden bekommen. Es war von Anfang an so gewesen.

Er war der Sohn eines Ungeheuers. Bei allem, was er tat, wurde er daran gemessen. Nicht, dass Frannek ob dieser Ungerechtigkeit aufbegehrte. Es gab immer häufiger Momente, in denen er darüber nachsann, wie viel Schlechtigkeit ihn mit seinem leiblichen Vater verband. *Der Apfel fällt nicht weit vom Stamm. So wie's Schaf, so ist auch's Lamm.* Oft genug hatte er die anderen Dörfler zischeln gehört.

Weg von hier.

Keiner würde einen Gedanken an ihn verschwenden. Die Hauseltern würden wahrscheinlich sonntags im Gotteshaus dafür beten, dass er bloß nicht zurückkehrte.

Nur Mathilda …

Die Schwester würde sich, obwohl sie seit der Verschleppung ihres Liebsten kein gutes Wort mehr für ihn hatte, Fragen stellen und vielleicht keine Antworten bekommen. Früher war Mathilda freundlich zu ihm gewesen. Er war ihr ein Abschiedswort schuldig. Seine letzte Tat in diesem Dorf.

»Frannek, Herr im Himmel, was machst du bloß! Wo warst du? Komm rein jetzt!« Mathilda hatte die Stimme zu einem Flüstern gesenkt und zischte zwischen den Ritzen des Fensterladens nach draußen, wo sich Frannek im dünnen Hemd vom Halbmond beschienen gegen die Außenwand drückte. »Warte, ich öffne den Verschlag!«

»Nein!«, zischte er zurück. »Die anderen dürfen nichts merken. Der Alte schlägt mich tot!«

Mathilda hörte nicht auf ihn, schob behutsam den Riegel zurück, indem sie das Quietschen des Beschlags mit der hohlen Hand unterdrückte. Ängstlich blickte sie über die Schulter, aber Henny und Luise schliefen fest, und Philipp lag in der Kommodenschublade drüben neben dem Ehebett. Die Scharniere knarrten in der Stille der Nacht, aber dann sah sie ihren Bruder von Angesicht zu Angesicht. In seinen maskenhaften Zügen schimmerten die vereiterten Beulen und Pickel, die Augen lagen wie tot in den Höhlen. Mathilda knirschte mit den Zähnen, als sie sich ausmalte, wie er und der kleine Martin mit dem Feuer gespielt hatten und dass er nicht aufgepasst hatte, um das Entsetzliche zu verhindern.

»Wie hast du das bloß tun können!«, presste sie hervor. »Martin hätte tot sein können! Er liegt jetzt im Haus von Dr. Frangen. Wie es aussieht, werden seine Beine heilen. Aber die Schmerzen, Frannek, die Schmerzen werden ihn noch über viele Wochen begleiten, und die Narben werden ihn ein Leben lang und einen Tag an diesen Leichtsinn erinnern. Wie konntest du bloß!«

Kein Muskel regte sich in Franneks Miene. »Ich bin gekommen, um dir Lebewohl zu sagen, Mathilda. Für mich ist hier kein Platz mehr.«

Sie griff nach draußen, wollte seinen Oberarm umfassen, aber er setzte einen Schritt zurück. »Frannek, red keinen Unsinn, wo willst du hin? Du bist noch ein Kind, wenn auch ein Großes mit zu viel Unfug im Schädel.«

»Leb wohl, Mathilda. Vielleicht denkst du manchmal an mich. Und an meinem Geburtstag zündest du vielleicht eine Kerze im Gotteshaus an. Pass aber auf, dass dich keiner erwischt. Ich habe keinen guten Namen hier. Das hatte ich noch nie.«

Mehr noch als seine Worte machte die Eintönigkeit seiner Stimme Mathilda klar, wie bitterernst ihr Bruder seine Ankündigung meinte. Als er sich umwenden wollte, um davonzulaufen, hielt sie ihn ein letztes Mal auf. »Warte, Frannek, warte.«

Sie eilte zu ihrem Lager und griff zwischen den Stoff des Kissens, wo sie die bei Helmine verdienten Rubel verstaut hatte. Das Geld, das ihr helfen sollte, in nicht allzu ferner Zukunft ihr eigenes Glück in Waidbach aufzubauen. Niemand brauchte das Ersparte nun dringender als ihr Bruder. Ihr eigenes Auskommen konnte warten.

Sie nahm das prall gefüllte Säckel, das sie mit einem Hanfseil umwickelt hatte, wog es einen Moment in der Hand. Schließlich sprang sie auf, zum Fenster und reichte es mit ausgestrecktem Arm Frannek nach draußen.

»Alles Glück der Erde, Bruder«, sagte sie.

Er nahm den Schatz und knotete ihn an seinen Gürtel. »Leb wohl, Mathilda.«

26

Waidbach, August 1786

»Schadet nichts, wenn du heute mal dein bestes Kleid anziehst«, warf Klara Mathilda hin, als sie spät abends von der Maulbeerplantage heimkehrte. Sie versuchte, es möglichst beiläufig klingen zu lassen, ahnte aber bereits, bevor sie den Mund geöffnet hatte, dass Mathilda sofort wusste, wohin der Hase lief.

»Erwarten wir noch Besuch?«

Klara drehte sich vom Kessel um, in dem sie Steinpilze in Schmalz anbriet, und sah Mathilda am Esstisch stehend, die Arme hängend, die Miene voller Misstrauen. »Was ist dabei? Alle Familien bekommen mal Besuch. Warum also nicht auch wir? Wir haben uns lange genug gegrämt während Martins Genesung und weil Frannek ohne ein Wort auf und davon ist. Jetzt ist mal wieder Zeit, gemütlich beisammenzusitzen.«

»Wer kommt denn?«

Klara spürte, dass ihre Ohren heiß wurden, und drehte sich um, den Rührlöffel in den Kessel tunkend, wo die Pilze im heißen Fett zischten und knisterten. »Kennst du nicht«, murmelte sie nur und zog die Schultern hoch, zum Zeichen, dass das Gespräch für sie beendet war.

Martin mussten sie immer noch tragen, weil er den Schmerz kaum ertragen konnte, sobald er die Beine belastete, aber der Medicus hatte ihnen versichert, dass es nur eine Frage der Zeit sei. Der Junge war kräftig und gesund, er würde nur Narben zurückbehalten. Sebastian übernahm, sobald er das Haus betrat, die Sorge um seinen Sohn, und so saß die Familie bei Buchweizengrütze und Pilzragout zu Tisch, als ein zaghaftes Pochen an der Tür erklang.

Klara sprang auf, zog sich dabei die Schürze aus, fuhr mit den

Fingern ordnend durchs Haar und überblickte ihre Familie wie ein Luchsweibchen. »Henny, sitz gerade. Martin, hör auf in der Grütze zu matschen. Luise, nimm den Löffel, nicht deine Hände! Mathilda, leg Philipp in die Schublade und wisch dir die Sauce aus dem Mundwinkel.«

»Kann ich auch etwas für dich tun, Klara?«, fragte Sebastian mit vor Belustigung funkelnden Augen. Die Kinder am Tisch kicherten. Aber Klara war nicht nach Späßen zumute. Sie küsste Sebastian auf die Wange. »Rülps nicht. Dann ist alles gut«, sagte sie.

Sie hatte keinen in ihre Pläne eingeweiht, das erschien ihr nur richtig in ihrer Situation. Sebastian wusste lediglich, dass Besuch erwartet wurde. Genau wie Mathilda.

Endlich war sie an der Tür und schob den Riegel auf. Vor der Tür stand Johannes, der vor sechs Jahren mit seiner Frau aus der alten Heimat in die Kolonie gekommen war. Klara hatte keinen Gedanken an das junge Ehepaar verschwendet, nachdem sie damals in der Gruppe der Neuen ihren Vergewaltiger und dessen Familie ausgemacht hatte. Erst in diesen Wochen, in denen kein Tag verging, an dem sie nicht überlegte, wie sie Mathilda irgendwie unterbringen konnte, damit die ihr nicht noch als alte Jungfer mit Greisenhaaren an den Hacken hing, hatte sie dem Dorfklatsch Beachtung geschenkt.

Und so hatte sie erfahren, dass dem Johannes vor einem Monat die Frau im Kindbett weggestorben war.

Er war kein schöner Mann mit seinen eng beieinanderstehenden Murmeltieraugen, der spitzen Nase und den fächerförmig vom Schädel abstehenden Ohren, aber er besaß ein einnehmendes Lächeln, er war groß gewachsen und kräftig, und mit seinen knapp dreißig Jahren stand er voll im Saft. Den Zutritt zu Mathildas Herzen freilich würde ihm sein erstgeborener Sohn verschaffen, den er auf dem Arm hielt. Der Knabe war knapp ein Jahr alt, und Johannes hatte ihn mit einem nach Russenart bestickten Leibchen allerliebst herausgeputzt. Klara war es die Mühe wert gewesen, ihm diesbezüglich klare Instruktionen zu geben. Die Wangen des Kindes schimmerten rosig von der Handwäsche, die er ihm hatte angedeihen lassen, die Säuglingslocken ringelten sich an den fächerförmig vom Köpfchen abstehenden Ohren vorbei bis zum Kinn. Beim Lachen zeigte das Kind in der unteren Zahnleiste zwei blitzblanke Milchzähnchen.

Johannes blieb vor der Tür stehen, trat von einem Fuß auf den anderen, verbeugte sich mit dem Kind auf dem Arm auf etwas linkische Art vor der Hausherrin. »Gott zum Gruß, Klara, und dank auch recht schön für die freundliche Einladung.«

Klara trat einen Schritt neben ihn und führte ihn am Arm in die Stube, als befürchtete sie, er könnte in letzter Sekunde noch kehrtmachen.

»Wir haben schon auf dich gewartet. Schau, da hab ich dir den Platz gleich neben Mathilda hergerichtet. Reich ihr doch den kleinen Frieder.«

Es bedurfte keiner weiteren Anregung von Seiten der Hausherrin, denn Mathilda war gleich beim Eintreten von Vater und Sohn aufgesprungen und mit vor dem Mund geballten Fäusten in Entzückensschreie ausgebrochen. »Gott, was für ein zuckersüßer kleiner Kerl! Darf ich ihn mal halten?«

Mit einem erfreuten Grinsen reichte Johannes ihr seinen Sohn an den ausgestreckten Armen. Mathilda nahm das Kind gleich in die Armbeuge, kitzelte es am Näschen und lachte, als es ihr an einem Zopf zog. Frieder stieß glucksende Laute der Behaglichkeit aus. »Ta-ta«, sagte er.

Johannes hatte ohne weitere Verzögerungen zum Löffel und zur Schüssel gegriffen und schaufelte das Ragout in sich hinein, als hätte er seit Tagen nichts Ordentliches zwischen die Zähne bekommen. Klara beobachtete die Szene beglückt. Genau so und nicht anders hatte sie es sich erhofft. Das lief wirklich prächtig. Sebastian trat ihr unter dem Tisch sacht gegen den Fuß, um ihre Aufmerksamkeit zu erringen, aber Klara quittierte seine fragende Miene nur mit hochgezogenen Brauen und stechendem Blick, der ihm bedeutete, bloß keinen Fehler zu machen.

Alles lief wie am Schnürchen, und tatsächlich begannen Mathilda und Johannes munter miteinander zu plaudern. Wie schwer es ihm falle, seiner Feldarbeit nachzugehen, wo er doch wusste, dass der Frieder noch zu klein war, um ihn in die Kinderstube zu bringen. Und er weine viel, seit die Mutter nicht mehr war, es sei manchmal eine rechte Last mit dem Kindchen und …

Von draußen klang das Getrappel von Pferden auf der Dorfstraße, ein Schnauben.

Klara hob den Kopf. Nanu? Wer war um diese Stunde noch zu Pferd unterwegs? Sicher der Dorfschulze, der an den Schutzwällen der Kolonie nach dem Rechten sehen wollte.

Das Trampeln wurde langsamer, ein »Brrr« erklang. Klara und Sebastian wechselten einen Blick, die Kinder waren mit dem Pflaumenkompott beschäftigt, Mathilda mit dem Kind und Johannes mit der Sorge um einen Nachschlag vom Pilzragout.

Sebastian bog die Mundwinkel herab, hob die Schultern, als Zeichen, dass er ebenfalls nichts von weiteren Besuchern wusste. Halb hatte er sich bereits erhoben, um nachzusehen, da gab es einen Schlag gegen die Tür, als würde jemand dagegentreten statt zu klopfen.

Sofort rief Klara alle ihre Kinder zu sich, jedes hielt einen Rockzipfel, falls von draußen Gefahr drohte, aber da riss Sebastian schon die Tür auf, und das Bild, das sich ihnen bot, brannte sich in Klara ein.

Mit schulterlangen Haaren und einem krausen Bart an den sonnenverbrannten Wangen, in einen fremdländischen Kaftan gewandet, der an vielen Stellen zerrissen und dessen Farbe vor Schmutz kaum noch zu erkennen war, stand da der Claudius. Und auf den Armen hielt er ein schlafendes Mädchen mit viel zu dünnen Beinen und herbstlaubroten Zöpfen, das Kleid nicht weniger fadenscheinig als sein Gewand, die nackten Füße schwarz und schwielig, aber das Gesicht rein und zart und im Schlaf gelöst.

Klara sank auf die Knie. Die anderen Kinder wichen instinktiv ein paar Handbreit von ihr ab, als spürten sie, dass all ihre Liebe in diesem Moment nur einem einzigen Kind zufloss: dem schlafenden Mädchen, das Claudius ihr nun in die ausgestreckten Arme legte.

Ihr Mädchen.

Ihre Wangen waren nicht mehr rund, die Stirn weniger gewölbt, die Wimpern lagen schwarz auf ihrer sandfarben gebräunten Haut. Das Haar, als sie zärtlich hineingriff, fühlte sich fester und dichter an. Amelias Körper war länger und kräftiger geworden, die Gliedmaßen wirkten zu lang für ihren Leib.

Amelia hatte in den zwei Jahren all ihre Kindlichkeit verloren, aber in diesem Moment, da Klara mit ihr auf dem Schoß auf dem Boden kauerte, war sie beschützenswert und kostbar wie nichts auf der Welt.

Sie küsste sie auf die Wange, sog den Duft nach Wildblumen ein, den der gröbste Reiseschmutz nicht übertönen konnte, betrachtete wie unter einem Bann stehend das Gesicht ihrer um zwei Jahre älter gewordenen Tochter, das Herz überlaufend vor Liebe und Dankbarkeit, dass sie sie wiederhatte.

Da schlug Amelia die Augen auf, der schlehenfarbene Blick klar und tiefgründig. Sie schaute Klara lange an, schien sich jede Pore, jede Falte, jeden einzelnen Zug einprägen zu wollen, bevor ein Lächeln ihre Lippen teilte. »Das ist mein schönster Traum, Mama«, sagte sie.

»Von jetzt an träumen wir wieder gemeinsam, mein Engel«, sagte Klara, presste das Mädchen an sich und ließ den Tränen freien Lauf.

Sebastian hielt es nicht mehr auf den Beinen. Er sank zu Boden, umschloss Mutter und Tochter mit den Armen und öffnete sie noch ein Stück weiter, als sich all ihre Kinder dazu drängelten, Henny mit Philipp auf den Armen, Martin auf wackeligen Beinen. Sie weinten und lachten und wussten, dass dies ein Moment für die Ewigkeit war.

Johannes hatte die Gunst der Stunde genutzt, sich einen dritten Nachschlag zu sichern, den er sich in aller Eile einverleibte, während sich auf dem Boden die Familie Mai umarmte und zur Linken sich die Frau, die er mit Hilfe des kleinen Frieders für sich gewinnen wollte, in die Arme eines bärtigen Fremden fallen ließ. Sie küssten sich, dass es eine Schande gewesen wäre, wäre da nicht diese Aura von Liebe, die die beiden wie ein unsichtbarer Zauber umgab.

»Wir gehen dann mal«, sagte Johannes mehr zu seinem Sohn als zu seinen Gastgebern und ließ sich von ihm am Ohr ziehen, als setzte ihn das in Bewegung wie ein Silberglöckchen den Gaul.

»Johannes?«

Er drehte sich um, als er schon, unbeachtet von allen, an der Tür stand.

»Ich schau nach dir und dem Kleinen. Ich versprech's«, sagte Mathilda.

»Ist schon recht«, sagte er und verschwand in der Sommernacht.

Während nun Sebastian seine Tochter abküsste und bestaunte, wie sie sich verändert hatte und dabei doch die Gleiche geblieben war, die sie vor zwei Jahren verloren hatten, erhob sich Klara. Ihr Kind wiederbekommen zu haben war das eine, das Bedeutende.

Das andere war das Wissen, dass kein Herz Frieden findet, wenn es sich verschließt.

Mathilda und Claudius gingen widerstrebend auseinander, als Klara vor sie trat. Sie nahm Claudius' Hand und küsste sie. »Ich danke dir, dass du mir mein Kind zurückgebracht hast, Claudius. Keinen edelmütigeren Sohn könnte ich mir vorstellen, keinen tapfereren Mann würde ich mir für eine Tochter wünschen als so einen wie dich.«

Dann wandte sie sich an Mathilda, rang mit sich, um die rechten Worte zu finden, aber dann kamen sie über ihre Lippen, ohne dass sie sie formen musste. »Ihr beide, du und dein Liebster, ihr seid hier immer willkommen, Mathilda, auch wenn ihr bald euer eigenes Nest bauen werdet«, sagte sie. »Hier bist du daheim.«

Nachwort und Dank

Ein besonderer Reiz beim Planen und Verfassen meiner historischen Romane um die Wolgadeutschen liegt darin, aus dem vorhandenen Recherchematerial die Details zugrunde zu legen und zu verweben, die die Geschichte bereichern.

In Bezug auf die bürokratische Verwaltung der Wolgadeutschen zwischen 1780 und 1786 habe ich mich in meinem Roman darauf beschränkt, den Provinzialbeamten Kozlow als Autoritätsperson einzuführen und den Dorfschulzen Bernhard Röhrich mit historisch belegten Aufgaben auszustatten.

Das Kolonialwesen darüber hinaus – zwischen St. Petersburger Vormundschaftskanzlei, dem Ökonomiedirektor in Saratow und der Selbstverwaltung – erschien mir zu wechselhaft, verwirrend und letzthin unerheblich für meine Geschichte. Wer sich dafür interessiert, findet einen Überblick zum Beispiel in dem Buch *Deutsche Geschichte im Osten Europas – Russland,* herausgegeben von Gerd Stricker, das im Siedler Verlag erschienen ist. Darin werden unter anderem auch die Bräuche und die Sprachentwicklung in den Wolgakolonien anschaulich erörtert.

Die Liebesgeschichte zwischen Mathilda und Claudius ist inspiriert von einem historischen Ereignis, das eine zentrale Rolle im historischen Gedächtnis der Russlanddeutschen einnimmt und mündlich überliefert, in Prosa verfasst, als Lied und Theaterstück aufgegriffen wurde: *Schön Ammi von Marienthal und der Kirgisen-Michel. Ein Wolga-Steppenbild aus dem 18. Jahrhundert.* Nachlesen kann man die »wahre« Geschichte um die Verschleppung und das Ausharren der Liebsten zum Beispiel hier: *Siedlernot und Dorfidyll. Kanonische Texte der Russlanddeutschen,* herausgegeben von Annelore Engel-Braunschmidt und im Westkreuz-Verlag erschienen.

317

Der vorliegende Roman um die Wolgadeutschen und mein 2013 im Knaur-Verlag als Taschenbuch erschienener Roman *Weiße Nächte, weites Land* können unabhängig voneinander gelesen werden und unterhalten die Leser hoffentlich gleichermaßen. Beide Romane haben unterschiedliche Schwerpunkte: Der erste Band beschreibt den Aufbruch, den Weg aus Hessen an die Wolga und die Anfangsjahre meiner Figuren, der zweite die Zeit ihrer Anpassung in Russland – mit dem Wissen, dass Kaiserin Katharina nach der ersten Euphorie das Interesse an »ihren« Kolonisten verloren hatte.

Ich dagegen verliere auch in den kommenden Jahren nicht das Interesse an meinen Romanfiguren; die Geschichte und die Geschichten kommen zwar an markanten Punkten zu einem Abschluss, sind aber dennoch nicht zu Ende erzählt. Ich freue mich, wenn Sie mir weiterhin an die Wolga folgen.

Ich danke meinem Mann Frank – dem besten Testleser, den ich mir wünschen kann –, meinen Kindern, weil sie mich immer in die Realität zurückzuholen vermögen, der Agentur Meller und den engagierten Damen aus der Bücherei in Kürten, die mir unermüdlich beim Beschaffen von Rechercheliteratur zur Seite stehen.

Im Internet finden Sie mich auf www.martinasahler.de und bei facebook.

Martina Sahler, im November 2013